UN EMPLOYÉ MODÈLE

Paul Cleave est né à Christchurch en Nouvelle-Zélande, en 1974. Son premier roman, *Un employé modèle*, est un succès international retentissant et s'est classé dès sa parution en tête des meilleures ventes en Allemagne, au Japon, en Nouvelle-Zélande et en Australie.

PAUL CLEAVE

Un employé modèle

TRADUIT DE L'ANGLAIS (NOUVELLE-ZÉLANDE)
PAR BENJAMIN LEGRAND

SONATINE

Titre original :

THE CLEANER

© Paul Cleave, 2006.
© Sonatine, 2010, pour la traduction française.
ISBN : 978-2-253-13419-0 – 1ʳᵉ publication LGF

Pour Quinn.
Tu nous manques à tous, mon pote...

1

Je gare la voiture dans l'allée. M'enfonce dans le siège. Essaie de me détendre.

Aujourd'hui, je le jure devant Dieu, il doit faire au moins 35 degrés. Chaleur de Christchurch. Météo schizophrène. La sueur dégouline de mon corps. Mes doigts sont du caoutchouc mouillé. Je me penche et je coupe le contact, prends ma mallette et m'extrais de la voiture. Par ici, la climatisation sert vraiment à quelque chose. J'atteins la porte de devant et je trafique la serrure. Je pousse un soupir de soulagement quand j'entre.

Je traverse nonchalamment la cuisine. Angela, je l'entends, est sous la douche, à l'étage. Je la dérangerai plus tard. Pour l'instant, j'ai besoin d'un verre. Je vais au frigo. Il a une porte en inox brossé dans laquelle mon reflet ressemble à un fantôme. J'ouvre la porte et je m'accroupis devant pendant près d'une minute, faisant ami-ami avec l'air froid. Le frigo me propose de la bière et du Coca. Je prends une bière, la décapsule et m'assois à table. Je ne suis pas un gros buveur, mais je descends la bouteille en vingt secondes chrono. Le frigo m'en offre une autre. Qui suis-je pour dire non ? Je me rassois. Je mets les pieds sur la table. Je me demande si je ne vais pas enlever mes chaussures.

Vous connaissez cette sensation ? Une journée de boulot étouffante. Huit heures de stress. Et puis s'asseoir, les pieds en l'air, une bière à la main, et enlever ses pompes.

Pure bénédiction.

En écoutant le bruit de la douche là-haut, je sirote ma deuxième bière. Il me faut bien deux minutes pour la finir, et maintenant j'ai faim. Retour au frigo et à la part de pizza froide que j'ai repérée lors de ma première visite. Je hausse les épaules. Pourquoi pas ? C'est pas comme si je devais faire attention à mon poids.

Je me rassois et repose mes pieds sur la table. Une fois qu'on a enlevé ses pompes, la pizza fait autant de bien que la bière. Mais là, maintenant, je n'ai pas le temps de me détendre. J'engloutis la pizza, ramasse ma mallette et monte à l'étage. Dans la chambre, la stéréo bombarde une chanson que je reconnais, mais dont j'ai oublié le titre. Pareil pour l'artiste. Pourtant, je me retrouve en train de la fredonner en posant ma mallette sur le lit, sachant que cet air va me rester gravé dans la tête pendant des heures. Je m'assois près de la mallette. L'ouvre. Sors le journal. À la une s'étale le genre de titre qui fait vendre les journaux. Je me demande souvent si les médias n'inventent pas la moitié de ces trucs, juste pour augmenter les ventes. Il y a vraiment un marché pour ça.

J'entends la douche s'arrêter, mais je l'ignore, je préfère lire le journal. C'est un article sur un type qui terrorise la ville. Il tue des femmes. Torture. Viol. Homicide. Les trucs dont on fait des films. Deux minutes passent et je suis toujours en train de lire quand Angela sort de la salle de bains, tout en essuyant ses cheveux avec une

serviette, dans un bain de vapeur blanche et d'odeur de
lotion pour la peau.

Je baisse le journal et je souris.

Elle ouvre de grands yeux.

« Putain, vous êtes qui ? »

. . . . Trois . . . . part banche . . . .
. . . . ou . . . .

. . . . . . la . . . .
. . . . avec . . . .
. . . .

2

Le soleil est très haut, il l'aveugle et fait couler des perles de sueur à l'intérieur de sa robe, trempant le tissu. Il étincelle sur la pierre tombale de granit poli, la faisant cligner des yeux, mais elle refuse de détourner le regard des lettres qui ont été gravées dessus, il y a cinq ans déjà. La lumière est si forte que ses yeux s'embuent – mais c'est sans importance. Ses yeux se mouillent toujours quand elle vient là. Elle aurait dû mettre des lunettes de soleil. Elle aurait dû mettre une robe plus légère. Elle aurait dû faire plus pour empêcher sa mort.

Sally serre le petit crucifix qui pend à son cou, les quatre branches s'enfoncent fort dans sa paume. Elle n'arrive pas à se souvenir de la dernière fois où elle l'a enlevé, et si elle s'en souvenait, elle aurait peur de se rouler en une petite boule et de pleurer pour toujours, incapable de bouger pour le reste de la journée. Elle le portait quand les médecins de l'hôpital leur ont annoncé la nouvelle. Elle le serrait fort quand ils l'ont fait asseoir, et qu'avec leurs visages sombres ils lui ont dit ce qu'ils avaient dit à d'innombrables familles qui savaient que leurs proches étaient mourants mais gardaient encore un espoir. Il pendait sur son cœur quand elle avait conduit ses parents aux pompes funèbres, quand ils s'étaient assis devant le croque-mort et quand, devant du thé et du café que personne n'avait touché, ils avaient feuilleté des catalogues de cercueils, tournant les pages de papier glacé pour essayer d'en choisir un dans lequel son frère mort aurait belle allure. Ils avaient dû faire la même chose pour le costume. Même la mort est une victime de la mode. Les costumes des catalogues étaient photographiés sur des mannequins ; ça aurait été de mauvais goût de les montrer sur des gens heureux de vivre, souriant et essayant d'avoir l'air sexy.

Elle a toujours porté ce crucifix depuis, s'en servant comme d'un guide, pour se rappeler que Martin est dans un monde meilleur maintenant, et que la vie n'est pas aussi affreuse qu'elle en a l'air.

Elle fixe la tombe depuis quarante minutes, incapable de bouger. Les ombres des chênes alentour se sont légèrement allongées. De temps à autre, le vent du nord-ouest fait tomber un gland des branches et le balance sur une tombe avec le bruit d'un doigt qui se casse. Le cimetière, une vaste étendue de gazon luxuriant, semé de repères en ciment, est quasiment désert pour l'instant, si ce n'est quelques rares personnes debout devant des pierres tombales, chacun avec sa tragédie personnelle. Elle se demande s'il en vient plus dans la journée, si le cimetière a ses heures de pointe. Elle l'espère. Elle n'aime pas cette idée que des gens meurent et que les autres les oublient. Au loin, un type sur un petit tracteur tourne autour des parcelles, manœuvrant sa tondeuse comme un bolide de course, probablement impatient de finir son boulot et de sortir de là. Le vent ramène le bruit du moteur vers elle. Un jour, ce type sera probablement enterré ici, lui aussi. Et qui tondra le gazon, alors ?

Elle ne sait même pas pourquoi elle pense à de telles choses. La mort du jardinier, les heures de pointe, les gens oubliant les morts. Elle est toujours comme ça quand elle vient ici. Morbide, complètement en vrac, comme si quelqu'un avait mis ses pensées dans un shaker à cocktail et l'avait secoué en tout sens. Elle aime venir ici au moins une fois par mois, si « aimer » est le mot approprié. Jamais, au grand jamais, elle ne raterait le jour anniversaire de la mort de Martin, et c'est justement aujourd'hui. Demain, ça aurait été l'anniversaire de sa naissance. Ou bien l'est-ce encore ? Elle n'est pas bien certaine que ça compte encore quand on est en terre. Pour une raison qu'elle ne peut s'expliquer, elle ne vient jamais le jour de son véritable anniversaire. Elle est sûre que cela produirait le même résultat que si elle devait enlever son crucifix. Ses parents sont venus ici plus tôt dans l'après-midi ; elle le sait à cause des fleurs fraîches à côté des siennes. Elle ne vient jamais ici avec eux. Ça non plus, elle ne peut l'expliquer, même pas à elle-même.

Elle ferme brièvement les yeux. Chaque fois qu'elle vient ici, elle finit toujours par s'appesantir sur ce qu'elle n'arrive pas à expliquer. Au moment où elle partira, les choses iront mieux. Elle s'accroupit, caresse les fleurs posées devant la pierre, puis passe ses doigts sur les lettres gravées. Son frère avait 15 ans quand il est mort. À un jour de ses 16 ans. Un jour de différence entre le jour de la naissance et le jour de la mort. Probablement même pas. Probablement juste une demi-journée. Six ou sept heures, peut-être. Est-ce que cela a un sens, de mourir à 15 ans, presque 16 ? Les autres gens enfouis dans les parages ont en moyenne 62 ans. Elle le sait, parce qu'elle les a tous additionnés. Elle a marché de tombe en tombe, un jour, entrant les nombres dans une calculette, avant de les diviser. Elle était curieuse. Curieuse de savoir de combien d'années Martin avait été floué. Ses 15 ou 16 ans sur cette terre ont été précieux, et le fait qu'il était handicapé mental était en réalité une bénédiction. Il enrichissait sa vie à elle et la vie de ses parents. Il savait qu'il était différent, il savait qu'il avait un défi à relever, mais il n'a jamais compris quel était le problème. Pour lui, la vie était faite pour s'amuser. Quel mal pouvait-il bien y avoir à ça ?

Elle n'a jamais trouvé les réponses à ses questions, pas ici, ailleurs non plus. En cela, rien ne changera jamais.

Au bout d'une heure, elle se détourne de la tombe. Elle veut parler à son frère mort de l'homme avec qui elle travaille et qui lui rappelle beaucoup Martin. Il a un cœur pur et une innocence enfantine identique à celle de Martin. Elle veut parler de ça à son frère, mais elle s'en va sans dire un mot.

Elle quitte le cimetière en pensant toujours à Martin. Avant même qu'elle ait atteint sa voiture, le crucifix commence à effacer sa douleur.

3

Le journal n'a plus d'intérêt pour moi. Pourquoi lire les nouvelles, alors que c'est moi qui les fais ? Donc je plie le journal en deux et le pose sur le lit à côté de moi. J'ai de l'encre au bout des doigts. Je les essuie sur le couvre-lit tout en observant Angela. Elle a une expression sur le visage comme si elle essayait de digérer une très mauvaise nouvelle, comme si son père venait de se faire écraser par une voiture, ou qu'elle était à court de parfum. Je regarde sa serviette. Elle pend sur son corps. Elle est diablement jolie debout là, à moitié nue.

« Je m'appelle Joe », je dis, en me penchant sur ma mallette. Je choisis le deuxième plus grand couteau que j'ai attaché dedans. Une lame au très beau design suisse. Je le lève. Nous pouvons le voir tous les deux. Pour elle, il semble plus grand, même s'il est plus proche de moi. C'est une question de perspective.

« Vous avez peut-être lu des choses sur moi. Je fais la une des journaux. »

Angela est une grande femme avec des jambes immenses. Cheveux d'un blond visiblement naturel, qui descendent très bas pour rencontrer ses jambes. Elle a une belle silhouette, bien proportionnée, avec les courbes qui m'ont amené ici. Un visage attirant qui pourrait illustrer des publicités dans les magazines,

16

pour des lentilles de contact ou du rouge à lèvres. Des yeux bleus pleins de vie et, à cet instant, pleins de peur. La peur dans ses yeux m'excite. La peur dans ses yeux suggère que, oui, elle a lu des choses sur moi, probablement même entendu des trucs à la radio et vu des reportages sur moi à la télé.

Elle commence à secouer la tête, comme si elle répondait non à tout un tas de questions que je n'ai même pas encore posées. Des gouttes d'eau volent à droite, à gauche, comme s'il pleuvait à l'intérieur, horizontalement. Ses cheveux tourbillonnent derrière elle, les longues mèches mouillées frappent les murs et le chambranle. Ils lui reviennent au visage et restent collés là. Elle recule aussi, comme si elle avait un meilleur endroit où aller.

« Que... que voulez-vous ? » elle demande. Toute la colère légitime et confiante de sa première question a complètement disparu dès qu'elle a vu le couteau.

Je hausse les épaules. Je peux penser à plusieurs choses que je voudrais. Une belle maison. Une belle voiture. Sa stéréo passe toujours la même chanson – notre chanson désormais. Ouais. Une bonne stéréo, je dirais pas non. Mais elle ne peut rien m'offrir de tout ça. J'aimerais bien qu'elle puisse, mais la vie n'est pas si simple. Je décide de garder tout ça pour moi pour l'instant. Plus tard, nous aurons du temps pour la conversation.

« S'il vous plaît, s'il vous plaît, allez-vous-en. »

J'ai entendu ça tant de fois que j'en bâillerais presque, mais je me retiens parce que je suis un type poli. « Vous faites une bien mauvaise maîtresse de maison, je lui dis poliment.

— Vous êtes cinglé. Je vais appeler la... la police. »

Elle est vraiment stupide à ce point ? Est-ce qu'elle croit que je vais rester là à la regarder prendre le téléphone pour appeler à l'aide ? Peut-être que je vais m'adosser au lit et faire les mots croisés du journal en attendant qu'ils viennent m'arrêter. Je commence à secouer la tête, comme elle avant, mais avec les cheveux secs.

« Vous pourriez essayer, je dis, si le téléphone en bas n'était pas décroché. » Car il l'est. Je l'ai décroché pendant que je mangeais ma pizza. *Sa* pizza.

Elle se retourne et elle se précipite vers la salle de bains à l'instant même où je m'avance vers elle. Elle est rapide. Je suis rapide. Je lance le couteau. Lame par-dessus le manche, manche par-dessus la lame. Tout le truc du lancer de couteau, c'est de garder l'équilibre… si vous êtes un professionnel. Si vous ne l'êtes pas, alors c'est juste une question de chance. Et nous espérons tous les deux un peu de chance à cet instant. La lame effleure son bras et frappe le mur avant de tomber sur le sol quand elle franchit la porte de la salle de bains. Elle la claque derrière elle et la verrouille, mais je ne ralentis pas et je cogne la porte de l'épaule. Elle remue à peine dans ses gonds.

Je fais quelques pas en arrière. Je peux toujours rentrer chez moi. Remballer mon attirail. Refermer la mallette. Enlever mes gants de latex. Et partir. Mais je ne peux pas. Je suis très attaché à mon couteau et à mon anonymat. Je dois donc rester.

Elle commence à crier à l'aide. Mais les voisins ne l'entendront pas. Je le sais parce que j'ai bien fait mes devoirs avant d'arriver. La maison est en retrait par rapport à la route et adossée à des champs, nous sommes à l'étage et aucun de ses voisins n'est chez lui. Tout repose sur les repérages. Pour avoir du succès, en quoi que ce soit dans la vie, il faut bien faire ses devoirs à la maison. On n'insistera jamais assez sur ce point.

Je retraverse la chambre et je choisis un autre couteau. Celui-ci, c'est le plus grand. Je m'apprête à retourner vers la salle de bains quand un chat entre dans la pièce. Ce satané truc est mignon, en plus. Je me penche et je le caresse. Il se frotte contre ma main et se met à ronronner. Je le soulève.

De retour devant la porte de la salle de bains, je l'appelle.

« Sors ou je brise le cou de ton chat.

— S'il vous plaît, ne lui faites pas de mal.

— Tu as le choix. »

Alors maintenant j'attends. Comme font tous les hommes quand les femmes sont dans la salle de bains. Au moins, elle ne crie pas. Je gratte Peluche sous son cou bien gras. Elle ne ronronne plus.

« S'il vous plaît, qu'est-ce que vous voulez ? »

Ma mère, que Dieu soulage son âme, m'a toujours dit d'être honnête. Mais parfois, c'est tout simplement pas la bonne approche. « Juste parler, je mens.

— Vous allez me tuer ? »

Je secoue la tête d'incrédulité. Ah ! les femmes… « Non. »

Le verrou fait un clic définitif en se désengageant de la porte de la salle de bains. Elle va prendre le risque de m'affronter plutôt que de voir son chat crever. Peut-être qu'il vaut cher.

La porte commence à s'ouvrir lentement. Je suis immobile, incapable de bouger, trop effaré par sa stupidité, qui s'accroît de seconde en seconde. Quand la porte est suffisamment ouverte, je lâche Peluche sur le sol. Le tas de fourrure s'écrase, la tête tordue d'un côté et les pattes partant dans toutes les directions, comme pour montrer ce qui lui est arrivé. Elle voit le chat, mais elle n'a pas le temps de hurler. Je me jette contre la porte, et elle n'est pas assez forte pour me retenir. Le battant s'ouvre en grand et elle perd l'équilibre. Elle tombe contre la douche, et sa serviette lui tombe des mains.

J'avance dans la salle de bains. Le miroir est encore embué. Le rideau de douche est décoré de quelques dizaines de canards en caoutchouc qui me sourient en chœur. Ils pointent tous dans la même direction, uniformes, comme s'ils partaient à la guerre à la nage. Angela reprend la routine de hurlements qui ne lui a pas servi à grand-chose avant, et qui ne lui sert pas plus maintenant. Je la traîne dans la chambre et je dois la frapper deux ou trois fois pour qu'elle se laisse faire. Elle résiste, mais j'ai plus d'expérience de la soumission des femmes qu'elle n'en a de l'autodéfense. Ses yeux roulent vers le haut et elle a l'audace de s'évanouir devant moi.

La stéréo joue toujours. Peut-être que je l'emporterai chez moi quand tout ça sera fini. Je soulève Angela et je la balance sur le lit, puis je la tourne sur le dos. Je fais le tour de la chambre en décrochant toutes les photos de sa famille des murs, et en retournant les autres qui sont posées sur l'appui des fenêtres et les étagères. La dernière que je regarde, c'est une photo de son mari et de ses deux gamins. Je crois qu'il ne va pas tarder à avoir la garde complète des mômes.

L'ambiance prend un tour plus romantique quand je place mon automatique Glock 9 mm sur la table de nuit, à portée de main. Belle arme. Achetée il y a quatre ans quand j'ai commencé à travailler. 3 000 dollars, il m'a coûté. Au marché noir, les flingues sont toujours plus chers, mais anonymes. J'avais volé l'argent à ma mère, qui a accusé les mômes de son quartier. Elle fait partie de ces dingues qui ont peur d'utiliser les banques parce qu'ils se méfient des banquiers. Le flingue, c'est au cas où le mari rentrerait plus tôt. Ou si un voisin se pointe. Peut-être qu'elle a un amant. Peut-être qu'il est en train de se garer dans l'allée en ce moment même.

Mon Glock est comme une pilule magique – il soignera toutes les éventualités.

Je prends le téléphone mural. Arrache le fil. L'utilise pour entraver ses mains. Je ne veux pas qu'elle déconne trop. Je lui attache les mains aux montants du lit.

Je viens de finir de lui attacher les pieds avec ses sous-vêtements quand elle reprend ses esprits. Elle remarque trois choses en même temps. La première, c'est que je suis encore là et que ce n'est pas un rêve. La deuxième, c'est qu'elle est nue. La troisième, c'est qu'elle est attachée au lit, bras et jambes écartés. Je vois très bien qu'elle pige ces choses dans sa tête, sur sa grande liste mentale personnelle. Un. Deux. Trois.

À partir de là, elle commence à remarquer des choses qui ne se sont pas encore produites. Quatre. Cinq. Et six. Je vois son imagination qui s'affole. Les muscles de son visage remuent, tandis qu'elle envisage de me poser une question. Ses yeux partent dans tous les sens parce qu'elle bataille pour savoir quelle partie de moi regarder. Son front est luisant de sueur. Je peux la voir serrer des manettes dans sa tête, cherchant celle qu'il faut tirer pour obtenir d'autres options. Je la regarde les tirer toutes, mais les manettes lui échappent des mains.

Je lui montre à nouveau mon couteau. Ses yeux s'arrêtent sur la lame. « Tu vois ça ? »

Elle hoche la tête. Ouais, elle le voit. Elle pleure, aussi.

Je pose la pointe du couteau sur sa joue et je lui demande d'ouvrir la bouche. Elle est toute disposée à coopérer quand la lame commence à l'égratigner. Je me penche alors vers ma mallette, j'en sors un œuf et je le lui colle dans la bouche. Tout devient facile quand elles renoncent à résister. L'œuf n'a rien d'anormal, c'est juste un œuf cru. Ce qu'il y a de bien dans les œufs, c'est qu'ils sont riches en protéines. Ils font aussi d'excellents bâillons. « Si ça te pose un problème, tu me le dis », je lui explique.

Elle ne moufte pas. Pas de problème, visiblement.

Je vais dans la salle de bains, ramasse sa serviette, la rapporte et lui couvre le visage avec. Je me déshabille et je grimpe sur le lit. Elle bouge à peine, ne se plaint pas, continue seulement à pleurer jusqu'à ce qu'elle n'ait plus de larmes. Quand on a fini, et que je descends du lit, je découvre qu'à un moment l'œuf a glissé jusqu'au fond de sa bouche, au point de l'étouffer avec succès. Ceci explique les borborygmes que j'ai entendus et que, sur le moment, j'avais pris pour autre chose. Oups !

Je me douche, me rhabille et remballe mon attirail. Les visages sur les photos alignées dans l'escalier me regardent pendant que je descends. Je m'attends à ce qu'ils me disent quelque chose ou au moins à ce qu'ils se plaignent de ce que j'ai fait ici. Quand je sors et que je m'éloigne d'eux, je suis inondé d'un soulagement chaud et intense.

Ce soulagement ne dure qu'un instant, et en quelques secondes je commence à me sentir dégueulasse. Je baisse les yeux et je marche en regardant mes pieds. Ouais. Je me sens mal. Le blues. Les choses ne se sont pas passées comme elles auraient dû, et j'ai fini par ôter une vie. Je m'arrête dans le jardin et cueille une rose dans un massif. Je la porte à mes narines pour la sentir, mais cela ne ramène pas le sourire sur mon visage. Une épine me pique le doigt, et je le mets dans ma bouche. Le goût du sang remplace le goût d'Angela.

Je mets la fleur dans ma poche et je me dirige vers sa voiture. Le soleil est encore là, mais plus bas maintenant, brillant droit dans mes yeux. Le jour s'est rafraîchi et donc la chaleur que je ressens ne vient peut-être pas du soleil, mais de l'intérieur de moi. J'ai envie de sourire. J'ai envie de me réjouir de ce qu'il reste du jour, mais je ne peux pas.

J'ai pris une vie.

Pauvre Peluche.

Pauvre petit chat.

Quelquefois on doit utiliser les animaux comme un outil. Mon rôle dans cet univers cinglé et chaotique n'est pas de contester ce fait. Pourtant, je me sens malade d'avoir brisé le cou de ce petit chat.

Je monte dans la voiture d'Angela et il faut que je roule sur la pelouse pour éviter la voiture volée garée dans l'allée. L'image de la maison parfaite, symbole de la petite famille parfaite, diminue dans le rétroviseur. Le jardin manucuré dont je ne peux plus sentir le parfum ressemble à un golf miniature quand je lui jette un dernier regard. La rose de ce jardin est chaude dans ma poche. Je passe deux ou trois voitures garées. Des gens remontent leurs allées et marchent vers leurs maisons. Deux vieilles dames parlent, au-dessus d'une petite barrière, de tout ce que les vieilles dames ont à affronter dans la vie. Une autre vieille à genoux repeint sa boîte aux lettres. Un jeune garçon livre le journal local. Des gens sont ici chez eux et ils vivent en paix. Ils ne me connaissent pas et ne prêtent aucune attention quand je passe devant leurs fenêtres et que je sors de leur vie.

Lentement, la chaleur de janvier est remplacée par une petite brise. Les feuilles des rangées de bouleaux bruissent de chaque côté de la route et font comme une arche au-dessus de ma tête, là où leurs branches s'entrelacent comme des doigts. Des oiseaux s'amusent là-haut. Au loin, j'entends des tondeuses qui achèvent leur après-midi et attaquent leur soirée. Ce sera une très belle nuit. Ce sera le genre de nuit qui me rend heureux d'être en vie. Le genre de nuit qui rend les étés néo-zélandais célèbres.

Finalement, je commence à me détendre. J'allume la stéréo de la voiture et je tombe sur la même satanée chanson qui passait dans la maison d'Angela. J'avais combien de chances que ça arrive? Je fredonne en chœur, m'enfonçant dans le soir en chanson. Mes pensées passent du petit chat à Angela, et c'est seulement alors que le sourire revient sur mon visage.

4

Je vis dans un lotissement qui vaudrait bien plus si on le vendait en pièces détachées. Mais à cause de sa situation, ce groupe d'immeubles ne sera jamais détruit ni remplacé parce qu'un lotissement tout neuf ne rapporterait pas plus de loyers. Les gens qui vivent ici vous diront que ce n'est pas vraiment le pire quartier de la ville, mais tous les autres le pensent. C'est à peine habitable, mais pas cher, donc on fait avec. Mon immeuble de quatre étages couvre la majeure partie d'un pâté de maisons, et je vis au sommet, ce qui me donne la meilleure vue, pour ce qu'il y a à voir. Au total, je pense qu'il y a une trentaine d'appartements.

Je ne croise aucun de mes voisins en montant l'escalier. C'est toujours comme ça et ça ne me dérange pas. Je repense à ce pauvre Peluche en déverrouillant la porte. J'entre. Mon appartement est un deux-pièces avec d'un côté une salle de bains et de l'autre un combiné de tout le reste. Le frigo et la cuisinière ont l'air si vieux que même une datation au carbone 14 ne pourrait donner leur âge. Le plancher est brut, et il faut que je porte sans cesse des chaussures pour éviter les échardes. Les murs sont couverts d'un pauvre papier peint gris foncé si sec qu'il s'effrite un peu plus chaque fois que je crée un courant d'air en ouvrant la porte.

Plusieurs bandes de papier se sont décollées et pendent comme des langues aplaties. Mes fenêtres donnent sur des pylônes électriques et des voitures brûlées. J'ai une vieille machine à laver avec un cycle essorage très bruyant et, accroché au mur au-dessus, un sèche-linge qui fait autant de bruit. Le long de la fenêtre, il y a une corde où j'accroche mon linge en été. Rien n'y pend, en ce moment.

Je possède un lit une place, une petite télé, un magnétoscope et quelques meubles de base vendus en kit avec des instructions de montage en six langues différentes. Aucun d'eux ne tient bien droit mais, puisque je ne reçois jamais de visite, personne ne s'en plaint. Des romans à l'eau de rose en livre de poche sont étalés sur mon canapé. Les couvertures montrent des types musclés et des femmes fragiles. Je jette ma mallette dessus avant d'aller regarder mon répondeur. La lumière clignote, donc j'appuie sur « play ». C'est ma mère. Dans son message, elle parle de ses pouvoirs de déduction. Elle pense que si je ne suis pas là et pas chez elle non plus, ça signifie que je dois être en route pour chez elle.

Tout à l'heure, j'ai dit : « Que Dieu soulage son âme. » Ça ne voulait pas dire qu'elle était morte. Mais elle le sera bientôt, tout de même. Ne vous méprenez pas. Je ne suis pas un monstre ni rien, je ne ferais jamais de mal à ma mère, et ceux qui pensent autrement me dégoûtent. C'est juste qu'elle est vieille. Les vieux meurent. Certains plus tôt que d'autres. Dieu merci.

Je regarde ma montre. Il est déjà 6 heures et demie. Je fais de la place sur le canapé, j'étends mes bras derrière moi et j'essaie de me relaxer. Penser à ce qui est le mieux pour moi. Si je ne vais pas chez ma mère pour dîner, le résultat sera désastreux. Elle m'appellera tous les jours. Et ensuite, elle me harcèlera pendant des heures. Elle ne se rend pas compte que j'ai une vie. J'ai des responsabilités, des loisirs, des endroits où je veux aller, des gens que je veux me faire, mais elle ne le voit pas, vous pigez ? Elle pense que je ne vis que pour rester assis chez moi à attendre qu'elle appelle.

J'enfile des vêtements plus respectables. Rien de trop voyant, mais quand même mieux que mes habits de tous les jours. J'veux pas que maman insiste encore pour m'acheter mes vêtements comme elle le faisait avant. Il y a eu une période, l'année dernière, où elle m'achetait mes chemises, mes sous-vêtements, mes chaussettes. De temps en temps, je lui rappelle que j'ai plus de 30 ans et que je peux me débrouiller tout seul, mais parfois elle le fait quand même.

Sur la petite table basse de mon séjour, devant le petit canapé qu'on dirait échappé d'un studio d'enregistrement hippy, repose un gros bocal à poissons rouges, avec mes deux meilleurs amis dedans : Cornichon et Jéhovah. Mes poissons ne se plaignent jamais. Les poissons rouges ont une mémoire de cinq secondes, donc vous pouvez vraiment les emmerder, ils ne s'en souviendront pas. Vous pouvez oublier de les nourrir, et ils oublieront qu'ils ont faim. Vous pouvez les sortir de l'eau et les jeter par terre, et ils s'agiteront partout en oubliant qu'ils suffoquent. Cornichon est mon préféré. Je l'ai eu en premier – il y a deux ans. C'est un poisson albinos de Chine, avec un corps blanc et des nageoires rouges, et il est un tout petit peu plus gros que la paume de ma main. Jéhovah est un peu plus petite, mais elle est dorée. Les poissons rouges peuvent vivre jusqu'à 40 ans, et j'espère faire tenir les miens jusque-là. Je ne sais pas ce qu'ils fabriquent quand je ne les regarde pas mais, jusqu'ici, aucun bébé poisson rouge n'est apparu.

Je leur saupoudre un peu de nourriture, les regarde monter à la surface du bocal pour manger. Je les aime tendrement et, en même temps, je me sens comme Dieu. Peu importe qui je suis, peu importe ce que je fais, mes poissons me respectent. La manière dont ils vivent, leurs conditions d'existence, leurs heures de repas – tout cela dépend de moi.

Je leur parle pendant qu'ils mangent. Quelques minutes passent. J'ai assez parlé. La douleur d'avoir tué Peluche est presque partie.

Je sors et marche jusqu'à l'arrêt de bus le plus proche. J'attends peut-être cinq minutes avant qu'un bus finisse par passer.

Maman vit à South Brighton, près de la plage. L'herbe n'est pas verte là-bas. Comme les plantes, elle est assortie aux traces de rouille qui marquent toutes les surfaces métalliques exposées à l'air salé. Faites pousser un rosier, et tout le quartier prendra de la valeur. La plupart des maisons sont des bungalows vieux d'une soixantaine d'années qui se battent pour garder leur cachet, alors que leur peinture s'écaille par plaques et que leurs planches pourrissent lentement. Toutes les fenêtres sont encroûtées de sel. Les planchers des vérandas sont couverts d'épines de pin et de sable. Des taches d'enduit et de plâtre bouchent des trous un peu partout afin de conserver l'isolation des maisons. Même la criminalité a des inconvénients ici – quand on réfléchit au prix de l'essence, on se rend compte que cela revient généralement plus cher de cambrioler une maison là-bas que d'y renoncer.

Il faut trente minutes en bus pour aller jusque chez maman. Tout en descendant du bus, je peux entendre les vagues qui s'écrasent sur le rivage. Ce son est relaxant. C'est le seul intérêt de South Brighton. La plage est à une minute de marche d'ici, et si je vivais encore dans cette banlieue, je prendrais cette minute et j'irais nager. Pour l'instant, j'ai l'impression d'être dans une ville fantôme. Très peu de maisons ont leurs lumières allumées. Un réverbère sur quatre ou cinq est cassé. Personne en vue.

J'avale une grande bouffée d'air salé en m'arrêtant devant le portail. Mes fringues sentent déjà les algues pourries. La maison de maman est aussi déglinguée que toutes les autres du quartier. Si je venais un jour pour la repeindre, ses voisins la flanqueraient probablement dehors. Si je tondais sa pelouse desséchée, il faudrait que je tonde toutes les autres. Sa baraque est une construction de plain-pied en planches de recouvrement. La peinture, blanche à l'origine et maintenant d'une couleur brouillard, s'écaille sur les planches de guingois, au milieu de la poussière de rouille descendue du toit de tôle. Les fenêtres tiennent en place grâce à du mastic craquelé et beaucoup de chance.

J'avance jusqu'à la porte. Frappe. Et attends. Une minute passe avant que ma mère ne finisse par arriver. La porte colle au chambranle et il faut qu'elle tire fort. Elle s'ouvre en tremblant, et les charnières grincent.

« Joe, est-ce que tu sais quelle heure il est ? »

Je hoche la tête. Il est presque 7 heures et demie.

« Ouais, m'man, je sais. »

Elle referme la porte, j'entends le cliquetis de la chaîne de sécurité, puis la porte s'ouvre à nouveau. J'entre.

Maman aura 64 ans cette année, mais on dirait qu'elle en a au moins 70. Elle ne fait que 1,57 mètre et elle a des courbes à tous les mauvais endroits. Certaines de ces courbes s'étendent sur d'autres, certaines sont assez épaisses pour faire disparaître les rides de son cou. Elle tire ses cheveux gris en arrière en un chignon serré mais, aujourd'hui, elle porte quelque chose dessus – un de ces vieux filets avec des rouleaux attachés dedans. Elle a des yeux bleus si pâles qu'ils sont presque gris, couverts d'une paire de lunettes à la monture épaisse qui n'a jamais été à la mode. Elle a trois très gros grains de beauté sur le visage, chacun d'eux avec un poil noir qu'elle refuse de couper. Sa lèvre supérieure cultive une fine ligne de duvet. On dirait qu'elle travaille comme infirmière chef dans un hospice.

« Tu es en retard, dit-elle, bloquant l'entrée tout en rajustant un des bigoudis sur sa tête. Je m'inquiétais. J'ai failli appeler la police. Failli appeler les hôpitaux.

— J'étais occupé, maman, avec le boulot et tout, je lui explique, soulagé qu'elle n'ait pas déjà signalé ma disparition à la police.

— Trop occupé pour appeler ta mère ? Trop occupé pour t'inquiéter de me briser le cœur ? »

Je suis tout ce qui lui reste. Pas étonnant que papa soit mort. Bienheureux enfoiré. Il semble que maman ne soit née que pour parler. Et se plaindre. Heureusement pour elle, ces deux trucs marchent main dans la main.

« J'ai dit que j'étais désolé, maman. »

Elle me pince l'oreille. Pas fort, mais assez pour me montrer sa déception. Puis elle me serre dans ses bras. « J'ai fait du pain de viande, Joe. Du pain de viande. Ton préféré. »

Je lui tends la rose que j'ai cueillie dans le jardin d'Angela. Elle est un peu écrabouillée, mais quand je lui donne la fleur rouge, l'expression de maman est inestimable.

« Oh, Joe, tu es si attentionné ! » dit-elle, en la portant à son nez pour la sentir.

Je hausse un peu les épaules. « J'voulais juste te faire plaisir, je dis, son sourire me faisant sourire.

— Aïe ! dit-elle, se piquant le doigt sur une épine. Tu me donnes une rose avec des épines ? Mais quelle sorte de fils es-tu, Joe ? »

Un mauvais fils, visiblement.

« Désolé. Je ne voulais pas que ça arrive.

— Tu ne réfléchis pas assez, Joe. Je vais la mettre dans l'eau, dit-elle en se retournant. Tu ferais aussi bien d'entrer. »

Elle referme la porte derrière moi et je la suis dans le couloir jusqu'à la cuisine, passant devant des photos de mon père disparu, un cactus qui a eu l'air mort depuis le jour où elle l'a reçu et un tableau de paysage marin d'un endroit qu'elle aimerait peut-être visiter. La table en formica est dressée pour deux.

« Tu veux boire quelque chose ? demande-t-elle en mettant la rose dans un verre.

— Ça va », je dis, en refermant ma veste. Il fait toujours froid dans cette maison.

« Le supermarché a du Coca en promotion.

— Ça ira, merci.

— 3 dollars le pack de six. Tiens, je vais te trouver le reçu.

— T'inquiète pas, maman, ça ira, vraiment.

— C'est pas un problème. »

Elle s'éloigne, me laissant seul. Il n'existe aucun moyen de le dire gentiment, mais ma mère devient chaque jour plus dingue. Je suis tout à fait persuadé que son Coca est en promo, et pourtant elle éprouve le besoin de me montrer le ticket de caisse. Quelques minutes s'écoulent et je n'ai rien d'autre à faire que regarder le four et le micro-ondes, et donc je passe ce moment à essayer de me figurer combien ce serait bizarre de faire rentrer une personne entière dans l'un ou dans l'autre. Quand elle revient, elle a également trouvé le prospectus du supermarché annonçant la promo sur le Coca.

Je hoche la tête.

« 3 dollars, hein ? Étonnant.

— Alors, tu en prends un ?

— Bien sûr. » C'est l'option la plus simple.

Elle sert le dîner. On s'assoit et on commence à manger. La salle à manger ouvre sur la cuisine, et la seule vue que j'ai, c'est soit ma mère, soit le mur derrière elle, alors je regarde le mur. Ici, l'installation électrique était déjà démodée quand on a inventé l'électricité. Le sol en linoléum semble avoir été fait avec la peau de Kermit, la grenouille du « Muppet Show ». La table est couleur banane. Ses pieds sont en métal froid. Les chaises sont capitonnées et branlent légèrement quand je bouge. Celle de maman a été renforcée.

« Comment s'est passée ta journée ? » demande-t-elle. Un petit morceau de carotte est collé sur son menton. Le long poil d'un de ses grains de beauté a l'air de vouloir l'embrocher.

« Bien.

— Je n'ai pas eu de nouvelles de toi de toute la semaine.

32

— J'étais occupé par du travail à la maison.

— Le boulot?

— Le boulot.

— Ton cousin Gregory va se marier. Tu le savais? »

Je le sais.

« Ah, bon? Vraiment?

— Quand est-ce que tu vas te trouver une femme, Joe? »

J'ai remarqué que les personnes âgées mâchent toujours avec la bouche ouverte, et donc on peut entendre la nourriture clapoter contre leur palais. C'est parce qu'ils sont toujours prêts à dire quelque chose.

« Je ne sais pas, maman.

— Tu n'es pas gay, n'est-ce pas? »

Elle dit ça tout en mâchant. Comme si c'était pas grave. Comme elle aurait dit : « Cette chemise te va bien » ou « On a beau temps, hein? ».

« Je ne suis pas gay, maman. »

En fait, ce n'est pas si grave. Je n'ai rien contre les gays. Rien du tout. Après tout, ce ne sont que des gens. Comme n'importe qui d'autre. Et moi, c'est après les gens en général que j'en ai.

« Hum, fait-elle.

— Quoi?

— Rien.

— Quoi, maman?

— Je me demande juste pourquoi tu n'as pas une petite amie, alors. »

Je hausse les épaules.

« Les hommes ne devraient pas être gay, Joe. C'est pas… – elle cherche le mot – juste.

— Je ne te suis pas.

— C'est sans importance. »

On mange en silence pendant une minute, ce qui est la durée de silence maximum que ma mère peut endurer avant de se remettre à parler.

« J'ai commencé un nouveau puzzle aujourd'hui.

— Mmh…

— Il était en promotion. 12 dollars au lieu de 30.

— Bonne affaire.

— Tiens, je vais te montrer le ticket de caisse. »

Je continue à manger pendant qu'elle part à sa recherche, sachant que manger vite ne signifie pas forcément s'échapper vite. Je regarde les pendules du micro-ondes et du four, et je les mets au défi de battre la pendule du mur, mais elles se traînent toutes à la même vitesse. Il ne faut pas longtemps à maman pour trouver le reçu, et donc je me dis qu'elle a dû le mettre de côté pour me le montrer. Elle revient aussi avec le prospectus promotionnel. Je fais de mon mieux pour calmer mon excitation.

« Tu vois ? 12 dollars.

— Ouais, je vois. »

En travers du prospectus, il est écrit : « Des cadeaux comme s'il en pleuvait. » Je me demande à quoi pensait la personne qui a écrit ça. Ou ce qu'elle avait fumé.

« C'est 18 dollars. Bon, en fait, c'était 29,95 dollars donc ça fait 18,95 dollars de ristourne. »

Je fais le calcul pendant qu'elle me parle et je vois vite qu'elle s'est trompée de 1 dollar. Mieux vaut ne rien dire. Je me dis que si elle se rend compte qu'elle a économisé 18 dollars et pas 19, elle va le ramener à la boutique. Même après avoir fait le puzzle.

« C'est un puzzle du *Titanic*, Joe, dit-elle, alors même que sur le prospectus s'étale un grand paquebot

34

avec le mot *Titanic* imprimé sur sa proue. Tu sais, le bateau ?

— Ah oui, ce *Titanic*-là !

— Une vraie tragédie.

— Le film ?

— Le bateau.

— J'ai entendu dire qu'il avait coulé.

— Tu es sûr que tu n'es pas gay, Joe ?

— Je le saurais, non ? »

Après dîner, je lui propose de débarrasser, même si je sais ce qu'elle va dire.

« Tu penses que je veux que tu viennes ici me servir de boniche ? Reste assis, Joe. Je vais débarrasser. Quelle sorte de mère je serais si je ne prenais pas soin de mon propre fils ? Je vais te dire quelle sorte – une mauvaise mère, voilà.

— Je m'en charge.

— Je ne veux pas que tu le fasses. »

Je vais m'asseoir dans le salon et je regarde la télé. Il y a un bulletin d'information. Quelque chose sur la découverte d'une morte. L'insécurité des foyers. Je change de chaîne. Finalement, maman revient dans le salon.

« On dirait que ma vie entière s'est résumée à nettoyer derrière ton père, et maintenant je passe le reste à nettoyer derrière toi.

— J'avais proposé de t'aider, maman, je dis en me levant.

— Eh bien, c'est trop tard. C'est fait. » Elle fait claquer ses doigts. « Tu devrais apprendre à apprécier ta mère, Joe. Tu n'as plus que moi. »

Je connais ce discours par cœur, et je me suis déjà excusé autant de fois que je l'ai entendu. Je redis encore une fois que je suis désolé, et il me semble que le temps que je passe à m'excuser représente 50 % de mes conversations avec ma mère. Elle s'assoit, et on regarde un peu la télé – une série anglaise quelconque où les gens parlent comme s'ils s'étaient bouché le nez et d'ailleurs je ne sais même pas ce que « balloches » veut vraiment dire.

Maman est plongée dans le film comme si elle ne pouvait pas déjà deviner que Fay couche avec Edgar pour son héritage, et que Karen est enceinte de Stewart – l'ivrogne de la ville, qui est également son frère qu'elle a perdu de vue depuis son enfance. Quand les pubs arrivent, elle me raconte ce que les personnages ont fait, comme s'ils faisaient partie de la famille. J'écoute, j'acquiesce et oublie ce qu'elle a dit à la seconde. Comme un poisson rouge. Quand le feuilleton recommence, je finis par contempler le tapis, trouvant plus d'intérêt dans les motifs bruns symétriques qui étaient à la mode dans les années 1950 – ce qui prouve qu'à cette époque tout le monde était complètement fou.

Une musique hautement dépressive annonce le générique de fin. Aussi triste que soit cet air, je me sens revigoré, parce que la musique signifie qu'il est l'heure que je m'en aille. Avant de partir, maman m'en dit plus sur mon cousin Gregory. Il a une voiture. Une BMW.

« Pourquoi tu n'as pas une BMW, Joe ? »

Je n'ai jamais volé de BMW.

« Parce que je ne suis pas gay. »

Je suis le seul passager du bus. Le chauffeur est vieux, et ses mains tremblent quand je lui tends l'argent pour le ticket. Pendant que nous roulons, je me demande ce qui se passerait s'il éternuait. Est-ce que son cœur exploserait? Est-ce qu'on rentrerait dans un autre véhicule? J'ai presque envie de lui donner 1 dollar de pourboire quand il me dépose intact à mon arrêt, mais je me dis que l'excitation pourrait le tuer. Il me souhaite une bonne nuit quand je descends du bus, mais je ne sais pas s'il le pense vraiment. Je ne lui souhaite rien en retour. Je ne cherche pas à me faire des amis. Surtout pas des vieux.

À peine arrivé à la maison, je saute dans la douche et j'y reste une heure entière pour me laver de ma mère. Quand j'en sors, je passe un moment avec Cornichon et Jéhovah. Ils ont l'air contents de me voir. Quelques minutes plus tard, c'est l'extinction des feux. Je me glisse dans le lit. Je ne rêve jamais et ce soir ne fera pas exception.

Je pense à Angela et à Peluche et, finalement, je ne pense plus à rien.

5

À 7 heures et demie pile, je me réveille. Je n'ai pas besoin d'un réveil pour m'arracher au sommeil. J'ai une pendule interne. Jamais besoin de la remonter. Incassable. Elle tictaque sans cesse.

Encore un matin à Christchurch, et je m'ennuie déjà. Je regarde les vêtements dans mon placard, mais c'est inutile. Je m'habille, puis j'entame le petit déjeuner. Toasts. Café. Jamais plus sophistiqué que ça. Je parle à mes poissons de Karen, de Stewart et du reste de l'équipe des « balloches », et ils écoutent apparemment ce que je leur dis. Je les nourris pour les remercier de leur loyauté.

Je sors. Il n'y a encore personne dehors. Malheureusement, je n'ai pas de voiture. J'ai garé celle d'Angela de l'autre côté de la ville. J'ai laissé les clés sur le contact au cas où quelqu'un voudrait faire un tour avec. C'est beaucoup plus facile de voler des clés que de brancher des fils pour démarrer, même si j'ai une grande expérience de ces deux cas de figure. Cela m'a pris une heure pour rentrer à pied, ce qui explique pourquoi j'étais si en retard.

Je suis à l'arrêt de bus avec mon ticket à la main quand le bus arrive. Son flanc est couvert de publicités pour des vitamines et des contraceptifs. La porte s'ouvre avec un soupir. Je grimpe à bord.

« Comment ça va, Joe ?

— Joe va bien, M. Stanley. »

Je tends mon ticket à M. Stanley. Il le prend et, sans le composter, il me le rend. Il me fait un clin d'œil comme le font les vieux chauffeurs de bus. Tout un côté de son visage s'effondre comme s'il avait une attaque cardiaque. M. Stanley a probablement la cinquantaine, et on dirait que la vie le botte vraiment. Des matins comme celui-ci, il aime toujours dire : « Fait chaud, hein ? » Il porte l'uniforme de tous les chauffeurs de bus : short bleu marine, chemise bleu clair à manches courtes et chaussures noires.

« Aujourd'hui, c'est la ville qui raque, Joe, dit-il en clignant de l'œil encore une fois, au cas où je n'aurais pas remarqué. On peut dire qu'il fait vraiment chaud aujourd'hui, hein ? »

Je me dis que si je souris en retour, j'aurai d'autres trajets gratis. « Ça alors… Joe vous est très reconnaissant, M. Stanley. »

M. Stanley me sourit et je me demande la tête qu'il ferait si j'ouvrais ma mallette pour lui montrer ce qu'il y a dedans. Mettant le ticket de bus dans ma poche, je m'avance dans le couloir. Le bus est presque vide – une poignée d'écoliers dispersés au hasard, une bonne sœur dans une de ces tenues amidonnées noir et blanc, un homme d'affaires avec un parapluie alors qu'il fait 30 degrés dehors.

Des gens normaux, comme moi.

Je m'assois dans le fond derrière deux collégiennes de 16 ou 17 ans. Je pose ma mallette sur le siège vide à côté de moi. Personne n'est assis derrière moi ou de l'autre côté du couloir. Je déverrouille la combinaison codée de la mallette. J'ouvre les loquets. Tous mes couteaux sont bien rangés à l'intérieur – trois dans le couvercle et trois dans le fond. Ils sont maintenus par des attaches en tissu qui les entourent et sont fixées par des boutons-pression. Le Glock est la seule chose qui se balade librement à l'intérieur, mais il est dans un holster en cuir noir qui le protège, lui, et les couteaux aussi. Le flingue a trois sécurités, donc il faudrait que je sois trois fois malchanceux – ou trois fois stupide – pour qu'il m'arrive le moindre accident. Devant moi, les deux collégiennes pouffent de rire.

Je sors un couteau avec une lame de 5 centimètres seulement, qui coûte 25 dollars. Il faut frapper de nombreuses fois pour tuer quelqu'un avec une lame aussi courte. Un jour, il y a environ dix-huit mois, il m'a fallu frapper à plus de cent reprises pour arriver à tuer je ne sais plus quelle pauvre merde. Petites entailles. Beaucoup de sang. Je transpirais comme un cochon après. Ma chemise me collait à la peau. Il le méritait, pourtant.

M. Stanley est un chauffeur de bus nettement plus sympa.

Je fais glisser le couteau de haut en bas du dossier de la fille de gauche. Je pense aux femmes en général quand son amie, la blonde, se retourne à cause du bruit. Je cache le couteau derrière ma jambe et souris innocemment comme si je ne savais même pas où je suis, comme si tout ce que je faisais, c'était chanter dans ma tête : « Les roues du bus tournent et tournent, tournent et tournent. » Elle me toise. En la regardant, je peux sentir se nouer le début d'une relation.

Elle se retourne sans faire de commentaire, et les deux reprennent leur babillage. Je remets le couteau dans ma mallette. Je ne sais même pas pourquoi je l'ai sorti. Je finis de verrouiller la mallette juste au moment où mon arrêt arrive. M. Stanley fait une exception rien que pour moi, arrêtant le bus juste devant mon lieu de travail. Je lui fais un sourire depuis le fond du bus. Nous échangeons un signe de la main quand j'emprunte la sortie arrière.

Christchurch. Pas du tout la Cité des anges. La Nouvelle-Zélande est connue pour sa tranquillité, ses moutons et ses hobbits. Christchurch est connue pour ses jardins et sa violence. Lancez un sac plein de colle en l'air, et une centaine de candidats vont se piétiner pour pouvoir sniffer dedans. Il n'y a pas grand-chose à voir. Des tas de buildings, mais ils sont tous gris et espacés. Des tas d'avenues. Elles sont grises aussi – comme le ciel presque tout le long de l'année.

Cet endroit est une jungle de béton comme n'importe quelle autre ville, mais le béton laisse parfois place à la verdure : arbres, buissons, fleurs. Vous ne pouvez pas faire vingt pas sans passer devant un bout de nature. De grandes portions de la ville, comme le jardin botanique, sont là pour démontrer au reste du monde à quel point nous sommes doués pour changer des graines en plantes. Dans ces parcs, il y a des milliers de fleurs et des centaines d'arbres, mais vous ne pouvez pas y aller le soir sans prendre un coup de couteau ou une balle, qui feront de vous un excellent engrais naturel.

Je fais quelques pas, et mon ennui ne me lâche pas. C'est cette ville. Personne ne peut se sentir enthousiasmé à l'idée d'être encerclé de bâtiments de plus d'une centaine d'années. Entre les immeubles, il y a un dédale de ruelles que n'importe quel défoncé notoire peut suivre les yeux fermés. Les marginaux de Christchurch vivent dans ces ruelles. Si un homme ou une femme d'affaires s'aventuraient dedans, ils auraient plus de chances de rencontrer Jésus que de s'en sortir sans être molestés ou couverts de pisse. Quant au shopping, eh bien, c'est une activité à peu près aussi populaire qu'Eddie Murphy faisant un spectacle devant le Ku Klux Klan. Ici, le shopping est passé de mode, et les magasins vides où pendent des panneaux « À louer » ou « À vendre » en sont la plus parfaite expression. Mais malgré tout ça, vous ne pouvez jamais trouver une putain de place de parking.

Prenez le temps de vous retourner lentement, et vous verrez au sud les contreforts de Port Hills, et, vers l'est, l'ouest et le nord, vous n'aurez rien d'autre à admirer qu'une grande étendue de terrain plat. Christchurch a été élue l'un des endroits les plus accueillants du monde. Par qui, j'en sais rien. Certainement pas par quelqu'un que je connais. Mais malgré tout ça, Christchurch, c'est chez moi.

L'air miroite de chaleur, et, au loin, les chaussées paraissent mouillées. Les voitures ont leurs vitres baissées, et les bras des conducteurs pendent dans la brise, les cendres de leurs cigarettes tombant sur le trottoir. Il y a beaucoup de circulation, trop pour que je puisse traverser, alors j'appuie sur le bouton du feu rouge et j'attends. Quand il clignote et sonne pour que je puisse y aller, j'attends quelques secondes de plus pour que ceux qui grillent les feux rouges soient passés, et ensuite je traverse. Je remonte mes manches. L'air fait du bien à mes avant-bras. Je sens des gouttes de sueur couler sur mes flancs.

Deux minutes plus tard, je suis au travail.

Je monte directement au troisième étage, en prenant les escaliers parce que voler des voitures ne donne pas vraiment l'occasion de faire de l'exercice. Les escaliers sentent l'urine en bas, et plus je monte, plus ça sent le désinfectant. Au troisième étage, j'entre dans la salle de réunion et je pose ma mallette, verrouillée, sur la table avant de m'approcher des photos épinglées sur le mur.

« Salut, Joe. Comment va, ce matin ? »

Je regarde l'homme à côté duquel je viens de m'installer. Schroder est un grand type avec plus de muscles que de cervelle. Il a l'allure mâle d'un héros de film d'action, mais je doute qu'il lui reste beaucoup d'héroïsme. Il déteste cette ville autant que qui que ce soit d'autre. Il a des cheveux gris coupés ras qui iraient mieux à un sergent artilleur de 60 ans qu'à Schroder, qui est un inspecteur de la criminelle de 40 ans. Son front et son visage sont couverts de rides de stress, que j'ai sans nul doute provoquées. À cet instant, il arbore l'air du flic qui bosse dur et, avec les manches de sa chemise de luxe remontées, sa cravate de marque dénouée, il y réussit parfaitement. Il a un crayon collé derrière l'oreille, et un autre à la main, qu'il mâchouillait avant de m'adresser la parole. Il se tient avec un pied légèrement en avant de l'autre, comme s'il allait se précipiter pour flanquer des coups de poing dans le mur.

« Bonjour, inspecteur Schroder. » Je hoche lentement la tête vers les photos, comme si j'étais d'accord avec ce que je viens juste de dire. « De nouvelles pistes ? »

L'inspecteur Schroder dirige l'enquête sur cette affaire, depuis le deuxième meurtre. Il secoue la tête comme s'il n'était pas d'accord avec lui-même, redresse le dos et se débarrasse d'un torticolis en se massant la nuque des deux paumes, puis il regarde à nouveau les photos. « Toujours rien, Joe. Seulement de nouvelles victimes. »

Je laisse cette affirmation flotter dans l'air. Je fais semblant de réfléchir à ce qu'il vient de dire. Penser et réfléchir. Quand je le fais devant un flic, il faut que ça me prenne encore plus de temps que d'habitude.

« Ah oui ? Et ça s'est passé hier soir, inspecteur Schroder ? »

Il acquiesce. « Ce salopard de malade s'est introduit chez elle. »

Ses gros poings tremblent. Le crayon qu'il tenait se casse. Il le pose sur la table où s'étend un petit cimetière d'autres crayons brisés, puis prend celui derrière son oreille. Il doit avoir une réserve spéciale, juste pour ce genre d'occasion. Il le mâchouille pendant quelques secondes avant de se tourner vers moi et de le casser en deux.

« Désolé, Joe, faut excuser ma façon de parler.

— Tout va bien. Vous avez dit "victimes". Ça veut dire qu'il y en avait plusieurs ?

— On a trouvé une autre femme dans le coffre de sa voiture, garée dans l'allée de la première. »

Je soupire, fort. « Bon Dieu, inspecteur Schroder, je comprends pourquoi vous êtes détective et pas moi ! J'aurais jamais regardé dans le coffre. Et même maintenant, elle serait encore dedans, toute seule et tout. » Je secoue les poings moi aussi. « Bon Dieu ! j'aurais tout fait foirer », j'ajoute dans un souffle, mais assez fort pour qu'il l'entende.

« Hé, Joe, ne t'en veux pas comme ça ! Même moi, je n'avais pas regardé dans la voiture. On n'a trouvé la seconde victime que ce matin. »

Il ment. Son visage buriné me regarde avec pitié.

« Vraiment ? »

Il hoche la tête.

« Bien sûr.

— Vous voulez un café, inspecteur Schroder ?

— Euh, pourquoi pas, Joe, mais faut pas que ça te dérange.

— Ça me dérange pas. Noir, un seul sucre, c'est ça ?

— Deux sucres, Joe.

— Ah oui ! » Je le fais me le rappeler chaque fois que je lui propose d'y aller.

« Je peux laisser ma mallette sur la table, là, inspecteur Schroder ?

— Vas-y. Qu'est-ce que tu trimbales là-dedans, d'ailleurs ? »

Je hausse les épaules. « Oh ! rien de spécial, inspecteur Schroder, des documents et des trucs.

— C'est bien ce qu'il me semblait. »

Conneries. Ce bâtard se figure que j'ai mon déjeuner là-dedans, et à la rigueur une BD pour gamins. Peu importe, je sors de la pièce, prends le couloir, où je croise des dizaines d'officiers, de flics en uniforme et d'inspecteurs. Je dépasse plusieurs bureaux cagibis, tout droit vers la machine à café. Elle est facile à utiliser, mais je fais toujours comme si j'avais du mal avec elle. J'ai soif aussi, et donc je m'en fais un rapide que je bois parce qu'il n'est pas si chaud, et qu'il faut le boire vite ici, parce que le café a un goût de terre. La plupart des autres flics me saluent d'un signe de tête. C'est ce salut silencieux stupide qui est à la mode ces derniers temps – celui où vous hochez abruptement la tête en relevant les sourcils – et qui commence à devenir assez inconfortable quand vous croisez toujours les mêmes gens. Au bout d'un moment, vous êtes obligé d'entamer les banalités. Le lundi, ça va, parce qu'ils vous demandent comment s'est passé votre week-end, et le vendredi, ça passe aussi, parce qu'ils vous demandent ce que vous avez prévu pour le week-end, mais tous les autres jours sont vraiment merdiques.

Je verse son café à Schroder. Noir. Deux sucres.

Ces derniers mois, le commissariat a été animé par un tourbillon frénétique d'inspecteurs stressés et anxieux. Le jour où l'on découvre un homicide et le jour suivant sont ceux où ce tourbillon est le plus fort. Il y a des réunions à chaque heure. Des déclarations sont examinées par des yeux impatients, guettant des indices vitaux ou des contradictions chez tous ceux qui connaissaient l'une des victimes. Les informations ne sont rassemblées que pour devenir des preuves et sont oubliées dès qu'un autre meurtre se produit. Parfois, je les plains vraiment – tout ce travail sans fin qui ne débouche jamais sur rien. Pendant la journée, des journalistes n'arrêtent pas de se pointer chaque fois qu'ils apprennent qu'un nouvel indice a été découvert, qu'un nouveau témoin a été interrogé ou, leur préféré, quand une nouvelle victime a été retrouvée. C'est ce truc-là qui assure le plus de ventes de journaux et de revenus publicitaires quand les bulletins passent sur les ondes. Les journalistes bombardent de questions tous les gens ressemblant vaguement à un policier pendant qu'ils vont et viennent. Des caméras tournent, des micros sont brandis. Malgré tout ça, ils passent à côté du seul homme qui pourrait leur donner le vrai scoop.

Je rapporte le café dans la salle de réunion. Maintenant, il y a d'autres inspecteurs qui s'échauffent à l'intérieur. Je perçois l'angoisse dans l'atmosphère – le désespoir d'attraper l'homme qui leur fait ça, à eux et à leur ville. La pièce sent la sueur et l'after-shave bon marché. Je tends son café à Schroder avec un sourire. Il me remercie. Je ramasse ma mallette pour quitter la pièce et les couteaux ne cliquettent pas.

Mon bureau se trouve au même étage. Contrairement aux bureaux cagibis, le mien est un vrai bureau. Il est tout au bout du corridor, juste après les toilettes. La porte a mon nom dessus. C'est une de ces petites plaques dorées avec des lettres noires. Joe. Pas de nom de famille. Pas d'autres initiales. Juste « Joe ». Comme un Joe quotidien et moyen. C'est moi tout craché. Quotidien et moyen.

J'ai la main sur la poignée et je m'apprête à la tourner quand elle arrive dans mon dos et me tape sur l'épaule.

« Comment ça va aujourd'hui, Joe ? »

Sa voix est un peu forte et un peu ralentie, comme si elle essayait de briser la barrière du langage avec quelqu'un venu de Mars.

Je force un sourire sur mon visage, celui que voit l'inspecteur Schroder chaque fois qu'il partage une plaisanterie avec moi. Je lui offre un grand sourire d'enfant, le genre avec toutes les dents, écartant mes lèvres le plus possible dans toutes les directions.

« Bonjour, Sally. Je vais bien, merci de me demander. »

Sally me rend mon sourire. Elle est vêtue d'une salopette noire qui est légèrement trop large pour elle, mais ne cache pas le fait qu'elle est elle-même un peu trop large. Pas obèse, mais quelque part entre costaude et grassouillette. Elle a un joli visage quand elle sourit, mais elle n'est pas assez jolie pour qu'on puisse ignorer ses quelques kilos de trop et lui passer la bague au doigt. À 25 ans, ce sont ses chances qui diminuent, pas son poids. Des traînées de poussière sur son front ressemblent aux restes d'un gros bleu. Ses cheveux blonds sont attachés en queue-de-cheval, mais on dirait qu'ils n'ont pas été lavés depuis des semaines. Elle ne semble pas ralentie — ce n'est que lorsqu'elle parle que vous comprenez que vous avez affaire à quelqu'un qui a laissé les lumières allumées mais qui n'est pas à la maison.

« Je peux t'apporter un café, Joe ? Ou un jus d'orange ?

— Tout va bien, Sally, merci. C'est gentil de proposer. »

J'ouvre ma porte et je fais un demi-pas à l'intérieur avant qu'elle me tapote à nouveau l'épaule.

« Tu es sûr ? Ça n'est pas un problème. Vraiment pas.

— Je n'ai pas soif pour l'instant. Peut-être plus tard.

— Bon, eh bien, passe une bonne journée, d'accord ? »

Sûr. Tout ce que tu voudras. Je hoche lentement la tête. « D'accord », et, un instant plus tard, je finis de rentrer dans mon bureau et ferme la porte.

6

Sally dit bonjour à tous les gens qu'elle connaît en se dirigeant vers l'ascenseur et à ceux hors de portée de voix, elle fait un petit salut de la main. Elle appuie sur le bouton et attend patiemment. Elle n'éprouve jamais la tentation de continuer à appuyer sur le bouton comme le font les autres. L'ascenseur est vide, ce qui est vraiment dommage, parce qu'elle aurait aimé avoir de la compagnie pour aller jusqu'à son étage.

Elle pense à Joe et au gentil jeune homme qu'il est. Elle a toujours eu la capacité de voir les gens tels qu'ils sont réellement et elle sait que Joe est un être humain merveilleux. Même si la plupart des gens le sont, pense-t-elle, puisqu'ils sont tous faits à l'image de Dieu. Elle aimerait qu'il y en ait plus comme Joe, tout de même. Elle aimerait pouvoir faire davantage pour lui.

Quand l'ascenseur s'arrête, elle sort, prête à sourire, mais le couloir est vide. Elle poursuit son chemin jusqu'au bout du hall et passe la porte marquée « Entretien ». La pièce est pleine d'étagères bien rangées, sur lesquelles se trouvent plusieurs séries d'outils ou d'appareils électriques, différentes tailles de tasseaux, de cornières de métal, de panneaux de rechange pour les faux plafonds, de lamelles de parquet et de plinthes, de pots de colle et de graisse, de bocaux pleins de vis et de clous, de pinces, un niveau, différentes scies. Bref, un peu de tout ce qu'il faut pour bricoler.

Elle s'approche de la fenêtre et prend le verre de jus d'orange qu'elle a abandonné là vingt minutes plus tôt, juste avant de se précipiter à l'étage inférieur pour dire bonjour à Joe. Elle ne sait pas bien pourquoi elle a fait cet effort. Probablement à cause de Martin. Elle pense beaucoup plus à Martin pendant ces deux jours de l'année, et cela l'a peut-être poussée à penser à Joe. Les gens en dehors de sa famille faisaient très peu pour aider Martin. Certains, et elle pense aux gamins de l'école, se débrouillaient même pour lui rendre la vie difficile. C'était pareil pour tous les enfants qui étaient différents. Ce sera toujours pareil, se dit-elle, en buvant son jus d'orange. Il est plus tiède qu'elle n'aurait voulu, mais le goût la fait quand même sourire.

Elle finit son verre, puis se dirige vers une grande boîte pleine de tubes de néon emballés dans des cartons, bien serrés. Elle en prend deux, un pour cet étage et l'autre pour le rez-de-chaussée. Pendant qu'elle remplace le premier tube grillé, elle se souvient combien le handicap de Martin a changé sa propre vie. En grandissant auprès de lui, elle avait eu l'idée de devenir infirmière. Elle voulait pouvoir aider les gens.

Elle avait passé les trois dernières années de sa vie, jusqu'à ces six derniers mois, dans une école d'infirmières. C'était difficile de décider quel chemin elle voulait suivre exactement, si elle allait travailler dans un hôpital, dans une maison de retraite, ou aider ceux qui étaient handicapés mentaux comme Martin ou Joe. Il y avait plein d'options, mais elle n'a pas pu choisir. Martin était mort, et cela avait rendu son désir d'aider les gens beaucoup plus difficile à réaliser. Il y avait bien trop de maladies partout, trop de virus. Vous pouviez vivre votre vie le mieux possible, bien vous comporter, prendre toutes les bonnes décisions, et être frappé quand même par quelque chose que vous portiez en vous depuis la naissance et qui attendait son heure. Il y avait tout simplement trop de manières de mourir. Pourtant, si elle réfléchissait à ce que Martin aurait voulu qu'elle fasse, abandonner ses études aurait été honteux. Elle ne pouvait plus l'aider, cela n'était que trop clair et douloureux, mais cela n'allait pas l'empêcher d'aider les autres.

Mais ce qui l'a vraiment arrêtée, c'est son père. Deux ans auparavant, on lui a diagnostiqué la maladie de Parkinson, qui lui a vite fait perdre son job. Depuis, la maladie a encore progressé. Il ne peut plus travailler, et sa pension ne suffit pas à couvrir les frais médicaux ; l'assurance médicale ne couvre pas non plus le nouveau cauchemar de sa famille. Elle n'a donc pas eu le luxe de pouvoir finir ses études. Sa famille avait besoin d'elle, pas seulement pour s'occuper de son père, mais pour les aider à survivre. Il fallait qu'elle gagne de l'argent. Il fallait qu'elle les aide à traverser cette crise.

Son père avait un ami qui travaillait à plein temps au service d'entretien du commissariat central, un ami qui devenait vieux et avait besoin d'un assistant qui le remplacerait un jour. Sally a pris ce boulot et, maintenant, six mois plus tard, elle a même son bureau et sa vue.

Elle prend l'ascenseur, passant l'étage de Joe en descendant vers le rez-de-chaussée, mais ne cède pas à la tentation de s'arrêter pour voir comment il s'en sort.

7

Le commissariat central, c'est dix étages d'insatis-
faction, faits de blocs de béton et de mauvais goût. Mon
bureau est petit, peut-être le plus petit de tout ce putain
de building. Pourtant, c'est le mien, je ne le partage
avec personne, et c'est ça l'essentiel.

Je pose ma mallette sur le comptoir, m'approche
de la fenêtre pour regarder la ville en bas. Fait chaud
dehors. Chaud dedans. Chaud et étouffant. C'est un
temps idéal pour ne pas rester enfermé à travailler. Des
femmes marchent dans la rue, elles portent des jupes
et des hauts presque inexistants. Les bons jours, d'ici,
vous pouvez voir droit dans leurs décolletés. Les très
bons jours, vous pouvez voir du téton. À la fin de la
journée, toutes ces femmes sont planquées. Elles ont
peur d'être la prochaine victime à faire les gros titres
des journaux. L'air de la nuit se charge d'un sentiment
de peur, et ce n'est pas près de changer. Elles font ce
qu'elles peuvent pour prétendre que rien de mal ne
pourra jamais leur arriver.

Je quitte la fenêtre et je défais le bouton du haut de
ma combinaison de travail. Mon bureau se résume à
un comptoir qui s'étend sur toute la pièce – environ
4 mètres – le long du même mur que la fenêtre. Une
chaise complète le mobilier. Posés partout dans la

pièce, il y a des pots de peinture et plein de chiffons, balais et produits de nettoyage dont les solvants me flanquent parfois mal à la tête. Il y a des seaux et des serpillières, des outils, des fils électriques, des étagères, des pièces détachées, et des tas de pièces de rechange pour tout. Le bureau est bien éclairé parce qu'il est ensoleillé presque toute la journée, et ça tombe bien, parce qu'à peine la moitié des néons du plafond fonctionne. J'oublie toujours de demander à Sally de les remplacer et, quand je m'en souviens, j'ai peur de lui demander. Je suis certain qu'elle a le béguin pour moi, ce qui est normal pour la plupart des femmes, mais ça flanque la chair de poule quand il s'agit d'une fille comme Sally.

Parce que la climatisation de mon bureau ne fonctionne pas et que ma fenêtre ne s'ouvre pas, j'ai un ventilateur électrique qui est posé sur le comptoir et qui vibre bruyamment quand il est allumé. À côté de lui, il y a un mug avec mon nom imprimé dessus. Un cadeau de ma mère, particulièrement bien pensé. Au bout de mon comptoir, il y a une photo encadrée de Cornichon et Jéhovah.

Je prends le seau dans le coin de la pièce, je prends le balai à franges qui est à côté de lui et je me dirige vers le troisième étage climatisé. Puis je me rends dans les toilettes pour hommes, qui sont encore plus fraîches. L'odeur des désinfectants surpuissants m'oblige à respirer par la bouche, de peur de tomber dans les pommes.

« Salut, Joe. »

Je me retourne vers un homme qui essaie de cacher son côté loser avec une poignée de gel et une moustache à moitié poussée.

« Bonjour, agent Clyde, je dis, en posant le seau sur le sol.

— Belle matinée, hein, Joe ?

— Ça c'est sûr, agent Clyde », je réponds, tout à fait d'accord avec son incroyable perspicacité. En fait, ce n'est pas juste une belle matinée – ça a été une magnifique semaine.

Je regarde le mur, essayant de ne pas poser mes yeux sur sa petite bite pendant qu'il achève longuement de pisser. Il plie les genoux pour remonter sa braguette, comme s'il avait besoin de prendre son élan pour fermer son pantalon. Il ne se lave pas les mains.

« Passe une bonne journée, Joe », dit-il avec un sourire plein de pitié.

Je commence à remplir mon seau d'eau. « J'essaierai. »

Il me fait un clin d'œil et, en même temps, il met ses doigts en forme de pistolet, et, tout en sortant, il me vise en faisant claquer sa langue. Le seau plein, le nettoyant ajouté, je passe le balai à franges sur toute la surface du sol des toilettes. Le linoléum brille vite et devient carrément dangereux. Je pose un panneau sur le sol qui porte le mot « Attention », signalant que le sol est humide, et qui montre une petite silhouette rouge qui glisse et ne va pas tarder à éclater sa parfaite petite tête ronde.

Je travaille ici depuis plus de quatre ans. Avant ça, j'étais sans emploi. Je me souviens d'avoir tué quelqu'un, je ne peux pas me rappeler son nom, mais c'était mon premier. Don ou Dan, ou quelque chose dans le genre, je pense. Qu'y a-t-il dans un nom ? Je l'ai tué quand j'avais 28 ans. C'était une époque de ma vie où le fantasme de me demander ce que ça ferait s'est mélangé avec un désir qui est devenu un besoin de savoir. Le fantasme n'était pas aussi satisfaisant que la réalité, et la réalité était nettement plus salissante, mais c'était une expérience, et on dit que c'est en forgeant qu'on devient forgeron. Ron ou Jim, ou Don, devait être quelqu'un d'important parce que, deux mois après avoir trouvé son cadavre, on offrait une récompense de 50 000 dollars. Je n'avais trouvé que quelques centaines de dollars dans son portefeuille quand je l'avais tué, alors je me sentais floué. Comme si Dieu ou le destin se moquaient de moi.

Je commençais à devenir nerveux. Agité. J'avais besoin de savoir si la police était proche de m'arrêter. Je ne pouvais rien y faire, mais le désir de voir où en était l'enquête m'empêchait de dormir. Ça a duré deux mois. Je me sentais craquer. Tous les matins, je regardais ma vue merdique par la fenêtre en me demandant si c'était la dernière fois que je la voyais. J'avais commencé à boire. Je mangeais mal. Je devenais une épave. J'étais à ce point désespéré que j'ai fait la chose la plus courageuse de ma vie : je me suis rendu au commissariat central pour « avouer ».

C'est l'inspecteur Schroder qui m'a reçu. Je n'avais pas peur, parce que j'étais trop malin pour avoir peur, et bien plus malin que n'importe quel flic. Je n'avais laissé aucun indice. En brûlant le corps, j'avais détruit tout l'ADN que j'aurais pu laisser et, en balançant le cadavre brûlé dans une rivière, j'avais lavé tout ce qui aurait pu rester. J'étais plutôt confiant. Je savais ce que je faisais. Allais-je remettre ça ? Absolument pas.

Ils étaient deux. Ils m'ont assis dans une petite salle d'interrogatoire. La pièce avait quatre murs de béton et pas de fenêtre. Au centre, il y avait une table en bois et deux chaises. Il n'y avait pas de plantes vertes. Pas de tableaux. Juste un miroir. Les pieds de devant de ma chaise étaient un peu plus courts que les autres, et je n'arrêtais pas de glisser en avant, ce qui était assez inconfortable. Un magnétophone était posé sur la table. Je nettoie cette pièce une fois par semaine, maintenant.

J'avais commencé par dire que je voulais confesser le meurtre de la femme qui avait été tuée, il y a quelques mois.

« *Quelle femme, monsieur ?*

— *Vous savez. La morte avec la récompense.*

— *C'était un homme, monsieur.*

— *Ouais, je l'ai tué. Je peux avoir mon argent maintenant ?* »

Ce n'était pas dur pour eux de douter de mon histoire. Ensuite, j'ai insisté pour avoir la récompense, disant que je l'avais gagnée en le tuant, puis, quand on m'a demandé où j'avais poignardé ma victime, j'ai répondu : « Dehors. » Mon personnage de « Joe-le-Lent » était en béton. Alors que je passais d'Hannibal Lecter à Forrest Gump en quelques secondes, j'ai compris que la police n'avait pas le moindre suspect. Je n'ai pas eu de récompense, mais on m'a donné du café et un sandwich. Ce soir-là, en rentrant chez moi, j'ai dormi comme une souche. Le jour suivant, je me sentais un homme nouveau. Je me sentais fantastiquement bien.

Quand je suis revenu avouer encore une fois, cette fois un meurtre dont je ne savais absolument rien, ils m'ont pris en pitié. Ils voyaient que j'étais un brave type, et que je cherchais à être remarqué au mauvais endroit. Quand l'un de leurs nettoyeurs a soudainement

« disparu », j'ai proposé ma candidature et on m'a donné ce boulot. À cause des décrets gouvernementaux de ce monde qui veut à tout prix être politiquement correct, les administrations de tout le pays ont un quota d'employés physiquement ou mentalement foirés à remplir. La police semblait heureuse de m'engager, car, pour eux, un agent de service a juste besoin de savoir manier un aspirateur ou tremper une serpillière dans l'eau. C'était soit moi, soit s'adresser à la loterie du bureau de l'emploi où ils auraient à choisir un autre handicapé.

Et donc je suis maintenant le type inoffensif qui valse dans leurs corridors avec des balais et des serpillières, un laquais payé au salaire minimum. Mais au moins mes nuits sans sommeil appartiennent au passé.

En général, il me faut une heure pour nettoyer les toilettes. Aujourd'hui, je ne déroge pas à la règle. Quand j'ai fini, je passe aux toilettes des dames et je fais la même chose, accrochant d'abord un panonceau sur la porte, disant qu'on est en train de nettoyer. Les femmes ne viennent jamais pendant que je nettoie. Peut-être qu'elles pensent que le petit personnage rouge qu'elles voient sur le panonceau est un pervers. Quand j'ai fini, je vide le contenu du seau, puis je le range dans mon bureau avec le balai à franges. Je prends un balai et je le passe le long des couloirs, et tout autour des bureaux, en me dirigeant vers la salle de réunion. Quand j'y entre, je n'ai pas besoin de me rendre invisible, parce que je suis tout seul à l'intérieur. La journée de travail a commencé. Des pistes trouvées. Des indices à suivre. Des prières qui resteront sans réponse.

Je pose mon balai contre le mur. La salle de réunion est plutôt grande. Sur ma droite, une fenêtre de la largeur de la pièce ouvre sur la ville. Sur ma gauche, une fenêtre identique donne sur le troisième étage. Pour l'instant, on ne voit que les fines lames grises des stores vénitiens qui ont été fermés. Au centre, on a installé une longue table rectangulaire, avec plusieurs sièges autour. Dans le passé, cette salle a été utilisée pour interroger des suspects parce qu'elle a l'air intimidante. Il faut dire qu'avec les centaines de photos accrochées aux murs, les piles de documents posés partout et les agents passant derrière la vitre avec des dossiers, avant d'entrer pour chuchoter quelque chose à l'inspecteur menant l'interrogatoire, l'arme du crime posée pas loin pour que le meurtrier puisse bien la regarder, le suspect sentait très vite qu'ils avaient bien assez de renseignements sur lui et, sous la pression, il craquait.

Dans un coin, le long de la fenêtre, il y a une énorme plante verte en pot. Je l'arrose toujours avec beaucoup de soin.

Je m'avance vers le mur de photos – des images des victimes et des scènes de crime sont punaisées sur un long panneau de liège. Les photos des dernières victimes, Angela Durry et Martha Harris, sont en haut et viennent compléter le tableau. Sept cadavres durant les trente dernières semaines. Sept meurtres non élucidés. Il n'en a fallu que deux pour que la police fasse le lien, même avec les différents MO. *Modus operandi*. Un MO désigne les éléments similaires dans la manière dont le crime est commis – la même arme, la méthode d'effraction, la manière dont est attaquée la victime. C'est différent d'une signature. Une signature, c'est ce que le tueur a besoin de faire pour ressentir du contentement – il peut avoir envie de se masturber sur le corps ou de suivre un scénario, ou de forcer sa victime à participer. Un MO est évolutif. La première fois que je suis entré dans une maison, j'ai cassé un carreau. Puis j'ai appris que si vous collez du papier adhésif sur la vitre, elle n'éclate pas et fait beaucoup moins de bruit. Ensuite, j'ai appris à crocheter les serrures.

Une signature n'est pas évolutive. Le meurtre tout entier est contenu dans sa signature. C'est une gratification. Je n'en ai pas parce que je ne suis pas comme ces bâtards de pervers qui se mettent à buter des femmes par besoin sexuel. Je le fais pour m'amuser. Et ça fait une grosse différence.

Des sept meurtres non élucidés, seuls six m'appartiennent. Le septième m'a été attribué parce que la police est incompétente. C'est étrange comme les choses en ce monde ont tendance à s'équilibrer : une des femmes que j'ai tuées n'a jamais été retrouvée. Où se cache-t-elle ?

Parking longue durée. J'ai balancé son corps dans le coffre de sa voiture, roulé jusqu'en ville, pris un ticket dans un immeuble de parking et laissé la voiture au dernier étage. C'est très rare que ce building soit assez plein pour qu'il y ait des voitures au dernier étage. J'ai emballé son corps dans du plastique, me figurant que ça arrêterait l'odeur pour un jour ou deux. Trois, avec de la chance. Et avec beaucoup de chance, peut-être que personne n'irait là-haut pendant une semaine.

Elle était la deuxième des sept, et elle est toujours là-haut, avec le vent qui balaie le dernier étage et qui dissipe l'odeur. Il y a des chances que personne ne soit même allé jusque là-haut.

Je n'aurais jamais pensé à regarder dans le coffre, inspecteur Schroder.

59

J'ai gardé le ticket en souvenir. Il est caché sous mon matelas à la maison.

Au début, quand j'ai commencé, il me semblait que le mieux était de balancer les corps aux ordures. Ça a vite évolué parce que, dans toutes les autres affaires, quelqu'un finissait toujours par les trouver, et le premier endroit où les flics allaient, après les avoir identifiées, c'était chez elles. Tout ce que je faisais, c'était de me coller du travail supplémentaire. Eh bien, on en apprend tous les jours. J'ai décidé ensuite de les laisser dans leurs maisons.

La femme du parking longue durée ne figure pas parmi les visages qui me regardent. À sa place, une étrangère ressort de la ligne. Le numéro 4 sur le lot de sept. Je connais son nom et je connais son visage, mais, avant que sa photo ne soit affichée, je ne l'avais jamais vue. Ça fait six semaines qu'elle est là, et chaque jour je m'arrête pour observer ses traits. Daniela Walker. Blonde. Jolie. Mon type de femme – mais pas cette fois. Même dans la mort, ses yeux étincellent comme de douces émeraudes sur son cadavre. Il y a une photo d'avant sa mort et une d'après. Au début, l'inspecteur Schroder ne voulait pas que j'entre ici à cause de ces photos. Soit il a oublié au bout d'un moment, soit il s'en fiche.

L'image de Daniela Walker en vie la montre en heureuse trentenaire, deux ou trois ans avant sa mort. Ses cheveux brillent sur son épaule quand elle se tourne vers l'objectif. Ses lèvres esquissent un sourire. J'ai son image dans la tête tous les jours depuis qu'elle a été accrochée là. Et pourquoi ?

Parce que celui qui l'a tuée m'a collé son meurtre sur le dos. Qui que soit qui a commis ce meurtre avait trop peur pour se l'attribuer, alors, au lieu d'essayer de s'en sortir par ses propres moyens, il s'en tire en se servant de moi. Et tout ça sans ma permission !

Je continue à fixer ses photos. Une vivante. Une morte. Dans chacune, des yeux verts pétillants.

Depuis six semaines, je n'ai guère pensé à autre chose qu'à trouver l'homme qui nous a fait ça. Est-ce que c'est si difficile ? J'ai les moyens. Je suis plus malin que n'importe qui d'autre dans ce commissariat, et ce n'est pas seulement mon ego qui parle. Je balaie les victimes des yeux. Les regarde avec attention. Quatorze yeux me fixent. Me considèrent. Sept paires. Visages familiers.

Sauf un.

Un cercle d'ecchymoses profondes forme un collier autour de la gorge de Daniela Walker. Strangulation. Elles ne sont pas régulières – ce qui élimine un foulard ou une corde –, et on dirait qu'elles ont été causées par des phalanges serrées. On peut appliquer plus de pression avec les poings qu'avec les doigts. C'est également plus dur de se défendre. Le problème de la strangulation, c'est qu'il faut entre quatre et six minutes pour l'achever. Bien sûr, elles cessent de lutter au bout d'une minute, mais il faut maintenir la pression pendant au moins trois minutes pour priver le corps d'oxygène. Ces trois minutes, je pourrais bien mieux les utiliser. Se servir de ses poings accroît les chances d'écraser la trachée de la victime.

Sous le tableau de liège, il y a une rangée d'étagères, et, sur ces étagères, il y a sept piles de dossiers – une par victime. Je me penche dessus. C'est comme regarder un menu en sachant à l'avance quel plat on va choisir. Je me tourne vers la quatrième pile et je prends l'un des dossiers du dessus.

Chaque inspecteur sur l'affaire a l'un de ces dossiers, et les copies sont là au cas où quelqu'un d'autre serait missionné.

Comme moi, par exemple.

Je fais glisser la fermeture Éclair de ma combinaison de travail, je mets le dossier contre ma poitrine, puis je referme. Retour au mur des mortes. Je souris aux deux dernières. C'est leur première matinée ici avec les autres. Elles ne me sourient pas.

Angela Durry, 39 ans, juriste. Elle s'est étouffée avec un œuf.

Martha Harris, 72 ans, veuve. J'avais besoin d'une voiture. Elle m'a surpris en train de prendre la sienne.

Je prends mon vaporisateur et mes chiffons, et je m'approche de la fenêtre. Je passe cinq minutes à nettoyer les vitres, regardant le monde extérieur à travers mon reflet. J'ai encore une corvée à faire. Je nettoie l'immense bureau, puis je refais un trajet jusqu'à mon cagibi pour prendre l'aspirateur. Je reviens passer un moment privilégié avec la plante verte. Je remplace la microcassette du petit enregistreur que j'ai caché dans la plante, en faisant attention de ne toucher le magnéto-phone qu'avec mes chiffons. Je glisse la microcassette dans ma poche.

Je laisse la salle de réunion comme je l'ai trouvée – juste un peu plus propre et avec un dossier en moins. Je fais rouler l'aspirateur jusqu'à la réserve de l'autre côté de l'étage et je commence à aspirer. Il n'y a personne dans les parages, alors je fais mon tour de passe-passe habituel et je stocke quelques nouvelles paires de gants en latex – non pas que j'aille tuer qui que ce soit ce soir.

Je ne souffre pas de compulsion à tuer tout le temps. Je ne suis pas un animal. Je ne cours pas partout en me déchargeant d'abus subis dans mon enfance tout en trouvant des excuses pour tuer. Je ne rêve pas de me créer un nom ni d'atteindre la notoriété d'un Ted Bundy ou d'un Jeffrey Dahmer. Bundy était un monstre qui avait tout un tas de groupies pendant et après son procès, et qui s'est même marié après avoir été condamné à mort. C'était un loser qui a tué plus de trente femmes, mais il s'est fait prendre. Je ne veux pas la célébrité. Je ne veux pas me marier. Si je cherchais la célébrité, j'irais tuer quelqu'un de célèbre – comme ce mec, Chapman, qui aimait tellement John Lennon qu'il lui a tiré dessus. Je ne suis qu'un type normal. Un Joe moyen. Avec un hobby. Je ne suis pas un psychopathe. Je n'entends pas de voix. Te ne tue pas pour Dieu ou Satan, ou le chien du voisin. Je ne suis même pas religieux. Je tue pour moi. C'est aussi simple que ça. J'aime les femmes et j'aime leur faire des choses qu'elles ne veulent pas me laisser faire. Il doit y avoir 2 ou 3 milliards de femmes sur cette terre. En tuer une par mois, c'est pas grand-chose. C'est juste une question de perspective.

Je ramasse d'autres trucs. Rien d'important. Des machins que les autres agents prennent toujours. Rien dont quiconque pourra remarquer la disparition. Personne ne remarque jamais rien par ici. La réserve est commode pour ça. C'est comme un distributeur. Pas de raison qu'elle ne me distribue rien. Je regarde ma montre. Midi – l'heure du déjeuner. Je me dirige vers mon bureau. Les outils, les fils électriques et la peinture – je n'utilise jamais ces trucs. Tout ce que je fais, c'est nettoyer. Tout le monde ici pense que j'ai le QI d'une pastèque. Mais c'est OK. En fait, c'est impeccable.

8

Ma chaise est inconfortable et mon déjeuner pas terrible. Avec la jolie vue que j'ai par la fenêtre, je me penche et je regarde les femmes en bas comme des amoureuses éventuelles. Est-ce que je devrais descendre ? Trouver où l'une d'elles travaille ? Repérer où elle habite ? Et puis, un soir, la croiser entre ces deux endroits ?

Des hommes et des femmes arpentent les trottoirs, traitant cette rue étouffante comme un bar pour célibataires. Certaines femmes s'habillent comme des putes et s'offusquent quand des hommes les matent. Certains hommes s'habillent comme des macs et s'offusquent que personne ne les remarque.

J'utilise le couteau de 5 centimètres pour couper ma pomme. La couper en tranches. Je mâche tout en choisissant une cible. La pomme est juteuse. Ma bouche salive avant chaque bouchée.

Bien sûr, je ne peux pas descendre. J'ai d'autres choses à faire maintenant, un nouveau hobby. Quel genre de mec je serais si je me trouvais un nouveau hobby et que je l'abandonnais au bout d'à peine une heure ? Je serais un loser. Le genre de type qui n'arrive pas à finir ce qu'il commence. Et je ne suis pas comme ça. Je suis pas arrivé là où j'en suis en ne finissant jamais rien.

Mes pensées sont interrompues par un petit coup à ma porte. Personne ne vient jamais ici pendant que je prends mon déjeuner, et, pendant une fraction de seconde, je suis certain que la police va se précipiter dans mon bureau pour m'arrêter. Je tends la main vers ma mallette. Un instant plus tard, la porte s'ouvre et Sally est là.

« Salut, Joe. »

Je me redresse sur ma chaise.

« Salut, Sally.

— Comment est la pomme, Joe ? Elle est bonne ?

— Elle est bonne », je dis, et j'en enfourne vite une tranche dans ma bouche pour ne pas à avoir à poursuivre cette conversation. Mais bon Dieu, qu'est-ce qu'elle peut bien me vouloir ?

« Je t'ai préparé un sandwich au thon », dit-elle en refermant la porte derrière elle, avant de se diriger vers mon comptoir.

Mon bureau n'a qu'un siège et je suis assis dessus. Je ne le lui offre pas, parce que je ne veux pas qu'elle reste. Je prends son sandwich au thon et je lui souris, montrant ma fausse gratitude en même temps qu'une bouche pleine de pomme. Elle m'offre un sourire qui suggère qu'elle coucherait avec moi *si-seulement-il-me-le-demandait-s'il-vous-plaît-mon-Dieu*. Mais je ne vais pas le demander. Ses sandwichs au thon sont en général plutôt bons, mais pas géniaux. J'avale mon morceau de pomme et je prends une énorme bouchée de thon et de pain.

« Super », je dis, en faisant un effort pour que des miettes dégringolent de ma bouche. Même si Sally est plus stupide qu'une carotte (et c'est sûrement sa maman qui lui prépare ses sandwichs), je dois toujours être Joe-le-Lent avec elle. Je ne dois absolument jamais laisser qui que ce soit, pas même une pauvre conne, avoir la moindre idée de combien je suis intelligent en réalité.

Sally s'appuie contre le comptoir et me regarde d'en haut en prenant une bouchée d'un sandwich identique. Je pense que ça signifie qu'elle a l'intention de traîner ici un moment. Elle continue à sourire en mâchant. Je ne parviens pas à me rappeler l'avoir vue sans ce sourire idiot sur la figure. Elle me parle pendant que je mange. Me dit des trucs sur sa maman et son papa, sur son frère. Elle me dit que c'est son anniversaire aujourd'hui, mais je ne m'embête pas à lui demander quel âge il a. Elle me le dit quand même.

« 21 ans.

— Vous faites quelque chose pour son anniversaire ? » je demande, puisqu'elle s'attend à cette question.

Elle commence à dire quelque chose, puis s'arrête, et je me rends compte qu'elle est embarquée dans un de ces numéros typiques de gens simples/différents où il faut qu'elle réfléchisse profondément à tout, à commencer par, a-t-elle même un frère, et a-t-il vraiment 21 ans aujourd'hui. Les femmes viennent peut-être de Vénus, mais, putain, personne ne sait d'où viennent les gens comme Sally.

« On fait juste un truc très simple à la maison », dit-elle, d'une voix triste, et je me dis que j'aurais aussi l'air triste si je devais subir juste un truc très simple en famille pour mon anniversaire. Elle s'empare du petit crucifix qui pend à son cou. J'ai toujours trouvé ironique que les gens attardés puissent non seulement croire en Dieu, mais penser qu'Il est un mec bien. Son crucifix porte une de ces figurines de Jésus en métal soudé, et ce Jésus a l'air de souffrir, pas parce qu'il est crucifié, mais parce que sa tête est perpétuellement baissée, là où il est obligé de regarder dans le soutien-gorge de Sally.

Je sens les minutes glisser une à une. Le dossier est toujours dans ma combinaison de travail. Je veux que Sally me laisse seul, mais je ne sais pas comment lui dire. J'attaque le second sandwich qu'elle m'a donné. Elle essaie de m'inclure dans sa conversation en me posant des questions sur ma famille. Je n'ai rien à offrir sur ce sujet, à part que ma mère est dingue et mon père est mort, et qu'aucun de ces deux faits ne changera jamais, donc je les garde pour moi. Et alors elle me demande comment se passe ma journée, comment ça allait hier et comment sera demain. C'est aussi mortel que de parler du temps qu'il fait – c'est du remplissage bavard qui ne pourra jamais m'intéresser le moins du monde.

Après vingt minutes à mâcher super lentement et à hocher la tête au même rythme, avec mon ventre qui me gratte à cause du dossier, Sally se relève finalement et s'en va, en me lançant un « On se voit bientôt » pendant qu'elle se dirige vers la porte. Dès qu'elle est sortie, je sors le dossier du haut de ma combinaison et je le pose sur le comptoir. Je n'avais jamais été nerveux quand j'apportais ici des documents que je voulais regarder, mais maintenant je le suis. Sally pourrait revenir, mais je me dis qu'elle ne comprendrait pas ce qu'elle verrait, et donc je peux continuer en toute sécurité.

Soigneusement, comme un archéologue ouvrirait un évangile qu'il vient juste d'exhumer, je soulève la couverture. La première chose que je vois, c'est Daniela Walker. Elle me fixe avec ses yeux grand ouverts et son cou bleu. J'écarte la photo et je la pose sur mon comptoir, face vers le haut. C'est la première d'une série de neuf. Elles ne sont pas toutes d'elle, mais presque.

Je les aligne sur le comptoir comme si je jouais à une sorte de monstrueux solitaire, avec des cartes à jouer terrifiantes. Sur quatre photos, elle me regarde, et dans leur progression il semble que sa peau devient de plus en plus grisâtre. Un code sur les photos indique qu'elles ont été prises en l'espace d'une heure, donc elle a très bien pu changer de couleur. En fait, sur la dernière, ses yeux d'un vert scintillant ne brillent plus. Ils ont pris la texture de petites prunes pourries. Les autres photos montrent la chambre sous des angles variés.

Selon des notes dans le dossier, cent vingt autres photos ont été prises – quel portfolio – et ces photos détaillent de nombreux éléments de la maison. On peut y voir d'autres pièces et l'intérieur comme l'extérieur de la maison. Le catalogue de ces photos est précis : porte, escalier, lit, meubles, salissures sur les poignées. Tout et n'importe quoi.

Je regarde attentivement les photos, mais je ne vois rien. Alors je les regarde plus fort encore. J'essaie de m'imaginer que je suis à l'intérieur de sa maison. C'est dur, parce que ces photos ont toutes été prises dans la chambre. Ma perspicacité naturelle, sur laquelle je comptais vu ma propre expérience, est prise en défaut.

Je parcours les rapports. Elle a été trouvée par son mari, le corps entièrement recouvert d'un drap. Son meurtrier s'est-il senti mal après ce qu'il a commis ? La couvrir est-il un geste de décence ?

Je lis le rapport toxicologique. Je passe presque tout ce qui reste de ma pause déjeuner à déchiffrer ce rapport de dix pages pour apprendre que j'ai perdu mon temps et qu'il n'y avait aucune drogue dans son métabolisme. Ni alcool. Ni aucun poison.

Le rapport du légiste est encore plus long, mais moins compliqué. Il est d'une lecture facile, et je sais comment il se terminera, bien avant d'arriver à la fin. Il révèle d'une manière totalement dénuée d'enthousiasme ce que Daniela a subi, probablement parce que le médecin légiste a déjà souvent constaté ce genre de choses, et que ça finit par l'ennuyer. Le rapport est complété de schémas représentant un corps de femme et son anatomie. Le légiste les a utilisés pour indiquer où et comment elle a été endommagée pendant son supplice. Il n'y avait pas de traces de sperme. Une capote a été utilisée. Ses poils pubiens ont été peignés et lavés par le tueur, enlevant tout poil ou cellules de peau qu'il aurait pu laisser derrière lui. C'est quelque chose que je n'ai jamais fait, et je ne le ferai pas dans le futur – même si ce n'est pas une si mauvaise idée. Cela indique que son meurtrier est loin d'être fou et a une grande connaissance de l'expertise médico-légale.

On a constaté des hématomes importants à tous les endroits où il doit y avoir des hématomes, et elle avait deux côtes cassées. Elle avait été frappée du poing, une fois dans l'œil et une fois à la bouche. Il y avait d'autres traces, plus anciennes – certaines datant de deux mois avant sa mort. Des blessures qui n'avaient pas été déclarées. Des blessures qui, selon l'opinion du légiste, la rangent dans la catégorie des femmes battues. Donc Daniela était habituée à ce qu'elle a enduré. Cause de la mort : strangulation.

Le reste du rapport est standard et inintéressant. C'est un peu comme lire le relevé du garagiste après qu'il a réparé votre voiture. Le corps a été entièrement démantelé et analysé. Le poids des organes. La taille de son cerveau. Les commentaires détaillés des photos prises pendant l'autopsie prennent deux pages : photos de ses mains, de son cou, de ses pieds. Je me fatigue pas à lire tout ça.

Pas d'empreintes digitales. Le tueur a utilisé des gants de latex, du type de ceux que je porte. L'extrémité de ses doigts a laissé un résidu des gants sur les poignées de porte. Il y avait également plein de résidus sur la victime. Il a dû mettre deux paires de gants superposées car il n'y avait aucune trace d'empreintes sur ces résidus. Les seules empreintes trouvées étaient des traînées sur ses paupières, mais elles étaient trop partielles et trop effacées pour servir à quoi que ce soit. C'est ça la beauté de la peau humaine – les empreintes digitales ont bien du mal à se maintenir dessus. Ils ont trouvé des cheveux, pourtant, en d'autres endroits. Des fibres de tapis. Et des empreintes de chaussures. Pour l'instant, elles ont toutes été attribuées par élimination au mari, qui a découvert le corps, et aux agents et inspecteurs qui ont travaillé sur place. Il est impossible de garder une scène de crime à l'abri de toute contamination. Pour y arriver, il faudrait que toute la pièce soit sous une énorme bulle de plastique dans laquelle personne n'aurait le droit d'entrer pour récolter les indices.

Il existe une base de données ADN de tous les membres de la police susceptibles d'être présents sur les scènes de crime. C'est comme ça qu'ils éliminent les indices laissés par les leurs. Ensuite, ils prennent le sang de la famille de la victime, des amis et des voisins, pour rétrécir encore le champ de recherche. La nuit dernière, j'ai laissé plein d'indices derrière moi : de la salive sur les deux bouteilles de bière, des fibres, des cheveux. Mais je n'ai pas de casier judiciaire. Rien pour faire correspondre mon nom avec ces échantillons. Donc je suis un homme libre.

Celui qui a tué Daniela a peut-être un casier.

Les indices que je laisse derrière moi relient entre eux tous mes meurtres. Je ne sais pas qui a pris la décision d'inclure Daniela Walker parmi toutes ces femmes, mais c'était une très mauvaise décision.

Je finis ma pomme et je n'ai rien d'autre à manger. Pas d'œufs aujourd'hui. La pause déjeuner est presque terminée, mais il me reste un peu de temps pour étudier le rapport d'autopsie. Les ongles de la victime ont été coupés après sa mort, et donc il semble qu'elle a griffé son meurtrier. J'ai été griffé plusieurs fois, mais jamais au visage, et je m'en fiche parce que ça fait partie du travail. Je me contente de ne pas relever mes manches jusqu'à ce que les griffures aient disparu. Je n'ai même jamais pensé à leur couper les ongles après pour dissimuler cette preuve. Pourquoi aurais-je coupé les ongles de cette victime et lavé ses poils pubiens, et jamais fait ça aux autres ? Comment la police peut-elle relier cette mort aux autres ?

Je mets les photos et les dossiers dans ma mallette, avec la microcassette de la salle de réunion, je la verrouille et la laisse sur le comptoir. Je me rends au quatrième étage où il y a plus de pièces, moins de gens et pas de salle de réunion. Je répète la même routine avec mon balai à franges et mon aspirateur. Je dis bonjour à tout le monde. Tout le monde me sourit comme si j'étais leur meilleur ami.

Je fais mon travail et je le fais bien, et j'ai fini à 16 h 30, plus tôt que tout le monde. Cela me permet de prendre un bus plus tôt pour rentrer chez moi. Je dis au revoir à ceux que je croise en partant et ils me souhaitent une bonne soirée. Je leur réponds que j'en ai bien l'intention. Sally me crie un au revoir, mais je fais comme si je n'avais pas entendu.

Christchurch bourdonne de vie. La circulation bloque les rues. Les piétons bloquent les trottoirs. Je marche au milieu d'eux, et pas un seul d'entre eux ne sait qui je suis. Ils me regardent et tout ce qu'ils voient, c'est un homme en combinaison de travail. Leurs vies sont entre mes mains, mais je suis le seul à le savoir. C'est un sentiment de solitude et de puissance à la fois.

Quelques personnes attendent à l'arrêt de bus avec moi, des gens banals, que je pourrais tuer immédiatement si je voulais. Quand le bus arrive, je suis le dernier à monter dedans. Comme d'habitude, ma mallette est dans ma main droite, mon ticket dans la gauche. Je le tends.

« Hé, salut, Joe ! » Elle me fait un grand sourire.

« Salut, mademoiselle Selena. Comment ça va ?

— Très bien, Joe, elle répond, en poinçonnant mon ticket. Je t'ai raté hier, Joe. »

Je ne pouvais pas vraiment prendre le bus pour aller jusque chez Angela. « J'étais en retard, mademoiselle Selena. »

Elle me rend mon ticket. J'étudie ses mouvements, sa voix, la manière dont ses yeux me balaient du haut en bas. Elle sent le savon et le parfum, et me fait penser à d'autres femmes avec qui j'ai été. Ses cheveux noirs jusqu'aux épaules sont légèrement humides, et je m'imagine qu'elle a pris une douche en pensant à moi.

Sa peau olivâtre lui donne un air légèrement exotique, et elle parle avec un accent qui est très érotique. Elle a un beau corps bien musclé et une peau ferme. Ses yeux bleu foncé plongent dans les miens et ils voient en moi autre chose que M. Stanley. Il voit une personnalité déficiente coincée dans un corps sain. Mlle Selena me perçoit comme un homme qui pourrait la satisfaire. Ses doigts frottent délibérément ma main. Elle me désire. Malheureusement, je l'aime trop comme chauffeur de bus pour lui accorder ça. Peut-être vais-je attendre qu'elle change de boulot.

Je m'avance dans le couloir. Le bus n'est pas plein à craquer, mais je suis obligé de m'asseoir à côté de quelqu'un. Je m'installe près d'un jeune punk. Je ne cherche pas à engager la conversation avec lui, car je doute qu'il puisse parler du temps qu'il fait sans menacer d'attaquer quelqu'un. Il est entièrement habillé de noir, avec un collier noir à pointes autour du cou. Il a les cheveux rouges, des anneaux dans le nez et des clous dans les lobes de ses oreilles. Encore un citoyen normal de cette jolie ville. Une chaîne relie sa lèvre inférieure à sa gorge. J'envisage de la tirer pour voir s'il a une chasse d'eau dans le crâne. Son tee-shirt affiche : *T'inquiète pas, les vierges ne m'effarouchent pas.*

Il est 17 h 30 quand j'arrive chez moi. J'ouvre ma mallette, sors la microcassette et l'écoute en me changeant. Rien d'intéressant. Dans la salle de réunion, ils admettent entre eux qu'ils n'ont rien. Officiellement, pour la presse, ils ont plusieurs pistes.

J'étouffe un rire et je remets la cassette dans la mallette. Je les échangerai à nouveau demain.

Je m'assois dans le canapé et je regarde mes poissons rouges. Je leur donne un peu de nourriture, et ils nagent vers la surface pour commencer à manger. Mémoire de cinq secondes ou pas, ils reconnaissent toujours la nourriture. Ils me reconnaissent aussi. Quand je fais glisser le doigt sur le bord du bocal, ils le suivent. Je pense parfois que la société serait géniale si on avait tous une mémoire de cinq secondes. Je pourrais tuer autant de gens que je voudrais. Bien sûr, je ne me souviendrais peut-être pas que j'aime tuer des gens, et, donc, ce ne serait peut-être pas si génial, finalement. Je pourrais être en plein en train de ligoter quelqu'un, quand j'oublierais tout d'un coup pourquoi je suis là.

Quand Cornichon et Jéhovah ont fini de manger et ont recommencé à tourner en rond, je ferme à clé et je descends, serrant bien la poignée de ma mallette. Je parcours quelques pâtés de maisons, étudiant toutes les voitures garées le long de la chaussée. Quinze minutes plus tard, je roule vers l'adresse de la page 2 du dossier que j'ai volé ce matin. Je suis dans une Honda Integra, dont l'odeur de fumée de cigarette est incrustée dans les sièges et le tapis de sol. C'est un modèle de 94 ou 95, rouge bordeaux, cinq vitesses à injection. Agréable à conduire. Je les trouve plus faciles à manœuvrer sans le poids d'un corps dans le coffre. Je passe lentement devant la maison de Daniela Walker. C'est une maison de ville à deux étages, qui a l'air construite depuis hier à peine – brique rouge vif, toit de métal marron foncé, fenêtres en aluminium. Je suis surpris qu'il n'y ait pas une étiquette avec le prix collé dans un coin. Le jardin est assez miteux et pas très étendu : quelques buissons, deux bébés arbres, quelques touffes de fleurs. Pas de prix sur tout ça non plus. L'allée pour les voitures est pavée. Le sentier menant à la porte est recouvert de graviers. La pelouse est sèche et haute. La boîte aux lettres est pleine de pubs. Un nain de jardin avec un pantalon rouge et une chemise bleue est allongé sur le côté dans le jardin. On dirait qu'il s'est fait abattre.

Je fais le tour du pâté de maisons et je reviens, puis, satisfait que personne ne regarde, je me gare à l'extérieur. Je saute de la voiture, rajuste ma cravate, ma veste, et je lisse mon pantalon, en faisant attention qu'il ne soit pas coincé dans le haut de mes chaussettes, ce qui me ferait passer pour un *nerd*. J'emporte ma mallette avec moi jusqu'à la porte de devant. Je m'en sépare rarement.

Je frappe.

J'attends.

Je frappe à nouveau.

J'attends. Encore.

Personne à la maison. Exactement comme le confirmait le rapport. Depuis le meurtre, le mari que j'ai déjà désigné comme mon suspect numéro 1 n'est pas revenu chez lui. Il a fait suivre son courrier chez ses parents, où il réside désormais avec ses enfants.

Le ruban de police scellant la porte d'entrée a été enlevé deux jours après le meurtre. C'est le genre de chose qui attire les ennuis. Ça encourage le vandalisme. C'est comme installer un énorme bouton avec un panneau disant : « N'appuyez pas. »

Je fouille dans mes poches et trouve mes clés cachées sous mon mouchoir. Je me bagarre avec la serrure pendant peut-être dix secondes. Je suis bon à ce truc.

Je jette un bref regard par-dessus mon épaule, vers la rue. Je suis absolument seul.

J'ouvre la porte et j'entre.

9

Sally quitte le travail au même moment que Joe et même si elle essaie de le rattraper, même quand elle l'appelle plusieurs fois, il ne l'entend pas. Il atteint l'arrêt de bus, et, un instant après, le bus démarre, sa carcasse tremblante crache un nuage de diesel. Elle est curieuse de savoir où il va. Parfois il marche, parfois il prend le bus. Est-ce qu'il vit chez ses parents ? Est-ce qu'il vit avec d'autres gens comme lui ? Une des choses qu'elle aime le plus chez Joe, c'est qu'il a l'air indépendant, et cela ne la surprendrait pas qu'il vive dans un appartement ou une maison quelque part, se débrouillant tout seul. Est-ce qu'il a même une famille ? Il n'a jamais parlé d'eux. Elle espère qu'il en a une. L'idée que Joe puisse être seul au monde est perturbante. Il faut qu'elle fasse plus d'efforts pour s'impliquer dans sa vie, comme elle aurait voulu que les gens s'impliquent dans la vie de Martin. S'il était encore vivant.

Il aurait 21 ans aujourd'hui. Qu'est-ce qu'ils auraient fait pour célébrer ça ? Ils auraient fait une fête, invité famille et amis, accroché quelques ballons, et planté vingt et une bougies dans un gâteau au chocolat en forme de voiture de course.

Elle marche jusqu'à l'immeuble de parking où elle gare sa voiture tous les jours quand elle vient au tra-

vail. Elle devrait proposer à Joe de le ramener chez lui :
il apprécierait peut-être. Et ça lui permettrait aussi de
mieux le connaître. Demain, elle lui demandera.

Christchurch est magnifique, se dit-elle, et elle
aime beaucoup marcher le long de la rivière Avon,
avec ses eaux sombres et ses rives d'herbe luxuriante
– une étroite bande de nature qui traverse la ville. Parfois elle prend son déjeuner là, assise dans l'herbe,
en regardant les canards et en leur jetant des bouts de
pain, pendant qu'ils jouent et mangent dans l'eau. Elle
devrait demander à Joe de l'accompagner. Elle est certaine qu'il aimerait ça. Il lui rappelle de plus en plus
son frère, et puisqu'elle ne peut plus aider Martin,
peut-être peut-elle aider Joe. Est-ce une idée si folle
que ça ?

Elle tend un petit sac plastique bourré de sandwichs
au sans-abri assis devant l'immeuble de parking. Il
l'ouvre et regarde dedans.

« Comment ça va aujourd'hui, Henry ?

— Beaucoup mieux maintenant, Sally, dit-il en se
levant et en enfonçant ses mains dans les poches de son
jean trop large et trop porté. Ouais, mieux maintenant.
Et comment ça va, ton père ?

— Ça va », répond-elle, mais c'est un mensonge. Il
va très mal. C'est ce qui arrive avec la maladie de Parkinson. Vous n'allez jamais mieux. La maladie s'invite
dans votre corps. Elle s'en fait une maison. Elle reste
pour toujours. Faire aller, c'est le mieux que l'on puisse
espérer.

« C'est son anniversaire cette semaine. On va
l'emmener dîner au restaurant », dit-elle, mais ce ne
sera pas drôle. Son anniversaire ne l'est jamais, en tout
cas pas depuis la mort de Martin. Peut-être cela aurait-

il été agréable, si ça avait été un mois avant ou un mois après, mais l'avoir la même semaine…

« Eh bien, amusez-vous bien, dit Henry, interrompant ses pensées. Et dis-lui bonjour de ma part. Et Sally, souviens-toi que Jésus t'aime. »

Elle sourit à Henry. Elle le voit tous les jours depuis qu'elle se gare là. Quand elle a commencé à lui faire des sandwichs (elle se refuse à lui donner de l'argent, il achèterait des trucs pas très catholiques avec), c'était elle qui lui disait que Jésus l'aimait, et sa réponse n'était jamais positive. Il lui répondait toujours que Dieu et Jésus le haïssaient. Dieu avait fait de lui un chômeur. Dieu avait fait de lui un SDF. Elle lui avait fait remarquer que c'était sans doute plutôt lui, Henry, qui était la cause de ça. Il avait répliqué en disant que les gens s'en foutaient, que si l'homme avait été créé à l'image de Dieu, et que l'homme ne faisait rien pour l'aider, alors Dieu n'allait pas faire grand-chose non plus. Si Dieu descendait sur terre, disait Henry, et qu'il le voyait assis là devant l'immeuble de parking en train de quémander de la monnaie et de la nourriture, Dieu ne le verrait même pas et Il poursuivrait Son chemin. Comme tout le monde.

Sauf Sally. Sally ne passerait jamais devant quelqu'un dans le besoin sans s'arrêter. Après des mois de sandwichs, il lui avait enfin permis de lui enseigner davantage sur la volonté divine. Elle sait qu'il est fort possible qu'il ne lui parle ainsi que pour qu'elle continue à lui apporter à manger.

« On se verra demain, Henry. Prends soin de toi. »

Henry se rassoit et commence à prendre soin de lui-même comme elle le lui a suggéré, en fouillant dans le sac en plastique. Elle entre dans l'immeuble et emprunte l'ascenseur jusqu'à sa voiture.

Un moment plus tard, sa voiture se glisse dans la circulation. C'est vraiment une très belle ville, se dit-elle. Élue la plus chaleureuse du monde. La raison est évidente. Tant de braves gens. De gens qui se soucient des autres. La plupart des immeubles vieux de plus de cent ans ont été très bien conservés, rattachant la ville à ses racines, et nombre des rénovations sont faites pour avoir l'air aussi vieilles que les immeubles, un exercice onéreux, oui, mais qui maintient la tradition de la ville. Tant de massifs fleuris, tant d'arbres, et une rivière traverse son centre : existe-t-il un autre endroit où elle aimerait vivre ?

10

La première chose que je remarque, c'est combien il fait étouffant à l'intérieur. On se croirait dans un sèche-linge. La chaleur de Noël et du jour de l'an a encore monté. J'aurais aimé pouvoir laisser la porte ouverte.

D'abord, une petite promenade tranquille. Je déniche quelques bouteilles de bière dans le frigo. Pourquoi pas ? Je la trouve rafraîchissante pendant que je m'assois pour relire le dossier de Daniela. Quand j'ai fini, je mets la bouteille dans ma mallette et je grimpe à l'étage.

En haut, il fait encore plus chaud. J'enlève ma veste et la pose sur une petite console, renversant un vase en faisant de la place. Il se brise. Tant pis. Le corps a été trouvé dans la chambre des parents. Plutôt que de gaspiller du temps, je m'y rends directement.

Les fenêtres font face à l'ouest, et le soleil qui descend frappe droit dedans. La chambre a à peu près la même taille que la plupart des chambres où je suis entré par effraction. Le tapis sombre semble à la fois bleu et vert. Il y a plus d'une dizaine d'étiquettes en plastique disposées sur le sol, chacune avec un numéro. Ce sont les mêmes que celles que certains restaurants ou cafés distribuent pour se souvenir de qui a commandé le saumon ou le cappuccino mais elles sont plus grandes. Dans le dossier, les numéros font référence à des choses qui ont été trouvées à ces emplacements, comme des cheveux, du sang et des sous-vêtements. Des sacs plastique pour indices sont répandus de-ci de-là. Pas étonnant que la police ait du mal à tenir son budget. Chaque fois que je tue quelqu'un, il faut qu'ils trouvent des fonds supplémentaires. Espérons que ça n'affectera pas mon salaire.

Les murs sont couverts d'un papier peint rouge qui est légèrement trop brillant pour cette pièce et semble la rendre encore plus chaude. L'odeur de la mort n'a pas encore disparu. Elle est imprégnée dans les fibres du tapis et y demeurera probablement pour toujours. Les fenêtres occupent la plupart du mur opposé, et, à côté de moi, il y a un dressing. Une litho d'un paysage étranger, qui pourrait être africain ou australien, est accrochée au-dessus du lit, et je me dis que je vais peut-être l'emmener pour la donner à maman. Une table de chevet est couverte des conneries habituelles : une boîte d'antidouleur, un petit pot de crème de nuit, un réveil et une boîte de mouchoirs en papier. Il y a une autre table de chevet identique de l'autre côté du lit. De la poudre blanche pour empreintes digitales a été répandue dans la pièce, comme dans tout le reste de la maison. On dirait de la cocaïne.

Je regarde le croquis de la chambre qui était dans le dossier. Il y en a également un de l'étage entier. On peut pas se perdre ici. Le rôle de ce plan est de montrer, sans perspective, l'emplacement où tout a été trouvé. Il me dit qu'il y a une porte de l'autre côté du lit, et qu'elle mène à une salle de bains. Je suis le plan et je constate qu'il dit vrai.

Le corps a été trouvé sur le lit. Le ruban adhésif qui entourait son corps est toujours là. On dirait qu'il a été disposé par un écolier. Ça doit être le boulot le plus facile de toute la police. J'imagine l'entretien d'embauche : « Eh bien, si vous pouvez tracer une ligne autour de cette orange, le job est à vous. »

Je traverse la chambre en piétinant les numéros en plastique et les sachets d'indices. Je m'assois au coin du lit. Le tracé se déforme et bouge un peu. Jusqu'ici, mes efforts ont consisté seulement à renverser un vase et à m'asseoir sur un lit confortable, pourtant je suis déjà en sueur. Quand je m'essuie le front avec ma manche de chemise, elle est trempée. Je remonte mes manches en les roulant et je pose ma mallette sur le lit. Je l'ouvre pour que mon flingue soit facilement accessible.

Je ne sais pas ce que je cherche exactement, donc je décide de diviser ma soirée en différents objectifs. En toutes petites étapes. Mon but à court terme doit être simple : trouver quelque chose sur quoi travailler, y bosser, puis le changer en but à long terme. Coller à ce mec les sept meurtres, et le huitième avec, si jamais on retrouve le corps un jour. J'ai toujours le ticket de parking, comme preuve que je peux dissimuler quelque part. Mais je vais déjà trop loin. Il faut que j'atteigne le but à court terme d'abord.

Je commence à regarder autour de moi. Pas mal comme endroit. Je pourrais vivre ici. Une jolie télé de 20 pouces dans un coin. On l'a éteinte, alors que sur les photos elle est allumée. Peut-être que le tueur regardait la télé pendant qu'il la violait. Ou alors c'est elle qui la regardait. Les photos de sa famille, où ils font tous semblant de sourire pour l'objectif, emplissent la pièce. Il y en a sur les tables de chevet, d'autres sont accrochées sur les murs. Si leurs yeux me regardent, ici je ne le sens pas.

Un magazine de mots croisés est posé sur l'autre table de chevet, à côté du téléphone. Mais le téléphone ne marche pas. Il a été arraché du mur. Sur le sol, près de la table de chevet, il y a la télécommande. Elle a de la poudre à empreintes sur toutes les touches. Je mets le magazine de mots croisés dans ma mallette, puis je vais regarder le dressing. Beaux vêtements. Les siens ne sont pas mon type. Ceux du mari sont trop grands. Je fouille dans une pile de tiroirs et ne trouve rien. Ses sous-vêtements sentent l'adoucissant et ils sont doux sur mon visage. Je balance deux slips dans ma mallette.

Rien d'intéressant dans la salle de bains. Le rasoir électrique du mari, posé sur la tablette au-dessus du lavabo, a l'air plus beau que le mien. C'est l'une des nombreuses choses que le mari a laissées derrière lui. De retour dans la chambre, je me rassois sur le même coin du lit et je mets le rasoir dans ma mallette, en l'enveloppant d'abord avec les culottes pour protéger mes couteaux.

Murs rouges. Tapis bleu-vert. Je n'ai jamais su ce qui était à la mode ou démodé, et donc je ne sais pas bien si ces couleurs vont l'être, si elles sont déjà dépassées ou si elles font un grand retour. J'ignore si je dois les aimer ou pas.

Concentre-toi.

Je repense au rapport d'autopsie. Daniela a réussi à griffer son meurtrier et, puisqu'il y avait des marques de liens sur ses poignets, elle a dû le griffer avant qu'il ne commence à l'étrangler. Une fois, ma poitrine a été si violemment griffée que j'ai eu besoin de points de suture, mais, comme je ne pouvais pas aller chez le médecin, je suis allé au supermarché et j'ai acheté des sparadraps renforcés. M'en a fallu une demi-douzaine pour refermer la blessure. Ça a cicatrisé gentiment. Malgré une légère infection.

Le seul sang retrouvé sur la scène du crime était le sien. Il ne l'a pas poignardée – juste frappée au visage plusieurs fois. Les gouttes de sang sur l'oreiller, contre lequel son visage était collé, ressemblent à des larmes rouges. D'autres gouttes ont giclé sur le sol. Sur la poignée de la porte d'entrée, avec les résidus de latex, il y a une traînée de son sang.

Je relis les rapports, puis je vérifie leurs déclarations. Je parie toujours sur le mari, mais ce pari me semble un peu moins assuré désormais – il a un alibi exceptionnellement solide. Le corps a été retrouvé bras croisés sur la poitrine et recouvert d'un drap. Ses yeux étaient ouverts, mais les traces sur ses paupières suggèrent que le meurtrier les a closes avant de mettre ses gants pour nettoyer. Si c'est ça, ils se sont rouverts d'eux-mêmes. Encore une fois, je crois qu'il se sentait mal d'avoir fait ça. Peut-être qu'il était assez perturbé pour penser à lui rendre un peu de dignité dans la mort. Ça a tout du crime conjugal classique. Mais il y a l'alibi. Et puis j'ai aperçu le mari au commissariat le matin après le meurtre, et il avait l'air sincèrement secoué, comme s'il n'arrivait pas à croire que quelqu'un d'autre ait pu faire ça à sa femme.

Je reviens au rapport. Rien n'a été volé : pas de bijoux qui manquent, pas d'argent disparu. Dans la plupart des cas, le mari coupable aurait essayé de faire passer son forfait pour un cambriolage qui tourne mal. Je ne prends jamais rien quand je tue, et, puisque cette personne a essayé de me copier, elle n'a rien pris non plus. Comment est-ce qu'il savait ça ? Pas grâce aux médias, à coup sûr. Est-ce que c'est juste une coïncidence ?

Ça va bientôt faire quarante minutes que je suis là. J'aurais dû ouvrir une fenêtre. L'air est toujours étouffant, mais le soleil ne tape plus aussi fort. L'épais dossier me tombe des mains et son contenu se répand sur le lit. Mes idées commencent à se dissoudre. Le temps continue à s'écouler et je réalise que mon esprit stagne. Je laisse à nouveau mes yeux errer sur la scène, imaginant ce qui s'est passé ici, me mettant dans la tête du tueur. Ce n'est pas difficile pour un type comme moi. Pendant quelques minutes, pendant qu'elle meurt, je peux presque la sentir.

Pourtant les réponses que j'étais si certain de trouver ne sont pas là. Pas de grande trouvaille, pas de sirènes hurlantes ni de gyrophares signifiant un grand progrès dans l'affaire. Il n'y a pas d'avancée, juste une coïncidence foireuse et une chemise trempée de sueur. Je pensais que ce serait plus facile. Bordel, ça devrait mieux se passer. Malheureusement, les choses ne sont jamais faciles. Même quand c'est quelque chose que vous voulez vraiment. Je voudrais aider cette femme autant que je veux m'aider moi-même, mais est-ce si important ? Est-ce que ça rend les réponses plus faciles à trouver ? Bien sûr que non. La seule chose que j'ai envie de faire, c'est prendre mon rasoir électrique gratuit et mes mots croisés, sortir d'ici et ne plus jamais revenir. Rentrer, nourrir mes poissons et faire une sieste. Mettre cet épisode derrière moi, comme je l'ai fait pour tous les épisodes précédents. Avancer. Vers quoi, je ne sais pas bien.

Je commence à m'étirer et à bâiller, prêt à partir, prêt à abandonner. L'air chaud ne fait qu'entretenir ce sentiment de découragement. Mes bâillements me font cligner des yeux, rapidement, comme une mitrailleuse, et à son tour cela accroît l'afflux de sang dans mes yeux. Ils commencent à s'affiner, la chambre redevient nette, les objets se révèlent comme des images en 3 D…

Et le voilà !

En un instant, je suis submergé par plusieurs pensées et émotions. Tout d'abord, je ressens du dégoût. J'ai honte de moi qui suis là depuis si longtemps et qui n'avais rien vu. Je suis excité d'être en train de voir quelque chose – ou de ne pas voir quelque chose, pour être exact – qui pourrait être crucial. Et surtout, je suis soulagé. Je suis très reconnaissant de pouvoir recommencer à avancer, reconnaissant de ne pas devoir abandonner l'enquête – en tout cas pas encore – et soulagé de savoir qu'on va peut-être rendre à Daniela la justice qu'elle mérite.

Je commence à sourire. Je n'arrive pas à croire en ma chance. Mais, bien sûr, ce n'est pas de la chance. C'est juste brillant de ma part. Et perspicace. Ouais, c'est surtout perspicace.

Je m'empare des photos, et je commence à les feuilleter jusqu'à ce que je trouve celle qui montre le mur et la porte donnant sur le couloir. Je tiens la photo devant moi. Je l'étudie. L'écarte. Détaille la photo générale de la scène. La porte figure sur chacune des photos. Mêmes murs. Même tapis. Même déco provocatrice. Une plante en pot d'un vert luxuriant sur la photo est brune et desséchée dans la vraie vie, négligée par tout le monde sauf la Mort. Sur la photo, posé contre la base du mur près de la plante encore en vie, il y a un stylo à plume. Actuellement, posé près de la plante, il y a un stylo-bille. Bien sûr, ce n'est qu'un stylo, mais ce qui le rend intéressant, c'est le fait qu'il n'ait pas été répertorié et emporté, ce qui veut dire qu'il a été considéré comme sans importance.

Eh bien, il est plutôt important en fait. Le stylo original a-t-il servi d'arme ? Était-il plus puissant que l'épée ? Je m'approche de la plante, je m'accroupis et j'examine le mur. C'est difficile de voir la petite marque imprimée dessus, mais pas impossible. Je me penche plus près. J'aperçois une minuscule tache d'encre au centre. Est-ce qu'on a lancé le premier stylo contre le mur ? Où est ce stylo maintenant ? Pourquoi l'avoir subtilisé ? Est-ce que Daniela a blessé le tueur avec ? Est-ce pour cela qu'il a été lancé jusque là-bas ? Et si oui, c'est qu'il porte de l'ADN de son violeur. C'est un plan menant au tueur. Le stylo est le genre de chose qui devrait faire l'objet d'une photo dans le dossier. Même deux ou trois. Il devrait même avoir son petit rapport personnel.

Je le ramasse de ma main gantée. Il est couvert d'une fine couche de poussière blanche. Il a été passé aux empreintes digitales et reposé, mais n'a rien révélé d'intéressant. Les stylos ont été échangés quelques instants après que la photo a été prise, et avant que les relevés d'empreintes ne soient faits. Alors, qui a échangé les stylos ?

Le tueur. Voilà qui ! Et les seules personnes présentes dans la pièce entre ces deux laps de temps étaient celles qui travaillaient ici ! Son meurtrier est forcément un flic.

Pendant quelques secondes, je ferme les yeux et visualise ce qui s'est passé. Il est venu ici. L'a attaquée. Frappée au visage. Puis elle s'est défendue avec le stylo. Pas sérieusement, mais assez pour le mettre en colère et lui faire balancer le stylo contre le mur. La plume a éraflé le mur. Il a jeté Daniela sur le lit. Il n'avait pas prévu de la tuer, mais il ne fallait pas qu'elle puisse l'identifier. C'était spontané. Pas préparé. Il a dû se servir d'objets de la maison pour l'attacher. Il s'est servi de ses ciseaux à ongles pour ôter tout lambeau de peau de sous ses ongles. Il a utilisé son peigne pour nettoyer ses poils pubiens. Il n'avait apporté aucun de ses ustensiles parce que ça ne faisait pas partie de son plan. Quand elle a été morte, il s'est immédiatement senti coupable. Il a fait ce qu'il pouvait pour cacher tous les indices qu'il avait laissés derrière lui, puis il a recouvert son corps, après lui avoir fermé les yeux. Ensuite il fallait qu'il s'en aille d'ici. Vite. Peut-être qu'il a dit une prière pour elle. Peut-être pas. En revanche, il a oublié le stylo – jusqu'à ce qu'il revienne pour enquêter sur le crime. Et là, il a vu le stylo par terre et il s'est souvenu. Les photos avaient déjà été prises. Il ne pouvait pas se contenter de le ramasser. Et il n'avait pas d'autre stylo à plume pour faire l'échange. Alors, il a parié que personne ne verrait la différence, et, pendant un moment, personne ne l'a vue. Je suis personne, et personne n'est parfait. Ce n'est qu'un stylo-bille, un stylo dans le coin de la pièce près d'une plante verte. Au centre de la pièce, il y avait un cadavre. Le corps a joué le rôle classique du trompe-l'œil. Vous regardez une chose et en ratez une autre.

J'ouvre les yeux. Je suis ici depuis une heure et je sais déjà que le meurtrier est un policier. Plus encore, je suis certain d'avoir raison. Dans tous les livres que j'ai lus, le serial killer est toujours un policier. Ou le légiste, ou un quelconque expert scientifique. Alors pourquoi pas ici ? Pourquoi cela devrait-il être différent ? D'une manière un peu bizarre, c'est décevant de découvrir que le boulot de la police est plutôt simpliste finalement. Si l'assassin n'est pas le mari ou le petit ami, vous n'avez plus qu'à dénicher un témoin et à aligner devant lui une rangée de flics pour qu'il en choisisse un.

Je laisse le stylo-bille où il est puisqu'il m'est désormais inutile. Je me retourne et je range ma mallette. J'ai une terrible envie de chanter, de danser, de guetter les trompettes, les sifflets et les cloches qui devraient accompagner un moment comme celui-ci. Quand j'arrive à la porte d'entrée, je me retourne comme pour dire adieu à cette maison. Je n'ai aucune raison d'y retourner. Je regarde le hall et les pièces qu'il dessert. Aucune raison.

À moins que…

En souriant, je remonte l'escalier en courant.

11

Quand elle revient du travail, elle trouve sa mère en haut, en train de pleurer. D'abord, elle s'arrête sur le pas de la porte, ne sachant pas si elle doit entrer dans la chambre de ses parents. Sa mère a beaucoup pleuré après la mort de Martin, et, ces jours-ci, elle pleure à nouveau beaucoup.

« Sally ?

— Bonsoir, maman. Ça ne va pas ? demande Sally, en pensant que, pour sa mère, ça ne va plus du tout depuis très longtemps.

— Si, si. Je ne sais pas pourquoi je suis comme ça. »

Quand Sally passe un bras autour des épaules de sa mère, elle tressaille soudain, puis se détend. La chambre sent l'encens, et l'air chaud est légèrement confiné. Elle sait très bien pourquoi sa mère se met dans cet état, et sa mère le sait aussi. C'est l'anniversaire de Martin. Elle a acheté une carte d'anniversaire pour son frère mort, l'a remplie, puis l'a enterrée tout au fond d'un de ses tiroirs sous une pile de vêtements. Elle ignore si ses parents font la même chose ou quelque chose dans le même genre, et elle soupçonne que ce n'est peut-être pas très sain qu'ils le fassent. Bien sûr, ils n'osent jamais en parler. En parler permettrait à leur chagrin de prendre plus d'ampleur, de continuer à croître au-dessus d'eux pour les écraser. En un sens, elle envie Joe. Elle aimerait être aussi simple que lui, ne pas avoir à se soucier de la douleur du monde, n'avoir qu'à se déplacer de A à B, rendre les gens heureux, ne pas les déranger, se faire une vie à elle qui soit bonne.

« Ça va aller, maman, dit-elle. Je pense que papa attend impatiemment son anniversaire. »

Sa mère acquiesce, et elles commencent à parler de leur sortie pour ce fameux dîner, en se réjouissant. L'anniversaire de son père sera un défi aussi. Pendant toute l'année passée, il n'est sorti de la maison que pour ses rendez-vous médicaux et les visites au cimetière, rien d'autre. Ce n'est pas du tout sûr qu'elles arrivent à l'emmener dîner jeudi.

Sally ouvre la fenêtre. Dehors, l'air s'est rafraîchi. L'air chaud de la chambre commence à se dissiper, remplacé par de l'air frais. Elle aimerait que la maladie de son père puisse être effacée aussi facilement. Elle la prendrait volontiers dans son propre corps pour le soulager si elle pouvait. Ce serait le moins qu'elle puisse faire après ce qui est arrivé à Martin.

« Je suis désolée, dit sa mère, en relevant la tête et en cessant de serrer une poignée de mouchoirs en papier trempés. J'étais plus forte que ça, avant. » Elle commence à frotter le crucifix d'argent qui pend à son cou entre son pouce et son index.

« Ça va aller, maman, répond Sally, regardant le crucifix qui apparaît, puis disparaît, encore et encore. Tu verras. »

Bien évidemment, sa mère a dit ces mêmes mots de nombreuses fois depuis le jour où le médecin de Martin leur a annoncé la nouvelle, depuis le jour où ils ont

commencé à réfléchir à l'endroit où ils voulaient enter-
rer leur fils. Étrangement, c'est Martin qui a le moins
souffert, parce qu'il ne comprenait pas qu'il était en
train de mourir. Même à la fin, il pensait qu'il allait
aller mieux. Ne pensaient-ils pas tous la même chose ?

Si. La vie allait toujours aller mieux.

Tout ce qu'ils devaient faire, c'était se rappeler ça.
Tout ce qu'ils devaient faire, c'était avoir la foi.

Ses pensées se tournent lentement vers Joe. Elle se
demande s'il croit en Dieu et elle imagine que oui – il
est d'une nature trop bonne. Pourtant, elle se dit qu'elle
va le lui demander, parce que Dieu pourrait être une
chose qu'ils ont en commun.

12

Je ne sais pas bien d'où viennent les idées, si elles se contentent de flotter dans une dimension proche, mais pas exactement de ce monde, que nos esprits peuvent atteindre pour les attraper, ou si une série de synapses se déclenchent dans nos esprits transformant des données inertes en possibilités inattendues, ou encore si cela ne se réduit pas plutôt à un simple train de pensées traversant Chanceville. Des idées surgissent n'importe quand, souvent lorsqu'on ne s'y attend pas. J'en ai eu aux toilettes, en nettoyant le sol, j'en ai eu quand je tremblais à l'idée d'emprunter l'allée menant à la porte de ma mère. Les idées spontanées sont souvent les meilleures. Parfois, elles vous saisissent et vous poussent à prendre une décision. Mais seul le recul nous dit si elles étaient bonnes ou pas.

J'étale un drap sur le lit pour cacher le tracé du corps et les taches de sang. Je prends les marques de plastique et je les balance dans le dressing à côté d'une étagère à chaussures et d'une pile de vieux vêtements. Je fourre les sacs à indices là-dedans aussi. La pièce ne ressemble plus à une scène de crime, mais à quelque chose extrait de « *Comment rater votre grand ménage* ». Je nettoie la poudre à empreintes avec une chemise du mari, puis je descends et je fais pareil en bas. Quand j'ai enfin

93

fini, il est 9 heures passées. Le soleil a disparu, mais il ne fait pas encore noir. Ça va rester comme ça pendant une vingtaine de minutes encore.

Je prends le sentier à travers la pelouse pour regagner la Honda et je m'assois au volant, en posant ma mallette sur le siège du passager. Depuis le moment où j'ai repéré cette voiture, je porte des gants de latex. Mes mains sont moites à l'intérieur, mais c'est mieux que de laisser des empreintes. J'enlève les gants. C'est comme une couche de peau supplémentaire. Je m'essuie les mains et je mets une paire de gants de rechange. Nettement mieux. Je pars en direction du centre-ville. J'ai un truc à faire, mais je ne tiens pas particulièrement à prolonger la soirée. Plutôt que de chercher une victime innocente, je choisis quelqu'un qui sera heureux de se soumettre contre rétribution.

Je la trouve debout au coin de Manchester Street. Une jupe si courte que c'est plus une large ceinture qu'autre chose. Un haut très étroit. Des bas résille. Des bagues fantaisie aux doigts, un petit tatouage sur le cou et un autre au-dessus de son sein gauche. D'autres prostituées traînent au même endroit, essayant d'attirer le client, des filles qui semblent avoir été tirées de leur caravane en les traînant par les cheveux. Si leur mac est dans les parages, il va peut-être noter la plaque d'immatriculation de ma voiture. Ça n'a aucune importance de toute façon.

Je m'arrête à sa hauteur, et, avant que j'aie pu parler, elle a déjà ouvert la portière côté passager. Je lui fais de la place en dégageant ma mallette du siège. Elle passe directement au business, me détaillant les spécialités comme si elle lisait un menu à voix haute. Elle me dit ce que je peux avoir pour 20 dollars, 60 dollars et même 100. Je lui demande ce que je peux avoir pour 500.

Elle dit tout ce que tu veux, chéri.

Elle referme la portière, et l'éclairage intérieur s'éteint, mais pas avant que j'aie pu la regarder plus longuement que je n'aurais voulu. Elle a probablement près de 30 ans. Maigrichonne. On dirait une pub pour les enfants qui crèvent de faim dans le tiers-monde. Elle a les cheveux blonds avec des racines noires, avec tellement de laque que les forts vents de nord-est qu'on a depuis quelque temps ne les feraient même pas bouger. Ses yeux marron n'expriment rien, comme si son esprit était ailleurs, peut-être dans un monde où elle n'aurait pas à mettre ses cuisses ou sa bouche autour des hommes pour du fric. Quand elle me sourit, ses lèvres gonflées luisent d'humidité.

Je reviens vers la maison de Daniela. On papote en route, surtout à propos du temps. Je suis certain qu'elle a entendu les nouvelles et qu'elle sait ce qui arrive à toutes sortes de femmes de cette ville, mais elle ne semble pas nerveuse d'être assise en voiture avec un type qu'elle ne connaît que depuis deux minutes. Elle ne peut pas se payer le luxe d'être nerveuse. Je ne m'intéresse absolument pas à ce qu'elle fait en dehors de ses heures de travail. Elle se fout de savoir qui je suis. Puis on commence à installer l'atmosphère. Elle me dit que j'ai une belle voiture. Je lui dis qu'elle a un corps super. Elle me dit qu'elle baise génialement. Je lui dis que pour 500 dollars, ça vaudrait mieux. On atteint la maison et je ne me fatigue pas à faire le tour du pâté de maisons, choisissant plutôt de me garer dans l'allée. Si quelqu'un traîne dans les alentours, il ne pourra pas me dévisager. Et même s'il regarde attentivement, il pensera que c'est le mari qui revient chez lui pour assouvir sa soif sexuelle.

« Tu peux attraper ma mallette, derrière toi ?

— Bien sûr, chéri. »

On descend et on s'avance jusqu'à la porte d'entrée. Je ne l'avais pas verrouillée en partant. J'ouvre et je la fais entrer, fermant le verrou derrière nous.

« Tu veux boire quelque chose ?

— Fait vraiment chaud ici.

— C'est un oui ?

— Bien sûr. »

Elle me suit jusqu'à la cuisine. Je n'ai plus besoin du plan de la maison pour me repérer. J'allume la lumière, j'ouvre le frigo et prends deux bières. J'ai à peine ôté la capsule de la mienne qu'elle a déjà à moitié vidé la sienne.

Plus nous avons de lumière, plus elle est affreuse. Elle a l'air défoncée. Peut-être que si elle n'avait pas quitté le lycée si tôt, n'était pas tombée enceinte, n'avait pas avorté et n'était pas retombée enceinte, elle aurait pu vivre une vie plus respectable. Je ne dis pas que les prostituées ne sont pas respectables – elles satisfont un besoin de la société. Où pouvez-vous trouver quelqu'un à tuer en si peu de temps, et que tout le monde s'en foute ? Elles sont toutes prêtes à vous suivre n'importe où. C'est dingue. Elles risquent leur vie toutes les nuits et s'offrent en pâture à leurs clients. La seule autre victime facile, mais pas toujours aussi disponible, c'est l'auto-stoppeuse. Le truc, c'est de s'arrêter à côté d'elle et de regarder votre montre pour donner l'impression qu'on vous attend quelque part, peut-être à une réunion, et marmonner que vous avez juste le temps de la déposer pas loin de là où elle veut aller. Cela lui donne un merveilleux sentiment de fausse sécurité, qui la pousse dans votre voiture. Malheureusement, je n'ai pas vu d'auto-stoppeuse en regagnant le centre-ville.

Je m'appuie sur le comptoir de la cuisine, sirotant ma bière, et la pute en face de moi est disponible mais encore plus laide sous les lumières de la cuisine. Son maquillage a été étalé en plaques épaisses. Je crois savoir pourquoi ses lèvres sont gonflées, et ça coûte 60 dollars.

« C'est comment ton nom ? je demande.

— Candy. »

Bien sûr. Pourquoi pas ?

« Appelle-moi Joe.

— Très bien, dit-elle en s'approchant de moi. Alors, qu'est-ce que ce sera, Joe ? »

Je hausse les épaules, comme si je ne savais pas exactement. « Allons au premier. »

Elle porte toujours ma mallette pendant que je l'entraîne vers les escaliers. Je bois une gorgée de bière. Elle est bonne et froide. Rafraîchissante. Elle a déjà fini la sienne.

« Alors, ça fait combien de temps que tu fais ça, Candy ?

— Six mois. J'essaie juste de me faire assez de fric pour me payer l'université. »

Je me dis qu'elle essaie de se faire assez de fric pour entretenir son petit ami merdique, une fois qu'il sortira de taule pour avoir vendu de la dope.

« Qu'est-ce que tu veux étudier ?

— Je veux être avocate. Ou actrice.

— C'est pareil, non ? »

Quand on est dans la chambre, elle pose ma mallette sur le lit. Le contenu cliquette. Ma tentative de conversation est destinée à la mettre à l'aise.

« Qu'est-ce que tu as là-dedans ? Des fouets et des trucs ? »

Je souris, parce qu'elle a vraiment pas idée. « Quelque chose comme ça. »

Elle sourit et de petites craquelures apparaissent dans le maquillage autour de ses yeux et de sa bouche. « J'aime les fouets et les trucs de ce genre, mais ça coûte plus cher si tu veux t'en servir. » Je doute qu'elle appréciera ma définition des fouets et autres trucs. Elle commence à défaire ma cravate.

« Pourquoi tu portes des gants en latex ?

— J'ai de l'eczéma.

— Oh, mon pauvre chéri ! Ma grand-mère a de l'eczéma. C'est une vraie saloperie. »

Pendant un instant, je pense à ma mère, et aux périodes où ses propres mains et son front ont été couverts d'eczéma, et soudain je n'ai plus envie de tuer Candy. On a plus de choses en commun que je pensais.

Elle déboutonne ma chemise. « Tu as un beau torse. »

Elle se penche et commence à l'embrasser. C'est génial ! Je n'ai jamais fait un truc comme ça. Je me penche et je commence à pétrir ses seins. Elle se met à gémir. On dirait une pub pour le shampooing. Est-ce qu'elle peut vraiment éprouver autant de plaisir que ça ?

Elle commence à défaire ma ceinture, comme si elle voulait en finir au plus vite et dire « au suivant » au prochain conducteur qui passe. Cela me fait comprendre qu'elle feint de gémir, que rien de tout cela ne lui fait plaisir. Je ne suis qu'un client de plus. Eh bien, pour moi, elle n'est qu'un instrument de plus. Comme Peluche le gros chat.

« Alors, qu'est-ce que ce sera ? »

Je déglutis. Avec difficulté. « Retourne vers le lit. »

Elle recule, tout en passant son haut par-dessus sa tête. Ses seins sont petits. Je les regarde et je comprends la déception que peuvent causer les Wonderbra. Son tatouage représente un petit dragon. Peut-être qu'il symbolise quelque chose, ou alors c'est son seul ami. Elle s'assoit sur le lit et continue à défaire mon pantalon. Ça ne lui prend pas longtemps. La boucle de ma ceinture fait du bruit.

J'ai déjà eu des rapports sexuels, mais jamais avec quelqu'un de consentant, et ça me rend nerveux. Et si jamais ça ne lui plaît pas ? Et si elle pense que je ne suis pas à la hauteur ? Est-ce qu'elle va rire ? Aucune des autres n'a jamais ri. Pourquoi elles l'auraient fait ?

La joie est de courte durée. Il faut que je trouve un moyen de la faire revenir.

Je lui colle un coup de poing sur le côté du visage. Elle part en arrière et essaie de se redresser, mais finit par tomber sur le cul avant de s'effondrer sur le dos. Les larmes dans ses yeux la rendent plus attirante que jamais.

« Ça va te coûter plus.

— Je croyais que je pouvais faire ce que je voulais.

— Si tu veux me cogner, ça va te coûter 1 000 dollars. »

Je hausse les épaules. Me penche en avant. La relève en lui tirant le bras. « Alors, je ferais mieux d'en prendre pour mon argent. »

J'essaie de la tirer sur le lit, mais ça s'avère difficile parce que mon pantalon tombe sur mes chevilles. Je saisis son bras, la fais tourner et relève son bras dans son dos, essayant de mon mieux de ne pas le casser – mais ces choses arrivent parfois. Elle commence à crier, alors je pousse son visage contre le lit pour la faire taire, et ça marche plutôt bien. Je lâche son bras. Il ne bouge plus. Il est étalé selon un angle inédit pour un bras. Son autre bras est écrasé sous elle. Quand j'essaie de bouger celui qui est brisé, ça fait comme un craquement là où l'os a cassé.

Je me débarrasse de mon pantalon d'un coup de pied. Notre histoire d'amour est brève et profondément satisfaisante, à part qu'il semble que j'aie exercé trop de pression sur l'arrière de sa tête, car quand j'ai fini, et que je me retire, je l'ai étouffée. On dirait que je n'arrive à rien faire comme il faut ces temps-ci. En tout cas, j'ai économisé 500 dollars. Ou était-ce 1 000 ? Je suis juste un peu déçu de n'avoir pu utiliser aucun des outils de ma mallette, mais si les choses allaient comme je voulais, je serais multimillionnaire et me ferais livrer mes victimes par avion.

Je commence à me rhabiller. Ça a été une grande soirée pour moi, et les effets des excitations combinées commencent à se dissiper, se changeant en fatigue. Le plan consistant à tuer Candy là où Daniela Walker est morte a marché sans anicroche. Cela laissera un message au vrai meurtrier. Je peux observer les policiers du commissariat, les surveiller de près. L'un d'entre eux va devenir nerveux. L'un d'entre eux saura que quelqu'un d'autre sait. Il se demandera ce qu'on lui veut. Il va réagir. Il va se transformer en boule de nerfs.

Je décide finalement d'emporter le stylo-bille. Ça renforcera mon message.

Bien sûr, ça pourrait être une question de jours, de semaines peut-être, avant qu'on la retrouve, et, ça, c'est un problème. Soudain, j'ai la sensation d'avoir gaspillé une heure de mon temps. Et j'ai froissé ma chemise. J'essaie de la lisser avec mes mains, mais ça ne marche pas. Il faudra que je la repasse en rentrant à la maison. Et que je la lave, parce que Candy a fait gicler quelques gouttes de sang dessus. Pourquoi est-ce que la vie est si compliquée ? En secouant la tête, je ramasse ma mallette, descends l'escalier, et en chemin la réponse à mes problèmes me vient soudain à l'esprit. Demain, je passerai un coup de téléphone anonyme d'une cabine à pièces.

Dehors, il fait sombre et chaud. Un million d'étoiles brillent au-dessus de moi, rendant ma peau encore plus pâle. Je gare la Honda juste aux limites du centre-ville. Le vent me souffle au visage quand je me dirige vers chez moi. Je croise d'autres femmes en chemin, d'autres prostituées pour la plupart, mais je ne leur accorde pas un second regard. Je ne suis pas un animal. Je ne tuerai pas quelqu'un juste parce qu'il passe par là. Je hais les types comme ça. C'est ce qui me distingue de tous les autres.

C'est mon humanité.

13

Mon appartement a la taille d'un placard comparé à la maison que je viens de quitter. Parfois, ça me suffit. Parfois, non. Peux pas me plaindre. Qui m'écouterait ?

La première chose que je fais en rentrant, c'est ouvrir ma mallette et poser le dossier sur la table avec les autres que j'ai subtilisés ces derniers mois. Les autres sont des souvenirs, mais je n'avais pas pris le dossier de Daniela avant, parce qu'il n'y avait pas de raison à ça. Pourquoi garder un souvenir du crime de quelqu'un d'autre ? Il faut encore que je me procure un exemplaire de ceux des deux victimes d'hier. Et celui du meurtre de ce soir ne sera pas disponible avant plusieurs jours.

Je regarde Cornichon et Jéhovah pendant quelques minutes, me demandant à quoi ils pensent, avant d'aller me coucher. Je règle mon réveil interne sur 7 h 30, et je viens juste d'entamer le processus consistant à me glisser sous les draps quand je le remarque – le répondeur. La lumière des messages clignote. Génial. Je suis en pyjama et pas vraiment d'humeur à écouter ce que quiconque a à me dire, mais je me figure que c'est probablement maman. Si je ne vérifie pas ce qu'elle veut, elle va me rappeler sans arrêt.

Six messages. Tous d'elle. Si je ne me pointe pas chez elle, ma vie va être un enfer. La dernière fois que je ne suis pas venu dîner quand c'était prévu, elle a passé une semaine entière à pleurer toutes les larmes de son corps au téléphone, et à me forcer à admettre que j'étais le pire fils que la terre ait jamais porté.

Je descends du bus à deux rues de chez elle, je rentre dans un supermarché ouvert 24 h/24, et je fais un petit shopping rapide. Le type à la caisse est si fatigué qu'il m'arnaque en me rendant la monnaie, mais j'ai eu une si bonne journée que je ne le lui fais pas remarquer. Le cœur battant, je marche jusqu'à la maison de ma mère. Je m'arrête dans la petite allée pour prendre une grande respiration. L'air a un goût de sel. Je lève les yeux vers le ciel sombre. Y a-t-il moyen d'éviter ça ? En dehors de l'hospitalisation, la réponse est non. Je frappe à la porte. Deux minutes passent, mais je sais qu'elle n'est pas au lit parce que les lumières sont allumées. Je ne frappe pas une seconde fois. Elle ouvrira quand elle sera prête.

Au bout de quelques minutes, j'entends des pas. Je me redresse, ne voulant pas qu'elle corrige mon dos voûté, et je commence à sourire. La porte s'entrouvre, les charnières grincent et une petite ouverture apparaît.

« Est-ce que tu sais quelle heure il est, Joe ? Je m'inquiétais. J'ai failli appeler la police. Presque appelé l'hôpital. Tu ne te soucies donc pas de mon pauvre cœur malade ?

— Désolé, maman. »

La chaîne de sécurité empêche la porte de s'ouvrir davantage. Ma maman, Dieu la bénisse, a installé cette chaîne sur sa porte il y a quatre ans quand les « gamins du voisinage » lui ont volé son argent. Mais elle a mis la chaîne de manière à pouvoir l'ôter en la soulevant, et non en la glissant de côté, ce qui fait que n'importe quel intrus, pour entrer, n'a qu'à mettre son doigt dessous pour la soulever et ouvrir. Elle ferme la porte, ôte la chaîne et rouvre. Je fais un pas à l'intérieur, en prenant une bonne respiration, parce que je sais ce qui va arriver.

Elle me flanque une beigne sur l'oreille.

« Et que ça te serve de leçon, Joe.

— Je suis désolé, maman.

— Tu ne viens plus jamais me voir. Ça fait une semaine que tu n'es pas venu !

— J'étais là hier soir, maman.

— Tu étais là lundi dernier !

— Et aujourd'hui, on est mardi.

— Non, on est lundi. Tu étais ici lundi dernier !

— Maman, on est mardi. »

Elle me flanque une autre beigne près de l'oreille.

« Ne réponds pas à ta mère !

— Je ne réponds pas, maman. »

Elle lève la main et je m'excuse très vite.

« J'ai fait du pain de viande, Joe. Du pain de viande. Ton plat préféré.

— Tu n'as pas besoin de me le rappeler.

— Qu'est-ce que tu entends par là ?

— Rien. »

J'ouvre le sac du supermarché et j'en sors un bouquet de fleurs. Je le lui tends. Sans épines, cette fois.

« Elles sont magnifiques, Joe », dit-elle, le visage rayonnant de plaisir.

Elle me précède jusqu'à la cuisine. Je pose ma mallette sur la table, l'ouvre et regarde les couteaux à l'intérieur. Considère le flingue aussi. Elle met les fleurs dans un vase, mais ne met pas d'eau. Peut-être qu'elle veut qu'elles meurent. La rose d'hier a disparu. Peut-être pensait-elle qu'elle était vieille d'une semaine.

« Je t'ai apporté autre chose, maman. »

Elle me regarde, étonnée. « Ah ? »

Je sors une boîte de chocolats et je la lui donne.

« Tu essaies de m'empoisonner, Joe ? Tu veux mettre du sucre dans mon cholestérol ? »

Oh, bon Dieu !...

« J'essaie juste d'être gentil, maman.

— Eh bien, sois gentil de ne pas m'acheter de chocolats.

— Mais, maman, y'a du sucre dans le Coca.

— Tu fais le malin ?

— Bien sûr que non. »

Elle me balance la boîte et le coin me frappe en plein front. Pendant quelques secondes, je vois des étoiles. Je me frotte le front là où elle a tapé. La boîte a laissé une petite marque, mais pas de sang.

« Ton dîner est froid, Joe. Moi, j'ai déjà mangé. »

Je remets les chocolats dans ma mallette pendant qu'elle sert mon dîner dans une assiette. Elle ne me propose pas de me le réchauffer, et j'ai trop peur de demander. Je me dirige vers le micro-ondes pour le faire moi-même.

« Ton dîner est froid, Joe, parce que tu l'as laissé refroidir. Ne compte pas te servir de mon électricité pour le réchauffer. »

Nous passons au salon pour nous asseoir devant la télé. Il y a une vague série qui passe – je l'ai déjà vue, mais je ne sais pas comment ça s'appelle. Elles sont toutes pareilles. Une bande de Blancs, garçons et filles, qui vivent dans un immeuble en ville, qui rigolent de tout ce qui ne va pas pour eux, et il y a un tas de trucs qui ne tournent pas rond. Moi, ça ne me ferait pas rire si ces trucs m'arrivaient. Je me demande s'il existe un immeuble comme ça dans cette ville ou même dans la vraie vie. S'il existe, j'aimerais bien le trouver. D'après la télé, les femmes dans ce genre d'immeuble sont sacrément sexy. Il me semble reconnaître cet épisode, mais je ne suis pas certain que ce soit une rediffusion parce qu'ils font la même chose chaque semaine.

Maman ne me parle pas pendant que je mange. C'est une vraie surprise, parce qu'en général je n'arrive jamais à la faire taire. Elle se plaint toujours de quelque chose. Normalement, c'est du prix de quelque chose. Sa déception plane sur le salon ; j'y suis tellement habitué qu'elle fait presque partie des meubles. Dès que j'ai enfourné la dernière bouchée de pain de viande, elle prend la télécommande pour étouffer la télé, puis elle se tourne vers moi. Sa bouche s'ouvre, elle sort les dents, et je vois distinctement une phrase se former.

« Si ton père savait que tu me traites comme ça, Joe, il se retournerait dans sa tombe.

— Il a été incinéré, maman. »

Elle se lève et je rétrécis dans mon fauteuil. « Je ferais aussi bien de laver ton assiette.

— Je vais le faire.

— Laisse tomber. » Elle saisit mon assiette et je la suis dans la cuisine.

« Tu veux que je te serve un verre, maman ?

— Quoi ? Pour que je passe la nuit à aller aux toilettes ? »

J'ouvre le frigo.

« Tu ne veux vraiment rien ?

— J'ai dîné, Joe. »

106

Je ressens le besoin de la remettre de bonne humeur et donc je m'oriente vers quelque chose qui la concerne. « J'étais au supermarché, maman, et j'ai vu qu'ils avaient du jus d'orange en promo. »

Elle se retourne vers moi, frottant encore mon assiette, la bouche se plissant dans les coins pour former son sourire rayonnant.

« Vraiment ? Quelle marque ?

— Celle que tu bois.

— Tu en es sûr ?

— À 100 %.

— En pack de 3 litres ?

— Ouais.

— Combien ? »

Je ne peux pas juste dire 3 dollars. Il faut que je sois précis. « 2,99. »

Il est évident qu'elle réfléchit, mais je ne l'interromps pas en donnant la réponse. « C'est 2,44 de moins. Une belle économie. Tu as vu mon dernier puzzle ? »

En réalité, ça fait 2,46 de moins, mais je ne dis rien. « Pas encore.

— Va le voir. Il est près de la télé. »

Je regarde le puzzle. Je veux dire, je le regarde avec attention parce que je sais qu'elle va m'interroger dessus. Un cottage. Des arbres. Des fleurs. Du ciel. Les puzzles sont comme les sitcoms, je pense – tous les mêmes, putain. Je reviens dans la cuisine. Elle essuie mon assiette.

« Qu'est-ce que t'en penses ?

— Joli.

— Tu as aimé le cottage ?

— Ouais.

— Et les fleurs ?

— Très colorées.

— Lesquelles tu préfères ?

— Les rouges. Dans le coin.

— Le coin gauche ou le droit ?

— Tu n'as fait que le coin gauche, maman. »

Satisfaite que je dise la vérité, elle range les assiettes. De retour au salon, on s'assoit et on continue à bavarder. De quoi, je n'en ai pas la moindre idée. Je ne pense qu'à une chose : qu'arriverait-il si elle perdait la voix ?

« Je vais boire un truc, maman. Tu es sûre que tu ne veux rien ?

— Si, si ça peut te faire taire enfin. Fais donc du café, et fort. »

Je retourne à la cuisine. Mets la bouilloire en marche. Verse du café dans deux tasses. Je prends le sac de mort-aux-rats qui était également en promo au supermarché. Une promo moins intéressante que le jus d'orange que je n'ai pas acheté. J'en mets une bonne quantité dans son café. Maman a besoin que son café soit fort, parce que ses papilles gustatives la lâchent. Quand la bouilloire siffle, je mélange le truc pendant deux minutes jusqu'à ce qu'il se dissolve.

De retour dans le salon, elle a rallumé la télé, mais elle se remet quand même à me parler. Je lui tends sa tasse. Elle règle le volume de la télé pour pouvoir continuer à entendre les voix tout en me parlant. Les types blancs font un truc vachement marrant pour une fois. Je me demande s'ils seraient aussi drôles s'ils habitaient un appartement comme le mien. Maman se penche et boit lentement son café, tenant la tasse comme pour la défendre, comme si elle s'attendait à ce que quelqu'un essaie de la lui piquer. Quand elle a fini, je lui propose de laver sa tasse. Elle refuse, le fait elle-même, puis se plaint. Puisqu'elle se plaint de toute façon, je regarde ostensiblement ma montre, je me frotte le visage comme si j'étais stupéfait de l'heure tardive et je lui dis qu'il faut vraiment que j'y aille.

Je me plie ensuite au scénario habituel consistant à l'embrasser sur le seuil. Elle me remercie pour les fleurs et me fait promettre de rester en contact, comme si je partais pour un pays étranger plutôt qu'à l'autre bout de la ville. Je lui promets que je le ferai, et elle me regarde comme si j'allais l'ignorer pendant ce qui lui reste à vivre. C'est son air culpabilisant, et j'y suis habitué. Néanmoins, ça me fout les boules. Je me sentais déjà mal. Mal qu'elle soit seule. Mal d'être un mauvais fils. Triste qu'il puisse lui arriver quelque chose un jour, à Dieu ne plaise.

Je lui fais signe du bout du sentier, mais elle a déjà disparu. Où serais-je sans maman ? Je ne sais pas et je ne veux pas le savoir. Jamais.

Le bus arrive et ce n'est pas le même vieux bonhomme qu'hier soir. Il est probablement mort à l'heure qu'il est. C'est un jeune type d'environ 25 ans. Il m'appelle « mec », me sourit et, parce que je suis le seul passager, il se sent obligé de faire la conversation. Je regarde par la fenêtre, hoche la tête et dis « ouais » aux moments opportuns.

J'ai fait plus des trois quarts du trajet jusqu'à la maison quand je le vois. Il est allongé là, sur le bord de la chaussée, remuant encore. Enfin un peu.

« Arrêtez le bus, je dis en me levant.

— Tu...

— Arrêtez-vous, c'est tout, OK ?

— C'est toi l'patron, mon pote. »

Il arrête le bus, et si j'étais vraiment son pote, il me rendrait un quart de ma course. Le sifflement des portes qui se ferment, le ronronnement du moteur, le fracas lourd du métal, et le bus s'en va derrière moi. Je cours le long de la chaussée et m'accroupis auprès de lui. Il est presque entièrement blanc, avec quelques taches rousses. Sa bouche est entrouverte. Il ne bouge plus : peut-être ai-je fait une erreur quand je l'ai aperçu. Je pose la main sur son ventre, et il est encore chaud. Ses yeux s'ouvrent et me regardent. Il essaie de miauler mais n'y arrive pas. Une de ses pattes est étrangement tordue, un peu comme le bras de Candy.

C'est drôle ce que nous fait le destin. Deux soirs plus tôt, je ne questionnais pas le fait que les animaux sont utilisés comme des outils dans ce monde démentiellement secoué. Ils le sont chaque jour que Dieu fait. On teste sur eux des produits chimiques pour que nous ayons un système de santé plus performant, des shampooings de meilleure qualité, des mascaras assortis, des vêtements plus chauds. D'autres sont tués pour servir de nourriture. Voici ma chance de contrebalancer ce que j'ai fait à ce pauvre Peluche.

Je ramasse le chat, en faisant attention de ne pas toucher sa patte cassée. Il miaule très fort et essaie de lutter mais il n'a pas l'énergie suffisante. La longue écorchure sur son flanc est à vif et en sang. Sa fourrure est toute collée. Il émet des sons étranges. Plutôt que de le serrer contre moi, je sors le sac en plastique du supermarché qui est dans ma mallette et j'installe le chat dedans. Je prends le chemin de la maison.

Au bout de quelques centaines de mètres, je passe devant une cabine téléphonique. Je trouve le numéro d'un véto ouvert 24 h/24 et je leur dis que j'arrive tout de suite. Puis j'appelle un taxi. Il met cinq minutes à se pointer. Le chauffeur est étranger et parle aussi bien anglais que le chat. J'ai arraché la page du bottin de la cabine et je la lui tends. Il lit l'adresse et redémarre. Le chat ne bouge plus, mais il est encore en vie. Je le sors du sac avant de passer les portes du cabinet vétérinaire.

À l'intérieur, une femme de mon âge à peu près attend derrière un comptoir. Elle a de longs cheveux roux noués en queue-de-cheval. Elle est très peu maquillée et n'en a pas besoin – sa beauté est naturelle, avec des yeux noisette très doux et des lèvres pleines. Elle porte une blouse blanche à moitié déboutonnée sur le devant, comme si elle allait entrer sur le plateau d'un tournage de film porno. En dessous, elle porte un tee-shirt bleu. Une belle paire de seins semble vouloir s'en échapper. Elle me sourit pendant moins d'une seconde avant que son inquiétude ne la porte vers le chat.

« C'est vous qui venez juste d'appeler ?

— Ouais.

— Vous avez écrasé ce chat ? demande-t-elle d'une voix douce, sans le moindre ton accusateur.

— Je l'ai trouvé, je dis. C'est pour ça que j'ai dû venir en taxi. »

Elle me prend le chat sans ajouter un mot et disparaît. Je me retrouve debout tout seul, me demandant pourquoi j'ai éprouvé le besoin de justifier ce qui s'est réellement passé. Je jette un bref regard sur la clinique. Pas grand-chose à voir. Deux murs servent de présentoirs pour divers colliers, laisses, poudres antipuces, bols, cages et nourriture. Un autre mur propose un millier de brochures et autres prospectus qui ne me concernent pas puisque aucun d'entre eux n'explique comment s'en sortir quand on est un meurtrier. Je m'assois. Je devrais déjà être au lit à cette heure. Je devrais même dormir. Je regarde un étalage de litières pour chats. Je sais d'expérience que c'est deux fois plus cher ici qu'au supermarché.

Je reste assis patiemment. Cinq minutes se changent en dix, puis en vingt. Je prends une brochure sur la lutte antipuces. Sur la couverture, un dessin représente une puce agrandie qui porte des lunettes noires et un blouson de cuir, en train de faire la fête dans la fourrure d'un chat. La page suivante montre une vraie photo d'une puce, agrandie plusieurs centaines de fois. On dirait que le dessinateur a tout faux. J'ai lu la moitié de la brochure quand la rouquine revient. Je me lève.

« Le chat va s'en sortir, dit-elle avec un grand sourire.

— Quel soulagement, je dis, presque trop fatigué pour le penser vraiment.

— Vous savez à qui il appartient ?

— Non.

— Il va falloir qu'on le garde ici quelques jours.

— Bien sûr, bien sûr, ça me paraît raisonnable, je dis, reconnaissant de son aide. Euh… qu'est-ce qui se passe si vous ne pouvez pas retrouver son propriétaire ? Je veux dire, on ne va pas le piquer, hein ? »

Elle hausse les épaules, comme si elle ne savait pas, mais je pense qu'elle sait. Je lui donne mon nom et mon numéro de téléphone, puis je paie pour les soins médicaux dont le chat aura besoin. Elle n'essaie pas d'arrêter ma générosité, mais elle en prend acte. Elle dit que je suis un homme incroyablement gentil. Je ne vois pas de raison de discuter cette vérité. Elle dit qu'elle m'appellera pour me tenir au courant des progrès du chat.

Je lui demande de m'appeler un taxi, mais elle dit qu'elle ne va pas tarder à partir et me propose de me ramener. Je regarde ma montre. Ce serait amusant de rouler avec elle, mais où est-ce que je mettrais son cadavre ?

« Je ne veux pas vous déranger. Un taxi, ce sera très bien. »

Le chauffeur de taxi est un gros bonhomme dont le ventre repose sur son volant et appuie sur le klaxon à chaque secousse de la route. Il me dépose devant mon appartement. J'ignore mes poissons, leur préférant le luxe de mon lit, et je sombre immédiatement dans le sommeil.

14

7 h 30. Mes yeux s'ouvrent. Pile à l'heure. Je n'ai pas à me soucier de chasser les lambeaux d'un rêve, parce que je ne rêve jamais. Je crois que je ne rêve pas parce que la moitié de la merde dont les gens rêvent, moi, je le fais vraiment. Si je rêvais, je suppose que dans mes songes je serais marié avec une femme rondouillarde dotée d'un très mauvais goût, depuis la mode jusqu'aux positions sexuelles. Je vivrais dans une maison avec un emprunt remboursable sur une vie entière, harcelé à longueur de journée par deux enfants indignes. Je sortirais les poubelles et je tondrais le gazon. Chaque dimanche matin, en partant dans mon break pour aller à l'église, je devrais éviter d'écraser le chien. Un putain de cauchemar.

Je suis en train de m'habiller quand un mauvais pressentiment m'envahit soudain. C'est comme une mauvaise nouvelle que je n'ai pas encore reçue. Je ne sais pas bien de quoi il s'agit, mais ça me titille pendant que j'accomplis mon rituel matinal. Mes yeux se brouillent de larmes, et même jouer avec Cornichon et Jéhovah ne ramène pas mon sourire. Je pense au chat que j'ai sauvé la nuit dernière. Ça non plus, ça ne réussit pas à me rendre mon sourire. Il s'est passé quelque chose. Je pense à maman et j'espère qu'elle va bien.

Je me fais un rapide petit déjeuner avant de partir au boulot. Pas la peine de foncer l'estomac vide juste parce que j'ai de mauvais pressentiments. Dans le bus, M. Stanley poinçonne mon ticket et me fait ses plaisanteries habituelles. J'aime bien M. Stanley. C'est un type cool.

Pourtant, M. Stanley vit mon cauchemar. Il est marié, deux enfants, dont l'un dans un fauteuil roulant. Je sais tout ça parce que je l'ai suivi jusque chez lui un jour. Pas comme victime potentielle (même si chacun a un potentiel, comme je l'ai appris à l'école) mais juste par curiosité. C'est stupéfiant qu'un type avec un gamin inutile, une femme affreuse et un pauvre job puisse être si gentil tous les jours.

Je remonte le couloir. Trouve un siège derrière deux hommes d'affaires. Ils parlent tous les deux très fort, d'argent, de marges, d'acquisitions. Je me demande qui ils essaient d'impressionner dans ce bus. Eux-mêmes, peut-être.

M. Stanley arrête le bus juste devant mon travail. Les portes s'ouvrent. Je descends. C'est une nouvelle journée d'été étouffante. On va dépasser les 32 ou 35 degrés, je pense. Je baisse la fermeture Éclair de mon bleu de travail et je relève mes manches. Je n'ai pas eu de griffures sur mes avant-bras depuis presque deux mois.

L'air miroite. Pas de vent. J'attends que deux voitures grillent le feu rouge avant de traverser l'avenue. Devant le commissariat, on libère les ivrognes des cellules de dégrisement où ils ont passé la nuit, leurs visages se froncent sous le soleil étincelant.

Dans le commissariat, l'air est frais. Sally attend devant l'ascenseur. Elle me repère avant que je puisse filer vers l'escalier, et donc je dois continuer tout droit. J'appuie sur le bouton, puis je continue à appuyer dessus parce que c'est ce qu'on attend de quelqu'un qui n'a pas toutes les clés du fonctionnement de ce monde.

« Bonjour, Joe », dit-elle de la manière lente et soigneuse d'une femme qui se bataille avec le concept de la parole. Il faut que je lui en offre ma propre version, parce que, attardé ou pas, tout le monde ici s'attend à ce que je parle comme un imbécile.

« Bon matin, Sally, je dis, et puis je sors mon grand sourire d'enfant avec toutes les dents, celui qui suggère que je suis fier d'avoir collé trois mots ensemble pour faire une phrase, même si j'ai merdé.

— Quelle magnifique journée. Tu aimes ce temps, Joe ? »

À vrai dire, il fait un peu trop chaud à mon goût. « J'aime le soleil chaud. J'aime l'été. » Je parle comme un idiot pour que Sally-la-Lente puisse me comprendre.

« Tu devrais venir déjeuner avec moi près de la rivière », dit-elle, et ça me surprend tellement que je m'en étouffe presque. J'imagine comme ce serait plaisant. Combien je m'amuserais en voyant les passants regarder une personne qui prétend être attardée avec une autre qui prétend être normale. On pourrait jeter du pain aux canards et se montrer les nuages qui ressemblent à des bateaux de pirates et ceux qui ressemblent aux cadavres gonflés des victimes noyées. Bon Dieu, Sally ne sait donc pas qu'elle n'est pas normale ? Est-ce que les gens comme ça s'en rendent compte ?

L'ascenseur arrive. J'hésite. Dois-je faire le truc du gentleman qui la laisse passer devant lui ou le truc du retardé qui lui passe devant ? Je fais le truc du gentleman, parce que le truc de l'attardé implique que je me mette à crier quand l'ascenseur monte, puis que je prétende être stupéfait de voir que tout le décor a changé quand les portes s'ouvriront.

« Troisième étage, Joe ?

— Ouais. »

Les portes se referment.

« Alors ?

— Alors, quoi ?

— Alors, qu'est-ce que tu en dis ? Tu viens déjeuner avec moi ?

— J'aime mon bureau, Sally. J'aime être assis et regarder par la fenêtre.

— Je sais bien, Joe. Mais c'est bon pour toi de prendre l'air.

— Pas toujours.

— Bon, je t'ai fait à manger. Je passerai te le donner.

— Merci.

— Tu aimes bien prendre le bus pour rentrer ?

— Hein ? Bien sûr. Je crois.

— Je peux te raccompagner en voiture un soir, si tu veux.

— J'aime le bus. »

Elle hausse les épaules, abandonne notre conversation. « Je passerai te donner ces sandwichs bientôt.

— Merci, Sally. Ce sera sympa. »

Et ce sera sympa, vraiment. Sally est peut-être une imbécile, elle a peut-être le béguin pour moi, mais elle a toujours été gentille avec moi. Toujours amicale. Personne ne m'a jamais proposé à manger ni offert de me ramener chez moi (alors qu'elle ne sait probablement pas conduire – elle doit vouloir me faire raccompagner par sa mère ou quelque chose dans le genre), et je pourrais faire un truc bien pire. Même si je ne l'aime pas vraiment, je ne la déteste pas autant que je déteste tous les autres gens. En un sens, cela fait d'elle ce que j'ai de plus proche d'une amie. En dehors de mes poissons rouges.

Les portes se referment, et à cet instant le sourire que j'offre à Sally n'est plus forcé, il est naturel, et je m'en rends compte trop tard pour le transformer en mon sourire de grand garçon idiot. Les portes se referment et Sally est partie, et un moment plus tard elle est sortie de mes pensées.

Je me dirige droit vers la salle de réunion.

« Hé, salut, Joe !

— Bonjour, inspecteur Schroder. »

Je commence à le considérer comme un suspect, essayant de l'imaginer en train de tuer Walker. Schroder est un grand costaud qui semble fait d'une seule masse de muscles tendus sous la peau. Si jamais je me fais prendre un jour, je ferai tout pour que ça ne soit pas par lui. Je pense à tous ceux qui s'occupent de l'affaire comme à des suspects maintenant, depuis le photographe jusqu'au légiste. La première chose que je dois faire, c'est récupérer une liste de ces gens pour pouvoir les éliminer. En tant que suspects, je veux dire.

« Comment va l'en… l'enquê… » Je m'arrête. Juste assez longtemps pour qu'il pense que je fais partie du 0,5 % de la population avec un chromosome en plus. « Comment va l'affaire, inspecteur Schroder ? Vous avez trouvé le tueur ? »

Il secoue lentement la tête, comme s'il essayait d'aligner quelques pensées là-dedans, mais pas trop fort au cas où certaines se briseraient.

« Pas encore, Joe. On va y arriver.

— Des suspects, inspecteur Schroder ?

— Quelques-uns. Et, Joe, tu peux m'appeler Carl. »

Je ne vais pas l'appeler Carl. Il me l'a déjà demandé auparavant. Et puis j'ai déjà raccourci inspecteur chef à juste inspecteur.

Il fixe les photos en grimaçant, comme il le fait chaque matin désormais. Comme s'il s'attendait à découvrir, en arrivant, qu'une des victimes est sortie de son portrait et a griffonné une réponse pour lui sur le panneau. En réalité, il n'a rien. Il le sait. Je le sais. Tout le monde le sait. Surtout les médias.

« Vous êtes sûr qu'elles ont toutes été tuées par la même personne, inspecteur Schroder ?

— Pourquoi cette question, Joe ? Tu deviens Sherlock Holmes ? »

Je regarde mes pieds.

« Mmmh… non, inspecteur Schroder. J'étais juste, euh, curieux, vous voyez…

— La vie est curieuse, Joe, et, oui, elles sont toutes liées. »

Je relève très vite la tête et je le regarde en écarquillant les yeux avec ce que j'espère être une expression de surprise intense. « Elles sont toutes sœurs, inspecteur Schroder ? »

Je mériterais un putain d'Oscar pour cette performance.

« Pas liées en ce sens, Joe, soupire-t-il après une pause d'environ dix secondes. Je veux dire qu'elles ont toutes été tuées par la même personne.

— Oh !… Vous êtes sûr ?

— Tu ne vas pas répéter ça à qui que ce soit, hein, Joe ? Tu n'as pas d'amis dans les médias ? »

Je secoue ma tête, essayant d'imiter Schroder il y a quelques instants. Il pense que je n'ai pas d'amis. Il ne connaît pas Cornichon et Jéhovah. « Vous, les gars, vous êtes les seuls amis que j'ai, inspecteur Schroder.

— Tu as déjà entendu parler de l'expression "copieur", Joe ? »

Je cesse de secouer la tête avant de choper une lésion traumatique. « À l'école, oui... C'est pas beau de copier. »

Schroder pousse un autre long soupir, et je réalise que j'en fais peut-être un peu trop.

« C'est vrai, Joe. En fait, les copieurs, ce sont aussi des assassins qui imitent un tueur en série.

— Pourquoi ils feraient ça ?

— Parce qu'ils peuvent. Parce qu'ils le veulent. Parce qu'ils sont dingues.

— Oh ! Mais alors pourquoi ces gens sont en liberté, inspecteur Schroder ? Pourquoi ils sont pas en prison ?

— C'est une bonne question, dit-il, et je souris à ses louanges. Et la réponse est simple. Le monde est tordu. Tu sais, quand tu allumes les infos et qu'un salaud a tué toute sa famille et quelques voisins avec ? »

Je hoche la tête. Poignarde ton prochain. Je connais.

« La famille, les autres voisins, ils racontent tous quel type tranquille c'était. En fait, il collectionnait les magazines d'armes et les problèmes. Avec le recul, on se rend compte que c'étaient des signes mais c'est déjà trop tard. Il n'y a rien à prévoir, parce que tout le monde est déjà mort... Je suis désolé, Joe, ajoute-t-il, en soupirant. Je m'égare. Je ne devrais pas t'accabler avec tout ça.

— Ça ne fait rien.

— J'aimerais tellement qu'on puisse en faire davantage. Je veux dire, on rencontre des types comme ça tous les jours, mais peut-on faire quelque chose ? Eh bien, non. Parce qu'ils ont des droits. Comme le reste d'entre nous. Et une fois qu'ils ont finalement tué quelqu'un – à force d'essayer –, ces droits les rendent intouchables. Tu vois ce que je veux dire, Joe ?

— Un peu, inspecteur Schroder. »

Il agite la main devant le mur.

« 100 contre 1 qu'on a déjà parlé avec ce type à un moment dans le passé. Nous savons qu'il a un problème de drogue ou un problème mental, mais on ne peut rien contre lui. Et à ce moment précis, il nous surveille, il se moque de nous, il se rit de nous. Je te garantis qu'on a déjà voulu enfermer ce type un jour, mais qu'on n'avait pas le droit. Je te garantis qu'on a retenu ce type dans ce building, au moins une fois. »

Il a raison et il a tort, mais je ne peux pas le lui dire. Je ne peux pas tenir le pari avec lui. Avec tous ses sermons, je commence à perdre foi en Schroder comme suspect valable.

« Je comprends, inspecteur Schroder.

— Tu sembles être un des rares, Joe. Tu veux que je te dise quelque chose de marrant ?

— Bien sûr.

— Les tueurs en série aiment avoir quelques coups d'avance, et tu sais comment ils s'y prennent ? »

Le fait est que je le sais. Ils rôdent à la lisière de l'enquête. Ils peuvent venir au commissariat déclarer qu'ils ont vu quelque chose. Ils viennent pour s'imprégner de l'atmosphère de l'enquête. Certains traînent même dans les bars préférés des flics, à écouter les ragots, participant même parfois aux conversations. Ou alors ils fréquentent les journalistes qui cherchent un scoop venu de l'intérieur.

« Non. Comment ? »

Il hausse les épaules.

« Désolé, Joe, je ne devrais pas ruminer comme ça dans tes oreilles.

— Et les copieurs, alors ? je demande.

— Une autre fois », soupire-t-il, et je le laisse seul, les yeux perdus sur le mur des morts.

J'arrive en haut et je passe un doigt sur la plaque à mon nom collée sur la porte de mon bureau. Dans les coins, il y a quatre petits trous de vis. Avant, il y avait écrit « Entretien », jusqu'à ce que Sally arrive un jour avec une plaque plus petite, avec mon nom dessus. Une fois à l'intérieur, je troque mes pensées contre un seau et un balai à franges, puis je vais nettoyer les toilettes. Avant le déjeuner, j'emmène l'aspirateur dans le bureau du commissaire divisionnaire Stevens, juste au moment où il part. C'est le type à qui tout le monde doit rendre des comptes, même s'il ne s'occupe jamais du boulot de terrain, du recoupement ou du travail de réflexion qui va avec la résolution de cette enquête. Stevens a été envoyé de Wellington par avion, et c'est l'un des flics les plus haut placés du pays, même si je n'arrive pas à comprendre pourquoi. Tout ce qu'il fait, c'est rester assis dans son bureau attitré, où il donne des ordres à des gens tout en exigeant des réponses. Occasionnellement, il marche de-ci de-là, s'empare d'une pile de papiers ou d'un dossier, essayant d'avoir l'air de faire quelque chose ou d'aller quelque part. La plupart du temps, il a l'air irrité. Je ne l'aime pas, mais je ne peux rien y faire. L'enquête sur le meurtre d'un commissaire divisionnaire de police attirerait trop l'attention sur ce département, et possiblement sur moi.

Stevens, qui a presque la soixantaine, a des cheveux noirs qui s'éclaircissent, et il ressemble au genre de flic que vous n'appelleriez pas à l'aide. Il fait tout juste 1,80 mètre, et il est solidement bâti, mais il a ces yeux noirs que n'importe quel auteur associerait à un tueur en série cinglé. Il a un visage en longueur, avec des rides qui descendent tout du long, comme des blessures de couteau effacées. Sa peau sombre est crevassée de vieilles cicatrices d'acné autour de son cou. Quand il parle, il a une voix grave et un accent qui ressemble à celui des Antilles, mais c'est probablement à cause des cigares qu'il fume sans arrêt. C'est l'un de ces salopards inutiles qui portent des vestes de sport avec des pièces en cuir cousues aux coudes.

Je me demande si le stylo-bille abandonné sur place était à lui. Je scrute ses yeux, cherchant le mal dont un roman suggérerait la présence, mais je n'en vois aucun.

Il me dit de faire du bon boulot et qu'il sera de retour après déjeuner. Ça me laisse plein de temps. Donc, il n'y a plus que moi dans son bureau, moi et M. l'Aspirateur. Je le passe sur le tapis comme si ça allait faire une différence, regardant à droite, et à gauche à la recherche de toute information qui pourrait me servir. Comme la salle de réunion, le bureau de Stevens donne sur le troisième étage, ce qui veut dire que les gens peuvent voir dedans si les stores sont ouverts, et ils le sont. Dix minutes passent à sucer le même morceau de tapis, et il n'en devient pas plus propre. Je fais tomber un chiffon derrière son bureau, je me penche et en profite pour reluquer dans les tiroirs. Je prends le dossier du dessus et je l'ouvre.

Dedans, il y a la liste de toutes les personnes travaillant sur l'affaire. Je la glisse dans ma combinaison de travail. Puis je me mets à tousser. Ouais, Joe-le-Retardé a soif. Je me dirige vers la fontaine à eau fraîche. Sur le chemin du retour, je fais un détour par la salle des photocopieuses. Elle est vide donc j'y entre et je photocopie la liste. Je regagne le bureau de Stevens. Replace le document dans le dossier. Finis d'aspirer à temps pour le déjeuner.

Le soleil brille à travers les fenêtres de mon bureau, et donc je m'assois dans la lumière et fais semblant de me faire bronzer. Il faudrait que je fasse semblant vraiment fort pour que d'autres gens le remarquent. Sally frappe à ma porte, puis entre et me tend un petit paquet de nourriture. Je lui offre un petit merci en retour. Elle me redemande si je veux l'accompagner manger dehors, et je commets l'erreur de dire que peut-être la prochaine fois. Elle rayonne carrément à cette nouvelle, avant de sortir. Je regarde dehors pour voir si par hasard je l'aperçois, mais ma vue ne donne pas sur la rivière et donc les seuls gens que je vois sont des inconnus.

Je mange mes sandwichs en consultant la liste. Avec quatre-vingt-dix noms, quatre-vingt-quatorze pour être exact, elle est plutôt longue. Je ne sais pas à quoi je m'attendais – peut-être une demi-douzaine environ — mais quatre-vingt-quatorze sous-entend pas mal de gens cavalant en tous sens sans savoir ce qui se passe. Des dizaines d'agents ont participé, mais ce sont seulement les inspecteurs qui ont travaillé sur les scènes de crime. Seulement les inspecteurs qui ont vu les corps.

Je commence à paniquer : ça pourrait me prendre une éternité. Le sentiment que ça va être une énorme perte de temps commence à se faufiler dans mes pensées. Mais tous les gens de cette liste n'ont pas été sur toutes les scènes de crime, pas vrai ? Peut-être la moitié d'entre eux, peut-être même moins que ça. Le truc, c'est de réussir à savoir lesquelles de ces quatre-vingt-quatorze personnes se sont rendues dans la maison de Daniela Walker.

Les rapports horaires.

Daniela a été découverte un vendredi soir tard. Par conséquent, plusieurs coups de téléphone ont dû être passés à des gens qui sont sur cette liste. Aucun des inspecteurs n'aurait encore été au bureau si tard. Ils étaient partis dîner avec leur femme ou leur petite amie, et ont été interrompus par la nouvelle que leur dîner était fichu. Un seul d'entre eux le savait déjà, parce qu'un seul d'entre eux s'était mis en appétit en étranglant Daniela et en jetant son stylo à travers la chambre.

La pause déjeuner n'est pas encore finie, mais je suis trop excité pour continuer à manger. Je me rends dans la salle des enregistrements horaires et je lui fais un bon nettoyage de printemps. Je passe du temps supplémentaire dans le coin de la pièce où sont entreposées les transcriptions des enregistrements téléphoniques, donnant à toute cette zone un coup de plumeau méticuleux.

La nuit où Daniela Walker a été tuée, vingt coups de téléphone ont été passés, dont quinze avec succès. Ce sont les personnes qui se sont pointées sur place. Quinze inspecteurs, plus je ne sais combien d'agents, se sont rendus sur la scène pour commencer l'enquête.

Le tout premier coup de téléphone, passé par le mari de la victime au standard de la police, est également enregistré. Je commence à le lire, mais je comprends qu'il a peu d'intérêt.

Le standardiste a envoyé la voiture la plus proche pour commencer à contrôler les choses avant que la cavalerie n'arrive. Deux agents. Leurs noms sont sur ma liste. Je les entoure. J'entoure également les quinze personnes contactées cette nuit-là – dont le légiste, le photographe et le commissaire divisionnaire Stevens avec ses yeux d'encre noire.

Ça signifie que j'ai éliminé près de quatre-vingts personnes de ma liste de suspects. La peur d'une énorme perte de temps s'évanouit. Il me reste dix-sept personnes. Je doute que les deux agents qui ont découvert la scène aient quoi que ce soit à voir avec sa mort. D'abord, ils étaient ensemble pendant les six heures précédentes de leur ronde. Ensuite, quelles sont les chances que l'assassin qui l'a tuée soit précisément l'agent appelé sur le lieu du crime ? Plutôt faibles, non ? Je raye leurs noms de ma liste.

Quinze personnes.

Je pense au légiste. Il a trouvé plusieurs différences entre ce corps et les autres. Parce qu'il travaille seul, il aurait facilement pu modifier des indices pour rendre les résidus et les fibres sur cette victime identiques aux autres, mais il ne l'a pas fait. Qui allait vérifier son boulot ? Personne. Voilà, qui. S'il l'avait tuée, les résultats auraient été identiques aux autres. Mais ils ne le sont pas.

Donc, ce n'est pas lui.

Quatorze personnes.

Est-ce que tout cela pourrait être plus facile ?

Je jette un œil à ma montre. Il est presque 16 heures. Je suis resté là-dedans tout l'après-midi à nettoyer cette unique pièce. L'odeur des produits de nettoyage me fait presque vomir, et je me demande à quoi vont ressembler mes poumons après en avoir respiré deux vaporisateurs pleins. En retournant vers mon bureau, je prends un café au passage et j'échange la microcassette dans la salle de réunion.

De retour dans mon bureau, je m'assois et regarde à nouveau la liste ; je vois quelque chose d'évident que j'ai raté quand j'étais dans la salle des enregistrements. Sur les quatorze qui restent, quatre sont des femmes. Je les raye de la liste. J'aurais pu le faire sur la liste des quatre-vingt-quatorze, mais ça n'a plus d'importance maintenant. Dix personnes. J'écris leurs noms sur une feuille vierge, puis je les fixe jusqu'à ce que 16 h 30 viennent frapper à ma porte. Je dis au revoir à tous ceux que je croise en sortant du building. Sally n'est pas parmi eux. En chemin vers l'arrêt de bus, je me souviens de cette sensation que j'avais ce matin que quelque chose n'allait pas chez ma mère et je me réprimande d'avoir été si stupide. Si quoi que ce soit s'était produit, j'aurais été au courant à l'heure qu'il est.

Je prends le bus pour rentrer chez moi. M'allonge sur mon lit. Fixe le plafond. J'ai réduit la liste à dix personnes. La police a réduit les siennes à environ dix bottins de téléphone. Je regarde ma montre. Je ne peux pas rester allongé sur mon lit pour l'éternité. Le plafond n'est pas assez intéressant pour ça. Je me lève et ramasse ma mallette. Il y a encore plein de travail à faire.

15

Ce sourire est resté avec elle toute la journée. Depuis le moment où les portes de l'ascenseur se sont fermées sur le sourire de Joe, elle n'a pas pu penser à grand-chose d'autre. Elle avait toujours pensé que ses grands sourires expressionnistes étaient si naturels, si purs, parce qu'ils étaient les mêmes que ceux de Martin. Mais le sourire de ce matin était quelque chose de différent. Pur ? Elle le pense. Joe a une âme pure, mais il y a quelque chose d'autre, qu'elle essaie de découvrir depuis. Pendant ces quelques secondes, Joe était plus homme que garçon, plus sophistiqué que maladroit. Il y avait comme une étincelle qui suggérait que Joe est plus que tout ce qu'elle avait pensé.

Mais quoi exactement ?

Elle aime à penser que ça signifie que Joe l'aime bien, que leur amitié évolue dans le sens qu'elle désire. Bien sûr, c'est peut-être un hasard extraordinaire. Joe fixait peut-être simplement l'espace comme il le fait souvent quand elle est auprès de lui.

Pourtant, on ne peut pas nier que cela ne le fait pas paraître seulement grandi, mais que cela le rend… plus… attirant ?

C'est triste mais la réponse est oui. Joe est attirant, et elle ne l'avait jamais remarqué auparavant.

Elle passe sa journée à travailler sur une section défaillante de la climatisation. C'est un boulot qui lui a pris presque toutes ces dernières semaines. Elle tombe en panne tous les ans ou tous les deux ans, et le gouvernement n'a pas l'intention de consacrer plus d'argent à la police et encore moins de rendre leur cadre de travail plus confortable. Donc elle fait ce qu'elle peut – des réparations de fortune qui tiendront jusqu'au jour où ça cassera de nouveau.

Quand elle pense à Joe, elle sourit. Elle est certaine qu'il ignore qu'il n'est pas le seul agent d'entretien employé ici. Après 18 heures, tous les soirs, bien après le départ de Joe, une équipe de techniciens de surface vient au commissariat faire leur boulot. Ils aspirent, essuient, dépoussièrent, désinfectent les toilettes et remplissent les distributeurs de papier toilette, nettoient et rangent les tasses et les soucoupes dans les salles de détente, remplacent les serviettes sales par des propres et vident les poubelles. Joe fait certaines de ces choses une fois par semaine ou une fois tous les quinze jours, mais il ne sait pas que d'autres gens en prennent soin tous les jours. Joe est là dans la journée pour maintenir les lieux en ordre et, soupçonne-t-elle, pour rendre les gens heureux. Les gens spéciaux comme Joe doivent se battre pour trouver du travail, et, dans un monde auquel ils doivent contribuer, où ils doivent se débrouiller tout seuls, le gouvernement doit quelquefois intervenir et créer des postes pour eux. Elle sait que personne n'a dit à Joe qu'il n'est pas le seul de sa profession ici, parce que ça pourrait briser l'image qu'il a de sa propre importance. Ce très cher Joe.

Elle ne voit pas Joe quand elle quitte le travail. Seules quelques personnes finissent à 16 h 30, et elle en fait partie, à cause de la maladie de son père. Elle se dirige vers Cashel Mall et s'arrête devant les vitrines du centre commercial, entrant parfois dans les boutiques, en quête d'un cadeau d'anniversaire que son père apprécierait. Elle a besoin d'une carte d'anniversaire, aussi. Quelque chose de drôle. Quelque chose qui lui fera oublier, pendant le plus bref des instants, l'état de son corps défaillant et l'absence de son fils mort. Mais qu'achète-t-on pour le parent qui est en train de tout perdre ?

La réponse est : un lecteur de DVD. Avec l'aide du vendeur, elle trouve le lecteur le plus simple à utiliser et dans sa gamme de prix, et elle choisit quatre westerns classiques qu'elle est certaine que son père va adorer. Tous avec Clint Eastwood. Pourrait-on imaginer quoi que ce soit de mieux ?

Elle emporte ses emplettes jusqu'à sa voiture, ne s'arrêtant que pour remettre à Henry un nouveau petit sachet de sandwichs. Elle se demande si un type comme Henry a jamais essayé d'économiser pour quelque chose. Comme ce doit être dur de se fixer des buts dans la vie quand on n'a rien. Ce pauvre bonhomme ne peut même pas s'acheter un costume pour aller passer un entretien d'embauche. Et il ne peut décemment pas se présenter habillé comme il est.

« Jésus t'aime, lui rappelle-t-il en ouvrant le sachet. Souviens-toi de ça, Sally, et tout ira bien. »

Quand elle atteint enfin sa voiture, elle a envie de pleurer. Même repenser au sourire de Joe ne lui fait pas retrouver le sien.

16

Je sors la dernière cassette enregistrée dans la salle de réunion et j'entends les conversations confidentielles sortir du petit haut-parleur de mon enregistreur tout en faisant les cent pas. Je ne fais pas qu'entendre, j'écoute vraiment. J'ai vérifié toutes les autres bandes depuis des mois, mais je n'écoutais que leurs pistes éventuelles. Maintenant, j'ai quelque chose de nouveau à écouter.

L'inspecteur Taylor penche pour la théorie selon laquelle ils cherchent plus d'un meurtrier.

L'inspecteur McCoy aussi, qui soupçonne les tueurs de travailler ensemble.

L'inspecteur Hutton reste persuadé qu'il s'agit d'un seul individu.

D'autres théories. Des théories mélangées. Des théories confuses.

Une enquête confuse est une enquête foirée. Personne n'arrive à se mettre d'accord. Rien n'avance. Ça rend les gens durs à attraper. Ça rend les choses très bonnes pour moi.

Je me fais à dîner. Rien d'excitant. Des pâtes instantanées réchauffées au micro-ondes et du café. Puis je mets des vêtements plus élégants – un jean et une chemise. J'ai l'air pas mal, mieux que pas mal. Je mets une veste sombre. C'est encore mieux.

Je suis sur le point de partir quand mon téléphone sonne. Ma première pensée, c'est que c'est maman, et je me souviens de mon mauvais pressentiment du matin, et donc ma pensée suivante, c'est que ça pourrait ne pas être maman, mais quelqu'un appelant *au sujet* de maman. Une image de l'organisation de la cérémonie funéraire et de chaussons à la saucisse pour la réception après l'enterrement fait comme un flash dans ma cervelle. Je m'assois pour me préparer au choc qui va compromettre et mon enquête et ma vie. Mon cœur bat quand je tends la main vers le téléphone. S'il vous plaît, Dieu, faites qu'il n'en soit pas ainsi. Ne laissez rien de mal arriver à ma mère.

Je décroche et je fais de mon mieux pour avoir un ton calme.

« Allô ?

— Joe ? C'est toi ?

— Maman, bon sang, qu'est-ce que je suis content de t'entendre ! je dis, les mots sortant par paquets.

— C'est ta mère. J'ai essayé de t'appeler toute la journée. »

Je regarde mon répondeur. La petite lumière ne clignote pas.

« Tu n'as pas laissé de messages.

— Tu sais bien que je n'aime pas parler à une machine. »

Bien évidemment, c'est un mensonge. Maman parlerait à n'importe quoi si l'occasion se présentait.

« Est-ce que tu viens me voir ce soir, Joe ?

— On est mercredi.

— Je sais quel jour on est, Joe. Tu n'as pas besoin de me rappeler quel jour on est. Je pensais juste que tu pourrais avoir envie de rendre visite à ta mère.

132

— Je ne peux pas. J'ai d'autres plans.

— Une petite amie ?

— Non.

— Oh ! je vois. Eh bien, il n'y a rien de mal à…

— Je ne suis pas gay, maman.

— Tu ne l'es pas ? Je pensais que peut-être…

— Qu'est-ce que tu veux, maman ?

— Je pensais que tu voudrais peut-être venir me voir parce que j'ai été malade toute la nuit.

— Malade ?

— Plus que malade, Joe. Je suis restée réveillée toute la nuit assise sur les toilettes. J'avais mal au ventre. Je n'ai jamais connu une chose pareille. C'étaient des giclées d'eau. »

Je balaie la pièce du regard, cherchant une couverture de survie, quelque chose qui me maintiendrait dans la réalité, qui m'empêcherait de m'évanouir. Pour tuer cette image. Heureusement que je suis assis. Heureusement que je m'attendais à un choc.

« La diarrhée était si forte, Joe, que j'ai passé une heure à faire des allers-retours en souillant ma chemise de nuit, avant de décider de passer toute la nuit aux toilettes. J'ai fini par prendre une couverture parce qu'il faisait froid et j'ai été chercher mon puzzle pour lutter contre l'ennui. Ce qui fait que j'ai fini l'autre coin. C'est très joli. Tu devrais passer le voir.

— Bonne idée, je m'entends lui dire.

— Je n'avais même pas besoin de pousser, Joe. Ça coulait de moi.

— Mmh, mmh. » Mes mots me semblent venir du fond de l'espace.

« Je me sentais tellement malade.

— Je suis désolé, maman, je viendrai te voir un de ces soirs, OK ?

— OK, Joe, mais…

— Faut vraiment que j'y aille, maman. J'ai un taxi qui m'attend. Je t'aime.

— Eh bien, d'accord, Joe, je t'aime…

— Au revoir, maman. » Je raccroche.

Je vais devant l'évier. Avale un grand verre d'eau. Me rince la bouche. Et me verse un second verre. Des images de ma mère assise sur les toilettes, avec un puzzle de mille pièces sur un carton posé sur un tabouret devant elle et sa culotte souillée sur les chevilles, sont dures à effacer. Un cottage… du ciel bleu… des fleurs… des arbres. Je retourne vers le canapé et je m'assois face à mes poissons. Je les nourris et une seconde plus tard le téléphone sonne. Qu'est-ce qu'elle veut encore ? Me dire combien de feuilles de papier toilette elle a utilisées ? Je laisse le répondeur prendre son appel.

C'est la femme de la clinique vétérinaire. Elle se présente, Jennifer, et me dit que le chat va bien. Elle me dit qu'ils n'ont pas réussi à retrouver le propriétaire du chat. Elle me demande de la rappeler et ajoute qu'elle sera à la clinique jusqu'à 2 heures du matin.

Je dis au revoir à mes poissons et me dirige vers la porte quand je me souviens soudain que je n'ai rien fait à propos de Candy – je n'ai pas passé l'appel anonyme que j'étais censé passer. Mais je décide d'attendre jusqu'à ce que j'aie réduit ma liste. Ce sera plus facile de surveiller l'assassin de Daniela quand il ne restera plus que quelques noms.

Comme la police n'a pas de pistes, je n'ai pas de limite de temps pour résoudre ma propre affaire. Je peux y passer des jours, voire des semaines. Pourtant, une sorte d'esprit de compétition s'agite en moi. À cet instant précis, il m'ordonne de bouger, de rester concentré et de résoudre cette enquête. Je veux me prouver que je peux le faire, et le faire bien. Je veux prouver que je suis meilleur que la police, pas seulement en leur échappant, mais en menant à bien leur propre enquête. Quel homme n'essaie pas de s'améliorer ? Quel homme ne se lance pas de défis ?

Une autre part de moi, le côté plus joueur, me suggère de leur compliquer la tâche. Leur donner une autre victime sur laquelle enquêter ? Quand les investigations ne portent que sur une seule victime, la police peut enregistrer les dépositions de deux ou trois cents personnes, même de mille. Ils croisent ces déclarations pour établir une carte des activités de cette personne ce jour-là. Balancez une deuxième victime et le nombre de dépositions double, et la quantité de travail avec. Ils passent moins de temps avec les gens du premier meurtre, et presque aucun avec les gens antérieurs au premier meurtre. Une piste est chaude, et donc les autres refroidissent. Bientôt, ils cessent de se focaliser sur les pièces à conviction et ils attendent la prochaine victime, espérant qu'elle fera progresser leur enquête. Ils ont de moins en moins de personnel et sont débordés de boulot. Un inspecteur stressé est un inspecteur négligent. Tuez deux personnes de suite, et toutes les déclarations précédentes sont empilées sous une table de la salle de réunion, dans une grande boîte en carton.

Je passe l'aspirateur autour d'elles tous les deux jours, à peu près.

J'attrape le bus pour le centre-ville. Entrer dans un commissariat est facile quand vous y travaillez et que vous avez une carte magnétique pour ouvrir l'une des portes de service. C'est ce que je fais, et je grimpe un escalier de secours. Je sais que, chaque fois qu'une carte est passée, elle est enregistrée, mais personne ne vérifie jamais les enregistrements. Si jamais ils le sont, et qu'on me pose des questions, je dirai tout simplement que je me suis trompé sur les horaires ou que je suis venu récupérer ma gamelle de déjeuner. Je grimpe jusqu'au troisième, par les escaliers. Moins risqué comme ça. Je ne rencontre personne. Les inspecteurs, contrairement aux agents de patrouille, travaillent à des heures normales. À moins qu'un homicide ne soit déclaré ou qu'un autre soit sur le point d'être résolu, les inspecteurs travaillent de 9 heures à 17 h 30. Après ça, ils rentrent chez eux, et les box, la salle de réunion et les bureaux sont proches du vide absolu.

Je jette un nouveau regard sur le mur de la salle de réunion. La prostituée que j'ai tuée hier soir n'a pas encore été découverte. Idem pour la femme que j'ai enfermée dans le coffre de la voiture dans le parking longue durée. Ne voulant pas trop traîner, j'échange vite fait les cassettes et je sors. L'enregistreur de microcassettes que j'utilise a un système de déclenchement vocal. Cela permet à l'enregistreur de rester en standby et de ne pas enregistrer tant qu'il n'entend pas un son. Quand le son extérieur s'arrête, l'appareil stoppe, et donc je peux le laisser allumé sans jamais gâcher de bandes. Je remplace également les piles.

Des dix noms sur ma liste, seuls quelques-uns travaillent à cet étage. Certains autres ne travaillent même pas dans ce building, mais sont venus d'autres villes pour participer à l'enquête. Il y a de grandes chances pour que ce soit l'un de ces hommes. Que l'un d'eux ait saisi l'opportunité de tuer alors qu'il était loin de sa femme et de ses enfants est une hypothèse très tentante.

Je décide de commencer par le premier nom sur ma liste.

L'inspecteur Wilson Hutton occupe ce poste depuis bien plus longtemps que je ne nettoie, vraiment plus, et il était obèse bien avant de devenir inspecteur. Comme les autres, il m'aime bien. Je longe le couloir, jetant des coups d'œil dans les box sur ma gauche et sur ma droite, revérifiant que je suis bien seul. La plupart des éclairages du plafond sont éteints. Une lampe sur cinq est allumée, et donc c'est un peu sombre, comme sous un quartier de lune. Cela donne à cet endroit un semblant de vie, tout en économisant de l'électricité. Ça permet aussi au personnel de venir sans se cogner dans les meubles. J'entends le léger murmure des lampes. Le cliquetis de la climatisation. Mais je n'entends personne. L'étage entier dégage l'impression d'une immense maison vide. Comme une tombe. Pas de lampes de bureau allumées, pas de chaises qui grincent, pas de changements de position sur les sièges, ni le moindre toussotement ni le moindre bâillement. Les choses paraissent plus ordonnées sous cette lumière. Plus propres. C'est parce que, une heure et demie après mon départ, une équipe de techniciens de surface arrive et passe deux heures à faire toutes les choses qu'ils imaginent que je suis trop stupide pour gérer. Personne n'y a jamais fait allusion devant moi. Peut-être qu'ils pensent que j'imagine qu'une bande de lutins vient tous les soirs rendre tout plus propre et plus étincelant.

Je trouve le box d'Hutton et je m'assois. C'est un gros type, et le siège renforcé de son fauteuil dans lequel j'essaie de m'installer confortablement en est la preuve irréfutable. À 48 ans, c'est le candidat idéal pour l'attaque cardiaque, et je ne serais pas surpris qu'il en ait déjà eu plusieurs petites. Le seul exercice que je l'ai jamais vu faire, c'est manger des cochonneries. Rien que de m'asseoir dans son fauteuil me flanque la nausée. J'ai également l'impression de prendre du poids.

J'allume sa lampe de bureau. En face de moi, il y a une plaque à son nom posée sur sa table, probablement un cadeau de sa femme. Elle dit : *Inspecteur Wilson Q. Hutton.* Je ne sais pas à quoi correspond le Q. Probablement à la largeur du sien. Je regarde les photos de sa famille qu'il a punaisées sur la paroi intérieure de son box. Sa femme a la même corpulence que lui, mais ses problèmes ne s'arrêtent pas là. Le duvet sur ses bras et ses jambes et les petites taches sur son visage ressemblent à de la laine. Ce couple m'a l'air heureux ensemble. Je raye son nom de la liste et j'éteins la lampe. M. Gros Beignet n'a pas fait ça. Ce n'est pas possible. Il serait déjà quasiment mort rien que de courir après sa victime dans les escaliers, et je doute de sa capacité à obtenir une érection – alors que le tueur a prouvé plusieurs fois le contraire. Mais il a tout de même dû en avoir au moins deux : sur les photos, il y a deux enfants en surcharge pondérale.

Il reste neuf personnes.

Je remets le fauteuil dans sa position initiale, qui n'est pas difficile à déterminer. Le tapis de sol est quasiment ratiboisé là où les roulettes reposent habituellement. Et le sol en dessous aussi. Je passe dans le box qui lui fait face.

L'inspecteur Anthony Watts fait partie de la police depuis vingt-cinq ans, inspecteur depuis douze ans. Tout en m'asseyant et en allumant sa lampe, je me demande s'il pourrait être mon homme. Il y a une photo. Watts et sa femme passant un moment de bonheur ensemble. Bon Dieu, ces gens sont heureux, et un connard quelconque doit prendre une photo pour qu'ils en aient la preuve !

Une fois de plus, je commence à voir les choses telles qu'elles sont. Watts a cet air fripé qui ne vient qu'à la soixantaine. Il a les cheveux gris, mais il ne lui en reste pas beaucoup. J'essaie de l'imaginer ayant la force de se battre avec Daniela, de l'étrangler de surcroît, mais je n'y arrive pas. Alors j'essaie de l'imaginer en train de la violer comme elle l'a été. Peux pas le voir faire ça non plus. Watts n'a tout simplement pas ça en lui. Daniela ne s'est pas fait posséder par lui.

Je le raye de la liste. Éteins sa lampe. Remets son fauteuil à sa place.

Huit suspects. Je commence à m'amuser.

Le couloir central, quand il atteint l'extrémité de cet étage, se sépare en T. Je pars sur la gauche, directement dans le box de l'inspecteur Shane O'Connell.

Ici, je ne m'embête même pas à m'asseoir. O'Connell, inspecteur de 41 ans doté de la capacité de résoudre des affaires en obtenant des aveux signés, s'est cassé le bras six semaines avant le meurtre. Son bras était encore plâtré quand il s'est rendu sur la scène du crime. Même s'il avait eu la force de le faire, il n'y avait pas la moindre trace de fibre de plâtre sur le corps ni sur le lit.

Sept suspects.

Le prochain arrêt, à deux box de là, est pour l'inspecteur Brian Travers. Je m'installe et allume sa lampe. Ici, pas de photos de famille – tout ce que je vois, ce sont des calendriers avec des femmes en maillot de bain. Celui de cette année, de l'an passé et de l'année avant ça. Je comprends très bien son hésitation à jeter les vieux calendriers.

Je regarde le calendrier de l'année dernière. Regarde la date où Walker a été assassinée. Il n'a rien marqué dessus. Je compulse un vieil agenda de bureau et je vois la même chose. Il n'y a pas la moindre note disant : « Tuer pute ce soir. Acheter du lait. »

J'ouvre les tiroirs et je fouille dedans. J'examine des dossiers, des chemises, des bouts de papier. Je ne trouve rien suggérant sa culpabilité. Ni son innocence. J'écoute les messages sur son répondeur, avec le volume au minimum. Je renverse la poubelle sous son bureau, mais elle est vide.

Travers a environ 35 ans. Il est grand et costaud. Un bon mètre quatre-vingts et cette beauté passe-partout qui attire aisément les femmes et qui pourrait le disculper de toute accusation de viol avec ce « Il est tellement bien foutu qu'il pourrait s'envoyer toutes les femmes qu'il veut » qui a encore tant d'effet sur les jurés. Il n'est pas marié et s'il a une petite amie, à moins que ce ne soit miss Janvier, il n'a pas affiché de photo d'elle.

Je mets un point d'interrogation à côté de son nom.

Toujours sept suspects.

Je poursuis mon joyeux chemin et m'assois derrière le bureau de l'inspecteur Lance McCoy. Je suis la même procédure que devant le bureau de Travers. McCoy vient d'atteindre la quarantaine, marié, deux enfants. La photo qui me dit tout ça est placée au centre de son bureau, dans un petit cadre. D'autres photos sont collées sur les parois de son box. Sa femme a l'air d'avoir dix ans de moins que lui. Sa fille est plutôt attirante, mais son fils a l'air d'un crétin. McCoy est du genre dévoué à sa famille, je peux le dire rien qu'en restant assis ici dans son box extrêmement propre. De petites devises sont collées un peu partout sur des tasses, des blocs-notes et des plaques : « Travaille pour vivre, et pas l'inverse » ou « La négligence mène à la dépression ». Je cherche, mais n'en trouve pas une disant « La seule bonne pute est une pute morte », donc je ne peux pas en faire mon principal suspect. Je mets un petit point d'interrogation à côté de son nom.

Sept suspects. Cela ne devait-il pas commencer à être plus facile ?

Je regarde ma montre. Il est 21 h 35, mais mon horloge interne me dit qu'il n'est que 20 h 30, donc quelque chose doit déconner. Quand j'entre dans le bureau de l'inspecteur Alex Henson – oui, un bureau, pas un box –, j'ai la confirmation que ma montre dit vrai. En dehors de Schroder, Henson est l'autre responsable de l'affaire. Deux ans auparavant, il a été personnellement impliqué dans l'arrestation du premier tueur en série que le pays ait jamais connu.

Jusqu'ici, j'ai remarqué que la plupart des inspecteurs utilisent des ordinateurs, sauf Hutton et Watts. Hutton est trop gros. Même s'il pouvait écraser le clavier pour composer des phrases cohérentes, les touches resteraient bloquées par les miettes tombant de sa bouche. Watts est tout simplement trop vieux. Je parcours les fichiers d'Henson, mais ne trouve rien de suspect. Il croit que nous avons affaire à deux tueurs distincts.

Il a raison, bien sûr.

Je raye Henson de ma liste. Il semble peu probable qu'il soit le tueur, pas après tout ce qu'il a traversé il y a deux ans, et s'il l'était, ses notes ne suggéreraient qu'un seul meurtrier.

Je reprends le couloir central pour aller dans le bureau du commissaire divisionnaire Dominic Stevens. Me bats avec la serrure. Huit secondes.

Je ferme les stores et allume la petite lampe torche que j'ai apportée. Le bureau de Stevens est bien plus facile à fouiller que les box. Sur le bureau, il y a la copie d'un rapport qu'il a rédigé pour ses supérieurs. Il explique en détail où en est l'enquête, ce qui, en termes simples, revient à nulle part. Il explique les diverses théories en cours, tout en ajoutant la sienne, avançant que Daniela Walker a été tuée par quelqu'un de différent. Il recommande une investigation séparée pour sa mort. Si Stevens était le tueur, il ne dirait jamais une chose pareille. Je le raye de la liste.

Cinq suspects.

Il est presque 23 heures, le temps de rentrer à la maison. Je reprends le bus, mais je descends un kilomètre avant ma rue, parce que j'ai besoin d'air frais. C'est une nuit magnifique. Il y a un nord-ouest qui souffle, comme un remontant pour dépressif. Le même nord-ouest qui irrite tout le monde. J'adore ce temps-là.

Mais ça ne m'intéresse pas de faire des prévisions météo.

De longues journées et plein de soirées tardives m'attendent, donc je me couche immédiatement et m'endors aussi sec.

17

À 8 heures moins deux, je suis assis au bord de mon lit, couvert de sueur. Pour la première fois depuis des années, j'ai rêvé. Même si la sensation n'était pas entièrement déplaisante, le rêve, lui, l'était. J'étais un policier, enquêtant sur moi-même pour meurtre. Tentant d'obtenir des aveux, je jouais au bon flic-méchant flic. Et pourtant je ne lâchais rien. À la place je suggérais, puis mimais à moi-même une scène plutôt obscène, qui était suivie par la demande d'un avocat. Quand l'avocat finissait par arriver, c'était Daniela Walker. Elle avait exactement la même apparence que sur la photo. Les ecchymoses autour de son cou étaient comme un rang de perles noires déformées. Elle ne cillait pas, pas une fois, ses yeux ternes me fixant tout le temps. Elle me demandait d'avouer son meurtre. Elle répétait sans cesse les mêmes mots, comme un mantra. J'étais troublé et avouais toute une série de meurtres. Puis les murs de la salle d'interrogatoire glissaient comme dans un jeu télévisé et devenaient un tribunal. Il y avait un juge, un jury et un avocat. Je ne reconnaissais aucun d'entre eux. Il y avait même un orchestre. Un de ces vieux orchestres de l'époque du swing, avec des types en costume. Ils tenaient des cuivres bien astiqués, mais aucun d'entre eux ne jouait. Malgré mon offre de plaider coupable, il y avait encore un jury, et le jury me déclarait coupable. Le juge aussi. Le juge prononçait une sentence de mort. L'orchestre se mettait à jouer la chanson que j'avais entendue sur la stéréo d'Angela, et, pendant qu'il jouait, les deux hommes d'affaires que j'avais vus hier dans le bus poussaient une chaise électrique montée sur roulettes. Je me suis réveillé juste après que les fermetures métalliques de la chaise ont emprisonné mes bras et mes jambes.

Je peux encore sentir la chair grillée, même assis sur le bord de mon lit. C'est la première fois de ma vie que mon horloge interne m'a laissé tomber. Je ferme les yeux et essaie de pousser les gros boutons à l'intérieur de moi pour la remettre en marche. Pourquoi ai-je rêvé? Comment se fait-il que j'aie trop dormi? Parce que j'essaie de faire quelque chose de bien? Ça se pourrait. J'essaie d'apporter une vraie réponse à la famille de Daniela Walker, et ça ne semble pas normal. Je dois souffrir pour mon humanité.

Je ne veux pas rater mon bus, donc je saute le petit déjeuner. Je ne peux pas me préparer à déjeuner non plus, donc je balance un fruit dans ma mallette et je cours vers la porte. Je n'ai même pas le temps de nourrir mes poissons. La journée est très nuageuse, le temps lourd. Moite et léthargique. C'est pire qu'une journée torride et ensoleillée. Je transpire déjà quand M. Stanley refuse de poinçonner mon ticket.

J'avance dans le couloir et m'assois derrière les mêmes hommes d'affaires que ceux de mon rêve. Ils sont déjà en train de parler, fort. Les affaires par-ci. L'argent par-là. Je commence à imaginer ce qu'ils fricotent pendant leurs loisirs. S'ils ne couchent pas ensemble, ils sont probablement mariés à des femmes qui ont des amants. Je doute qu'ils aient le courage de balancer leurs putes s'ils découvraient qu'ils sont cocus. Et je ne parle pas de divorce.

Sally m'attend devant le commissariat. Pas de miroitement de chaleur aujourd'hui. Juste une chaleur humide. Sally a l'air d'essayer de se rappeler quelque chose, comme si elle me connaissait, mais qu'elle n'arrivait plus vraiment à me situer. Puis son visage s'éclaire, elle tend la main et me touche l'épaule. Je ne ressens pas le besoin de m'écarter.

« Comment vas-tu, Joe ? Tu te sens prêt pour une nouvelle journée de dur labeur ?

— Bien sûr. J'aime travailler ici. J'aime bien les gens. »

Elle semble vouloir dire quelque chose, mais referme la bouche, puis la rouvre. Elle se bataille avec un souci et finit par perdre le combat. Son bras retombe. « Je suis désolée, Joe, mais je ne t'ai rien préparé pour le déjeuner aujourd'hui. »

Je ne sais pas bien si elle prépare le déjeuner, si elle l'achète ou si c'est sa mère qui le fait pour elle sans savoir que c'est pour moi, mais quand mon visage s'affaisse légèrement à cette nouvelle, c'est sincère. « Oh, d'accord ! » je dis, sans savoir ce que je vais manger. Pas de petit déjeuner. Pas de déjeuner préparé. Juste un vieux fruit dans ma mallette pour toute cette journée. Pourquoi diable ai-je pensé que deux jours de sandwichs étaient le début d'un schéma de comportement ?

« C'est l'anniversaire de mon papa, aujourd'hui.

— Joyeux anniversaire. »

Elle sourit. « Je lui transmettrai. »

Dans le commissariat, la climatisation fonctionne. Un jour elle marche, le lendemain pas. Le vieux bonhomme chargé de l'entretien qui travaillait ici a dû mourir : je ne l'ai pas vu depuis un bon moment. Sally bossait pour lui, elle attrapait des chiffons, nettoyait des outils, ce genre de trucs qui réchauffent le cœur des gens quand ils voient des attardés se faire octroyer des boulots de merde mal payés qui leur donnent un moyen de s'insérer dans la société.

« Qu'est-ce que tu faisais avant de venir nettoyer ici, Joe ?

— Je prenais mon petit déjeuner.

— Non, je veux dire, il y a quelques années, avant que tu commences ce boulot.

— Oh ! je ne sais pas. Pas grand-chose. Personne ne voulait donner un boulot à quelqu'un comme moi.

— Quelqu'un comme toi ?

— Tu sais…

— Tu es spécial, Joe, souviens-toi de ça. »

Je me souviens de ça pendant tout le trajet en ascenseur jusqu'à mon étage, et je continue à m'en souvenir quand je dis au revoir à la fille qui ne m'a pas apporté à déjeuner aujourd'hui. Même quand j'ignore la salle de réunion et que je vais droit dans mon bureau, je continue à penser que je suis vraiment spécial, effectivement. Il le faut bien, non ? C'est pour ça que je n'ai plus que cinq suspects, alors que le reste du commissariat continue à lancer des fléchettes sur un annuaire téléphonique.

Cinq suspects. Les inspecteurs Taylor et Calhoun, tous deux « venus d'ailleurs », et Travers, McCoy et Schroder.

Je crois savoir comment rayer Travers de ma liste, mais je dois d'abord en apprendre plus sur lui. Calhoun et Taylor vont être les plus difficiles – l'un est venu de Wellington, l'autre d'Auckland. Après son discours d'hier matin, je doute que Schroder soit mon homme, mais il ne faut pas que j'aille trop vite. Ils doivent rester suspects tous les cinq.

La journée n'en finit plus, routine habituelle. Je la passe à n'apprendre rien que je ne sache déjà. Je nettoie, essuie et aspire. Vivre pour travailler. Travailler pour vivre. La tasse de café de McCoy se trompe totalement.

Quand 16 h 30 arrivent, plutôt que de rentrer chez moi, j'attends Travers. Il est sur le terrain en train d'interroger des témoins et de s'efforcer de trouver un tueur. Il doit rentrer vers 18 heures et donc, au lieu de rester assis dehors devant le commissariat, je me dirige vers un groupe de petits restaurants tout proche. Je suis absolument mort de faim car je n'ai mangé qu'un fruit depuis ce matin. Je choisis un chinois. « Liz gandonais. » Le type qui me sert est asiatique et il doit s'imaginer que je le suis aussi puisqu'il me parle dans sa langue. Quand j'ai fini, je vole une voiture. J'envisage de prendre un modèle tout récent de Mercedes, mais vous ne pouvez pas voler de grosses voitures européennes de luxe et rester planté assis au volant devant un commissariat.

Je choisis une Honda quelconque que j'espère fiable. Il me faut moins d'une minute pour l'ouvrir et la démarrer. Je la prends dans un immeuble de parking parce qu'il y a peu de monde dedans. En sortant, je tends le ticket qui était posé sur le tableau de bord au gardien du parking. Il me jette à peine un regard.

La voiture que j'ai choisie est l'une des plus sales que j'aurais pu trouver. Je roule jusqu'à un supermarché et j'utilise l'un des couteaux de ma mallette pour ôter les plaques d'immatriculation. Je les échange avec celles d'une Mitsubishi, puis je me rends dans une station-service et je passe la voiture au lavage. Une fois la bagnole propre, je retourne au commissariat, satisfait d'avoir supprimé la plupart, si ce n'est tous les risques d'être pris. Aucun risque signifie aucune excitation, mais, présentement, je ne cherche pas l'excitation.

Il est 18 h 16 quand Travers revient. Il se passe trente-cinq minutes de plus avant qu'il ne ressorte. Je le suis jusque chez lui. Joli quartier. Les maisons ne rouillent pas et les jardins sont verdoyants. Des demeures toutes propres, avec des vitres bien propres et de jolies voitures garées sur des allées pavées. Sa maison à un niveau a probablement une trentaine d'années, fenêtres en aluminium, bien tenue. J'attends dehors pendant une heure avant qu'il ne reparte. Il s'est changé. Un jean rouge et un polo jaune. On dirait un personnage de dessin animé qu'on viendrait juste de balancer dans le monde réel. Il pose un sac de sport sur le siège du passager et s'engage dans la rue.

Je savais qu'il allait sortir ce soir – j'ai entendu le message sur son répondeur. Je le suis à travers deux banlieues, jusqu'à ce qu'il arrive finalement devant une très jolie maison à un étage de Redwood, où les maisons sont encore plus propres et légèrement plus onéreuses. Il se gare dans l'allée, sort son sac de sport et ferme sa voiture à clé.

Un type, lui aussi dans la trentaine, ouvre la porte. Une fois qu'il est entré, son ami, un gars aux cheveux bruns avec une petite moustache bien taillée, observe attentivement la rue, comme s'il cherchait quelque chose ou quelqu'un. Si c'est moi, il ne me voit pas. Jouant avec le col de sa chemise de soie citron vert, il se retourne et verrouille la porte derrière lui.

Ce soir, ils dînent à la maison.

Il va falloir que j'attende quelques heures. J'ai apporté le magazine de mots croisés de Daniela pour tuer le temps et garder mon cerveau en alerte. Déjà quatre de finis. Un être omniscient en anglais. Trois lettres. Lettre du milieu, un O.

Joe.

Le temps passe et les réverbères de la rue s'allument. Je cherche des signes de vie dans cette banlieue bien tenue, n'en trouve aucun et me demande où a disparu tout le monde. Peut-être qu'ils sont tous morts.

J'ai le temps de finir plusieurs pages de mots croisés avant que les lumières ne finissent par s'allumer à l'étage de la maison et que celles du rez-de-chaussée ne s'éteignent. J'attends encore dix minutes, jusqu'à ce que les lumières du haut baissent. Une version plus petite et plus intime les remplace. Une lampe de chevet, tel est mon pari. Travers est toujours à l'intérieur.

J'ouvre ma mallette. Je sors le Glock. Je n'ai pas l'intention de tirer sur qui que ce soit, mais c'est toujours mieux que de se faire prendre. Je glisse l'arme dans la poche de mon bleu de travail.

Idéalement, il faudrait que j'escalade un arbre proche pour voir, hélas, ce qui doit être vu. J'ai vu des choses bien étranges dans ma vie, mais jamais ça. Je prends une profonde respiration. Me concentre sur le boulot à faire. Je n'ai qu'à regarder. Pas besoin de le faire.

Je tripatouille la serrure. Mes mains tremblent. Quinze secondes.

La maison est si propre qu'on dirait qu'elle est neuve. Je traverse tout doucement le salon au rez-de-chaussée, m'arrêtant devant le grand écran plat, rêvant de trouver un moyen de l'emporter à la maison. J'aimerais bien emporter les meubles aussi, si je pouvais faire rentrer tous ces satanés trucs dans mon appartement. Le vaste tapis au milieu du salon rattache tout ensemble. Tout ici est très coloré : les canapés sont rouge vif, le tapis brun chaud, les murs orange coucher de soleil. Je réalise que je perds du temps.

Braquant l'arme devant moi, je me dirige vers l'escalier et commence à monter lentement. Je pose soigneusement les pieds sur le bord des marches, sur la moquette, pour étouffer le moindre son.

Quand j'arrive en haut, les grognements que j'entends signifient que tout bruit que j'aurais pu faire serait passé inaperçu. Je m'immobilise et pense à la liste. Cinq noms. Un simple regard dans la chambre la réduira à quatre. Les grognements se font plus forts.

Le couloir donne sur environ quatre pièces, mais c'est la plus proche qui m'intéresse. J'atteins la chambre du maître, d'où proviennent les bruits. On dirait que quelqu'un a un oreiller enfoncé dans la gorge. La porte est légèrement entrouverte. Aucune importance. Si elle avait été fermée, j'aurais pu l'ouvrir sans être remarqué. Sinon, j'ai toujours mon flingue. J'avance la tête et j'essaie de voir par la mince ouverture. Tout ce qu'il faut, c'est que je jette un coup d'œil et que je file d'ici. Quand je sortirai dans la nuit, ma liste sera plus courte. Mais je ne vois pas grand-chose. Le lit n'est pas visible. Je me penche un peu plus et les choses m'apparaissent.

Soudain, je me sens malade. Nauséeux. Je recule, tombant presque à genoux. Je respire à fond, essayant de contrôler le vomissement qui monte, mais je ne suis pas certain d'y arriver. Mes jambes se changent en gelée, et mon cerveau tourne à toute vitesse. J'ai vu ce que je m'attendais à voir, mais je ne m'attendais pas à avoir une telle réaction.

Mon estomac essaie de s'échapper par ma gorge. J'appuie ma main contre mon ventre et je m'adosse au mur. Encore de profondes respirations, et je la retiens pendant trente secondes. L'urgence de vomir sur le tapis s'efface lentement.

Je n'ai plus que quatre suspects, mais je ne me sens pas mieux pour autant.

Je titube jusqu'à l'escalier et je m'agrippe à la rampe pour m'empêcher de dégringoler jusqu'au rez-de-chaussée. Je fais une pause pour réfléchir à ce que je viens de voir. Je pense à ma mère et à ses perpétuelles questions pour savoir si je suis gay. Est-ce pour ça que je me sens si malade ? Parce qu'elle pense que je fais ce que je viens de voir ?

Quelque chose d'autre résonne dans mes pensées aussi. Quelque chose que je ne parviens pas à formuler correctement. J'en perçois les contours flottants, mais, quand j'essaie de le comprendre dans sa totalité, ce satané truc m'échappe et disparaît complètement. Est-ce que ça reviendra si je jette à nouveau un coup d'œil ? Bordel, pas question que je retourne là-bas pour le découvrir !

Je porte la main à ma bouche et je me mords les phalanges. Je sens à peine la morsure. Mes mains ont un goût de sueur. Je me demande si papa a jamais pensé que j'étais gay.

Est-ce que je dois retourner sur mes pas et flinguer ces deux types parce qu'ils m'ont fait me sentir si mal ? Je regarde le plafond et perds presque l'équilibre. Mes doigts sont toujours dans ma bouche. Que ferait Jésus ? Ce serait plutôt chrétien de ma part de retourner et de les descendre. Ce genre de pratique contre nature est une insulte au Seigneur.

Qu'est-ce que papa voudrait que je fasse ?

Je ne comprends pas du tout pourquoi je me pose cette question à son propos. Et me voilà donc confronté, maintenant, à un autre dilemme. Je suis certain que Dieu s'en fichera si je les descends, mais papa non. En fait, Dieu est probablement en train de me pousser à le faire. Je Lui ferais une faveur, à Lui et à l'humanité. Mais ai-je envie de faire une faveur à Dieu ? J'essaie de penser à une faveur qu'Il m'aurait faite, mais tout ce qu'Il a jamais fait, c'est m'enlever mon père et me donner ma mère. Non, je ne Lui dois rien.

Je me retourne vers la chambre. Je peux entendre papa me dire que ce sont juste des gens en train de faire leurs petites affaires, et que je devrais les laisser tranquilles. Les gens ont le droit d'être heureux. Personne n'a le droit de juger les gens qui tombent amoureux de quelqu'un du même sexe. C'est ça qu'il dirait. Seulement je ne l'écoute pas, parce qu'il est mort, et que ce n'est pas ça que font les gens.

C'est suffisant pour cette nuit. Quand j'appellerai pour signaler le corps de Candy demain, il ne restera que quatre personnes à surveiller attentivement. Il se fait tard. Si je ne rentre pas rapidement, je risque de me réveiller à nouveau trop tard demain matin. Je devrais déjà avoir passé cette putain de porte.

Mais c'est une opportunité. Je suis déjà dans la place. J'ai déjà un flingue. Et aucun des deux n'est conscient de ma présence. Ils sont trop enveloppés l'un dans l'autre. Est-ce que ça veut dire qu'ils méritent de mourir ? La seule chose que je sais avec certitude, c'est qu'ils ont suscité en moi confusion et nausée, et que, pour ça, je devrais les faire payer. Personne ne me fait des trucs comme ça. Personne.

Mais est-ce réellement leur faute ?

Mon Dieu ! Comment puis-je même me poser cette question ? Quelle sorte de personne suis-je en train de devenir ?

Je suis Joe. J comme Joe. J comme Juge. Je suis fort et je contrôle la situation, et ce que je décide est ma propre décision – pas celle de Dieu. Pas celle de papa. Je me fous de savoir ce qu'ils pensent tous les deux.

Je repars vers la chambre. M'arrête à la porte. Pointe mon flingue droit devant moi. Mais je n'appuie pas sur la gâchette. À la place, je pense à l'aspect technique. La balistique établira un lien entre ces balles et celles qui ont servi pour certaines de mes victimes. Le tueur en série frappe à nouveau, et ça va les plonger dans la perplexité. Ça va brouiller encore plus les pistes. Pourquoi le tueur a-t-il abattu un policier gay ? Mais est-ce vraiment une bonne idée que les autres policiers prennent soudain conscience que quelqu'un est après eux ? Pourrai-je toujours entrer dans leurs maisons aussi facilement si j'en ai besoin ? Ou dans leurs chambres d'hôtel ?

Je fais un pas en arrière, mais le volume des grognements semble croître encore. Les ressorts du matelas grincent comme s'ils hurlaient de peur. J'appuie mes mains sur les deux côtés de ma tête, mais ça ne marche pas. Je me colle le canon de mon Glock dans l'oreille droite et j'enfonce mon majeur gauche dans l'autre oreille, mais ça ne m'aide pas à réfléchir. Le son est toujours là. Et la seule manière de m'en débarrasser, c'est soit de me flinguer, soit de les flinguer. Mais je ne suis pas obligé de les abattre. Je ne suis pas un animal. J'ai la capacité de me sortir de là en réfléchissant. Je sais différencier le bien du mal.

Un aliéné se jetterait dans la chambre et commencerait à tirer, parce que les cinglés n'ont aucun contrôle sur ce qu'ils font. L'aliénation mentale est un terme strictement légal, pas médical. Les patients qui sont moralement malades, les tueurs et les violeurs, ne sont pas des aliénés, ils ne font que plaider en ce sens. Les gens vraiment aliénés n'ont aucune compréhension de ce qu'ils font. Ils ne chercheront pas à échapper à la condamnation. Ils sont arrêtés sur les lieux du crime, couverts de sang, en train de chanter des tubes de Barry Manilow.

Seuls les sains d'esprit ont l'option de choisir.

Je baisse mon arme. Je pourrais les tuer, juste pour le pied de le faire, juste parce que je suis là. Dans ce monde cinglé et chaotique, vous prenez ce qui passe à votre portée, mais, parfois, il vous faut laisser filer certaines choses, au cas où quelque chose de mieux croiserait votre chemin. La vie, c'est un peu comme une autoroute raccordée par plein de chemins de terre.

Je suis à un carrefour maintenant, debout dans le couloir d'un type que je n'ai jamais rencontré. Un souvenir dans mon crâne, que je ne parviens pas à atteindre. La migraine qui monte. Le cœur qui bat. De la sueur qui dégouline sur mes flancs. En ruisseaux. Des grognements qui m'emplissent les oreilles. Des battements.

Est-ce que je les tue ? Est-ce que je balance quelques fausses pistes dans cette enquête ? Ou est-ce que ça ne fera que rendre les choses pires encore ?

Je réussis à descendre l'escalier. La cuisine est pleine de meubles de métal luisant qui coûtent plus que ce que je gagne en un an. Je m'assois sur un tabouret devant le comptoir pour petit déjeuner et je pose le Glock devant moi.

C'était simple de deviner que Travers était gay – il y avait les calendriers. « Surcompensation » était le mot-clé. Sachant que je réfléchirais mieux avec l'estomac rempli, j'ouvre le frigo et fouille dedans à la recherche de nourriture. Je finis par me faire un sandwich au corned-beef – le petit ami de Travers est un excellent cuisinier. Je bois une cannette de Coca – après tout, elles sont en promo – pour le faire passer. Les bulles fraîches effacent tous les fantasmes. Je me dis que ce que j'entends pourrait être tout à fait autre chose que deux hommes prenant le pied de leur vie.

En haut, le lit tape contre le mur de la chambre, comme si lui aussi aurait bien aimé filer par la porte d'entrée une demi-heure auparavant. Je reste assis au comptoir, à passer mon doigt sur le revêtement métallique.

18

Le restaurant est plein de conversations, d'odeurs délicieuses, de braves gens, de musique agréable et d'une chaude atmosphère. Les serveuses ont toutes des cheveux parfaits et des corps élancés, mis en valeur par des vêtements ajustés. Les clients, eux, semblent avoir fait beaucoup d'efforts pour avoir l'air décontractés – jeans, tee-shirts soignés, belles chaussures.

Le père de Sally se débat avec un plat de poulet, sa mère picore une salade, pendant que Sally promène sa fourchette dans ses tortellinis. La journée s'est bien passée. Pour la première fois depuis des lustres, son père, 55 ans maintenant, fait vraiment son âge, plutôt que cinq ou dix ans de plus. Le lecteur DVD a bien marché ; elle n'a pas eu de mal à l'installer et son père a passé dix minutes avec la télécommande pour apprendre à s'en servir. Les boutons étaient durs à pousser avec ses mains tremblotantes, pourtant sa frustration n'a pas été trop forte. Savoir si cela sera encore le cas d'ici l'année prochaine ou même d'ici quelques semaines, c'est un autre problème.

Elle pique quelques pâtes et les porte à sa bouche. Elle adore les pâtes. Elle serait heureuse de ne manger que ça, mais ce soir son peu d'appétit ne lui permet pas d'en profiter. Son père et sa mère rient. Elle est contente pour eux, contente que pendant une heure ou deux ils aient l'air moins vides.

Quand elle finit son assiette, la gentille serveuse qui s'est occupée d'eux toute la soirée vient débarrasser, puis remplace immédiatement leurs assiettes vides par la carte des desserts. Elle parcourt les différents choix. Rien ne lui fait vraiment envie, et, en regardant les serveuses, elle doute qu'aucune d'elles ait touché le moindre dessert de toute sa vie. Elle lève les yeux vers son père et elle voit la concentration dans les traits de son visage tandis qu'il essaie de garder son corps sous contrôle. Il ne sera pas capable de tenir bien longtemps, se dit-elle.

Sally a déjà mangé quelques bouchées de son sundae au chocolat quand elle commence à se sentir coupable à propos de Joe. Elle espère qu'il ne comptait pas sur elle pour son déjeuner d'aujourd'hui. Bien sûr, ce qui la trouble vraiment, c'est ce qu'il a dit ce matin. *Quelqu'un comme moi.* Jusqu'ici, elle ne s'était pas rendu compte que Joe savait que les gens le traitaient différemment, et qu'elle le faisait aussi. Personne d'autre ne lui préparait à déjeuner. Personne d'autre ne l'embêtait pour qu'il vienne s'asseoir sur les berges de la rivière Avon et jette du pain sec aux canards.

Le sundae n'a presque pas de goût. Juste de la glace molle et froide. Elle fait tourner sa cuiller dessus, la faisant fondre un peu plus vite. Ce qu'elle doit faire, elle s'en rend subitement compte, c'est un effort pour connaître mieux Joe, tout en restant discrète. Elle sourit à ses parents, heureuse qu'ils prennent du bon temps. Le crucifix de métal de sa mère pend devant son chemisier, et la lumière des chandelles le fait briller. Malgré tout ce qu'ils ont traversé, ses parents ont encore la foi. À nouveau, elle se dit qu'elle peut utiliser la foi pour se rapprocher de Joe.

Elle baisse les yeux vers son sundae au chocolat et essaie de le finir.

19

Le lit ne cogne plus. Il est peut-être cassé. Le matelas a peut-être rendu l'âme. Peut-être qu'ils sont passés sur le tapis. Peut-être qu'ils ont fini. Y repenser fait presque remonter le sandwich au corned-beef et je risque de ne pas le retenir. Le problème, c'est que ce ne sera pas que le sandwich. Ce sera tout ce que j'ai mangé depuis une semaine.

J'ai pris ma décision. Je vais décevoir Dieu et leur permettre de vivre.

Hé, je ne Lui dois aucune faveur !

Je laisse la cannette vide sur la table et les restes de mon sandwich sur le comptoir. Je n'ai jamais été bien élevé à ce point. Je porte des gants. Quand Travers trouvera la cannette demain matin, je me demande s'il la fera examiner au labo pour établir un lien avec les bouteilles trouvées dans la maison d'Angela. C'est un sacré lien à établir – trop éloigné pour un policier, en tout cas.

Je ne me fatigue pas à verrouiller la porte d'entrée derrière moi. Si par hasard quelqu'un d'autre entre pour les tuer, qui suis-je pour aller contre la volonté de Dieu ? Je commence à rire en imaginant leurs têtes demain matin quand ils verront qu'ils ont eu de la visite. Le rire est le meilleur remède pour ce que je viens juste de traverser. Qu'est-ce qu'ils vont faire ? Un rapport de police ? Non. Travers tient à garder son secret. J'ai du mal à l'imaginer arrivant au boulot demain matin et racontant à tout le monde ce qui s'est passé. Pendant un moment, il va vivre dans la peur. Tout comme son copain. Et c'est bien mérité – ils n'avaient qu'à pas se moquer de la Bible et de l'humanité avec leurs actes.

Se moquer de moi.

J'abandonne la voiture à un kilomètre de chez moi et je transpire un peu en marchant le reste du chemin. Ma mallette est lourde dans la chaleur humide. Peut-être qu'un jour j'achèterai une voiture.

Quand j'entre dans mon appartement, je vois que deux messages m'attendent. Tous les deux de ma mère. Je les efface, en me demandant deux choses à la fois. Un : pourquoi est-ce que j'aime tant ma maman ? Et deux : pourquoi est-ce qu'on ne peut pas l'effacer aussi facilement que ses messages ?

Je m'assois devant Cornichon et Jéhovah et je les regarde nager dans leur cycle éternel de perte de mémoire. Ils me voient, soupçonnent que je vais les nourrir et donc ils foncent vers le bord. Je ne les ai pas nourris de toute la journée, donc je ne perds pas une minute. Je regarde mon répondeur. Maman appellera peut-être demain. Pour me demander de venir manger son pain de viande. Me montrer son tout nouveau puzzle. Me donner du Coca. Je l'attends avec impatience.

Avant d'aller au lit, je déterre un vieux réveil du fond de mon petit placard. Je le règle à 7 h 35. Comme ça, il me reste une chance de me réveiller à 7 h 30. C'est comme un test. Un test avec une roue de secours.

160

Je souhaite bonne nuit à mes poissons avant de me coucher. Je ferme les yeux et essaie de ne pas penser à ma mère pendant que j'attends que le sommeil vienne et m'entraîne loin de la douleur de ce que j'ai vu ce soir.

« Vous vous êtes couché tard, inspecteur Schroder ?

— Oui. On a trouvé un nouveau corps. »

Quoi ? Je commence à examiner le tableau de liège. « Et elle était morte, inspecteur Schroder ? »

Christchurch est lourde et grise. Pas de soleil. Une masse de chaleur. Chaleur humide comme hier. Mes manches sont déjà roulées. Schroder me jette un regard comme si je ne cessais de l'épater avec mon puits de connaissance. Je lui rends son regard comme si des personnages de dessin animé dansaient partout dans ma tête, se tenant par la main et faisant tout ce qu'ils peuvent pour me distraire perpétuellement.

« Ouais. Elle est morte, Joe. »

Je relève le nez vers le mur et j'ai besoin de tout mon self-control pour jouer mon rôle de Joe-le-Lent quand je vois sa photographie. Je la désigne. La photo de Candy. « C'est elle ? »

Il hoche la tête. « Elle s'appelle Lisa Houston. C'était une prostituée.

— Travail dangereux, inspecteur Schroder. Vaut mieux être nettoyeur. »

La photo de Candy est de ces clichés d'« après » qui rendent les photos d'identité sur les passeports magnifiques en comparaison, surtout dans ce cas, car elle a été prise après deux jours passés dans une chambre surchauffée. La décomposition n'a pas été tendre avec elle. L'affaissement de la peau autour de ses cheveux et de son visage est considérable. Son épiderme est marbré de pourpre. Un jour ou deux de plus, et il aurait été marbré de noir. Ses yeux sont laiteux. Son bras est tordu et bleu. La peau de ses mains ressemble à des gants mouillés. Dans de bonnes conditions, un corps humain peut se changer en squelette en seulement quelques jours. Je parle de conditions extrêmes, pas juste un jour très chaud avec des averses et un peu de soleil. Ça aide aussi d'avoir quelques petits animaux affamés dans les parages.

« Est-ce qu'elle est morte la nuit dernière, inspecteur Schroder ?

— Depuis plus longtemps que ça, Joe. On ne saura précisément quand que plus tard dans la matinée. »

Le légiste trouvera le jour en examinant les larves d'insectes qui infestent son visage tuméfié, son vagin déchiré et la fracture ouverte de son bras, là où l'os est sorti faire coucou.

« Tu sais, Joe, tu ne devrais pas regarder ce genre de photos.

— Ça va. Je fais comme si c'étaient pas des vrais gens.

— J'imagine que ça doit être un luxe.

— Du café, inspecteur Schroder ?

— Pas ce matin, Joe, merci. »

Je m'éloigne pour gagner mon bureau. Je suis avide de savoir comment le corps a été trouvé, qui l'a trouvé et qui a examiné la scène de crime. Certainement pas l'inspecteur Travers. Il était très pris.

C'est probablement le mari, revenant chez lui pour remettre sa vie sur rails. Il a dû se demander ce que c'était que cette odeur venue de l'étage. *Déjà-vu*[1]. Que vous respiriez par le nez ou par la bouche, ou même si vous ne respirez pas du tout, l'odeur de la mort pourrissante vous parviendra toujours. Elle prend une vie comme le feu le fait, en cherchant de l'oxygène à brûler pour rester vivace, et, comme le feu, elle a une faim à assouvir. Un but à sa survie. Je me demande si le mari pourra remonter cet escalier un jour.

J'ai entendu des histoires où des vieux avaient vécu avec leurs épouses mortes pendant des mois parce qu'ils ne voulaient pas se séparer de leur bien-aimée. Ils les allongeaient dans leur lit, ou les installaient devant la télé pour regarder leurs jeux préférés, avec leur coussin favori sur les genoux. Leur faisaient la conversation. Leur tenaient la main, même alors que leur peau s'en détachait en lambeaux pourris. Pendant un moment, après la mort de papa, j'ai surveillé maman pour être certain qu'elle était seule à la maison – je pensais qu'elle allait peut-être sortir la Super-Glue pour essayer de remettre les cendres de papa en forme afin de pouvoir houspiller une dernière fois ce pauvre enfoiré.

Je me souviens d'une histoire que j'ai lue une fois dans un journal. Un mec était mort en Allemagne, et, alors que son corps pourrissant puait, aucun des voisins ne voulait le déranger. Il traînait là depuis deux mois et on ne l'avait découvert que lorsque le propriétaire s'était inquiété pour son loyer. Il avait été mangé par son troupeau de chats, et, à ce stade, il était réduit à un

---

1. En français dans le texte.

tas d'os. Ce mec a sûrement connu plus de chattes dans la mort qu'il n'en a eues dans sa vie.

Je nettoie les sols. Fais les carreaux. On me parle comme si j'étais un crétin. Toute la matinée, j'ai les oreilles qui traînent suffisamment pour apprendre que les empreintes de pas sur les lieux du crime sont identiques à celles des autres scènes. Résidus de mes gants. Fibres de tapis. Poils. Le mari de Daniela Walker est revenu chez lui pour prendre son rasoir électrique – mon rasoir électrique désormais – et il a découvert le cadavre.

À cause des différences entre la mort de Lisa et celle de Daniela, de plus en plus d'inspecteurs ont adopté la théorie des deux tueurs. Chaque victime a été assassinée différemment (même si je suis répétitif dans mon boulot quotidien, je n'aime pas l'être dans mes activités nocturnes), mais sur chaque scène je laisse derrière moi des indices similaires, traces, fibres ou salive.

Deux tueurs. C'est la présomption générale. Même ceux qui pensent autrement n'ont aucune théorie expliquant pourquoi le meurtrier serait revenu sur les lieux avec une pute.

Juste avant le déjeuner, je tombe sur le flic gay local et je lui dis bonjour. Il n'est pas d'humeur à bavarder, et il me renvoie à mon boulot d'un bref salut. Il a l'air égaré. Il a aussi l'air très fatigué.

Il me reste quatre hommes à étudier. Le déjeuner arrive et se passe sans visite de Sally, et, chose plus importante, sans aucun de ses sandwichs. Je me débrouille avec ce que j'ai comme nourriture. Après déjeuner, en me servant des dossiers du personnel contenus dans l'ordinateur d'une des salles d'enregistrement à l'étage au-dessus, j'imprime les fiches de chacun des quatre hommes pour les lire plus tard. Je suis très excité par le rétrécissement de ma liste. Ce que je ne comprends pas, c'est pourquoi je dois éliminer tous les noms sauf un pour trouver le tueur. Pourquoi est-ce que la personne suivante sur laquelle j'enquête ne pourrait pas être la bonne? Pourquoi la chance est-elle contre moi? Je décide de commencer par les deux que je connais le moins bien, les deux étrangers.

Je suis dans la salle des dossiers en train de passer l'aspirateur sur un morceau de moquette tout taché de poudre de toner, quand Sally ouvre soudain la porte et entre. Elle n'a pas l'air surprise de me trouver ici, ce qui veut dire qu'elle a dû garder un œil sur moi. Peut-être que je devrais faire plus attention à elle. J'éteins l'aspirateur.

« Comment se passe ta journée, Joe? » elle demande, et elle dit toujours la même chose, comme si j'allais avoir un jour une réponse différente de « bien » ou « pas mal ».

Je décide d'embellir sa journée et de faire la conversation.

« Ça va très bien, Sally. Exactement comme tous les autres hier. J'aime mon boulot.

— J'aime mon boulot aussi, mais je dois avouer que je le trouve un peu ennuyeux. Tu n'as jamais ressenti l'envie de faire quelque chose d'autre? »

Elle s'approche de la photocopieuse et s'appuie dessus. Les dossiers que j'ai imprimés sont en sûreté dans ma combinaison, et les originaux rangés à leur place.

« Je veux dire, tu ne penses pas que la vie devrait apporter davantage?

— Comme quoi? » je demande, authentiquement curieux. Je peux apprendre de cette femme. Si elle a

166

des idéaux bas de gamme, je pourrai dire que j'ai les mêmes, ça m'aidera à perfectionner mon personnage.

« Tout. N'importe quoi », dit-elle, et peut-être que c'est l'odeur de l'aspirateur ou les vapeurs du produit à vitres qui m'atteignent, mais pour la première fois Sally semble penser de manière non conventionnelle, au-delà de ses propres limites.

« Je ne comprends pas.

— Tu n'as pas des rêves, Joe ? Si tu pouvais être tout ce que tu voulais dans ce monde, qu'est-ce que tu serais ?

— Joe.

— Non, je parle de travail. N'importe quel boulot sur terre.

— Nettoyeur.

— Mais en dehors de ça ?

— Je ne suis pas qua... qualifié pour autre chose.

— Que dirais-tu d'être pompier ? Ou policier ? Ou artiste ?

— J'ai dessiné une maison, une fois. Elle n'avait pas de fenêtres. »

Elle soupire, et pendant un moment je pense à ces documentaires à la télé où un mec attardé va se marier avec son équivalent femme. C'est certainement le genre de propos qu'ils échangent quand ils essaient de se figurer quoi faire après dîner tous les soirs. Je décide d'y mettre un terme et de lui donner un petit coup de pouce.

« J'aimerais être astronaute.

— Vraiment ?

— Ouais. Depuis que je suis petit garçon », je dis, en continuant à improviser parce que même si ce n'est pas mon fantasme, ça ressemble à ce que n'importe quel homme aimerait faire – quel que soit son QI. « Je regardais la lune et je voulais marcher là-haut. Je sais qu'on peut pas vivre là-bas, mais je pourrais au moins voler jusque-là et faire des anges en neige avec de la poussière de lune.

— C'est une jolie idée, Joe. »

Ça, c'est sûr. Je décide de pousser un peu plus loin cette vision romantique. « Je serais tout seul là-haut. Je m'inquiéterais pas de ce que les gens pensent de moi. Ça serait très paisible.

— Tu t'inquiètes de ce que les autres pensent de toi ?

— Quelquefois », je dis, même si ce n'est pas nécessairement vrai. Je ne m'inquiète que de ce que les gens me pensent *capable* de faire.

« C'est pas facile d'être *rattardé*, je dis, en mettant l'accent sur le premier *r*.

— Attardé.

— Quoi ?

— C'est sans importance. Et Dieu dans tout ça ?

— Dieu ? je demande, comme si je n'avais jamais entendu parler du bonhomme. Tu crois qu'Il est *rattardé* ?

— Bien sûr que non. Mais tu ne t'inquiètes jamais de savoir ce qu'Il pense ? »

C'est une bonne question. Et si je croyais vraiment à toutes ces conneries de Dieu-t'aime et Dieu-va-te-frapper, alors, oui, je m'inquiéterais. Je regarde le crucifix suspendu à son cou. Cette icône la présente au monde comme quelqu'un qui croit au paradis et à l'enfer, et à toutes les choses bonnes ou mauvaises entre les deux.

« Je m'inquiète toujours, parce que Dieu est toujours en train de regarder, je dis, et son visage s'éclaire à cette réponse parce que c'est ce qu'elle voulait entendre.

— Ça t'arrive d'aller à l'église, Joe ?

— Non.

— Tu devrais.

— Ça me trouble, je dis, tout en regardant vers le sol, comme si j'admettais quelque chose qui me ferait honte d'être un bon-chrétien-craignant-Dieu. J'aimerais pouvoir, mais je n'arrive jamais à tenir jusque... » Jusqu'à quoi ? Aux épîtres ? Au sermon ? À l'ennui ? Je ne suis pas bien sûr de la réponse. « Tu sais ? Les trois heures à rester assis sans bouger en écoutant. En plus, je trouve certains trucs durs à comprendre. »

Je relève la tête et, d'un sourire, j'efface l'air honteux que j'avais mis sur mon visage. Ce sourire de grand garçon donne une nouvelle assurance au sourire de Sally.

« Je vais à l'église chaque dimanche, dit-elle, en prenant son crucifix entre ses doigts.

— C'est bien.

— Tu pourrais très bien m'accompagner. Je te promets que ça ne sera pas ennuyeux. »

Je ne comprends vraiment pas comment elle peut promettre une telle chose, à moins que le prêtre n'ait décidé d'enfreindre au moins la moitié des dix commandements.

« Je vais y réfléchir.

— Tes parents vont à l'église ?

— Non.

— C'est bien que tu aies la foi, Joe.

— Le monde a besoin de foi », je dis, et ensuite Sally jacasse pendant cinq minutes, m'expliquant les choses qu'elle a apprises de la Bible. Je me dis que d'absorber toutes ces conneries chrétiennes a dû lui faire oublier d'autres choses en route, genre comment perdre du poids ou comment se faire des amis.

À la fin de tout ça, elle me demande ce que j'ai prévu pour mon week-end. Je lui dis que j'ai plein de plans, comme regarder la télé et dormir. Je crains qu'elle ne me suggère soudain qu'on pourrait faire l'une de ces choses chez elle.

Mais elle n'insiste pas.

« Je t'ai déjà parlé de mon frère ?

— Non.

— Tu me fais penser à lui.

— C'est gentil, je dis, en tout cas je l'imagine.

— Bref, je voulais te dire que si tu avais besoin d'aide pour quoi que ce soit ou si tu voulais juste faire quelque chose, comme parler, prendre un café ou n'importe quoi d'autre, eh bien, je suis toujours disponible. »

À coup sûr. « Merci. »

Elle fouille dans sa poche et sort un petit morceau de papier. Son numéro de téléphone est écrit dessus. Elle a la même écriture ronde et heureuse que toutes les femmes normales. Le voir me fait comprendre qu'elle avait préparé tout ce discours depuis longtemps. Elle me le tend.

« Si t'as besoin de quoi que ce soit, Joe, tu n'as qu'à m'appeler.

— Je n'ai qu'à t'appeler, je dis, en lui sortant mon sourire de grand garçon et en mettant le numéro dans ma poche.

— Eh bien, je crois que je ferais mieux de retourner au boulot.

— Moi aussi », je dis, en regardant l'aspirateur. Elle sort de la pièce, refermant la porte derrière elle. Je sors son numéro de téléphone de ma poche et, alors que je suis sur le point de le déchirer, je me dis qu'elle pourrait rouvrir la porte. Mieux vaut m'en débarrasser après le travail. Peut-être à la maison.

16 h 30 arrivent. L'heure de s'arrêter de travailler. C'est également vendredi, et donc l'heure de s'arrêter de penser. Faire trop d'heures supplémentaires ne me stressera que davantage. Un nettoyeur stressé est un nettoyeur négligent. Donc, quand je descends du bus près de la maison, je décide d'interrompre mon enquête pour le week-end. Un détective stressé est un détective négligent.

Je vais profiter de ce week-end pour me délasser. Essayer de me distraire. Passer un bon moment avec Joe. Peut-être regarder mes poissons pendant quelques heures. Peut-être rendre visite à maman. Peut-être lire un autre roman sentimental. Je monte l'escalier jusqu'à mon appartement, déverrouille la porte et pénètre à l'intérieur. Un moment plus tard, je sors les dossiers de ma mallette. Je me dis que je ne vais pas les ouvrir, que je ne dois pas commencer à lire, mais peut-être qu'un rapide coup d'œil…

Non. Dois. Pas. Bosser.

Je m'assois dans le canapé, pose les dossiers, nourris Cornichon et Jéhovah. Pendant qu'ils mangent, je vérifie mon répondeur. Maman n'a pas appelé. C'est bizarre.

Je me réinstalle sur le canapé et je regarde les dossiers que je ne veux pas ouvrir. Ça doit être comme ça que certains flics finissent par se consacrer corps et âme à la résolution d'un crime. Malheureusement, vous finissez par être déçu, pas à cause de l'intense labeur, mais parce que cet intense labeur ne vous mène nulle part. Vous ne pouvez pas vous arrêter parce que soudain rien d'autre n'a plus d'importance. Cela devient une obsession.

J'en suis précisément arrivé à ce point. C'est comme un besoin, je crois, ou une soif intense. J'ai ouvert cette enquête. Je fais l'expérience de la raison du nombre de divorces dans la police. À moins que je ne pose immédiatement ce dossier, je vais finir par passer tout mon week-end assis sur mon lit à lire. Travailler. Me stresser. Mais c'est un défi…

Je vais jusqu'à l'évier et je m'arrose le visage d'eau froide. Est-ce que je veux me consacrer autant à ça ? Qui suis-je pour passer un week-end à résoudre un crime qui ne m'intéresse pas vraiment ?

Mais c'est exactement ça le problème. Ça m'intéresse. Ça m'a intéressé pendant toute la semaine. Comment ne pourrais-je pas l'être ? Est-ce la conséquence du vide habituel de mon existence ? Dois-je résoudre un meurtre pour enfin m'amuser ? Et voilà la nouvelle qui tue – je m'amuse terriblement ! Bien sûr, depuis le début j'ai adoré réduire le nombre de mes suspects, mais, en fait, tout ce qui a trait à l'enquête m'amuse. J'aime l'espionnage – j'ai l'impression d'être James Bond, me faufilant dans la maison de M. et M. Gay, explorant les box et les bureaux du commissariat. Les longues heures. Le cerveau qui s'épuise en permanence. La logique et la réalité. C'est le pied.

Le problème, c'est de veiller trop tard. Les rêves. Ne pas se réveiller à temps le matin. La routine perturbée. Mais je ne veux pas que ma vie soit une routine. Après ça, je me mettrai peut-être sur une autre affaire. La satisfaction de savoir que je suis meilleur que tout le monde au commissariat central satisfait mon ego, mais est-ce une raison suffisante pour continuer à faire ça ?

Parfois, tuer n'est qu'une question d'ego, surtout pour les autres gens, mais je suis tout à fait sûr que je ne suis pas comme les autres tueurs. Je sais que ce que je fais est mal, mais je n'essaierai pas de le justifier. Je ne dirai pas que Dieu ou Satan m'ont obligé à le faire. Je ne dirai pas qu'ils l'ont suggéré. De même que je ne prétendrais pas qu'avoir été abusé pendant mon enfance m'a plongé dans une spirale qui m'a fait quitter l'autoroute de la vie et atterrir sur ce sentier boueux. Mon enfance a été normale, du moins aussi normale que possible avec une mère folle comme la mienne. Elle n'a jamais abusé de moi, ne m'a jamais négligé – même si cela aurait été plus facile de grandir si elle l'avait fait. Les abus m'auraient donné une raison de la haïr. La négligence une raison de l'aimer.

Si je pouvais contempler mon enfance et choisir une chose qui a fait de moi l'homme que je suis aujourd'hui, ce serait exactement le contraire de la négligence. Ce serait le blabla perpétuel, les explications permanentes, le fait d'être *toujours là*. Donc, il n'y a pas de raison profonde au fait que j'ai grandi en me réjouissant de tuer des gens, ni tourmente intérieure, ni conflits, ni ressentiment à l'égard du monde ou de mes parents. Aucun d'eux n'était alcoolique. Aucun d'eux ne m'a molesté. Je n'ai jamais mis le feu à l'école ni au chien. J'étais un gamin normal.

Je me détourne de l'évier pour regarder la ville par ma petite fenêtre. Il fait encore gris, là-dehors. Je me repasse la figure à l'eau et m'essuie avec un torchon.

Jusqu'à quel point est-ce que je veux me consacrer à cette enquête ?

Le dévouement est affaire de volonté. Je ferme les yeux, très fort. Travailler ou ne pas travailler ? Telle est la question.

Le téléphone sonne. Ça me fait sursauter et je le regarde, m'attendant à le voir remuer sur place. Ma première pensée, c'est maman. Lui est-il arrivé quelque chose ? Je ne sais pas bien quelle est la date de péremption pour les prémonitions, mais celle que j'ai eue hier matin doit avoir expiré à l'heure qu'il est. Maman va bien. Maman ira toujours bien. Je décroche le téléphone avant que le répondeur se déclenche.

« Joe ? C'est toi ? demande-t-elle avant que j'aie eu le temps de dire quoi que ce soit.

— Maman ?

— Bonsoir, Joe, c'est ta mère.

— Maman… Pourquoi… Pourquoi tu m'appelles ?

— Qu'est-ce que c'est que ça ? Est-ce que j'ai besoin d'une excuse pour appeler mon unique enfant dont je pensais qu'il m'aimait ?

— Je t'aime, maman.

— Tu as une étrange manière de le prouver.

— Tu sais que je t'aime, maman, je dis, me retenant d'ajouter que j'aimerais qu'elle me dise quelque chose de positif, à moi ou sur moi, pour une fois dans sa vie.

— C'est très bien, Joe.

— Merci.

— Tu comprends de travers. Je suis sarcaustique.

— Sarcastique.

— Quoi, Joe ?

— Quoi ?

— Qu'est-ce que tu as dit ?

— Rien.

— Ça ressemblait pourtant à quelque chose.

— Je crois que la ligne est mauvaise. Qu'est-ce que tu disais ?

— J'ai dit que j'étais sarcaustique. Je disais que c'était très bien que tu penses que je ne fais que m'imaginer que tu m'aimes. Est-ce que tu veux dire que je suis censée être certaine que tu aimes ta mère ? Je ne vois pas comment je pourrais penser une chose pareille. Tu ne viens jamais me voir, et quand j'appelle tu te plains ! Parfois, je ne sais tout simplement plus quoi faire. Ton père aurait honte de voir comment tu me traites, Joe. Honte ! »

Une partie de moi a envie de pleurer. Une autre partie a envie de hurler. Je fais ni l'un ni l'autre. Je m'assois et je laisse ma tête retomber vers ma poitrine, lentement. Je me demande ce que serait la vie si maman était morte au lieu de papa. « Je suis désolé », je dis, sachant qu'il vaut mieux m'excuser plutôt que d'essayer de changer sa façon de penser. « Je promets d'être meilleur, maman. Je te promets vraiment.

— Vraiment ? Ça, c'est le Joe que je connais. Le fils aimant et attentionné que je sais que moi seule aurais pu avoir. Tu peux vraiment être un ange quand tu veux, Joe. Tu me rends si fière.

— Vraiment ? » je commence à sourire. « Merci », je dis, priant pour qu'elle ne soit pas *sarcaustique*.

« J'ai été chez le docteur aujourd'hui », dit-elle, en passant du coq à l'âne – ou, plus précisément, en s'approchant de l'objet réel de son appel.

Le docteur ? Mon Dieu !

« Qu'est-ce qui ne va pas ?

— Je dois avoir eu un accès de somnambulisme la nuit dernière, Joe. Je me suis réveillée ce matin avec la porte de ma chambre ouverte, et j'étais allongée par terre.

— Par terre ? Oh, mon Dieu ! Ça va ?

— À ton avis ?

— Qu'est-ce que le docteur a dit ?

— Il a dit que j'avais eu une crise. Tu sais ce que c'est qu'une crise, Joe ? »

Je me sens plus près de pleurer que de crier. Je pense à Fay, Edgar, Karen et Stewart, dans la série préférée de maman. Ouais, je sais ce que c'est qu'une crise.

« Quel genre de crise ?

— Le Dr Costello dit qu'il n'y a pas de quoi s'inquiéter. Il m'a donné des cachets.

— Quel genre de cachets ?

— Je ne sais pas bien. Je t'en dirai plus quand tu viendras. Je ferai du pain de viande. Ton plat favori, Joe.

— Tu es sûre que ça va ?

— Le Dr Costello a l'air de le penser. Alors, à quelle heure est-ce que tu viens ? »

Soudain, je ne suis plus bien sûr qu'il y a eu une crise. En fait, je suis presque certain que maman invente tout ça pour me faire sentir coupable.

« Tu dois y retourner pour d'autres examens ?

— Non. Vers 6 heures ? 6 h 30 ?

— Pas d'examens ? Pourquoi ? Qu'est-ce qu'ils vont faire de plus ?

— J'ai mes pilules.

— Je suis inquiet, c'est tout.

— J'irai mieux quand tu seras là. »

J'avale une grande goulée d'air. Nous y voilà. « Je ne peux pas venir, maman. Je suis occupé.

— Tu es toujours occupé, jamais une minute pour ta mère. Tu n'as plus que moi, Joe, tu sais. Tout ce qui te reste depuis que ton père est mort. Qu'est-ce que tu feras quand je serai partie ? »

Je serai au paradis.

« Je viendrai lundi, comme d'habitude.

— Je crois qu'on verra lundi. » La communication s'interrompt brusquement.

Je me relève et je raccroche. Je vais m'installer dans mon canapé usé et je pose les pieds sur la table basse balafrée. Dans le silence de la pièce, j'entends la pompe qui fait circuler l'eau dans l'aquarium. Je me demande quel genre de paix je pourrais obtenir si j'étais un poisson avec une mémoire qui n'engloberait que les cinq dernières secondes de la conversation de ma mère.

Mes yeux tombent sur les dossiers. Si je commence à les examiner, au moins j'arrêterai de penser à ma mère. Pain de viande lundi. C'est un prélude au harcèlement habituel parce que je n'habite pas avec elle, parce que je n'ai pas de vie, parce que je n'ai pas de BMW. Est-ce que lire ces dossiers va me la sortir de la tête ?

Je me dis que ça vaut le coup d'essayer.

Je les prends et je commence à les regarder.

21

Inspecteur Harvey Taylor. 43 ans. Marié. Quatre enfants. Dans la police depuis dix-huit ans. Devenu inspecteur à la brigade des cambriolages à l'âge de 28 ans. Promu aux homicides à 34 ans. A été affecté à certaines des plus grosses affaires d'homicide que la Nouvelle-Zélande ait connues. Faisait partie, il y a deux ans, de l'équipe qui traquait le premier tueur en série de Nouvelle-Zélande. Assigné à l'équipe traquant l'actuel tueur. Comme il y a deux ans, l'inspecteur de Wellington est descendu à Christchurch. Contrairement à il y a deux ans, cette affaire dure.

Je parcours le CV de Taylor, voyant qu'il n'avait que des A à l'école. Plusieurs réussites sportives épatantes. Un QI exceptionnel. Le genre de mec que je détestais quand j'étais à l'école. Le genre de mec que je voulais être.

Dans le dossier sont listés ses résultats scolaires. Ses résultats à l'École royale de police de Nouvelle-Zélande. Ses scores aux tests psychologiques. Je parcours les questions à la recherche de « Avez-vous déjà étranglé une femme à mort après l'avoir violée ? » mais ça n'y figure pas. Je me dis qu'il aurait marqué « non ». La plupart des questions sont plutôt faiblardes. Quelle est votre couleur préférée ? Quel est votre chiffre préféré ?

Voleriez-vous si vous étiez désespéré? Avez-vous déjà fumé de la drogue? Déjà tué un animal domestique? Déjà frappé quelqu'un à l'école? Avez-vous déjà été frappé? Aimez-vous allumer des feux?

Il y a cinq pages de questions dans ce genre avant que les tests ne passent à des questions qui requièrent des réponses écrites à la place d'une croix dans une case. Que devrions-nous faire des meurtriers? Qu'avez-vous ressenti quand vous vous êtes fait cogner à l'école? Comment avez-vous réagi? Pourquoi ci et pourquoi ça? Putain de n'importe quoi par-ci et putain de n'importe quoi par-là. Elles sont destinées à établir un profil psychologique. Quelque chose comme : « Je me suis fait cogner à l'école, mais ma couleur favorite c'est le bleu, ce qui veut dire que je ne peux pas être gay, c'est ça? » Ouais, exactement...

J'arrête de lire les questions et je passe aux résultats. Taylor y est qualifié de fondamentalement sain. Pas plus d'explications que ça. Les diplômés pas sains deviennent gardiens de parking.

J'essaie d'en apprendre plus sur sa promotion d'agent à inspecteur : les arrestations qu'il a effectuées, les affaires qu'il a résolues. Le mec a consacré pas mal de son temps libre à ces affaires. Vous n'obtenez aucun paiement pour ces heures, mais vous y gagnez un certain respect. Elles aident à votre avancement, après quoi vous bosserez encore plus sans être payé. Le rapport indique que le mec est dévoué à son travail et à sa famille. Je ne sais pas dans quelle proportion, mais jusqu'ici il a encore les deux.

Cela ne l'élimine pas comme suspect. Il se pourrait très bien que sa femme lui manque tellement que son imagination et la veuve poignet ne lui suffisent plus.

Peut-être qu'il cherche un soulagement sexuel avec une inconnue. Je n'ai aucun moyen de le savoir. Tout ce que je sais pour sûr, c'est qu'en dehors des affaires de cambriolage, qui ont un taux de résolution si bas que c'en est effarant, Taylor a résolu presque toutes ses enquêtes. C'est pour ça qu'il est ici. C'est une des stars de l'équipe.

La photo qui accompagne le dossier a probablement dix ans, prise quand il avait la trentaine. Mais même à cette époque Taylor faisait dix ans de plus que son âge. Maintenant, il a l'air d'en avoir vingt de plus. Ces temps-ci, il a les cheveux gris cendre avec des golfes aux coins de son front, signes d'une calvitie menaçante. Il n'a pas les yeux noirs d'un tueur. Au contraire, ses yeux bleus et amicaux masquent une intelligence que je n'associe pas à beaucoup d'inspecteurs. Son visage est creusé de rides dues à l'âge et au soleil. Sa peau est comme tannée par les embruns, et il est facile de l'imaginer sur une planche de surf au milieu de l'océan.

La photo du dossier est en couleurs et montre la mode que nous portions tous à l'époque. J'espère vraiment qu'il n'existe aucune photo de moi datant de cette période avec des vêtements similaires.

Je repose son dossier. Bâille. M'étire. Et regarde ma montre. Il est déjà 20 heures. Je ne sais pas comment, mais ça fait déjà presque trois heures que je suis rentré chez moi. Mais où diable passe le temps ?

Si seulement je le savais. Mon horloge interne ne me le dit pas, ça c'est certain.

C'est vendredi soir. Nuit de fiesta. Et pourtant je suis là, enfermé dans mon minuscule appartement, l'esprit ailleurs et les yeux glissant sur des informations qui ne m'apportent rien. J'avale mon café. Je ne me souviens même pas de l'avoir préparé, mais il est encore chaud. Lire toutes ces infos a dû me déconnecter. Je me dis que ça ferait le même effet à n'importe qui. J'enlève ma combinaison de travail, je sors le numéro de Sally de ma poche et je vais en faire une petite boulette quand je décide soudain de le garder. C'est sympa d'avoir le numéro de quelqu'un d'autre ici, en dehors de celui de ma mère et du commissariat. Je me sers d'un aimant qui ressemble à une banane miniature pour le coller sur le devant du frigo. Ça me fait comme si j'avais des amis, et ce n'est pas une sensation si désagréable.

Je reviens pour prendre une serviette qui pend sur le bras du canapé, mais je me retrouve en train de saisir un autre dossier. Je suis nu, mes aisselles sentent comme un SDF, et pourtant je me rassois sur le divan et conti-nue à lire.

Inspecteur Robert Calhoun. 54 ans. Marié. La photo a été prise un an environ avant que son fils ne visite la grande maison des suicidés dans le ciel – il s'est pendu dans leur garage à 14 ans, il y a dix ans. C'est Calhoun qui l'a découvert. Le rapport est complet. Timothy Calhoun. Petit Timmy. Je n'arrive pas à m'imaginer avoir un flic comme parent. C'est probablement pour ça qu'il s'est tué. Ou alors son vieux jouait au docteur avec lui, peut-être.

Tu veux voir un truc magique, mon petit Timmy ?

Calhoun est entré dans la police à 22 ans et il a passé dix ans en patrouille avant de devenir inspecteur. Ori-ginaire de Dunedin, il était basé à Wellington, a passé quelques années là-bas, puis a été transféré à Auckland. Les forces de police sont comme ça. Elles vous donnent un boulot, vous forment, puis vous séparent de votre famille et de vos amis en vous bombardant dans un endroit du pays où vous ne connaissez personne.

Calhoun a travaillé sur des affaires très sérieuses, viols y compris, pendant douze ans. Après ça, on lui a offert la possibilité de bosser aux homicides. Il n'y a pas de département spécialement consacré aux homicides dans ce pays. Pas encore. Quand quelqu'un se fait tuer, pour enquêter ils rameutent des flics expérimentés d'un peu partout, en général des spécialistes des agressions sexuelles, parfois des cambriolages. Donc, même quand ces mecs ont travaillé sur des homicides pendant cinq ans, genre, ils restent avant tout des flics orientés cambriolages ou fraudes, jusqu'à ce que l'occasion se présente. J'imagine que travailler sur des affaires de viol et autres agressions pendant douze ans peut certainement donner quelques idées à n'importe qui. Il se pourrait très bien que Calhoun y ait précisément appris les arts que je pratique.

Je regarde sa photo. Avec le temps, il a pris trois ans par année. Ses cheveux noirs, épais avec leur coupe au bol de bon chrétien, sont devenus gris et ont reculé. Son visage allongé semble très fatigué, ses yeux et ses lèvres entourés de minuscules rides. Pas de regard noir ici non plus. Ses yeux à lui sont brun sombre. Il a une mâchoire étroite qui n'a pas changé, en dehors d'une ombre grise qui la marque désormais.

Qu'avons-nous ? Un fils mort. Une femme qui n'a probablement plus touché son mari depuis. Des agressions. Un homme qui arborait une coupe au bol. Toutes ces affaires de viol. La raison du taux croissant de viols dans ce pays provient de ce que le système judiciaire n'a jamais été assez dissuasif envers ceux tentés de les commettre.

J'étudie le profil psychologique de Calhoun. Rien de très différent de celui de Taylor. Je regarde ses résultats scolaires. Pas extraordinaire, mais assez bon. Toujours dans le quart supérieur de sa promotion. Il n'a pas résolu toutes ses affaires, mais peu de flics y parviennent. Il y a pas mal de cas d'agressions sexuelles non résolus que j'aimerais bien pouvoir attribuer à Calhoun, mais je sais qu'il n'aurait pas pu les commettre – trop risqué. Si un flic fait quelque chose comme ça, il a besoin de s'assurer que sa victime ne pourra pas l'identifier ensuite, et, pour cela, il n'existe qu'une seule méthode vraiment garantie.

Le temps file. La tête me tourne. Je regarde mes cuisses et j'aperçois la raison du déficit sanguin dans mon cerveau. Toutes ces lectures sur les agressions sexuelles m'ont fait bander. Je me lève, m'entoure la taille avec la serviette, planquant « petit Joe » sous le tissu éponge. La nuit a beaucoup à offrir. La douche n'a que de l'eau chaude et de la vapeur, mais j'en sors rafraîchi, comme un homme neuf. Mon corps est tendu et ma tête encore plus. Je suis surmené et sous-récompensé. J'ai besoin de me détendre. De faire baisser un peu la pression. C'est amusant d'être détective, mais ce sera encore plus marrant de redevenir moi-même. Je colle mon Glock dans la ceinture de mon jean et m'assure que ma veste de cuir le couvre bien. Je glisse une de mes lames dans la poche intérieure.

Habillé pour tuer. Accessoires indispensables uniquement.

22

Christchurch, la nuit. Mon terrain de jeu. Où les gens qui vous haïssent vous appelleront quand même « mon pote ». L'air est chaud, vibrant d'activité. Il vient du nord-ouest. Pas trop chaud, mais lourd. Dégoulinant de sons autant que d'humidité. Débordant de lumières fluorescentes autant que d'hormones. Au sud de la ville, vers Port Hills, un million de lumières scintillent au lointain. Partout ailleurs, rien que des terrains plats, parsemés de bâtiments. La ville elle-même est remplie de néons – roses, violets, rouges et verts. Toutes les couleurs possibles frappent les yeux, sous tous les angles possibles.

Le quartier chaud de Christchurch s'étend de Manchester Street à Colombo Street, deux artères parallèles au cœur de la ville. À n'importe lesquels de ces carrefours, vous pouvez vous payer une fiesta personnelle pour 20, 60 ou 100 dollars. Du haut en bas de Colombo, des garçons de 18 ou 20 ans font la course en bagnole sans autre destination que l'autre bout de la rue. Des moteurs surchauffés qui font plus de bruit qu'un 747. Des roues chromées, brillantes et imposantes. Des pots d'échappement assez larges pour y coller votre poing. Les woofers installés à l'arrière de leurs voitures semblent les propulser à coups de basses, aussi forts que des tirs de canon. Les vitrines des magasins vibrent tant le son est violent. Des Ford Escort et des Ford Cortina crament de la gomme à chaque feu rouge qui passe au vert, quand leurs moteurs rugissent et les projettent en avant. Ces apprentis coureurs sans emploi tentent d'oublier leur semaine en impressionnant tout le monde avec leurs goûts musicaux. Des mecs qui portent des jeans noirs moulants et des tee-shirts noirs troués avec les noms de groupes de heavy-metal ou de marques de whisky imprimés dessus. Ils ont les cheveux longs ou le crâne rasé, rien entre les deux. Cigarettes ou joints suspendus aux lèvres. Leurs vitres sont teintées, celles sur les côtés baissées au maximum pour que nous puissions tous profiter de leur présence. Ils pensent que les femmes qui vont les voir vont instantanément tomber amoureuses d'eux, et, le plus dingue, c'est que certaines le font. Les pétasses qui portent des jupes teintées façon hippie et des pots de maquillage entiers sur la figure – elles ont le cœur sur la main, mais des tatouages colorés et minables sur les bras.

La rangée de bars et de cafés d'Oxford Terrace est connue sous le nom de Strip. C'est un marché à la viande, où des pauvres gonzesses draguent quelques dizaines de types avant de trouver celui avec qui elles finiront par coucher. Sept ou huit de ces bars sont pleins à craquer, tous dotés d'une vue sur la rivière Avon. De l'autre côté de la rivière et un peu en diagonale, à environ une centaine de mètres du bar le plus proche, se trouve le poste de police du secteur. Le vendredi soir, le taux d'urine et d'eau dans l'Avon est de l'ordre de 50 %. Des anguilles flottent, ventre en l'air. Des canards picorent des préservatifs abandonnés sur les berges. De petits poissons sautent de l'eau pour y échapper en mourant sur l'herbe, où ils reposent aux côtés des ivrognes occasionnels en coma éthylique.

Comme j'approche du Strip, je sors le flingue de ma ceinture et l'enferme dans la poche intérieure de ma veste, qui a une fermeture Éclair, puis j'enlève celle-ci et je la porte par-dessus mon épaule. De la sueur coule le long de mes flancs. Je me suis mis assez d'after-shave et de déodorant pour masquer toute odeur émanant de mon corps, même s'il y a déjà plus qu'assez de parfums et d'after-shave mélangés dans l'air ambiant. Marcher dans cette rue me parfume gratuitement en quelques secondes.

Il est minuit passé, mais les choses ne font que commencer. Le Strip déborde de monde. Toute la semaine, les femmes reviennent directement chez elles après le boulot et verrouillent leurs portes, craignant que ce qui est arrivé aux femmes dans les journaux puisse leur arriver à elles. Tous les autres jours de la semaine, il y a une sorte de conscience générale que les choses ne sont pas aussi sûres qu'elles devraient l'être. Mais quand arrivent vendredi et samedi soir, toutes ces peurs sont écartées pour laisser place à l'éclate. Ici, la plupart des femmes sont jeunes et fort peu vêtues. Elles tentent de se frayer un passage dans des clubs qu'elles imaginent populaires, à cause de la quantité de gens qui attendent dehors. Des videurs montent la garde, bras croisés et biceps gonflés.

Pour la plupart des gens du coin, le Strip est le clou de la ville. Déjà, le drum'n'bass, la techno et le hip-hop m'assourdissent. Il faudrait au moins une demi-heure pour pénétrer dans une de ces boîtes, donc je m'enfonce plus avant dans la ville, descendant Cashel Mall à la recherche d'un autre club ou d'un autre bar. Peut-être un qui serait plus tranquille. Finalement, j'en trouve un – un club ouvert sur le devant où la musique n'est pas aussi forte et où il y a de la place pour s'asseoir. La foule semble composée de gens entre la vingtaine et la fin de la trentaine. Ce qui me place dans la moyenne, j'imagine.

Je parviens à entrer, passant devant le videur avec un sourire et sans le moindre commentaire. Une mer humaine m'accueille, mais pas un océan. Je me fraye un chemin, serrant bien ma veste contre moi. Au bar, je me fais servir par une blonde délicieuse – top blanc serré, jupe noire courte, super nichons. J'ai commandé une vodka orange. Cher, mais vous ne pouvez pas espérer sortir en ville le vendredi ou le samedi soir sans dépenser une petite fortune. J'aurais pu rester à la maison et avoir le même verre pour un quart du prix, mais il n'y aurait eu personne à mater. Je m'assois au comptoir, je couve mon verre et observe les gens autour de moi. Des hommes pour la plupart, portant des vêtements trop chers pour leur budget, essayant d'avoir l'air plus riches et plus impressionnants qu'ils ne le sont vraiment. Concierges, ouvriers, plombiers, vendeurs – tous habillés pour ressembler à des avocats. Alors que les avocats sont dans d'autres bars, habillés pour avoir l'air de mecs cool. Les femmes, même les grosses dondons, s'habillent pour avoir l'air de parfaites salopes. Pas que je m'en plaigne. C'est ici que les hommes font troupeau pour repérer de possibles histoires de pieu à raconter à leurs potes le lundi matin. Les femmes viennent ici pour être à l'aise. Pour être libres.

De tous les coins du club, des lumières clignotent, dansent, tremblotent et pulsent dans mes yeux. Je finis mon verre, en commande un autre. Je lève les yeux vers le plafond, à la recherche d'éventuelles caméras de surveillance couvrant le bar. Rien. La musique se fait plus forte. Mes oreilles bourdonnent.

Dans un endroit comme ça, les femmes ne vous parlent que pour une des trois raisons suivantes : soit vous êtes extrêmement beau, soit vous avez l'air extrêmement riche, soit elles vous disent d'aller vous faire voir et d'arrêter de les emmerder. Ce soir, je porte des vêtements chers. L'argent n'est pas un problème s'agissant de l'habillement, parce que quelques-unes de mes victimes avaient des maris de ma taille. Je porte également une montre plutôt onéreuse – une Tag Heuer qui a coûté 3 000 dollars au mari de ma victime numéro 3. Elle est recouverte de cristal saphir inrayable et elle a un bracelet en métal. Pas aussi chère qu'une Rolex, mais les Rolex n'ont pas une valeur durable sur le marché ; elles sont moches, et seuls les vieux et les Asiatiques en portent.

Il faut trente minutes et trois verres pour qu'une femme s'approche de moi. Sans ma combinaison de travail, je n'ai pas l'air du simplet pour qui me prennent les gars du commissariat. L'apparence vestimentaire fait toute la différence. Elle force son chemin vers le bar et s'installe près de moi. Elle tourne la tête et sourit. Reconnaît mon existence. Un bon départ. Elle commande un verre. Juste un.

« Salut. » Je dois hurler pour me faire entendre pardessus la musique.

« Salut. »

Je pense qu'elle doit avoir dans les 27 ans, peut-être 28. 1,70 mètre, élancée. Comme la fille derrière le comptoir, elle a une belle paire de nichons. Sous cette lumière, on dirait qu'elle a la peau mauve. Peut-être que c'est le cas. Ses cheveux ont l'air mauves aussi. Je ne peux pas dire de quelle couleur sont ses yeux.

« Comment ça va ? je crie.

— Bien, dit-elle en hochant la tête. Très bien, et toi ?

— Ouais, bien », je dis, et puis je me rends compte que je ne sais pas quoi dire après. Ça a toujours été mon problème. La sociabilité ne me vient pas facilement. Si c'était le cas, je n'aurais pas à entrer par effraction chez des femmes ; je serais capable de leur parler pour qu'elles m'ouvrent. Donc... *Tu viens souvent ici ?* Non, je ne vais pas lui demander ça. « Merde, j'aimerais vraiment arriver à trouver quelque chose qui me rendrait impressionnant ! »

Elle rit, et c'est peut-être parce qu'elle a déjà entendu cette réplique ou qu'elle se rend compte combien notre conversation est devenue bizarre si vite. « J'espérais que tu serais impressionnant. »

C'est bon signe. Marrant. Bon sens de l'humour. Super sourire. Et elle est encore là. Elle ne m'a pas dit d'aller me faire voir. Je détaille sa tenue. Une jupe noire courte. Un haut rouge foncé qui dévoile le haut de ses seins fermes. L'arrière de son haut montre presque tout son dos, sauf là où le tissu se croise pour tenir en place. Elle ne porte pas de soutien-gorge. Des chaussures de cuir noir avec des lanières de cuir large comme un doigt entrecroisées sur le dessus. Elle porte un fin collier en or et une montre également en or qui ressemble à une de ces Omega si chères.

Je hausse les épaules. « J'espérais un peu la même chose. »

L'autre truc que je garde à l'esprit, c'est que, même si les femmes qui fréquentent ces endroits peuvent avoir l'air de parfaites salopes et peuvent effectivement être faciles, arriver à partir avec l'une d'elles exige une sacrée quantité de charme, de persuasion ou de pure chance – des atouts dont je ne dispose absolument pas. C'est vraiment comme de la technique de vente. Vous avez ici une très jolie femme, qui veut faire un achat, qui cherche le bon mec et qui sait que si vous ne faites pas l'affaire, il y en aura un autre à un mètre de là, à peine.

Elle me sourit. Le meilleur outil dont vous disposez en magasin, en dehors d'avoir l'air élégant et riche, c'est l'humour. Si vous arrivez à la faire rire tout de suite, alors vous avez une chance. Si elle rit vraiment, pas un de ces stupides rires polis parce que vous pensez que vous êtes drôle, alors vous êtes vraiment dans la course. À un moment de la soirée, vous êtes assuré de gagner au moins un pelotage amical dans les toilettes.

J'espère un amical autre chose.

« Je m'appelle Melissa », dit-elle avant de boire une gorgée de son verre.

La lumière passe du mauve au blanc, et j'ai le temps de jeter un rapide coup d'œil sur elle. Cheveux brun foncé. Belle peau. Yeux bleus étonnants. Pommettes saillantes. Nez bien dessiné. Aucune imperfection. Ses cheveux cascadent sur ses épaules, devant et derrière. Elle remue la tête et ramène quelques mèches derrière son oreille droite. Quand elle éloigne son verre de sa bouche, je regarde ses lèvres. Rouge vif et pleines.

La lumière passe à l'orange. Elle aussi.

« Joe, je dis.

— Et qu'est-ce que tu fais, Joe ? elle crie toujours.

— Je travaille dans la police. »

Son sourire s'élargit comme si je venais de lui dire que j'étais multimillionnaire. « Vraiment ? T'es flic ? Tu ne me fais pas marcher ?

— Ah, je ne suis pas vraiment flic ! je dis, et je regrette instantanément d'avoir répondu ça. Pourquoi diable est-ce que je n'aurais pas pu être un flic pour elle ? Elle n'aurait jamais pu le savoir.

— Ah, bon…

— Je suis plus un genre de consultant.

— Consultant, hein ? Ça paraît intéressant, dit-elle, visiblement moins intriguée qu'avant.

— Ça peut l'être.

— Et alors, sur quoi tu consultes en ce moment ? » Elle vide le reste de son verre cul sec, pose le verre sur le comptoir près du mien et commence à regarder autour de nous. Le mien est vide, en dehors des glaçons qui fondent parce que je le serre dans ma main. Je sais que je suis en train de la perdre.

« Je t'offre un autre verre ? » je demande.

Elle hausse les épaules. « D'accord. Une Margarita. »

Je reste à la vodka orange. Veux pas mélanger : mal de tête assuré le lendemain matin, perte de souvenirs de la nuit passée. Ça ne m'arrive pas vraiment souvent, mais il y a eu quelques soirées comme ça dans les dix dernières années.

« Tu as lu des articles sur le tueur en série ? »

Elle s'intéresse à nouveau à moi. « Tu travailles sur ça ? »

Je paie les deux verres, espérant que je ne suis pas seulement là pour financer sa sortie. « Ouais, ça fait un moment déjà.

— C'est incroyable ! dit-elle.

— C'est juste un boulot.

— C'est plutôt bruyant ici », dit-elle.

J'acquiesce. Oui. Sacrément bruyant.

On s'éloigne du bar vers une table près de l'entrée du club, mais sans vue sur la rue. C'est moins bruyant, mais à peine. Plus sombre, pourtant. Ça me convient parfaitement. Au moins, on n'a plus besoin de hurler. Sur la piste de danse, des types et des filles essaient vainement de se couler dans le rythme. On dirait des pantins manipulés par des marionnettistes dotés d'un étrange sens de l'humour.

« Alors, qu'est-ce que tu peux me dire de l'affaire ? Vous allez bientôt le coincer ? » demande-t-elle, se penchant vers moi. Elle passe l'extrémité de son index sur le bord de son verre, jouant avec le sel.

Je hoche la tête.

« Bientôt.

— Comment tu peux en être aussi certain ?

— Je n'ai pas le droit de le dire.

— Tu sais qui est le mec ? » Elle lèche le sel, puis retourne en chercher.

« Nous avons une liste de suspects.

— Donc tu as vu les femmes qu'il a tuées, hein ?

— Ouais, je les ai vues. » Je bois un petit peu de mon verre. Celui-ci est plus fort que les précédents.

« À quoi elles ressemblaient ?

— Hum, eh bien, c'était pas joli, ça c'est sûr.

— Il les a vraiment massacrées, hein ? »

Je hausse les épaules, mais il est évident que j'indique ainsi que le truc était sérieux. On parle de l'affaire et je lui livre quelques-unes de mes hypothèses. Elle semble impressionnée, mais n'exprime aucune opinion person-

192

nelle, même si elle m'avoue qu'elle a suivi l'affaire de très près.

« Et toi, qu'est-ce que tu fais ? » je demande finalement pour changer de sujet. Elle a l'air déçue.

« Je suis architecte. »

Wow ! Je n'ai jamais tué d'architecte.

« Et tu fais ça depuis combien de temps ?

— Huit ans.

— Tu plaisantes ?

— Non. Pourquoi ?

— J'aurais juré que tu n'avais que 22 ans. »

Elle me gratifie d'un rire, ce rire stéréotypé réservé au moment où vous avez totalement merdé l'évaluation de leur âge en leur faisant un énorme compliment.

« Je suis un peu plus vieille que ça, Joe. »

Je fais de gros yeux comme si je n'arrivais pas à le croire. « Tu viens ici pour te détendre ? je demande.

— Ça doit être la troisième fois que je viens.

— Moi, c'est ma première sortie en ville.

— Ah, bon ? »

Un nouveau haussement d'épaules. « Pouvais pas dormir. Décidé de voir ce que font les gens marrants. »

Encore une fois ce rire. « Et alors, qu'est-ce que t'en penses jusqu'ici ? »

Je repose mon verre sur le cercle d'humidité qu'il avait laissé. « Jusqu'ici, ce n'est pas aussi effrayant que je l'imaginais.

— Ça pourrait devenir plus effrayant. »

Elle ne croit pas si bien dire.

« Tu vis à Christchurch, Joe ?

— Ouais. Depuis toujours. Et toi ?

— Depuis un mois environ. »

Parfait. Ça veut dire qu'elle ne connaît pas trop de gens. Ça signifie aussi qu'elle n'est pas une habituée de ce bar et que peu de gens risquent de surveiller ses allées et venues. Normalement, je ne ramasse pas de femmes dans les bars. Je ne l'ai fait qu'une seule fois. C'est une question de challenge. Ramasser une fille dans un bar est assez difficile, mais la briser ensuite vous récompense vraiment de vos efforts. Se faire tuer est la dernière chose à laquelle elles s'attendent – même si, dans le fond, c'est leur peur numéro 1. C'est l'une des plus grandes ironies de la vie, et elles s'en aperçoivent probablement juste avant de mourir.

Comme Angela – j'aurais pu me contenter de pénétrer dans sa maison par effraction. Comme Candy – j'aurais pu me contenter de ses services. Mais travailler est une routine. La vie est une routine. Prendre le temps de profiter de ce qu'on aime dans la vie n'est pas une routine, c'est un commandement. Si peu de choses vous aident à vivre, alors il faut vraiment en profiter. Il faut le savourer.

« Alors tu es là avec des amis ? je demande.

— Non. Je ne connais presque personne en ville, mais rester assise toute seule chez moi un vendredi soir, ça me tuait. »

Je ne dis rien sur le choix de ses mots. Ne mentionne pas que cette sortie va s'achever comme ça, par sa mort. « Je t'offre un autre verre ?

— Okay. »

Je remets ma veste d'un air naturel, comme si j'avais froid, alors qu'il fait bien 30 degrés ici, avec tous ces gens agglutinés. J'espère que Melissa ne pense pas que je la mets parce que je n'ai pas confiance en elle.

Je me faufile au travers d'une centaine de personnes. Mon esprit est détendu. J'ai une étrange sensation de douceur. Je commande un jus d'orange. Pas de vodka. Je ne peux pas prendre le risque de m'embuer davantage les idées. Je lui prends une autre Margarita.

Elle ramène la conversation vers l'affaire. Vers le crime et le châtiment. On s'arrête pour reprendre des verres quand l'envie nous en vient. Chaque coup d'œil à ma montre m'informe que le temps passe tout à fait gentiment. L'atmosphère est bruyante mais relax. En fait, j'ai presque la sensation que je pourrais rester ici toute la nuit, juste à boire du jus d'orange en discutant avec cette très jolie femme.

À 4 heures, je décide que, même si je pouvais rester toute la nuit, je ne vais pas le faire. Il est temps d'en finir. En dehors de lui avouer quel est mon hobby, je ne trouve plus rien à dire pour la dissuader de vouloir m'accompagner chez moi.

« Je ferais mieux de partir. J'ai largement entamé mes heures de sommeil. » Je recule ma chaise. Elle fait de même.

« Tu veux partager un taxi ? » elle demande. J'allais suggérer la même chose. « D'accord. »

La nuit est encore chaude grâce au doux vent de nord-ouest qui flotte autour de nous. La population des *nightclubbers* a diminué de moitié. Certains dérivent le long des rues, visiblement défoncés et bourrés. Plusieurs d'entre eux sont coagulés dans des fast-foods qui se font des fortunes à cette heure de la nuit. Certains cherchent la bagarre. D'autres cherchent simplement quelque chose à faire. Il y a des queues immenses devant les stations de taxis.

« Et si on marchait ? »

Elle prend mon bras pour se stabiliser. Elle est nettement plus beurrée que moi, et c'était là mon plan. « Je ne vois pas pourquoi on le ferait pas, Joe. »

Je porte ma veste sur mon bras pour qu'elle ne s'appuie pas sur le flingue ou sur le couteau

« Par où ? je demande.

— Où tu habites, Joe ?

— Pas très loin. Genre une heure de marche.

— Commençons à marcher. »

Je passe mon bras autour de Melissa et on se met en route, mais la distance qui nous sépare de chez moi est immense. Je réfléchis à l'endroit où je vais bien pouvoir larguer son corps. Peut-être dans la maison du pédé. J'imagine sa tête. Un matin au réveil, il trouve des miettes et une boîte de Coca vide, et le lendemain il tombe sur un cadavre. Nous marchons d'un pas tranquille, mais, à chaque pas que nous faisons, notre destination s'éloigne d'autant. Au bout d'un moment, elle enlève ses chaussures et les porte à la main. Elle doit être de ces femmes qui préfèrent le style au confort. Je suis assez loin d'être bourré, mais il y a encore une petite quantité de vodka qui clapote dans mon cerveau, parce que les choses ne sont pas aussi nettes qu'elles le devraient. Melissa est bien au-delà de ça. J'ai l'impression qu'on marche depuis une éternité, mais elle pense probablement qu'il ne s'est passé que cinq minutes.

On continue vers l'ouest, suivant les avenues. La proportion de prostituées par carrefour diminue lentement, jusqu'à ce que les carrefours soient plus nombreux que les putes, et puis il n'y a plus de putes du tout. Nous poursuivons une conversation assez brillante tout en marchant, mais c'est surtout moi qui parle, détaillant l'affaire. Un taxi passe, mais nous ne nous fatiguons pas à essayer de l'arrêter. Le décor commence à changer, passant de nouvelles maisons mitoyennes bariolées de couleurs funky à des baraques déglinguées sans portes ni fenêtres. Des pelouses pas entretenues où des carcasses de bagnoles abandonnées achèvent de tuer l'herbe. Journaux et dépliants publicitaires jonchent les jardins.

Au bout d'une demi-heure, Melissa commence à se plaindre d'avoir froid, et donc je lui passe ma veste.

C'est comme faire porter ma mallette par Candy. C'est excitant de les voir porter l'arme qui ne va pas tarder à les tuer. J'imagine que c'est un peu comme d'obliger quelqu'un à creuser sa propre tombe.

« Il y a un flingue là-dedans », je dis. L'alcool a engourdi mon cerveau, mais n'a pas émoussé l'excitation.

« Tu plaisantes ? »

Je secoue la tête. « C'est un automatique Glock 9 mm.

— Tu te balades avec une arme ?

— Modèle standard des forces de l'ordre.

— Wow ! »

Rien n'est standard dans mon automatique. Le Glock 17 a été distribué à la police de Nouvelle-Zélande, mais peu d'agents en ont. Il tire dix-sept coups et pèse un peu plus de 700 grammes. Il est fait d'une matière synthétique plus solide que l'acier et près de 90 % plus légère. L'arme elle-même est composée de juste trente-trois éléments.

« Je peux le voir ? »

Le mien, en fait, est le Glock 26. Les éléments de base sont les mêmes, mais il est plus léger et encore plus compact. Beaucoup plus facile à dissimuler.

« Je ne devrais pas le sortir.

— J'aimerais vraiment le voir, Joe. Et le toucher. »

J'aimerais qu'elle le voie et qu'elle le touche.

« En plus, il n'y a vraiment personne nulle part. »

Elle a raison. On est absolument seuls ici. Eh bien, si elle veut le voir, qui suis-je pour le lui refuser ?

Pendant que ma main fait le tour de sa taille, elle niche son visage dans mon cou. Son souffle est chaud sur ma peau. Ses lèvres me frôlent. J'ouvre la fermeture Éclair de ma poche, prends M. Glock et le sors.

Elle s'écarte, le regarde et répète sa réaction précédente. « Wow ! »

Je le lui tends. Elle examine la crosse, la glissière d'acier luisant, la masse d'acier bleu. C'est une belle arme. Certains diraient un pistolet pour dames.

À juste titre. Je ne l'ai jamais utilisé qu'avec des dames.

« Tu as déjà tiré sur quelqu'un ? »

Je hausse les épaules. Regarde la sécurité qui dépasse sur le côté.

« Deux ou trois fois.

— Mon Dieu ! Je parie que tu les as tués, hein ? »

Elle n'a jamais eu l'air aussi excitée de toute la nuit. Certaines femmes aiment frôler le danger. Certaines ne vivent que pour ça. Certaines en meurent.

« Ça fait partie du boulot. »

Elle prend la crosse dans sa petite main, braque le pistolet sur la rue. « Pan !

— Oui, ça fait pan ! »

Il est temps de récupérer le pistolet.

« Il est chargé ?

— Mmh, mmh. »

Le Glock, comme je l'ai dit, m'a coûté un paquet de fric. Le dernier prix sur catalogue que j'ai vu pour ce modèle était 700 dollars américains. Je me suis fait baiser autant sur le taux de change que sur la majoration du marché noir. J'ai donc un peu de mal à m'en séparer. Je suis suffisamment sobre pour m'en rendre compte.

« Fait en Allemagne, hein ? Les Allemands sont les rois de la haute qualité. »

Je secoue la tête et je tends la main pour le prendre. C'est vrai qu'ils sont les rois de la haute qualité.

« Autrichien, je dis. Fabriqués pour l'armée autrichienne. Ensuite, ils ont commencé à en fournir à la Norvège et à la Suède, jusqu'à ce que les États-Unis s'en mêlent. Et là, les choses ont vraiment décollé. Les flics du monde entier utilisent des Glock.

« Tu connais ton sujet. »

Bien sûr. J'en connais un rayon sur les armes. Je sais que si vous utilisez des balles chemisées à pointe creuse, vous pouvez vraiment faire de très gros dégâts. La chemise de la balle est munie d'une fente et, lors de l'impact, elle s'élargit. Petite pénétration. Énorme sortie. Ouais. Ça, je le sais par cœur. Les balles non chemisées peuvent traverser la personne et continuer, frappant parfois la personne suivante dans la ligne de mire. Les balles de mon Glock sont du genre standard. Elles ne font pas beaucoup de dégâts, et beaucoup de forces de police ne les utilisent pas pour cette raison précise. Elles ont une puissance d'arrêt assez faible.

Je lui reprends mon automatique. Serre mes doigts autour de la crosse. Ça fait du bien.

« Tu te sens plus en sécurité maintenant ? je demande.

— C'est incroyable l'effet que ça fait de tenir un flingue. L'impression d'avoir tellement de pouvoir dans la main. J'aime tenir des choses puissantes, Joe. J'aime tenir des choses qui font bang ! »

Je ne sais pas quoi dire.

« C'est encore loin, Joe ? Je suis impatiente de me mettre à faire autre chose que marcher. »

Je suis impatient aussi. « Pas très loin. »

Je colle l'arme dans mon jean, dans mon dos, et je tire le bas de ma chemise pour le couvrir. Quelques minutes plus tard, nous arrivons à un parc qui n'est qu'à un kilomètre de chez moi.

« C'est plus rapide si on traverse par ici », je dis, en désignant le parc d'un geste du bras.

— Tu es sûr ? »

Je hoche la tête. Évidemment que je suis sûr. Il n'y a rien ici, à part nous, une grande quantité d'herbe et quelques dizaines d'arbres. L'aube ne va pas tarder. Mais il n'y aura aucune circulation pendant quelques heures encore. Samedi, c'est grasse matinée pour beaucoup de gens. Seuls quelques pauvres bâtards doivent bosser.

Je n'en fais pas partie.

23

Le ciel prend une teinte pourpre démente quand l'aube commence à s'intercaler dans la nuit. Dans le parc, tout est d'un gris nébuleux. La brise a perdu quelques degrés et devient rafraîchissante ; l'air ne ressemble plus à l'intérieur d'une piscine couverte. Loin du centre-ville, loin des lumières ivres et de la musique agressive, il n'y a plus que cet air frais et ce parc vert qui est humide sous mes pieds. C'est la Ville Jardin. Ma ville. Ça revigore d'être loin de la puanteur des cigarettes, de l'alcool et du vomi, même si quelques faibles effluves sont encore piégés dans les fibres de mes vêtements. Mes oreilles bourdonnent encore de la musique trop forte. Ah ! oui… cette musique moderne, uniquement faite de basses, sans aucun aigu. Sans paroles. Sans propos.

J'entraîne Melissa plus profondément dans le parc. L'herbe est légèrement glissante. Elle lèche le dessus de mes chaussures et mouille le cuir. D'épais fourrés d'arbres et de buissons parsèment l'étendue du parc, le divisant en espaces distincts, et nous cachant de la rue. Melissa a passé son bras autour de ma taille. Je sens qu'elle commence à dessaouler. Encore quelques minutes, et elle sera totalement dégrisée par la peur.

« Où sommes-nous ? demande-t-elle quand je m'arrête.

— Dans un parc.

— Pourquoi on s'arrête ?

— Ça me paraît une bonne idée. »

Elle sourit. « Ah bon ? »

Je souris.

« Ouais.

— J'aime bien ce parc. Pas toi, Joe ? »

En fait, je ne l'aime pas tellement. C'est juste un grand champ avec plein d'herbe plantée dessus, qui pourrait être labouré demain matin sans que ça me pose le moindre problème.

« Si, si, je dis, en essayant de montrer un peu d'enthousiasme.

— J'aime sortir la nuit. Quand il n'y a personne et que personne ne peut voir ce qu'on fait. Je suis un oiseau de nuit, Joe. J'aime être dehors quand les gens dorment. Ils sont dans leur petit univers et, moi, je suis dans ce monde-ci. Leur monde est peuplé de gens qui ont un boulot et des emprunts qui les empêchent de prendre le temps de faire ce qu'ils ont vraiment envie de faire dans la vie. »

Elle semble beaucoup plus dégrisée que je pensais. « Tu vois ce que je veux dire, Joe ? »

Pas la moindre idée. Peut-être que ça me viendrait, si je l'écoutais au lieu d'imaginer son corps nu étalé sur l'herbe froide.

« Bien sûr que je vois.

— Tu n'es jamais entré dans la maison de quelqu'un d'autre, la nuit, pendant qu'ils dorment, pour te balader en regardant leurs affaires ? »

Bizarre.

202

« Hum, je peux pas dire que j'aie fait ça.

— Non ?

— Non. »

Elle se redresse pour m'embrasser. Fort. Elle glisse une main sur le devant de mon pantalon, l'autre sur l'arrière. Elle pousse sa langue dans ma bouche et, pendant une seconde, je me demande ce qu'elle dirait si je la lui coupais en la mordant. Probablement rien, mais ce ne serait pas de sa faute.

La main sur le devant de mon pantalon commence à remuer. Elle a pas mal de surface à couvrir, surtout maintenant. Pendant qu'elle m'embrasse, elle ne peut pas parler, mais je m'interroge sur ce qu'elle vient juste de dire. C'est drôle. Immensément drôle. Et ce sera encore plus drôle quand je lui montrerai mon couteau.

Elle cesse de m'embrasser et s'écarte. Sa main quitte mon entrejambe.

Son autre main apparaît quand elle fait encore un pas en arrière, et, dans sa main, il y a mon flingue. Il est braqué sur moi et, du pouce, elle ôte la sécurité.

Mon cerveau enregistre ce qui se passe, mais échoue à le transformer en une information susceptible de me faire peur. En deux secondes, j'ai été réduit au statut de victime. Insensé !

Non, attendez. J'ai certainement raté quelque chose…

Mon propre flingue me regarde. Je comprends pourquoi les gens ne l'aiment pas sous cet angle. Est-ce que tout cela est réel ? Comment le contrôle a-t-il pu m'échapper si facilement ? Je fais un petit pas en arrière, et mes mains se lèvent à hauteur de mes épaules, les paumes tournées vers elle.

Melissa ne dit rien. Nous restons tous deux silencieux, le Glock étant la chose la plus bruyante entre nous, même s'il n'émet pas un son. J'essaie de me persuader que c'est une blague. Ses mains ne tremblent pas, toute trace d'ivresse a disparu. Était-elle vraiment saoule ? Quand elle emportait son verre avec elle dans les toilettes des dames, est-ce qu'elle le buvait vraiment ? Quand j'allais, moi, aux toilettes, est-ce qu'elle vidait discrètement son verre ? Pourquoi aurait-elle fait ça ?

Il se pourrait bien que je sois à trois secondes de mourir. Et ensuite, ce sera une question d'heures avant qu'on me retrouve, et il se passera peu de temps avant qu'on me relie aux meurtres. J'essaie d'imaginer le visage de maman quand elle apprendra ça. J'essaie d'imaginer l'expression de l'inspecteur Schroder quand il découvrira que mon QI était nettement plus élevé que celui de la plante verte dans la salle de réunion. Je pense que Sally sera terriblement blessée. Imaginer leurs réactions me fait vaguement plaisir. C'est tout ce qui me reste.

Melissa semble attendre que je dise quelque chose, mais je ne veux pas être le premier à parler. Je sais qu'elle finira par briser ce silence, parce que les femmes ne peuvent pas rester tranquilles longtemps, et je suis certain qu'elle voudra démontrer quelque chose avant de m'abattre.

« Tu n'as rien à dire ? »

Je hausse les épaules.

« Qu'est-ce qu'il y a à dire ?

— Je pensais qu'un homme dans ta position aurait plein de choses à dire. »

Elle a raison. Il y a plein de choses pesantes dont je me libérerais bien. « Genre, quoi ? »

Elle sourit.

« Genre : "Pourquoi est-ce que tu pointes cette arme vers moi ?"

— OK. Ça, alors.

— Quoi, "Ça, alors" ?

— Ce que tu viens de dire. Sur l'arme pointée vers moi.

— Ça ne te plaît pas ?

— Pas vraiment.

— Avec quoi il est chargé, ce joli bébé ? demande-t-elle, en jetant un bref regard vers l'arme.

— Des balles.

— C'est malin.

— Merci.

— Quel genre de balles ?

— Luger 9 mm.

— Oui, mais de quel type ?

— Chemisées et préfragmentées. »

Elle recule de quelques pas pour pouvoir mieux examiner le flingue, et que je ne sois plus assez près pour lui sauter dessus. « Ah ! Chemise entièrement métallique, projectiles séparés compressés dedans. Des munitions fiables, et rapides aussi. »

Comment peut-elle savoir ça ? J'essaie de calculer la distance qui nous sépare. Environ 5 mètres. Trop à couvrir pour moi. Beaucoup trop quand la personne qui tient l'arme sait comment sont faites les balles chemisées et préfragmentées. Je suis sûr qu'elle veut que je la complimente sur sa connaissance des armes. Eh bien, elle va devoir attendre.

« Enlève ton pantalon, ordonne-t-elle.

— Quoi ?

— Tu m'as entendue. »

Mon cœur bat très fort. Il cogne violemment, à la fois de peur et d'excitation. Je me sens complètement étourdi, comme si tout mon sang descendait dans mes pieds. Une bonne quantité remonte vers mon entre-jambe. Je baisse les mains vers ma taille et je défais ma ceinture. Je garde les yeux fixés sur son visage. Ses yeux bleus étincellent, même sous cette lumière mauve. Elle a l'air excitée.

Le flingue ne bouge pas d'un millimètre. Elle est calme et déterminée. Elle sait ce qu'elle fait. Moi, je n'en ai pas la moindre idée. A-t-elle déjà fait ça aupara-vant ? Je continue à la regarder dans les yeux, et, même si je peux me tromper, ils ont l'air encore plus bleus. Ils semblent plus éclatants maintenant qu'elle détient tout ce pouvoir. Elle prend son pied. Sa respiration se fait plus forte.

Je défais la fermeture Éclair. Baisse mon jean. Puis je me redresse et je la regarde fixement.

« Enlève-le.

— Tu vas me descendre si je ne le fais pas ?

— Je vais te descendre de toute façon. »

Elle est honnête. Rien à dire à ça. Sa mère a dû lui apprendre à ne pas mentir, elle aussi.

Je me baisse et délace mes chaussures, m'en débar-rassant en secouant les pieds. Je sors ma jambe gauche, puis je réussis à enlever mon jean sans tomber.

« Lance-le vers moi. »

Il atterrit en tas à ses pieds. La ceinture cliquette et mes clés tombent. J'espère un instant de distraction de sa part pour les regarder, mais non. Je suis debout en chemise, caleçon et chaussettes. Oh ! et en érection. Je suis planté là avec une énorme érection.

« Chemise.

« — Qu'est-ce qu'elle a, ma chemise ?

— Envoie-la. »

Je la passe par-dessus ma tête, la roule en boule et lui lance. Le gris du matin n'est plus vraiment gris, et le mauve se change lentement en bleu. Elle ne baisse pas les yeux vers mes vêtements.

« Comment tu as eu ces cicatrices ? »

Je baisse la tête vers ma poitrine, mon estomac, regarde mes épaules, mes bras. Des cicatrices de femmes qui n'étaient pas d'accord pour mourir.

« Me souviens pas.

— En arrêtant des criminels, c'est ça ?

— Quelque chose comme ça.

— Chaussettes. »

Je les enlève, en fais une balle et les balance vers elle. Elles atterrissent sur ma chemise. L'herbe est froide et je frissonne comme un dingue.

« Caleçon. »

Je n'hésite même pas.

Elle regarde mon érection. Qui baisse légèrement. Elle ne cesse de regarder dans cette direction, et elle change lentement de position. Elle garde le Glock en main, mais de l'autre elle dégage ses cheveux sur ses épaules. Puis elle pose le bout de son index sur ses lèvres. Elle les frotte lentement comme si elle réfléchissait intensément à quelque chose.

« C'est tout ce que tu as à offrir ? finit-elle par demander.

— Personne ne s'en est plaint jusqu'ici.

— Pas étonnant. Tu dois probablement les bâillonner avant.

— Qu'est-ce que tu veux ?

— Tu vois cet arbre, sur ta gauche ? »

C'est un petit arbre maigre, le seul sur ma gauche.

« Tu veux cet arbre ?

— Va jusque là-bas. »

Quand j'y arrive, je m'adosse contre le tronc. Elle fouille dans son sac et en sort quelque chose qu'elle me lance. Je ne fais rien pour l'attraper.

« Ramasse-les. »

Une paire de menottes. Génial. « Pourquoi ? »

Elle pointe le flingue vers ma bite. Je ramasse les menottes.

« Fermes-en une sur ton poignet gauche.

— Qu'est-ce que tu vas faire ?

— Qu'est-ce que je vais faire ? elle répète, au cas où je n'aurais pas entendu ma propre question. Je vais te tirer dans les couilles si tu ne fais pas ce que je te demande. »

Je referme rapidement l'un des bracelets de métal froid autour de mon poignet. Le verrou du mécanisme cliquette en se mettant en place.

« Allonge-toi sur le dos, étends les bras autour de l'arbre et menotte-toi de l'autre côté.

— Tu es sûre ?

— Tout à fait sûre.

— Encore temps de changer d'avis.

— Fais-le avant que ton charme ne finisse par me lasser. »

J'exécute ses ordres. L'herbe me pique le dos quand je m'allonge dessus. C'est très inconfortable, mais je doute que Melissa s'en soucie. Jolie vue, d'ici, pourtant. Les étoiles sont encore là, mais elles s'estompent. C'est comme si elles quittaient cet univers, mourant dans cette lumière mauve. Je tends les bras en arrière vers l'arbre et je referme l'autre bracelet sur mon poignet droit.

Elle garde le flingue braqué sur moi et fait le tour de l'arbre pour vérifier. Elle se baisse et recule les menottes plus que je ne l'avais fait. Elles écrasent les os de mes poignets. Ça fait mal, mais je ne gémis pas, ne montre aucun signe de douleur. Ouais, je suis un vrai mec. Un vrai mec qui n'a aucune idée de ce qui se passe.

Elle revient pour me faire face et sort une autre paire de menottes de son sac. Apparemment, elle s'était préparée avant de venir.

J'envisage de lui flanquer un coup de pied quand elle se penche pour les passer autour de mes chevilles. Mais ça ne m'aiderait pas beaucoup. Elle a le flingue. Elle a les clés. Et moi, je n'ai rien qu'une érection qui ne peut pas l'atteindre de là où je suis. Je tire sur les menottes, qui tirent sur l'arbre, mais ça ne sert à rien.

« Confortable, Joe ?

— Pas vraiment. »

Elle prend ma veste et la brandit devant moi. « Qu'est-ce que tu as d'autre là-dedans ? »

Je ne réponds pas. Que je mente ou pas, de toute façon elle vérifiera. Elle fouille dans les poches et trouve le couteau.

« Tu te balades avec des trucs vraiment intéressants, Joe. »

Je hausse les épaules, même si elle ne le remarque pas. C'est un mouvement beaucoup plus discret quand vous êtes allongé sur le dos, les bras tendus derrière votre tête. Elle lance le couteau en l'air, le faisant tournoyer, puis le rattrape par le manche, la lame pointée vers l'avant. Elle le manie encore mieux que moi. Peut-être qu'elle est chef cuisinier. Elle fouille dans mon jean et trouve mon portefeuille.

« Pas de papiers d'identité, hein ?

— Je suis assez vieux pour avoir le droit de boire, si c'est à ça que tu penses.

— Depuis combien de temps est-ce que tu es flic, Joe ? »

Elle sait que je ne suis pas un flic. Elle le savait probablement depuis l'instant où on s'est rencontrés.

« Depuis aussi longtemps que tu es architecte. »

Elle rigole. « Je parie que les flics seraient ravis de jeter un œil sur ce couteau. Ils pourraient probablement le relier à pas mal de sales trucs qui se sont produits dernièrement.

— Tu parles des salades que je prépare avec ? »

Elle ignore ma vanne et continue. « Je parie que le Glock a aussi un tas d'histoires à raconter.

— Tout a une histoire, je dis. C'est quoi, la tienne ? »

Elle s'approche de moi et balance mon portefeuille – désormais vide – sur le sol. Elle fourre mon fric dans la poche de ma veste, me disant que je peux dire adieu à ma veste aussi.

Melissa, si c'est vraiment son nom, s'accroupit à côté de moi, le flingue dans la main gauche, le couteau dans la droite. Je me rappelle avoir pensé à eux comme à des armes essentielles avant de partir de chez moi, ce qui commence à me faire réfléchir aux dix dernières minutes qui m'ont amené ici, mais mes chances d'arrêter ce qui va se passer ont disparu quand j'ai refermé les menottes sur mes poignets. Peut-être que tout ceci devait arriver depuis le départ. Dans ce monde cinglé et chaotique. Je passe un autre moment à me demander pourquoi on appelle ça des « menottes » et pas des « poignettes », puis je commence à envisager mes options. Une fois de plus, Dieu ne fait rien pour m'aider à m'en sortir, donc ça ne sert vraiment à rien de prier ce mec. Je vais foutre la paix à ce hippie en toge et garder mes prières pour moi.

« Tu veux vraiment connaître mon histoire ? »

Elle tient le couteau au-dessus de moi, pas dans le style coup de poignard sacrificiel d'une vierge, plutôt dans le genre : « Découpons donc les blancs de ce poulet rôti. » Elle pose le côté de la lame sur mon estomac. Elle est plus froide que le reste de mon corps frissonnant. Mon érection est tombée sur le côté de mon ventre. La pointe du couteau n'est qu'à deux centimètres. Et là, je commence vraiment à prier Dieu, le même Dieu que celui que Sally prie, le même Dieu que celui qu'elle veut que j'aille voir avec elle, tous les dimanches matin.

« Non », je réponds en tremblant. Non, je ne veux pas connaître son histoire. Cela ne fera que me faire chier de trouille. Je ne veux pas savoir comment elle a traité certains hommes de son passé. Je montre le même respect aux femmes que je maltraite. C'est ma bonne nature.

C'est mon humanité.

Elle redresse le couteau pour que la pointe de la lame touche mon ventre juste au-dessus de mon nombril. Et elle appuie. Mon ventre offre la même résistance que la peau d'une tomate presque mûre, puis se rend. Le couteau coupe en moi, juste assez pour en sortir du sang. Une piqûre qui chauffe plus qu'elle ne fait mal. Tout en regardant, tordant mon cou pour y arriver, Melissa commence à faire courir le couteau sur mon corps. J'ai déjà été coupé. Je sais à quoi m'attendre.

24

J'ai la vue qu'ont des milliers de sans-abri dans tout le pays : un ciel sans nuages, avec des étoiles qui s'effacent lentement, clignotant à peine comme des trous dans le rideau violet recouvrant les cieux. Si Dieu est là-haut, regardant par un des trous avec Ses yeux qui en savent tant, je me demande à quoi Il pense. Peut-Il me voir ? Et s'Il peut, est-ce qu'Il s'en soucie ?

« Tu as peur, Joe ? demande Melissa en faisant courir la lame sur mon corps.

— Tu veux que j'aie peur ?

— C'est à toi de voir.

— Est-ce que je devrais avoir peur ? » je demande, en essayant de contrôler ma voix.

Quand le couteau atteint ma poitrine, il a dessiné une ligne à peu près droite jusqu'au centre de mon corps, interrompue seulement là où la peau n'a pas cédé. La ligne est rouge.

« En tout cas, moi pas, elle dit.

— Non ? Alors tu te sens comment ?

— Comme celle qui a le couteau et le flingue.

— Tu veux qu'on échange ?

— Non, merci.

— Je te laisserai le couteau quand on aura fini, en souvenir.

— Tu es trop généreux, Joe, mais j'ai déjà le couteau. Et le flingue. Qu'est-ce que je pourrais désirer de plus ? »

Elle fait glisser un doigt le long de la coupure sur mon corps, le déplaçant avec la même lenteur que lorsqu'elle le passait sur ses lèvres. Ça chatouille et c'est presque agréable, et pourtant j'ai la chair de poule. Le sang s'étale sur la largeur de son doigt.

« Ça fait quelle impression, Joe ?

— Je peux te montrer. »

Elle arrive au bout de la ligne et porte son doigt à sa bouche, puis elle le suce. Elle ferme les yeux et commence à gémir. Puis elle ressort son doigt, ouvre les yeux et sourit. Ses yeux bleus sont rivés aux miens. Je me demande ce qu'elle voit en eux. D'un mouvement rapide, elle plie son corps pour que son visage soit au-dessus de ma poitrine. Elle sort la langue et, lentement, elle s'en sert pour toucher la coupure. Tout aussi lentement, elle parcourt toute la longueur de la coupure comme si elle léchait le rabat d'une enveloppe. Son visage descend vers mon entrejambe, mais s'arrête exactement là où elle devrait continuer.

Elle me regarde et frissonne.

« Ça a bon goût.

— J'essaie de manger sainement. »

Je bande à nouveau. Pas moyen de le cacher.

Elle se redresse et me regarde.

« Je sais qui tu es, Joe.

— Ah, bon ?

— Le Glock. Le couteau. Les cicatrices. Je serais vraiment stupide de ne pas le savoir. C'est toi.

— Qui ?

— Le Boucher de Christchurch. »

Ouais. C'est moi. Le Boucher. Prenez un journal et regardez ce qu'ils disent sur moi. C'est étonnant comme les médias arrivent à dégoter si vite un surnom pour un mec qui commet une série de meurtres. Ça n'a pas besoin d'être pertinent. Juste accrocheur.

Je secoue la tête. « Non », je dis. Les conseils de maman sur le mensonge n'ont pas été oubliés, juste relégués tout au fond de mes priorités.

Elle pouffe, comme une écolière qui se retrouverait devant son idole star de rock. Elle braque le Glock vers moi. « Pan ! »

Je tressaille et les menottes me rentrent dans la peau aux poignets et aux chevilles. Elle rigole.

« Tu es bien le tueur. Je le sais. J'allais être ta prochaine victime.

— Ne te flatte pas trop.

— Je ne me flatte pas, Joe. Je n'ai rien de spécial. Je ne suis qu'une fille qui aime la nuit. Juste une fille qui sait que la police n'utilise pas de Glock 26. Ils se servent du 17.

— Tu bases tout sur ça ? »

Elle sourit. « T'es un petit malin, Joe, c'est ça ? Tu voudrais en savoir plus ?

— Pas vraiment.

— C'était purement un hasard que je me sois installée à côté de toi, Joe, et, quand tu as dit que tu étais flic, j'ai immédiatement su qu'il fallait que j'en apprenne plus. Seulement la police ne fait pas venir des consultants dans les affaires de tueurs en série, en tout cas pas des consultants comme toi. Ils font venir des experts de l'étranger. Personne vivant dans cette ville n'a ce genre de compétence. Et ensuite on a parlé de l'affaire. Tu avais trop de données confidentielles, tu en savais trop

214

sur les meurtres. Seulement, tout ça ne rimait à rien. Et puis quand tu m'as parlé de l'arme, tout est devenu clair. Tu en savais beaucoup trop pour avoir glané tout ça dans la presse. Tu n'étais pas n'importe qui. Et deviner qui, c'était assez facile. Tout ce que j'avais à faire, c'était te dire que je n'étais pas d'ici, et tu m'as immédiatement vue comme une parfaite victime. Quelqu'un dont la disparition ne serait pas remarquée.

— Tu te trompes.

— Non, Joe.

— Tu n'en sais pas assez sur le boulot de la police pour faire ces suppositions. Tu n'en sais pas assez sur les tueurs en série.

— Tu crois ? Tu sais, Joe, j'adore les flics. J'adore ce que font les flics. J'adore aussi pénétrer dans les maisons. Appelle ça du fétichisme, appelle ça comme tu voudras, mais j'adore être dans une maison pendant que ses habitants dorment. Surtout la maison d'un flic.

— Et alors ? »

Elle lève une jambe après l'autre pour ôter ses chaussures. J'essaie d'apercevoir sa culotte, mais je ne peux rien voir.

« Je crois que c'est une histoire de contrôle. Tu en connais un rayon sur le pouvoir, pas vrai, Joe ? Ça fait partie de ta personnalité. Tu ne trouves pas géniale la manière dont les flics peuvent te donner des ordres ? Quand ils te disent de sauter, ils te disent également à quelle hauteur et combien de temps tu dois rester en l'air. Question contrôle, les policiers sont au top, Joe. Nous le savons. Ils le savent. J'aime collectionner tout ce qui a trait à la police. J'ai des dizaines de livres à la maison sur les flics de Nouvelle-Zélande et du reste du monde. J'ai des affiches, des documentaires, des films.

J'ai même un de ces trucs – elle agite le Glock – mais le mien est en plastique. D'un modèle différent aussi, mais celui-ci le remplacera parfaitement. J'ai même une Ford Falcon. Même modèle que celui utilisé par la police. J'ai les uniformes, les insignes, les matraques et les menottes, mais, ça, tu es déjà au courant.

— T'es une mordue. Super. Il y a bien des gens qui collectionnent les coquillages. Tu collectionnes les trucs de flics. Et alors ? Tu veux qu'on te reconnaisse pour ça ? Écris à un magazine féminin. »

Elle pose le flingue et le couteau sur le sol et se sert de ses deux mains pour enlever sa culotte de sous sa jupe. Elle lève les jambes l'une après l'autre. Un string, je le remarque, avec une totale approbation. Elle se retourne, se penche pour récupérer flingue et couteau, puis s'avance vers moi.

« Je suis plus qu'une mordue, Joe. Je sais tout sur les procédures policières et judiciaires. J'ai même un berger allemand. Je l'ai appelée Tracy. C'est une grande chienne qui m'adore et qui déteste le reste du monde.

— Il y a des chiens comme ça.

— La nuit, j'aime me balader chez moi en portant l'uniforme, mais sans sous-vêtements. J'aime la sensation de la chemise sur ma peau, Joe. » Elle se frotte légèrement le corps avec ses mains. « Tu n'as pas idée du bien que ça peut me faire. »

Bon Dieu ! Je déglutis. Difficilement. Mais qu'est-ce qu'elle est en train de me faire ? La voilà qui rit à nouveau. Elle rit vraiment. Elle m'enjambe, un pied de chaque côté de moi, puis elle s'abaisse tout doucement pour chevaucher ma taille.

« Ouvre la bouche.

— Pourquoi ? »

Elle me colle le canon de l'arme dans l'œil, en appuyant assez fort pour faire pleurer mes deux yeux. J'ouvre la bouche. Une seconde plus tard, le canon du flingue est dedans. C'est comme sucer une sucette de métal qui peut vous exploser l'arrière du crâne.

Elle soulève son corps, et, de l'autre main, elle glisse mon érection en elle. Elle se laisse descendre dessus, serré pour commencer, et douloureux, mais seulement pendant deux secondes. Elle m'enfonce en elle aussi loin que je peux aller. Je ne sais pas si je dois me sentir optimiste, effrayé ou reconnaissant, et si je suis reconnaissant, j'aimerais bien savoir exactement pourquoi. J'essaie de faire monter mon pelvis.

Elle se penche vers moi et chuchote. « Tu sais ce que j'aime aussi chez les flics, Joe ?

— Mmh », je dis doucement, murmurant autour du flingue.

Elle commence à remuer d'avant en arrière, en gémissant. Je garde les yeux fixés sur le flingue, et ça fait mal de loucher sur quelque chose d'aussi près. Son doigt est enroulé autour de la gâchette. Si elle s'excite trop, elle pourrait bien appuyer dessus. Peut-être qu'elle compte le faire de toute façon. Ce doit être le moment le plus surréaliste de ma vie. Suis-je vraiment ici ? On dirait bien.

Qu'est-ce que c'est déjà, cette maxime en latin ? *Carpe diem ?* « Profite du jour » ? C'est ce que je dois absolument faire maintenant : profiter du jour – ou, plus exactement, de l'instant. Pourquoi rater le plaisir de cet instant, surtout si ça doit être le dernier ? Je ne suis pas un martyr. Je suis l'homme condamné. Melissa est mon dernier repas. Et tandis qu'elle se balance d'avant en arrière, je suis de plus en plus affamé.

« J'aime me glisser dans leurs maisons, Joe. J'aime me balader à l'intérieur, pendant qu'ils dorment avec leurs familles, et parfois j'aime prendre des trucs chez eux en souvenir. »

Je fais ce que je peux pour garder son rythme. Elle accélère. Ses gémissements deviennent plus forts. Le flingue me cogne dans les dents. Son mépris de tout contraceptif est à la fois excitant et effrayant. Autant qu'elle en sache, je pourrais avoir la syphilis. Ou elle pourrait.

Je dois me concentrer. *Carpe diem.* C'est mon nouveau slogan.

« J'ai aussi un tas de livres sur les tueurs en série, dit-elle en gardant les yeux fixés sur les miens. Sur ce qu'ils font. Sur ce qui les fait bander. Dis-moi, Joe, est-ce que tu as une mère dominatrice ou une tante ? Est-ce que tes victimes te servent de substitut ? »

Je fais non de la tête. Mais qu'est-ce qu'elle raconte ?

« Ça te plaît jusqu'ici ? » dit-elle en haletant, me regardant d'en haut.

Le flingue réduit ma liberté d'expression.

Elle s'arrête tout à coup et se lève, comme si elle en avait soudain marre de moi. Mon pénis retombe sur mon ventre.

« Tu es un tueur, Joe, et j'aurais vraiment voulu que tu sois un flic. J'aurais vraiment voulu baiser avec toi dans ta maison, dans ton jardin, dans ta voiture. Je voulais que tu me prennes de toutes les façons imaginables. Pas ici, pourtant, pas dans un parc. Et maintenant, je ne vais pas te baiser du tout. »

Le flingue n'est plus dans ma bouche, mais tout ce que je trouve à dire, c'est : « Hein ? »

Elle fait remonter sa salive et me crache sur la poitrine. « Tu n'es qu'un assassin, et j'ai perdu mon temps. » Elle se penche et fait glisser le couteau là où les couteaux ne devraient pas aller.

Ça sent très mauvais tout ça.

Elle met sa main autour d'une partie de moi où on doit mettre les mains, mais elle me serre d'une manière dont je ne devrais pas être serré. Elle pose le tranchant de la lame contre ma verge. J'ai envie de pleurer quand je pense soudain qu'elle s'apprête peut-être à emporter un souvenir.

« Tu sais ce que je pense qu'on devrait faire aux violeurs ? »

Je secoue la tête. J'arrête quand elle me remet le canon du flingue dans la bouche. Il crisse contre mes dents et il est froid sur ma langue.

J'essaie de lui demander de ne rien faire, mais le flingue m'étouffe.

Mon corps se couvre instantanément de sueur quand la lame entame un cercle serré autour de la base de mon pénis. Oh, Dieu ! Oh, Jésus-Christ ! Je regarde le ciel, mais aucun des deux ne vient à mon secours.

Je serre les poings et je tire sur les menottes, mais elles ne vont pas céder, et ce putain d'arbre ne va pas tomber non plus. Je redresse la tête et je ne sais pas si je dois me sentir soulagé de ne pas voir ce qu'elle fabrique. Je veux soulever mes hanches et commencer à lui flanquer des coups de pied, mais, à cet instant précis, c'est plutôt une putain de mauvaise idée.

J'essaie de crier, mais ce satané flingue s'enfonce dans le fond de ma gorge au point que je pourrais vomir. Mon cri n'est qu'un gargouillis, un son étouffé, accompagné du bruit de mes dents grinçant contre le canon. J'ai la chair de poule sur tout mon corps, et j'ai terriblement froid alors que je suis en sueur. Des larmes jaillissent de mes yeux et chatouillent les côtés de mon visage. La pression du couteau se fait plus forte, mais je ne peux rien y faire. C'est dingue. Normalement, c'est moi qui décide qui vit et qui meurt. J'essaie d'enfoncer mon cul dans la terre, mais le sol résiste.

Des images de mon pénis arraché clignotent dans ma cervelle en images saccadées comme celles sorties d'un vieux projecteur. Je plisse les yeux très fort pour tenter de faire reculer ces images, ramenant mon pénis en place, écartant la lame, ôtant les menottes. Je sens une masse de vomi monter du fond de mon estomac et me soulever le cœur. Mon corps entier tremble comme une feuille et des crampes me tordent les pieds. Je n'arrive pas à comprendre comment quelqu'un peut être si cruel.

La température continue à dégringoler, et je me demande si je ne préférerais pas être mort. Le problème, c'est que je ne veux pas mourir. J'ai tant à offrir. Je ne veux pas mourir, et je ne veux pas qu'elle me fasse ça, mais mourir serait plus supportable que vivre avec mon pénis arraché.

Je sanglote et le flot de larmes brouille ma vision. J'essaie de supplier avec des sons gémissants, avec mes yeux trempés, mais elle m'ignore.

Et soudain, elle écarte le couteau.

Je cligne des yeux pour écarter mes larmes. Les larmes de douleur deviennent des larmes de soulagement. Elle va me libérer, et elle mourra pour ça. Elle mourra lentement et douloureusement, même si je n'arrive pas à commencer à imaginer comment. J'essaie de la remercier, de remercier Dieu, mais elle tient toujours ce foutu flingue enfoncé dans ma bouche.

Elle fouille dans son sac à main et en sort quelque chose. Je comprends soudain que les choses s'apprêtent à empirer.

25

Je me souviens qu'un jour, quand j'étais adolescent, j'avais joué au cricket au collège. Je n'étais jamais bon en sport, mais si vous n'y jouiez pas, on vous balançait dans des classes genre « initiation artistique » ou couture pour pédé. Le cricket n'était pas drôle, mais ça valait quand même mieux que la cuisine ou le tricot. Un jour – et ce jour hante mes souvenirs depuis –, une balle de cricket fut lancée très fort vers moi. J'avais été incapable de coordonner mes mains à temps, si bien que mon entrejambe avait arrêté la balle, sauvant quatre points. J'étais tombé en une sorte de tas agonisant de larmes, et le match s'était arrêté pendant plus de vingt minutes, jusqu'à ce qu'ils arrivent à me rouler sur un brancard pour me sortir du terrain, sous les rires et les vannes de mes camarades d'école. Mes testicules avaient gonflé et étaient devenus bleus. Si ça avait été un dessin animé, ils auraient brillé comme s'ils avaient été frappés par le marteau Acme du Coyote. J'ai dû rester quatre jours sans retourner au collège, et si je ne pouvais pas parler, j'arrivais très bien à vomir. Les rires subis pendant les mois suivants n'étaient rien. Les garçons étaient méchants, mais les filles étaient encore pires. Elles n'arrêtaient pas de me vanner en m'appelant « noix molles ». Les filles n'ont jamais oublié. Cinq ans de lycée plus tard, elles en parlaient encore.

J'ai réussi à m'y faire, pourtant. J'ai appris qu'on peut tout surmonter. Mais maintenant, presque vingt ans plus tard, je donnerais n'importe quoi pour cette douleur, parce que je suis certain qu'elle serait moins forte que ce qui m'attend. Chaque pore de ma peau éjecte une goutte de sueur.

Dans ce petit parc baigné par la lumière de l'aube, le temps s'est arrêté. J'entends des voix me chuchoter ce qui va se passer. La douleur est la voix la plus forte ; la colère arrive juste en deuxième. Et, juste derrière, vient la voix du regret. Elles ne sont pas les seules.

Le jouet de Melissa est une paire de pinces, qui réussit à arracher encore plus de larmes à mes yeux quand elle la place autour de mon testicule gauche. Le flingue dans ma bouche signifie qu'il ne peut y avoir aucun dialogue, aucune négociation. Je la supplie avec mes yeux, mais elle s'en fout. J'essaie de remuer mon corps de droite à gauche, de haut en bas, mais elle accroît la pression pour tuer cette envie irrésistible. Ça me fait comme si elle venait d'attacher un bloc de glace dessus. Je suis aussi paralysé que si on venait de me trancher la moelle épinière.

Elle me sourit.

Et referme les pinces.

Un cri guttural arrive à remonter à moitié dans ma gorge avant de s'y installer, si bien que je n'arrive plus à respirer. Je ne veux pas respirer. Elle vient juste d'écraser mon testicule aussi facilement que quelqu'un écrase un grain de raisin entre son pouce et son index – et, comme pour le raisin, l'intérieur s'en écoule. Mon ventre et mes cuisses se raidissent. Mes poumons se gonflent et refusent de me donner de l'air. Mon cri force son chemin vers le nord et s'échappe à l'air libre. Au-dessus de moi, des oiseaux s'envolent des arbres, beaucoup trop effrayés pour se poser ailleurs. Dans mon entrejambe, une chaleur pulsante remplace la sensation de froid glacé du moment précédent, une chaleur qu'on ne peut sûrement pas trouver ailleurs qu'au cœur de l'enfer. Elle bouillonne dans mon corps, irradiant de l'épicentre entre les mâchoires de la pince.

Je suis toujours en érection.

L'explosion de chaleur se sert de ses doigts griffus pour atteindre mon âme et l'ouvrir en deux. Elle met en lambeaux chaque cellule de mon corps et les assèche toutes, comme si elle les aspirait. Je ne peux rien faire d'autre que crier, pleurer et maudire tout être vivant pendant que ces griffes s'enfoncent encore plus profondément. J'essaie de m'en éloigner, de me séparer de cette entité, mais elle s'agrippe et refuse de me lâcher. Toute la douleur de ce putain d'univers de merde vient de se coller à moi, et elle aime ce qu'elle y trouve.

Je cesse de crier parce que je n'en suis plus capable. J'entends des chiens au loin, aboyant et hurlant à la mort. Ma mâchoire se bloque. Ma gorge est enflammée et j'ai l'impression d'avoir avalé un fer à souder. Je commence à sombrer, mais je n'y arrive pas, car des vagues de douleur viennent s'écraser contre ma conscience. Mon corps est paralysé, sauf ma tête qui remue de droite à gauche, pendant que mon cri réduit au silence continue à me calciner la gorge et les yeux.

Puis je la vois. Elle est à genoux, là, ce démon qui se fait appeler Melissa, cette créature d'Hadès qui m'a infligé ça. Elle rajuste les pinces, pas sur l'autre testicule, mais sur le même. Chaque mouvement qu'elle accomplit fait vibrer tous mes nerfs et monte droit à mon cerveau. Elle les place dans la largeur et serre, comme si elle essayait de lui redonner forme.

Je hurle, hurle et hurle comme si ma vie en dépendait, alors que la seule chose que je voudrais, c'est mourir. J'essaie de m'éclaircir les idées, de me vider la tête. C'est l'enfer et on m'y a traîné. Du feu rampe sur mes cuisses, ma peau grésille de cette chaleur : elle se boursoufle de cloques, mais je ne vois aucune flamme. Melissa enfonce le flingue plus profond dans ma bouche. La garde de la gâchette touche mes dents de devant, mais je le sens à peine. Je la supplie silencieusement d'appuyer sur la gâchette.

Elle ne le fait pas.

Mon testicule n'est qu'à une fraction de seconde de n'avoir plus que deux dimensions. Je sens du fluide qui s'écoule sur mes cuisses et je peux presque l'entendre se changer en vapeur. La douleur est si intense, si profonde, que je n'arrive pas à croire que je suis encore vivant. Melissa me demande quelque chose, mais je ne comprends pas ses mots. Tout ce que j'entends, c'est une espèce de sonnerie constante dans mon crâne, une sonnerie plus forte et plus profonde que n'importe quelle musique.

Carpe diem.

Je n'arrive toujours pas à respirer. Mon sang est glacé et ma température très élevée. Je ferme la bouche, mords le flingue et prie pour que Melissa appuie sur la gâchette.

J'éjacule.

Je suis presque aveugle maintenant. Des formes obscures tournoient dans la brume du matin qui s'adoucit. La douleur va certainement s'estomper, parce que c'est dans la nature de la douleur, mais pour l'instant elle défie la nature. Je peux à peine distinguer que Melissa est debout au-dessus de moi, les pinces désormais loin de mes couilles, le flingue bien sorti de ma bouche. Je peux parler, mais je n'ai rien à dire. Rien à supplier.

Je ferme les yeux, espérant la mort, mais, quand je les rouvre, je ne trouve que la liberté. Melissa est partie et elle a emporté ses menottes avec elle. Je suis un homme libre qui vient juste d'être trompé par le temps, mais je ne peux pas bouger. J'avale une grande goulée d'air. Mon ventre est brûlant, ma poitrine chaude et mes jambes froides. Je referme les yeux, et le monde autour de moi commence à s'effacer.

Je ne sais pas combien de temps s'écoule avant que je relève doucement la tête pour regarder mon corps nu étalé. Mon pénis et mes cuisses sont coagulés de sang. Mon ventre est couvert d'un mélange de fluide rouge et blanc – un cocktail de sang et de sperme. Du vomi s'est étalé sur mon cou et ma poitrine, et je sens qu'il forme une croûte sur mon visage et mon menton. Une odeur putride. Je n'arrive même pas à me souvenir d'avoir vomi. Je descends délicatement une main pour examiner les dégâts. Quelque chose qui semble être des spaghettis sort de quelque chose qui semble être du carton.

Oh, mon Dieu, non ! Je vous en supplie, faites que ce soit un rêve !

Mes bras sont gourds, les muscles ramollis et endoloris. Je pose les mains derrière moi et me relève. Des morceaux de vomi coulent sur mon corps. Je manque m'évanouir. La douleur n'est rien, comparée à précédemment, et, d'après le soleil, je pense que cela a eu lieu il y a à peu près trois heures. Il doit être environ

9 heures, et, comme on est dimanche, soit les gens font la grasse matinée, soit ils cuvent, soit ils se préparent à aller à la messe. Dans tous les cas, ils sont complètement nazes.

Personne ne viendra dans le parc pendant un bon moment encore.

Je roule sur le côté. Un cri sort de ma gorge fragile. Je le retiens, mais pas assez fort.

Je cherche mes vêtements et je les aperçois à une dizaine de mètres. Quand j'essaie de ramper vers eux, mon testicule remue, cognant contre mes jambes. Ça fait comme si les pinces étaient encore serrées dessus. Je ne cesse de penser que si j'arrive à rentrer chez moi, je survivrai à tout ça.

Ça me prend deux bonnes minutes pour couvrir les dix mètres. J'ai l'impression que je viens de courir un marathon. De la sueur dégouline de mon front. Du sang coule sur mes cuisses. J'enfile ma chemise. Ma veste n'est nulle part en vue. De même que mon flingue. Et mon couteau.

Je retrouve mes clés et je les fourre dans mon jean. Puis, roulant sur le dos aussi délicatement que je peux, je tente de faire entrer mes jambes dans le denim. Beaucoup plus dur que ça en a l'air. Je stoppe à mi-chemin pour faire une petite pause durant laquelle mon monde passe au gris. Mes forces en profitent pour s'étioler, et la douleur semble heureuse de revenir. Il faut que je bataille pour ne pas m'évanouir. Je me dis que j'aurais mieux fait de porter un slip qu'un caleçon, parce que le poids du bordel qui se balance aurait été soutenu. À la place, ça pend comme une tomate pourrie, dégoulinant comme si elle avait été infectée par trop de soleil. J'arrache une poignée d'herbe humide et m'essuie le visage. Deux poignées d'herbe nettoient le vomi de mon cou et de ma poitrine.

Je regarde mon poignet et je suis surpris que ma montre soit encore là. Il n'est que 8 heures. Ces derniers jours, j'étais toujours en retard. Ce matin, j'ai la sensation inverse, qu'il est plus tard qu'en réalité. OK. C'est l'heure d'y aller. Je parviens à me mettre à genoux, puis sur mes pieds. Tout ce que j'ai à faire, c'est rentrer à la maison. C'est pas loin. Juste mettre un pied devant l'autre. Répéter la procédure. Ignorer la douleur jusqu'à ce que je m'évanouisse sur mon lit. Un pied en avant. C'est le premier pas.

Le plan consiste à marcher régulièrement, à pas lents, et je n'apprécie pas cette ironie : quand j'essaie de marcher lentement, je finis par courir pour tenter de rester en équilibre. Non seulement je suis obligé d'aller vite, mais mes pieds frappent lourdement le sol aussi, me secouant et envoyant des explosions de chaleur de mes jambes jusque dans le bas-ventre. Un mélange de faux pas et de déséquilibre me fait parcourir vingt mètres avant que je ne m'écroule à genoux, roulé en une boule de larmes d'agonie sanglante. J'ai envie de fermer les yeux et de rester allongé là quelques heures de plus, mais je sais que je ne peux pas. Tôt ou tard, des gens vont se pointer dans le parc. De sous les bancs à la lisière des pelouses, ou sortant des embrasures du petit château pour gamins, des sniffeurs de colle vont se réveiller pour attaquer une autre journée consacrée aux produits chimiques. Ils vont me trouver, mais ils ne m'aideront pas – ils se contenteront de me dépouiller du peu qui me reste.

Je me remets à genoux. Puis sur mes pieds. Je repars.

Cette fois, c'est plus facile. J'écarte les bras pour maintenir mon équilibre en zigzaguant vers l'avant. Je garde les yeux braqués sur le fond du parc. Surtout, ne regarde pas par terre. Ne regarde pas autour. Continue simplement à marcher. Continue simplement à marcher et tout ira bien…

Vingt mètres, trente. Puis, en quelques minutes, j'ai couvert une centaine de mètres. Quelques minutes supplémentaires, et je suis à nouveau roulé en boule, bataillant pour étouffer un hurlement. Cette fois-ci, je gagne.

Je regarde le soleil qui grimpe lentement dans le ciel. Je me demande quel temps il va faire aujourd'hui. Ensoleillé, chaud, avec beaucoup de brefs et violents épisodes de douleur prévus dans la journée. Et toute la semaine à venir. Peut-être même toute cette putain d'année.

Je réussis à me relever. Je marche lentement, les jambes écartées. Je maintiens mes couilles dans une main : ça fait un mal de chien, mais c'est plus facile de marcher ainsi. Je titube pendant quelques centaines de mètres encore, m'arrête pour vomir, puis titube encore une centaine de mètres. Je m'arrête même pour pisser, sensation douloureuse mais simple puisque je n'ai qu'à garder ma bite dans mon pantalon. L'urine coule sur mes jambes et dans mes chaussures. C'est chaud, inconfortable et ça pique.

Le trajet de retour à la maison me prend plus d'une heure, au bout de laquelle le devant de mon jean est trempé de pisse et de sang. Je ne m'évanouis pas une seule fois, mais à plusieurs reprises le monde oscille soudain et s'assombrit. Je croise quelques personnes en chemin. Certaines me voient. D'autres pas. Ceux qui me remarquent me regardent fixement et ne disent rien. Ce n'est pas le genre de quartier où les voisins se soucient de votre sort. Quand j'atteins mon immeuble, il n'a plus l'air d'avoir été assemblé par un sculpteur de merde. On dirait un palais. J'aurais aimé que l'architecte ait prévu un ascenseur.

Je grimpe l'escalier en m'asseyant de dos et en soulevant lentement mon cul, marche par marche, en poussant sur mes bras pour soulager la plupart de mon poids. Je n'ai que trois étages à grimper, mais cela devient un exploit épique, un peu comme escalader l'Empire State Building – mais nu, avec mes couilles frottant contre les murs et se faisant coincer sous chaque encadrement de fenêtre. Je ne cesse de me dire que j'y suis presque, mais je sais, en atteignant la porte, que ma route comprend encore un million de problèmes.

Quand j'arrive devant la porte, je fouille dans ma poche. Mon jean se resserre sur mon entrejambe. Je gémis pour attraper les clés. Me bagarre avec la serrure. Trente secondes. Et je ne suis pas en train de la forcer.

Je referme la porte derrière moi, laisse tomber mes clés sur le sol et titube vers mon lit. Mon corps entier tremble. Est-ce là la dernière étape ? M'allonger pour toujours ?

Non. Même si je ne désire rien d'autre que de me reposer, je sais qu'il faut que je m'occupe de ma blessure. Vaut mieux le faire pendant que j'ai encore les couilles de…

Oups !

… de procéder à une telle opération.

Je trouve une serviette et je la pose sur le sol, puis je commence à m'extraire de mon jean. Je ne sais pas si je pourrai le remettre un jour. Je sais d'expérience que le sang tache, malheureusement. Je passe quinze minutes à me déshabiller, puis cinq de plus à trouver un seau et à le remplir d'eau chaude. Mes poissons me regardent avec une drôle d'expression sur leur petite tête. Je ne dis rien pour les rassurer. Je voudrais bien les nourrir, mais je ne peux pas.

Je rassemble d'autres éléments, puis je m'allonge sur la serviette avec le cul sur un coussin pour surélever mes hanches. L'heure suivante se passe en trois étapes. La première consiste à boire assez de vin pour que la pièce commence à tourner. La suivante me voit mordre extrêmement fort sur un manche à balai pour étouffer mes cris. La troisième, c'est un linge trempé de désinfectant dans ma main, humectant ce qui ne devrait jamais être passé au désinfectant. Je ne sais pas si je serai infecté. Penser que ma couille pourrait se gangrener est si horrible que cette simple possibilité me fait continuer à l'humecter. Quand j'ai fini, je nettoie mon ventre, et je vois que la longue coupure que Melissa m'a infligée est assez peu profonde pour que je l'ignore – ça n'a pas vraiment d'importance. Je veux dire, bon Dieu, tout mon système digestif pourrait se retrouver dehors, et ce ne serait rien comparé à mon testicule.

Je ne sais pas si je pourrai avoir à nouveau des rapports sexuels. Marcher à nouveau normalement. Parler à nouveau. Tout ce que je sais, c'est que j'ai besoin que cette journée se termine. Ce dimanche… Non, attendez une seconde. Samedi?

Bordel, on est samedi! Cela veut dire que mon horloge interne est bien plus endommagée que je ne l'imaginais, mais ça signifie aussi que j'ai une journée de plus avant la fin du week-end. Un jour entier pour cicatriser.

Je commence à glisser dans un néant physique total. Je me dirige vers mon lit et m'allonge. Ma cervelle met la douleur de côté et la range dans mes banques mémorielles avec l'espoir de réussir à m'endormir, et l'espoir encore plus mince de parvenir à me réveiller à nouveau. Je souhaite une bonne nuit à peine articulée à mes poissons. Ça pourrait être la nuit. Ça pourrait être encore le matin.

Ma tête tourbillonne de pensées de vengeance, embrumées par l'alcool, je ferme les yeux et cherche une issue de secours.

26

Elle regarde l'un des DVD avec son père quand le téléphone sonne. Sur l'écran, quelqu'un essaie de pousser Clint Eastwood dans une tombe. C'est ça qu'ils font dans les films de Clint Eastwood. Cette fois-ci, ils ont commencé par lui mettre la corde au cou. Son père appuie sur le bouton « pause » pendant qu'elle se lève pour aller dans la salle à manger. Sur l'écran, le temps s'est arrêté, permettant à Clint de réfléchir plus longuement à ce qu'il a bien pu faire pour que ces hommes veuillent le pendre.

Sally est certaine que l'appel sera pour l'un de ses parents parce que personne n'appelle jamais pour elle. Pendant un instant, elle se dit que ça pourrait être Joe, mais cet instant est bref. Il a probablement jeté son numéro dès qu'elle a quitté la salle des archives, hier. Non mais, qu'est-ce qu'elle se figurait? Qu'elle pouvait remplacer son frère d'une manière ou d'une autre?

Elle tend la main et décroche le combiné.

« Allô?

— Sally?

— C'est moi, oui, dit-elle sans reconnaître la voix.

— Sally?

— Qui est-ce ?

— C'est Joe.

— Joe ?

— Sally ? Sally, tu as dit que si j'avais besoin de quelque chose, un jour… » Sa voix s'éloigne et disparaît.

« Joe ? »

Toujours rien. Est-ce réellement Joe ? On ne dirait pas sa voix.

« Joe ?

— S'il te plaît, Sally. Il s'est passé quelque chose. Je suis malade. Vraiment, vraiment mal. Je ne sais pas quoi faire. J'ai trop mal. Douleur trop intense. Tu peux m'aider ? Est-ce qu'il y a quelque chose que tu peux faire ?

— Je peux t'appeler une ambulance.

— Non. Pas d'ambulance, s'il te plaît. J'ai besoin que tu comprennes ça, dit-il comme si c'était elle l'attardée mentale, et pas lui. J'ai besoin de cachets contre la douleur. Et de premiers soins. S'il te plaît, j'ai besoin que tu trouves tout ça et que tu viennes chez moi. Ça me fait si mal. S'il te plaît. Tu comprends ?

— Où est-ce que tu vis ?

— Vis ? Je… je ne me souviens pas.

— Joe ?

— Attends, attends. Ne raccroche pas. Un stylo ? Tu as un stylo ?

— J'en ai un. »

Il lui donne son adresse et il raccroche. Elle regarde par la fenêtre, le potager à l'arrière avec lequel son père s'est bagarré pendant toutes ces dernières années (il est lent à accepter la défaite). Toutes les plantes et

234

les herbes ont l'air d'être également en guerre les unes contre les autres. Elle est inquiète pour Joe, et elle n'a pas du tout aimé le son de sa voix. Elle reprend le téléphone pour prévenir une ambulance, tape deux ou trois des chiffres requis, puis raccroche. Elle attendra d'avoir vu Joe pour appeler de l'aide. En haut dans sa chambre, elle prend une trousse de première urgence rangée sous son lit, défait la fermeture Éclair du dessus pour vérifier que tout y est bien, même si elle sait que c'est le cas. Elle dit à ses parents qu'elle va revenir plus tard, puis se dirige vers sa voiture.

Le quartier de Joe est à l'abandon, pense-t-elle en suivant les rues sur son plan. La plupart des bâtiments et des maisons ont besoin d'être retapés. Certains plus que d'autres. Une bonne couche de peinture et un coup de tondeuse résoudraient certains problèmes, mais, pour d'autres, il faudrait carrément démolir. Cette zone ne serait pas comme ça, se dit-elle, si les gens se souciaient un peu plus des choses.

L'immeuble de Joe n'a que quelques étages. Il est fait de briques qui ont été taguées par endroits. Il n'y a pas une fenêtre propre, pourriture et moisissure ont décoloré le tiers inférieur de l'immeuble et des fissures ont été bouchées au mortier repeint.

La cage d'escalier est à peine éclairée, mais pas assez sombre pour qu'elle puisse ignorer les taches de sang sur presque toutes les marches. Elle atteint le dernier étage et examine tous les numéros sur les portes jusqu'à ce qu'elle trouve celle de Joe. En s'apprêtant à frapper, elle se rend compte que ses mains tremblent.

Une minute passe et Joe ne répond pas. Était-ce vraiment lui qui a appelé ? Ça ne ressemblait pas à sa voix, mais qui d'autre cela aurait-il pu être ? Elle tourne la poignée, et quand elle ouvre la porte une puanteur faite de pourriture et de désinfectant lui saute à la gorge et elle doit lutter contre l'envie de vomir.

L'appartement est petit, même pour un appartement modeste. La lumière du jour pénètre violemment par l'unique fenêtre du fond et frappe chaque particule de poussière qui flotte en l'air, et Sally a presque l'impression d'avancer dans une tempête de sable. Elle s'était demandé à quoi pouvait ressembler l'appartement de Joe, mais elle n'avait pas imaginé ça : du papier peint qui pend, décollé des murs, un plancher sale et abîmé, de vieux meubles pleins de fissures et de trous. Elle n'avait pas imaginé une telle pagaille non plus, mais, quand elle aperçoit Joe allongé sur le lit, elle réalise que ce doit uniquement être dû à l'état dans lequel il est. Ses vêtements sont en tas sur le sol, couverts de sang, de taches d'herbe et de vomi. Des pansements et des serviettes en papier sont empilés au beau milieu de la pièce. Près d'eux reposent une bouteille de vin, des coton-tige, des chiffons et même une bouteille de désinfectant. Un seau qui empuantit la pièce est posé près du canapé.

Elle referme la porte derrière elle et s'approche vite de lui. Il est nu, avec juste un drap posé sur la taille. Son corps est entièrement recouvert d'une pellicule de sueur et a pris une teinte grisâtre. Ses yeux sont à peine ouverts et elle n'est pas certaine qu'il puisse même la voir. Elle essuie ses cheveux trempés et pose une main sur son front. Il est brûlant.

« Joe ? Joe ? Est-ce que tu m'entends ? »

Ses yeux s'entrouvrent un tout petit peu plus.

« Maman ? Qu'est-ce qui se passe ?

— Joe, c'est Sally.

— Maman ? »

Ses yeux se referment. Le drap qui protège sa taille est taché de sang. Son estomac est couvert de sang séché. Son corps est marqué de cicatrices, et une coupure récente traverse son ventre de haut en bas. Le sang sur ses mains est mélangé à de la terre et coagulé sous ses ongles. Il y a des traînées de vomi sur son torse, ainsi que des traces de terre et d'herbe.

« Joe, est-ce que tu peux me dire comment c'est arrivé ?

— Attaqué. J'ai été attaqué.

— Je vais appeler la police et ensuite une ambulance.

— Non, non. Pas d'ambulance. Pas de police. S'il te plaît.

— Où est le téléphone ? »

Il tend la main et lui enserre le poignet. Il renforce sa prise, parvient à la maintenir pendant quelques secondes avant que sa main ne retombe. « Joe ne veut pas être victime. Pas de police, que des soins. »

Elle tend doucement la main et soulève un coin du drap. Joe commence à frissonner. Avec précaution, elle tire le drap sur le côté, et ce qu'elle voit lui fait monter des larmes qui, très vite, se mettent à couler sur ses joues.

« Oh, mon pauvre petit Joe ! dit-elle. Qui est-ce qui t'a fait ça ?

— Personne, répond-il dans un murmure.

— Il nous faut de l'aide.

— Les gens ne doivent pas savoir. Les gens rient de Joe. Ils riront encore plus s'ils savent ça.

— Il faut que j'appelle la police. » Elle se lève et s'empare du téléphone.

« Non ! crie Joe en s'asseyant et en s'emparant à nouveau de son poignet. Ils me tueront ! »

Puis la douleur de s'être assis le frappe de plein fouet, il s'écroule, les yeux révulsés, et s'évanouit.

Sally veut passer ce coup de téléphone, mais elle se rend compte que quelque chose l'en empêche. Et si ce qu'il dit était vrai ? Et s'ils revenaient pour l'achever ? Non, elle peut très bien l'aider toute seule. Dieu l'a amenée ici pour aider Joe, pas pour risquer de l'exposer à plus de violence.

Elle roule le drap en boule et le balance dans un coin. Debout à côté du lit, examinant la blessure, elle ne peut pas s'empêcher de penser qu'elle envahit la vie privée de Joe en faisant ça, mais elle est une infirmière maintenant : une professionnelle. C'est à cela qu'elle a été formée. C'est ça qu'elle voulait être.

Oui, mais une professionnelle saurait quand elle dépasse ses capacités. Elle saurait quand il est nécessaire d'appeler une ambulance.

C'est tout à fait exact. Ce n'est pas à cela qu'elle a été formée. Elle ne sait pas quoi faire.

« Si, tu sais », murmure-t-elle, et elle saisit son crucifix et le porte à son menton. Elle le tient là pendant quelques secondes, avant de l'enlever et de passer la chaînette autour de la main de Joe, de manière à ce que Jésus-Christ repose dans sa paume. Elle recule et s'accroupit pour regarder la blessure sous un autre angle. Le pénis de Joe est allongé en oblique, vers le haut de son ventre. Il est maintenu comme ça par un morceau de sparadrap, collé là sans aucun doute pour l'empêcher de toucher la blessure.

« Pauvre Joe », dit-elle, presque en larmes. Le seul moyen de continuer, c'est de s'en tenir aux bases. Elle se répète ça sans cesse, en enfilant une paire de gants de latex, et justement elle remarque d'autres paires de gants dispersées dans l'appartement. Qu'est-ce que Joe peut bien faire avec ces gants ? Nettoyer, très probablement. Elle se penche et appuie sur le haut de la cuisse de Joe, essayant de mieux voir la blessure sans la toucher. Son testicule a été écrasé, broyé et détruit à l'aide d'un outil. Elle se dit que ça devait être une pince ou un étau.

« Agressé », murmure Joe. Ses yeux sont à nouveau ouverts.

« Qui t'a agressé ? »

Il ne répond pas. Il se contente de garder les yeux fixés droit devant lui.

Elle continue à examiner la blessure. Il faut enlever le testicule. Elle aimerait qu'il y ait une autre solution, mais elle n'en voit pas d'autre. Il faut pratiquer une ablation, ça ne fait aucun doute, comme il est clair qu'elle n'a pas les qualifications – ni la confiance en elle – pour exécuter cette opération.

« Il faut qu'on t'emmène à l'hôpital, Joe.

— Peux pas. Ils vont revenir. Me faire mal. S'il te plaît, tu ne peux pas l'arranger un peu ?

— Je vais essayer », répond-elle à contrecœur.

La première chose qu'elle fait, c'est ouvrir la fenêtre. Il doit faire pas loin de 40 degrés là-dedans, et elle transpire déjà. De l'air frais commence à entrer. Pendant qu'elle attend que l'eau bouille, elle passe un linge sous l'eau froide et le pose sur le front de Joe. Il semble à peine s'en rendre compte.

Sa trousse de première urgence est plus complète que pas mal d'autres car elle contient des ustensiles qu'elle avait quand elle faisait ses études d'infirmière. Une chose lui manque, pourtant, c'est un anesthésiant local, mais avec un peu de chance, Joe va rester inconscient pendant un bon moment. En fait, c'est surtout Joe qui a besoin de chance.

Elle prend la poignée de son scalpel et la plonge dans l'eau bouillante. La lame est emballée sous film plastique, déjà stérile. Elle déplie un drap de plastique et essaie de rouler Joe sur le côté pour glisser le drap sous lui. Mais il est trop lourd. Elle sait comment déplacer des patients, mais pas un patient avec un testicule qui a été réduit en bouillie. Elle le roule doucement sur le côté et fait du mieux qu'elle peut. Elle laisse le sparadrap qui maintient son pénis. C'est grossièrement fait, mais assez efficace. Elle passe plusieurs tampons de gaze à la teinture d'iode, puis commence à nettoyer la zone autour de la blessure. Le risque d'infection est élevé, mais c'est le mieux qu'elle puisse faire.

« Tu es sûr que tu ne veux pas aller à l'hôpital, Joe ? »

Joe la regarde fixement comme s'il ne s'attendait pas à ce qu'elle soit là. Ses yeux se déplacent vers l'aquarium sur la table basse. Elle ne l'avait pas encore remarqué.

« Joe ?

— S'il te plaît… » Il désigne la bouteille de vin vide. Elle la regarde mieux et constate qu'il en reste un bon tiers. Elle la prend et la lui donne. Elle se dit que ça va aider. Elle enlève aussi la ceinture de son jean sanglant. Le ceinturon va servir aussi.

Elle regarde ses mains. Elles ne tremblent plus. Elle déchire l'emballage de la lame du scalpel et se prépare à se mettre au travail.

27

Je rêve de mort, et je souhaiterais être là-bas. Je rêve de douleur et c'est ici que je vis.

Mes dents mordent le goulot de la bouteille de vin et je commence à avaler ce que je peux. C'est une chance que j'aie du vin. Je l'ai acheté il y a six mois pour l'anniversaire de ma mère. Je pensais qu'on allait le fêter. Elle m'a accusé d'essayer de l'empoisonner, et j'ai fini par rapporter la bouteille à la maison. Normalement, rien que l'odeur du vin me soulève le cœur. Maintenant, je m'accroche à la sensation qu'il me procure, un sentiment d'espoir, espoir que je pourrais tout simplement m'évader loin de tout ça. J'essaie de mettre ma langue de côté pour ne pas sentir le goût, mais ça ne marche pas. Au bout de quelques secondes, j'ai envie de vomir, mais plus j'avance, moins je perçois le goût. Je laisse ma tête reposer sur l'oreiller et je regarde la personne accroupie devant mon entrejambe. Cette personne porte un masque de chirurgien, mais je comprends que c'est une femme. Je prie pour que ça ne soit pas Melissa. Je ne sais pas pourquoi elle est ici. Je ne me souviens pas d'avoir appelé à l'aide et je me rends compte que je dois être en train d'halluciner. Ou alors j'ai de la chance, tout simplement. Mon visage s'engourdit, et ma vision ralentit. Quand je tourne la tête, il me faut une bonne seconde pour que mes yeux fassent le point.

La douleur explose à nouveau. Je contemple la pièce, mais ce qui m'entoure me paraît familier, pas comme ce devrait être si j'étais à l'hôpital. J'essaie de mordre la bouteille, mais je découvre que je suis déjà en train de mordre quelque chose. Je le prends et je m'aperçois que c'est ma ceinture. Pas vraiment le genre de truc qu'un docteur utiliserait.

Mes mains tremblent et mon corps entier est brûlant. Je ne sais pas comment fait cette femme médecin, mais elle bouge si vite qu'à un moment elle tient un objet pointu en l'air, et à l'instant suivant elle passe un coton sur moi. Je cligne une fois des yeux, elle change de position. Je cligne à nouveau, elle est ailleurs – je perds conscience et je la retrouve sans cesse. La majeure partie de ce qu'elle dit est incompréhensible, mais elle essaie de me rassurer. Je la regarde enlever des morceaux de peau et de chair, puis je ne peux plus regarder.

Je fixe le plafond. Il est légèrement affaissé au milieu. J'essaie de parler à mon docteur, mais je ne suis pas bien sûr de ce que je dis. Est-ce que tout ceci est un rêve? Est-ce que je suis en train de m'opérer moi-même?

Je ne sais pas combien de temps passe, mais, quand je regarde à nouveau, le docteur est parti. Je suis tout seul, exactement comme mon testicule est tout seul désormais. Je commence à essayer de tâter mon corps, mais je m'arrête juste à temps. J'ai trop peur de voir l'étendue des dégâts. Je ferme les yeux. Les ouvre à

nouveau. La femme médecin est revenue. Je referme
les yeux. Elle est partie.

Qu'est-ce qui m'arrive ?

Suis-je en train de mourir ?

Je fixe le plafond en espérant que c'est le cas.

28

Sally s'assoit sur le canapé et regarde l'aquarium. Quand elle s'empare de la nourriture et qu'elle en verse un peu aux poissons, ils grimpent très vite vers la surface et commencent à manger.

L'opération, si elle peut l'appeler comme ça, s'est bien passée. Elle pense que le risque d'infection est minime. Elle a soigneusement ôté les ravages causés par les pinces, et utilisé des agrafes solubles à l'intérieur et des points de suture normaux à l'extérieur. Bien sûr, seul le temps pourra dire si tout va bien. Maintenant qu'elle a fini, elle a remis le crucifix autour de son cou.

Elle s'était imaginé que Joe en aurait plus besoin qu'elle pendant toute cette opération.

Elle veut appeler la police. Elle veut que Joe soit soigné par des professionnels, et elle veut que les gens qui lui ont fait ça soient arrêtés et condamnés. Il n'y a pas de place dans les rues de cette ville pour des gens capables de commettre un acte aussi vil. Elle songe au Boucher de Christchurch, à l'enfer qu'il a fait subir à ces femmes. Il est bien vrai que le diable rôde parmi nous.

La vie de Joe est déjà assez difficile, et elle ne le blâme pas de ne pas vouloir être l'attardé mental qui a été dépouillé de son argent et de sa dignité. Elle respecte le droit de Joe à ne pas être connu comme l'homme qui a perdu un testicule. Quand il retrouvera ses facultés, quand il sera vraiment conscient, elle l'aidera à comprendre que la bonne route à suivre implique que d'autres l'aident.

Elle pense aux cicatrices sur sa poitrine. Quelle sorte d'existence a-t-il eue ? Qui l'a maltraité ? Est-ce pour cela qu'il ne parle jamais de ses parents ?

Joe est inconscient, aussi le roule-t-elle sur le côté pour récupérer les draps ensanglantés sous lui. Elle enveloppe les morceaux de chair qu'elle lui a ôtés dans la feuille de plastique, puis fourre le tout dans un sac-poubelle, avant de mettre les draps du lit, son jean, ses sous-vêtements et sa chemise dans la machine à laver et de lancer le lavage. Elle trouve un autre sac en plastique et le remplit de tous les déchets de son opération. Elle enveloppe méticuleusement la lame du scalpel pour s'assurer qu'elle ne pourra blesser personne. Elle ôte ses gants de latex et les balance également dans le sac.

Elle en met une autre paire et commence à nettoyer et ranger l'appartement. Les assiettes empilées dans l'évier n'ont même pas été rincées. Les taches de nourriture sur le plan de travail sont assorties à celles de la table. Quand elle découvre un aspirateur, elle décide d'en passer un coup rapide sur le plancher. Aucun de ces bruits ne réveille Joe. Quand la machine à laver a achevé son cycle, elle colle le linge humide dans le sèche-linge et le met en marche. Les livres de poche sur le canapé sont des romans à l'eau de rose. Martin ne lisait jamais des choses comme ça. Il ne lisait que des bandes dessinées. Elle trouve ça d'abord bizarre, puis encourageant que Joe aime des livres avec un semblant d'histoire. En prenant les dossiers posés près des livres, le contenu d'une chemise se renverse.

« Qu'est-ce que tu fabriques, Joe ? » murmure-t-elle pour elle-même. Elle reconnaît la photo d'une des femmes mortes. Elle fait une pile avec les documents, les feuillette, puis les remet dans la chemise, avant d'examiner les autres chemises. Joe a la totalité du dossier – les victimes du Boucher de Christchurch. Il a aussi des informations sur les inspecteurs qui travaillent sur l'affaire. Elle examine les dossiers, essayant de comprendre pourquoi Joe a tout ça ici. Est-ce qu'il sait que ces femmes sur les photos sont toutes mortes ?

Joe ne ramènerait pas tout ça chez lui, à moins d'avoir une bonne raison, et elle est certaine qu'il ne le ferait pas pour de l'argent. Soit quelqu'un le menace, soit il a pris tout ça pour son usage personnel. Mais pourquoi ?

Quand elle regarde à nouveau Joe, elle aperçoit un autre dossier, posé sur la petite table de chevet. C'est un profil psychologique du Boucher de Christchurch. Joe n'a aucun moyen de comprendre un traître mot de tout ça. Alors pourquoi l'avoir avec lui ? Et pourquoi juste à côté de son lit, comme s'il l'avait lu récemment ? Dehors, les réverbères viennent de s'allumer. La rue est vide, à l'exception de quelques voitures garées.

Elle vide le seau dans l'évier, rince le tout, puis repose le seau près du lit de Joe. Elle se dit qu'il s'en servira pour uriner dedans – il ne sera pas capable de marcher pendant quelques jours. Elle vérifie le pansement sur sa blessure. Aucune trace de sang. Quand le sèche-linge achève son cycle, elle sort les draps, roule Joe sur un côté, puis sur l'autre, glissant un drap sous lui. Elle pose l'autre drap sur lui et ajoute une couverture. Sa mallette, qui est plus lourde qu'elle ne l'aurait cru, elle la pose près du lit à portée de main, au cas où il en aurait besoin.

Elle vérifie que tout est bien rangé, s'empare des clés de chez Joe, prend sa trousse de première urgence et redescend vers sa voiture.

29

Dimanche. Pas le matin ni même l'après-midi, mais tard dans la soirée. J'ai dormi plus d'une journée. Mon horloge interne ne me dit rien. Je suis quelque part entre l'enfer et les tourments de la vie. Je perds conscience, puis la retrouve, à peine conscient du simple fait d'être en vie. Je regarde mon réveil. Il est 21 h 40.

Quand j'écarte la couverture, je suis soulagé de ne voir que très peu de traces de sang. Un pansement blanc a été appliqué avec méthode autour de mon entre-jambe. Il est quasi sec. J'essaie de me concentrer sur ce qui s'est passé après mon retour à la maison hier matin, mais je n'arrive à rien.

Rien ne m'oblige à me lever. Mes poissons ont besoin de manger. Mais mes poissons peuvent attendre. Je ne sais pas combien de temps ils peuvent survivre sans nourriture, mais nous allons peut-être le découvrir tous les trois. Je me sers du seau pour pisser, et il a l'air relativement propre maintenant, étant donné que je l'avais rempli d'eau et d'antiseptique. Mon urine pique et vient en brèves giclées. Quand j'ai fini, mon appartement sent plus mauvais que d'habitude.

Je ferme les yeux. Je vois une femme penchée sur moi avec un masque chirurgical sur le visage et un scalpel à la main. Elle frissonne, le masque disparaît, le scalpel devient une paire de pinces, le plafond de ma chambre devient un ciel mauve plein d'étoiles mourantes, et cette femme étrangère est Melissa. Melissa m'a fait ça. Melissa a arraché mon testicule.

Et c'est Melissa qui est venue m'aider. Ça ne peut être qu'elle.

« Que Dieu la maudisse », je dis en ouvrant les yeux. Je ramène les couvertures sur moi et repose ma tête sur l'oreiller. J'ai besoin de reprendre des forces, mais je ne suis pas fatigué. J'ai besoin de penser à autre chose que Melissa, ne serait-ce que pendant quelques minutes. Je me tourne vers ma table de nuit et je prends le dossier.

Un solitaire. Blanc de type européen, car des crimes de ce genre franchissent rarement les barrières raciales, et toutes les victimes sont blanches. Dans la trentaine. Tous les meurtres ont lieu de nuit, suggérant qu'il a un travail, mais qui serait plutôt subalterne. Il sent que son job est bien inférieur à lui, qu'il est bien trop bon pour ce qu'il fait. Il vit avec une femme qui est dominatrice, peut-être une mère ou une tante.

Je me souviens de Melissa me posant la question du personnage de la mère dominatrice. Elle croit les mêmes conneries que celui qui a écrit ça.

Il est incapable de contrecarrer cette femme et, par transfert, il l'obtient en tuant d'autres femmes. Ce n'est pas le sexe qu'il veut, mais le pouvoir, la domination. Il se sert du sexe comme d'une arme. Il est hautement probable qu'il a déjà été fiché par la police. Pour voyeurisme – probablement. Pour effraction et cambriolage aussi.

Le rapport continue, disant que je n'ai pas une personnalité à multiples facettes et que je ne suis pas fou, ce qui signifie qu'il y a au moins un point sur lequel ils ne se trompent pas.

S'il ressent des compulsions répétées à violer et à tuer, alors elles ne correspondent pas aux moments où il a commis ces actes. La plupart du temps, il se passe un mois à peu près entre les crimes. Cela pourrait être parce qu'il a été arrêté pour d'autres délits sans lien. Parfois, il n'y a qu'une semaine d'intervalle. Le fait que ses victimes coopèrent suggère qu'il les menace avec une arme, et puisque aucune des victimes n'a été tuée pendant que leur mari ou leur compagnon n'était à la maison, on peut raisonnablement en déduire qu'il ne veut pas risquer la moindre rencontre avec un autre mâle.

Il n'est pas très organisé ; il utilise des objets trouvés sur les lieux du crime pour attacher les femmes plutôt que d'apporter des ustensiles personnels. Sa nature sexuelle devient de plus en plus perverse au fur et à mesure de ses attaques. Il les planifie peut-être des semaines avant de les commettre. Le fait qu'il couvre le visage de ses victimes et qu'il retourne les photographies prouve qu'il aime les dépersonnaliser. Il couvre leur visage avant de les tuer pour fantasmer qu'il tue quelqu'un d'autre, la femme dominante dans sa vie. Il ne couvre pas leur visage par sentiment de culpabilité. Il garde des objets comme trophées, sous-vêtements ou bijoux pris sur les lieux, peut-être pour revivre ces moments. Il a des tendances sociopathes, il n'a aucun sens moral, il ne voit pas ses victimes comme des personnes réelles.

Il conviendrait de surveiller les cimetières, car il pourrait les visiter, pas par remords, mais pour revivre le crime. Il se peut qu'il appelle la police pour offrir

son aide, pour offrir un témoignage, afin d'apprendre
où en est l'enquête. Il peut essayer de traîner dans les
bars fréquentés par les policiers, pour essayer de par-
ler de l'affaire avec eux et apprendre ce qu'il peut…

Le rapport continue. Il mentionne que le viol est un crime où le sexe est l'arme. Mentionne que le sexe est utilisé pour le pouvoir et pour le contrôle ; il est utilisé pour dominer. Est-ce qu'ils sont dans le vrai sur mes raisons de leur couvrir le visage ? Est-ce que j'essayais de les dépersonnaliser ou de prétendre qu'elles étaient quelqu'un d'autre ? Je n'en suis pas bien sûr. Ils ont raison à propos des tombes, en tout cas. J'ai bien envisagé d'y aller, mais heureusement j'ai découvert qu'elles étaient sous surveillance avant même d'essayer.

Adolescent, allongé la nuit dans mon lit, je pensais à mes voisins. Je me demandais ce qu'ils faisaient à ce moment précis. Est-ce qu'ils pensaient à moi ? Je m'imaginais que je me déplaçais de maison en maison, sous le couvert de la nuit, prenant ce que je voulais chez eux, faisant ce que je voulais à n'importe qui. À cette époque, le fantasme, c'était de le faire et de s'en tirer – pas le meurtre en lui-même, mais l'exploit. À cet âge-là, je croyais toujours que je pourrais commettre le crime parfait. Ces jours-ci, le fantasme est devenu une réalité. Et c'est ça qui manque dans le profil.

J'éteins les lumières et je ferme les yeux. Je suis fatigué, mais la douleur me maintient éveillé. J'arrive à quatre moutons avant de décider que les compter est une idée idiote.

Je ne sais pas comment c'est arrivé, mais j'émerge au matin, mon réveil m'aidant à échapper à un autre cauchemar. J'ai rêvé de Melissa et de ses pinces. Chaque fois, je lui criais d'arrêter, mais rien ne l'arrêtait.

J'appelle au boulot. Non, je ne suis pas malade, mais ma mère l'est. Oui, c'est triste. Oui, je lui transmettrai vos salutations. Oui, je prendrai aussi longtemps qu'il faudra pour être certain qu'elle va mieux. Oui, oui, putain, oui. Ça fait mal de parler, et j'ai l'impression que mes couilles sont passées sous un train. Je me sers de mon seau pour uriner.

Je suis tenté de me lever boire un verre d'eau, mais la tentation disparaît devant l'idée que ça produirait plus de douleur que je ne pourrais le supporter. Au lieu de ça, je reste mort de soif jusqu'à ce que je retombe finalement dans le sommeil. Quand je me réveille, je suis couvert de transpiration. Draps et couverture sont trempés, mon visage est collant. Je suis tellement assoiffé que je tords les draps pour essayer de sucer ma sueur. Comme je n'arrive pas à en tirer assez d'humidité, je jette un regard vers mon seau d'urine, mais je ne peux pas me résoudre à faire ça.

Je me lève en titubant et je marche comme un zombie vers l'évier pour le gratifier de ma présence. Je vomis dedans avant d'avoir eu le temps de remplir un verre d'eau et de le vider. Je le remplis à nouveau. Je rince l'évier. Puis je vomis de nouveau. Le plan de travail de la cuisine est propre. Je n'arrive pas à me souvenir de l'avoir nettoyé. En fait, on dirait que j'ai nettoyé l'appartement entier. Mais putain, qu'est-ce que j'ai bien pu foutre pendant que j'étais dans les vapes ?

Pendant que j'essaie de faire glisser lentement mes pieds vers le canapé, je trébuche et la douleur explose dans mon bas-ventre au moment où je m'étale sur le plancher. Le monde disparaît, et, quand je reviens à moi, je suis au lit. Un verre d'eau avec des restes de glaçons dedans est posé sur ma table de nuit, à côté d'un flacon de médicaments sans étiquette. Plusieurs heures ont passé.

Je sors un des cachets. C'est forcément un antibiotique quelconque. Je l'avale avec un peu d'eau. Je ferme les yeux. Je ne sais même plus ce qui est réel.

Je sors du lit, m'appuie contre le canapé et verse un peu de nourriture à poissons dans l'aquarium. Je ne traîne pas devant pour les regarder manger. J'inspecte l'appartement. Mes vêtements ont été lavés et pliés. Les draps ont très peu de traces de sang. J'examine le pansement autour de ma blessure. Il me semble qu'il y a moins de sang dessus qu'hier. Est-ce que Melissa a changé le pansement quand elle m'a aidé à me remettre au lit ? Ou ai-je changé le pansement moi-même en y retournant ? Bon Dieu, qu'est-ce qui ne va pas chez moi ? Je m'évanouis au moment où j'atteins le lit.

Quand j'émerge, je prends le téléphone et compose le numéro.

« Joe ? C'est toi ?

— Ouais, maman. Écoute, je ne peux pas venir dîner ce soir. »

C'est un énorme effort de parler, mais je fais de mon mieux pour avoir l'air aussi normal que peut l'être un mec qui n'a plus qu'une couille qui fonctionne.

« J'ai fait du pain de viande, Joe. Tu adores le pain de viande.

— Exact.

— Ça ne me dérange pas de te cuisiner du pain de viande. Tu l'aimes bien, pas vrai ?

— Bien sûr, maman, mais...

— Ton père n'a jamais apprécié mon pain de viande. Disait qu'il avait le goût d'une semelle de caoutchouc.

— Maman…

— Parce que si tu l'aimes pas, tu n'as qu'à me le dire. »

Mais, bon Dieu, qu'est-ce qui lui prend, bordel ? « Écoute, maman, je ne peux pas venir. Je suis débordé de boulot.

— Comment est-ce que tu peux être débordé de boulot ? Tu vends des voitures. Écoute, Joe, je peux préparer autre chose si tu préfères. Ça te plairait que je fasse des spaghettis bolognaise ? »

Au début, je ne sais pas bien de quoi elle parle, et puis je me souviens que ces dernières années je lui ai dit que je vendais des voitures. Je me rends compte que je serre le combiné au point de l'écraser.

« Je ne peux pas passer, maman.

— À 7 heures, alors ?

— Je peux pas venir.

— Le supermarché a du poulet en promo. Tu crois que je devrais en acheter ? »

Je secoue la tête, en grinçant des dents. Mes couilles me lancent.

« Comme tu veux.

— Les poulets de cette marque sont très bon marché.

— Prends-en alors.

— Tu crois que je devrais ?

— Bien sûr.

— Tu veux que j'en achète aussi pour toi ?

— Non.

— Ça ne me gêne pas.

— Je n'en ai pas besoin, maman.

255

— Est-ce que tu te sens bien, Joe? Tu m'as l'air malade.

— Je suis fatigué. C'est tout.

— Tu as besoin de plus de sommeil. J'ai exactement ce qu'il te faut. Tu veux que je passe te le porter?

— Non.

— Tu ne veux pas que je voie ton appartement? Tu fais des trucs gay, là-bas, Joe? Tu as un de ces homosexuels qui vit avec toi?

— Je ne suis pas gay, maman.

— Alors qu'est-ce que je suis supposée faire avec ce pain de viande? Le jeter, je suppose?

— Congèle-le.

— Je ne peux pas le congeler.

— Je viendrai lundi prochain, maman. Je te promets.

— J'y croirai quand je le verrai. Au revoir, Joe.

— Au revoir, maman. »

Je suis en nage. Je suis aussi très étonné qu'elle ait dit au revoir la première. Je regarde le seau. L'odeur d'urine a disparu. L'eau a l'air claire. Je pisse dedans. Mon bas-ventre palpite.

Raccrocher le téléphone me fait me souvenir. Quand je suis revenu du parc, je suis presque certain d'avoir passé un coup de téléphone. Mais à qui?

Sally?

Je me lève et marche jusqu'au frigo. Son numéro est toujours là, mais sur le papier il y a des traces de sang. Je suis revenu à la maison. Je crevais de douleur. J'ai passé un coup de téléphone. Je pense que j'ai passé un coup de fil.

Je retourne au lit. Mon testicule a disparu, et quand j'essaie de me revoir en train de le sectionner, j'aperçois d'abord Melissa derrière un masque de chirurgien, puis Sally derrière un autre masque. Je me demande où je l'ai mis. Où elles l'ont mis ? Lumière et obscurité, sommeil et éveil, conscience de tout et puis de rien. Je glisse à travers cette existence du mieux que je peux, ne me souciant pas de compter les heures, au cas où elles ne passeraient pas. À d'autres moments, je suis debout devant Cornichon et Jéhovah – même pas conscient de m'être levé et de m'être approché d'eux –, les regardant nager et me demandant : un poisson rouge à qui on enlèverait un testicule, s'en souviendrait-il ? Mon testicule est parti et avec lui ma santé mentale. Le premier ne reviendra jamais. Je m'accroche à l'espoir pour cette dernière.

Mon signal d'alarme interne me réveille à 7 h 30 lundi matin. Une semaine entière a passé. En un clin d'œil. Je sors du lit et me retrouve à marcher bien mieux que de toute la semaine.

Je reprends ma routine normale des jours de semaine. Je me douche et me rase, mais ça prend un petit peu plus longtemps que d'habitude. Je me fais des toasts. Je nourris mes poissons. Mon appartement ne sent pas aussi mauvais que j'aurais pu penser. Le seau dans lequel j'ai pissé a l'air de n'avoir été utilisé que quelques fois. Quand je vais pour me préparer à déjeuner, je découvre que presque toute la nourriture a disparu de ma cuisine.

L'escalier est difficile, et je dois batailler pour descendre, mais j'y arrive sans que du sang n'apparaisse sur le devant de ma combinaison de travail. Je dois expliquer à M. Stanley pourquoi je ne l'ai pas vu depuis une semaine. Ouais, ma maman a été malade. Dans le bus qui secoue, ce qui reste de ma bourse gauche menace de se rouvrir. Ce qu'il me faudrait, c'est un tampon pour hommes. Ou une machine à remonter le temps.

M. Stanley me laisse descendre du bus. Je claudique en traversant la chaussée et je me prépare à commencer une nouvelle semaine de travail.

30

« J'ai entendu dire que tu étais revenu travailler », dit Sally, et son visage semble être déchiré entre essayer d'avoir l'air heureuse et inquiète en même temps.

Je suis en bas, dans les cellules de dégrisement, passant le balai à franges d'avant en arrière pour tenter d'enlever le vomi et la pisse que les ivrognes du week-end ont étalé partout. De tout ce que je fais ici, c'est vraiment la pire chose. Chaque mois, une équipe de techniciens de surface industriels vient pour faire un nettoyage complet des cellules, mais c'est étonnant comme les murs de béton peint et le sol en ciment arrivent à absorber l'odeur du vomi et de la merde.

J'ôte le masque qui protège mon visage de cette bon Dieu d'horrible odeur. Les cellules, avec leurs portes de métal et leurs parois de béton, sont satanément froides même au beau milieu de l'été, et l'air glacial fait se resserrer mon unique couille.

« Ma mère va mieux, je dis, sachant qu'elle doit avoir entendu dire pourquoi j'étais absent.

— Pardon ?

— Ma mère. Elle était malade toute la semaine. C'est pour ça que je n'étais pas là.

— Ta mère était malade ?

— Ouais. Je pensais que tu en avais entendu parler. C'est pour ça que j'étais pas là. Tout le monde est au courant, je crois.

— Oh, bien sûr, je comprends », elle dit en chuchotant, en murmurant le « oh » et le « je », faisant ressembler tout ça à une conspiration. Comme si on avait une histoire d'amour. « Ta mère était malade. C'est pour ça que tu devais prendre une semaine.

— Ouais. C'est ce que je viens de dire », je réponds, et quelque chose dans sa manière de parler ne va pas, mais alors pas du tout.

— Et elle va mieux maintenant ?

— Bien sûr », je réponds, en articulant et en hochant lentement la tête, comme si je réfléchissais. Est-ce qu'elle sait ce qui s'est passé ? Est-ce que cette fille avec un QI de 70 est venue chez moi pour m'opérer ?

« Et comment vas-tu, Joe ? Tu te sens mieux aussi ?

— Je me débrouille. Le temps soigne toutes les blessures – c'est ce que dit ma maman.

— C'est vrai. Écoute, Joe, souviens-toi que si tu as besoin de quoi que ce soit, si tu as besoin d'aide avec… ta mère… tu n'as qu'à me le dire. »

Évidemment, le genre d'aide dont j'aurais vraiment besoin avec ma mère n'est pas exactement le type d'aide qu'elle pourrait m'apporter. Pourtant, s'il existait plus de gens comme Sally, peut-être que le monde serait un endroit plus agréable à vivre. Le problème, c'est qu'elle s'exprime comme si on partageait le Grand Secret, celui où Joe s'est réveillé un matin dans un parc après avoir eu son testicule aplati dans une paire de pinces, et qu'il a dû se débrouiller tout seul pour rentrer chez lui.

« Joe ? »

Pourtant, je n'arrive pas à imaginer qu'il y ait un secret que Sally et moi pourrions partager. C'est juste Sally qui fait sa Sally. Elle essaie juste de m'aider avec ma mère exactement comme elle m'aide en me portant à déjeuner. Elle essaie juste de trouver le chemin qui m'amènera au lit avec elle.

« Joe ? Ça va ?

— Ça va, oui, je réponds. Je ferais mieux de me remettre au boulot, Sally.

— OK », elle répond, mais elle ne bouge pas. Elle me fixe et je finis par baisser les yeux vers le sol, ne voulant pas croiser son regard au cas où elle prendrait ça comme un signal pour commencer à se déshabiller.

« Je peux te demander quelque chose de personnel, Joe ? »

Non.

« Oui.

— Est-ce que tu trouves les meurtres fascinants ? »

Oui.

« Non.

— Et l'enquête en cours ?

— Laquelle ?

— Le Boucher de Christchurch.

— Il doit être intelligent.

— Pourquoi tu dis ça ?

— Parce qu'ils ne l'ont pas attrapé. Parce qu'il continue à leur échapper. Il doit être vraiment malin.

— Oui, peut-être. Ça t'intéresse ?

— Pas vraiment.

— Est-ce que tu as… regardé certains des dossiers ? Les photos des femmes mortes ? Des choses comme ça ?

— J'ai vu des photos sur le mur dans la salle de réunion. C'est tout. Elles sont horribles.

— Si quelqu'un te force à voler parce qu'il te fait du mal, alors ce n'est pas vraiment du vol. Et la meilleure chose à faire est d'aller à la police. »

Je ne sais pas quelle intuition elle vient d'avoir, mais ça n'a aucun sens. Elle est en train de rabâcher l'espèce de morale chrétienne de merde que quelqu'un l'a forcée à ingurgiter. Elle n'a même pas idée de ce dont on parle maintenant. Elle pourrait dire que tuer c'est mal, que la vengeance appartient à Dieu, que de l'invoquer en vain, c'est mal, que vendre ta sœur en esclavage, c'est pas bien du tout. Toutes ces choses sont dans la Bible et, pour je ne sais quelle raison, elle s'imagine qu'on est en train de débattre sur ça.

« Tu as raison, Sally. Si quelqu'un te forçait à faire quelque chose que tu ne veux pas faire, ce serait mal. La police aide les gens quand des choses leur arrivent. »

Bien évidemment, ils n'en font rien. Je peux vous le garantir. J'ai même des photos qui le prouvent.

Je ne sais plus quoi dire et je finis donc par hausser les épaules. Elle semble prendre ça comme une espèce de réponse à un dilemme confus qui s'agite dans sa tête, parce qu'elle sourit, me dit qu'elle doit retourner travailler et s'en va.

Sally disparaît, mais ma paranoïa demeure : la pensée antérieure qu'elle aurait pu venir chez moi suffit à me filer la nausée. Si jamais Sally est vraiment venue dans mon appartement, alors je vais sans doute devoir lui rendre cette faveur. Il y a des choses qu'elle a pu voir, des choses que j'ai pu lui dire qui signifient qu'une visite chez elle au milieu de la nuit serait souhaitable.

Je m'assois sur le banc de la cellule que j'étais en train de nettoyer et j'appuie mon front sur le manche à balai. Durant les minutes qui suivent, je réussis peu à peu à me convaincre que je deviens fou. C'est absolument impossible que Sally soit venue dans mon appartement. Si elle l'avait fait, elle n'aurait jamais été capable de se taire. Elle m'aurait demandé comment va mon testicule. Elle penserait que le simple fait de m'avoir vu nu signifie que nous n'allons pas tarder à nous marier. Sally est bien trop attardée pour m'avoir aidé, trop innocente pour ne pas avoir appelé la police, trop amoureuse de moi pour n'être pas restée à mes côtés chaque minute de la semaine où j'étais cloué au lit. Et je n'arrive pas à imaginer Sally se débrouillant pour trouver des antibiotiques. Non, cela ne peut être que Melissa. Ce qui veut dire qu'elle complote encore quelque chose.

Avant le déjeuner, je passe vingt minutes dans la salle de réunion, examinant les informations et échangeant mes microcassettes pendant que je nettoie les vitres et que j'essuie les stores. Je lis des rapports, je regarde des photos, en m'assurant que personne ne me voit.

Je découvre que plusieurs prostituées ont été approchées, en relation avec les meurtres. Hmm… intéressant. On leur a posé des questions sur leurs clients. Est-ce qu'il y avait quelqu'un avec des manies bizarres ? Quelqu'un qui adore les actes sexuels pervers ? Quelqu'un de très violent, avec des demandes inhabituelles ? Cet effort est bien faible et vain. Ils espèrent qu'à un moment de ma vie j'aurais avoué mes aspirations sexuelles à une pute. Jamais je ne ferais ça. Je veux dire, jamais je ne ferais ça en laissant cette femme en vie, après.

Les prostituées ont fourni une liste à la police. Une liste extrêmement brève. Pas beaucoup de noms et, jusqu'ici, pas beaucoup de pistes.

Avant la fin de ma journée de travail, je réussis à m'emparer de quatre photos couleur, une de chacun des quatre hommes sur ma liste. Schroder et McCoy ont des photos récentes dans leurs dossiers, mais c'est une galère de trouver des photos récentes des deux autres – jusqu'à ce que je réalise qu'ils ont forcément été photographiés par des journalistes et des cameramen durant ces dernières semaines. Pendant que je passe l'aspirateur dans une salle à l'étage au-dessus, je me sers d'Internet et je fouille dans des sites de journaux, jusqu'à ce que je trouve des photos assez potables pour être imprimées.

Quand je quitte le travail, Sally me propose de me ramener en voiture, et je décline l'invitation. Je renonce à mon bus habituel et je m'arrête dans une banque pour retirer du cash, me disant que je vais en avoir besoin ce soir. Entrer dans la banque, c'est un peu comme pénétrer dans une petite réserve naturelle. Avec ces grandes plantes en pot qui montent jusqu'au plafond, brillamment éclairées par des halogènes, et plusieurs petites regroupées dans le reste de l'espace disponible, je ne serais pas surpris que des animaux sauvages vivent là-dedans. Alignée du comptoir jusqu'au mur, il y a une queue de gens auxquels je ne veux pas me mêler, mais je n'ai pas le choix. On reste tous en ligne sans oser entamer la conversation, parce que si l'un d'entre nous le faisait, il passerait pour un fou. Finalement, la queue avance peu à peu, et j'arrive devant la caissière. C'est une femme grande et masculine avec des mains énormes, qui me sourit beaucoup, mais même un million de sourires ne me feraient jamais me faufiler chez elle en pleine nuit.

De la banque, je remonte la rue jusqu'à un supermarché car mon stock de provisions est presque totalement moisi. Je traîne dans les rayons, m'autorisant une légère claudication maintenant que je suis loin du boulot. Ça fait bizarre de me trouver ici, comme si j'avais glissé dans une tranche de vie à laquelle je n'ai pas droit, comme si le supermarché pour les serial killers et les hommes qui ont été agressés avec une pince est bien celui qui se trouve au bout de la rue, à côté du traiteur. Je mate les jolies femmes en faisant mes courses et je commence à me sentir mal. Ces femmes riraient de moi si je les attaquais. Elles m'appelleraient « noix molles » ou même peut-être « n'a qu'une couille ».

Je paie mes achats en liquide puisque je n'ai jamais possédé la moindre carte de crédit. La fille à la caisse me sourit et me demande comment ça va. J'ai envie d'ouvrir ma braguette et de lui montrer comment ça va pour de vrai. Je suis fou furieux. La gauche était ma préférée.

Je reprends le bus et les secousses menacent de rouvrir mon testicule. Quand j'arrive à mon immeuble, il me faut cinq bonnes minutes pour grimper l'escalier. Nettement plus dur que de le descendre. J'entre dans mon appartement. La lumière du répondeur clignote. Un reste de soleil fait un arc par la fenêtre. Au moins, l'endroit ne pue plus le désinfectant et la vieille pisse. Je sens les restes de nourriture qui commencent à pourrir. J'ouvre une fenêtre avant de jeter la vieille bouffe et de la remplacer par la nouvelle. Je m'assois dans le canapé et j'essaie de me détendre, de récupérer un peu d'énergie. Cornichon et Jéhovah nagent pour moi après avoir intégralement avalé leur nourriture.

J'appuie sur le bouton du répondeur, craignant ce que maman va dire, mais c'est la femme du cabinet vétérinaire. Jennifer. Elle m'annonce que le chat a complètement récupéré. Elle veut savoir exactement où j'ai trouvé ce pauvre petit minet, veut savoir aussi si je connais quelqu'un qui a envie d'un chat. Me dit de l'appeler quand je rentrerai ce soir. Elle travaille jusqu'à 2 heures du matin.

Est-ce que je veux un putain de chat ? Pas vraiment, mais je suis devenu responsable de lui, en quelque sorte. Je me demande si je ne pourrais pas le refiler à maman. Il lui tiendrait compagnie. Ce qui veut dire qu'elle n'éprouverait peut-être plus le besoin de m'appeler toutes les deux minutes pour me demander pourquoi je ne l'aime pas. Bordel, elle pourrait même faire du pain de viande tous les jours pour ce bâtard à poils.

Malheureusement, elle penserait que je cherche un moyen détourné de la tuer – le chat lui donnerait des allergies ou la ferait suffoquer la nuit, ou mettrait de la mort-aux-rats dans son café.

Au bout de quatre sonneries, Jennifer répond, et sa voix prend soudain un ton enthousiaste quand je m'identifie. De sa voix séduisante, elle m'explique tout ce qu'elle m'a déjà précisé sur le répondeur. Elle rend la chirurgie féline sexy. Elle veut savoir si je compte garder le chat, et, tout du long, j'ai la sensation qu'elle n'est qu'à trois pas de me proposer de coucher avec elle. Je lui demande ce qu'ils vont faire du chat si je ne le prends pas. Elle dit qu'il ira dans un refuge. Je ne demande pas ce qui se passera au refuge. Je lui dis que je vais le garder, et elle me répond que le monde serait nettement plus agréable s'il y avait plus de gens comme moi. On se souhaite bonsoir et on raccroche. Je m'attends à ce qu'elle dise « non, tu raccroches d'abord », mais, heureusement, ça n'arrive pas.

À 18 heures, j'arrive chez maman. Nous avons le genre de conversation qui me fait me demander comment diable elle peut être vraiment ma mère. Nous dînons, et ensuite il faut que je la regarde faire un peu de son puzzle, pendant trente minutes, avant qu'elle ne rejoigne ses amis du soap. Je me sens brusquement malade, et je tente de m'excuser auprès de maman et de son lundi soir. Finalement, au milieu de ses complaintes comme quoi je ne la traite jamais bien, je réussis à sortir. La soirée s'est assombrie, et une pluie légère commence à humidifier l'atmosphère.

Je reprends un bus vers le centre, gardant la main sur ma mallette tout le long du trajet. Je fais un détour pour passer devant la maison de Daniela Walker, et ça n'a pas l'air de l'embêter. Deux rues plus loin, je vole une voiture. Il est près de 22 heures quand j'atteins Manchester Street, armé de photos et de cash. Des filles arpentent les rues, certaines commencent à bosser, alors que d'autres reviennent de séances de dix ou quinze minutes assises dans des voitures garées dans des ruelles sombres. Au fond de ma tête, je continue à me demander si c'est une ligne d'investigation valable. Ça n'a pas marché pour la police. Pourquoi est-ce que ça marcherait pour moi ? Pour commencer, j'ai des photos à leur montrer. Les inspecteurs n'en avaient pas. Les prostituées ont peut-être besoin de stimulation visuelle pour raviver leur mémoire.

J'évite les salons de massage ou les femmes sont encadrées par des types violents avec de l'argent sale et une très mauvaise réputation. Là-bas, les hommes qui les fréquentent, s'ils ne sont pas des habitués, sont mis sous surveillance ou au moins repérés. Ce n'est pas un endroit qu'un flic irait fréquenter, sauf s'il échange le sexe contre de la complaisance. L'autre facteur que je dois considérer, c'est la disponibilité des femmes prêtes à vivre le fantasme pervers du tueur. Ce genre de chose ne peut pas avoir lieu dans des petits salons sans que plein de gens ne soient au courant. Un policier ne voudrait pas subir des représailles, du style chantage ou extorsion. La première pute à qui je parle a une voix profonde qui fait presque peur. Elle ne se nomme pas, et c'est tant mieux. Même après m'être présenté comme policier, elle continue à me demander si je veux la baiser. Je dis non. Elle me montre un bout de sein et je redis non. Même si mes testicules étaient intacts, je ne les approcherais jamais d'elle. Elle ne reconnaît personne sur les photos.

La deuxième prostituée non plus. À ce moment, je décide de ne plus dire que je suis policier, mais juste un citoyen inquiet. Elle porte une perruque rouge assez épaisse pour cacher un petit sac à main.

Je vais de salopes en putes, d'entraîneuses en défoncées, leur montrant mes photos et n'obtenant aucune réponse utile de personne. Ma couille commence à me lancer, à force de marcher de carrefour en carrefour.

De toutes les prostituées auxquelles je parle, pas une ne reconnaît formellement aucun des quatre hommes. Certaines ont du mal à se souvenir. Je leur donne un peu de fric, mais ça n'aide en rien. Je traverse une mauvaise passe. Le flingue. Le couteau. Et voilà maintenant que je paie pour des informations que je n'obtiens même pas.

Lundi soir est à moins d'une heure de mardi matin quand ma chance commence à tourner.

Je tombe sur deux prostituées qui semblent réellement reconnaître l'un des quatre, ce qui fait taire la petite voix qui me disait que je perdais mon temps. La petite voix se remet à murmurer, pourtant, quand chacune d'elles reconnaît une photo différente.

La première fille, Candy (eh oui... sur soixante putes, j'ai entendu peut-être sept fois ce prénom) désigne l'inspecteur Schroder. Je ne peux pas être certain qu'elle le reconnaisse parce qu'il l'a sûrement interrogée la semaine dernière pour les mêmes raisons. Pour 400 dollars, Candy accepte de me montrer ce qu'elle a laissé Schroder lui faire.

La seconde fille, Becky, désigne l'un des deux flics qui ne sont pas d'ici. L'inspecteur Calhoun. D'Auckland. Robert. Je lui demande ce qu'il voulait. Elle dit que pour 2 000 dollars, je pourrai le découvrir. 2 000 dollars, au lieu de 400. Je me dis qu'une pute réclamant 2 000 dollars doit avoir un putain de répertoire.

2 000. Bien sûr. Pourquoi pas? J'ai le fric.

J'emmène Becky jusqu'à ma voiture et je la conduis jusqu'à la maison des Walker. J'y suis passé plus tôt dans la soirée, juste avant de voler la voiture. J'ai ôté les bandes plastique de la police et caché toutes les petites étiquettes de marquage. J'ai vérifié au commissariat que la maison n'était plus sous surveillance. La réponse était non. J'ouvre la porte et l'odeur me frappe à nouveau. Cet endroit a besoin d'être aéré.

Becky ne fait pas allusion à l'odeur. Peut-être qu'elle ne la remarque pas.

On entre dans la cuisine et on papote pendant que je lui offre un verre.

Becky a l'air d'avoir à peine plus de 20 ans, mais j'imagine que son existence lui a donné la maturité d'une femme de deux fois son âge. Elle a des cheveux noirs tout raides qui lui tombent sur les épaules. Ses yeux sont légèrement injectés, mais en eux brillent les résidus d'une intelligence triste. Ils sont vert pâle, et on dirait qu'ils feraient une belle paire de billes. Elle porte une minijupe de cuir noir très courte, très serrée. Des bottes de cuir noir jusqu'aux genoux. Pas de soutien-gorge, et un chemisier rouge sombre qui ne fait pas beaucoup d'efforts pour cacher ses seins fermes. Par-dessus, elle porte une fine veste de cuir noir au col relevé, avec environ un million de minuscules pompons qui pendent dessus. J'adore la touche d'ironie du petit crucifix en argent accroché autour de son cou. La collection de bagues bon marché qui ornent ses doigts a l'air d'être en plastique. Ses diamants sont du zircon, peut-être même du verre. Elle a un petit sac à main qui est probablement plein de capotes, d'argent et de mouchoirs en papier.

Mes jambes me font mal d'avoir autant marché, et, plus grave, mon entrejambe est en train de me tuer. Je m'assois devant la table de la cuisine, face à elle, et je bois lentement ma bière. Comme demandé plus tôt, j'ouvre mon portefeuille et j'en sors 2 000 dollars. J'en avais retiré 3 000 à la banque. Et là, maintenant, j'en tends les deux tiers à Becky.

Je me dis que je les récupérerai.

Elle est assise en face de moi et, tout en buvant sa bière, elle compte l'argent deux fois, comme si elle pensait que j'étais en train de l'arnaquer. Je regarde son visage pendant qu'elle examine chaque billet. Ses lèvres remuent quand elle compte. Un sourire se dessine sur sa bouche. Je l'ai déjà payée et elle n'a encore rien fait. Je vois très bien qu'elle va raccourcir sa version de l'érotisme partagé avec l'inspecteur Robert Calhoun. Je vois aussi qu'elle est déjà en train de dépenser le fric. Elle doit s'imaginer prendre une semaine de congé ou s'acheter un billet pour les îles Fidji.

« On commence ? » je demande.

Elle enlève sa veste. « Tu veux faire ça ici ?

— À l'étage. »

Je ramasse ma mallette et je monte l'escalier. Une fois en haut, je me dirige vers la chambre des parents, mais je m'arrête, fais demi-tour et entre plutôt dans la chambre des mômes.

« On étouffe ici, elle dit.

— J'avais pas remarqué. »

J'entre dans la chambre des enfants.

« Là-dessus ? elle fait, jetant son sac sur l'un des deux petits lits.

— Tu as besoin de plus de place ? »

Elle fait non de la tête. « Un peu pervers, non ?

— Un peu, oui. » Je suis d'accord avec elle.

Ici ce sera bien pour deux raisons. D'abord, je désire varier un peu les choses dans cette maison. D'abord, la vie est une routine, etc., etc. Ensuite, les draps ne sont pas imprégnés de l'odeur de la mort.

On s'assoit chacun sur un lit. Elle commence par s'allonger pour que je puisse regarder sous sa robe. Elle ne porte pas de culotte, pour un accès plus rapide.

« Qu'est-ce que tu peux me dire sur lui ? je demande.

— Sur qui ?

— L'homme sur la photo.

— Qu'est-ce que tu veux savoir ?

— Tout. »

Elle hausse les épaules. A l'air déçue, même si je ne sais pas de quoi. Ne préfère-t-elle pas être payée pour parler plutôt que pour agir ?

« Eh bien, il m'a filé 2 000 dollars pour lui laisser faire à peu près tout ce qu'il voulait.

— Avec 2 000, on peut avoir ça ?

— 2 000 dollars peuvent t'offrir beaucoup, chéri. »

Sans doute. « Combien de fois est-ce que tu l'as vu ?

— Juste une fois.

— Quand ?

— Je ne sais pas.

— Eh bien, réfléchis.

— Ça pourrait être il y a un mois. Peut-être deux. »

Pour une femme comme ça, le temps n'a pas trop de signification. Elle a probablement un bébé à la maison, dont s'occupe une amie ravagée par la dope, qui a quitté le business, mais qui est trop salement paresseuse pour aider sa copine à le quitter aussi. Becky va dépenser son fric en cigarettes et en herbe, et elle enfilera une de ses robes de hippie pour fumer devant son bébé. Elle se trouvera deux ou trois mecs – chacun avec un casier pour cambriolage, possession de drogue et violence. Elle aura des bleus sur les cuisses qui ne guériront jamais, mais la douleur sera masquée par la dope. Elle n'aura plus d'autre but à long terme que rester en vie dans ce monde infesté par la drogue. Sortir du cauchemar dans lequel elle vit, ce serait s'éveiller à une réalité qu'elle n'avait jamais pu imaginer quand elle était petite fille. La vie n'était pas censée tourner comme ça. Elle aussi, elle était la petite princesse de son papa.

Je connais ces gens. Ils n'ont pas d'autre utilité envers la communauté que de bouffer de l'espace. Ils pondent des bébés à tour de bras, pas parce qu'ils ne peuvent pas s'offrir de contraceptifs avec leurs allocs entièrement consacrées à s'envoyer en l'air, mais parce qu'avec chaque nouveau bébé ils reçoivent une augmentation de ces allocs gouvernementales qui ne suffisent jamais à élever un enfant correctement. Tel est le monde de Becky. Certaines ne peuvent tout simplement pas s'en échapper ou ne connaissent aucune alternative. Je me demande si elle sait même qu'elle est prise au piège.

Ce soir, je vais lui offrir une échappatoire à la douleur de la vie.

C'est mon humanité.

31

La chambre des enfants est pleine de tous ces jolis objets joyeux que je n'ai jamais eus quand j'étais môme. Des posters de personnages de dessins animés sont agrafés sur les murs ; ils se courent après avec des sourires stupides et des postures homosexuelles. Même les couvre-lits sont spéciaux. Eux aussi ont des personnages qui courent dessus, figés dans une posture sur-excitée. Le radio-réveil sur le petit bureau bleu est en forme de clown. Ses yeux bougent d'avant en arrière, comptant les minutes qui ont passé depuis que les occupants de cette chambre ont perdu leur mère. Mais le clown ne le sait pas. Il continue à sourire, ses lèvres d'un rouge éclatant sont presque de la même teinte que celles de Becky, ses yeux glissent de droite à gauche, de gauche à droite, cherchant quelque chose qu'il ne trouvera jamais. Des jouets de toutes les couleurs sont dispersés sur le sol. De gros ours en peluche troués ont l'air d'avoir été massacrés par des petits soldats, leurs corps étalés dans ce chaos digne d'un champ de bataille. Des piles de jeux de société en plastique sont rangées dans un coin. Un de ces jeux est ouvert par terre, et ses pièces sont dispersées sur le tapis. Une bibliothèque contenant plus de jouets que de livres est coincée contre un des murs.

Les principales couleurs de la pièce sont le bleu et le rose pâle. Des teintes relaxantes, du moins le croient-ils. Ils ont dépensé des milliers de dollars en études pour le prouver. Les couleurs heureuses engendrent des enfants heureux. Quand j'étais môme, j'avais des murs gris dans ma chambre. Si vous aviez collé un poster, j'aurais été mis au piquet. Et pourtant, regardez comme je suis heureux. J'aurais pu épargner beaucoup de fric à ces chercheurs s'ils étaient venus me voir en premier.

« Tu penses que tu l'as vu, il y a deux mois ? je demande, en reprenant son hésitation.

— Ouais. Je crois bien.

— J'aurais imaginé que tu te souviendrais d'un client qui payait 2 000 dollars. »

Elle hausse les épaules. « Imagine ce que tu veux. Je me souviens plus du fric que de quoi que ce soit d'autre.

— C'est quoi son nom ?

— Son nom ? Mais qu'y a-t-il dans un nom ?

— Tout », je dis, me demandant si elle essaie de citer Shakespeare. Je décide que je ne peux pas lui accorder cette intelligence et je le range dans la case « coup de chance ». Et pourtant, je trouve ça déstabilisant. Est-ce qu'une pute pourrait être aussi intelligente ?

Elle hausse les épaules. « Il ne me l'a pas dit.

— Qu'est-ce qu'il t'a dit ?

— Juste ce qu'il voulait.

— Et c'était quoi ? »

Elle me raconte. C'est si imagé que j'en rougis presque. « Et tu lui as fait *ça* pour 2 000 ?

— Ouais. »

Je n'arrive pas à discerner si c'était une bonne affaire ou pas. Ce que je comprends parfaitement, c'est la similitude entre cette rencontre et la mort de Daniela Walker. Même signature.

« Où est-ce qu'il t'a emmenée ?

— Je croyais que je venais d'expliquer tout ça. »

Je secoue la tête. « Je veux dire, est-ce qu'il t'a ramenée chez lui ou chez toi, ou dans une chambre de motel, ou ailleurs ?

— Ah, ça. Eh ben, c'était une chambre de motel. On ne va pas chez les mecs, en général.

— Tu te souviens du motel ?

— Un endroit minable à l'autre bout de la ville. L'Everblue. Tu connais ? »

J'acquiesce. Jamais été là-bas, mais suis passé devant quelques fois. « Il a pris une chambre quand vous y êtes allés ?

— Non. Il en avait déjà une. On a roulé, on s'est garés et on est entrés direct dans sa chambre.

— Il vivait là ?

— Hein ?

— Tu as vu des valises ? Des fringues de rechange ?

— Non, mais je n'ai pas regardé. »

Je me dis qu'il ne devait pas habiter là. L'Everblue est un bouge qui loue des chambres à l'heure, pas pour la nuit entière, à des gens comme Becky et ses collègues. Becky semble prête à m'en dire plus maintenant. Avant, elle était sur la défensive, prenant garde à tout. Désormais, elle sent qu'elle va se faire 2 000 dollars rien qu'en causant, et, après son explication candide des exigences perverses de Calhoun, elle n'a plus de raison de se retenir.

« Où est-ce qu'il t'a ramassée ?

— Même endroit que toi.

« — Y avait quelqu'un d'autre dans les parages ?

— Personne.

— Ton mac ?

— T'es un flic ou quoi ? »

Je vois que c'est une question qu'elle a été tentée de poser d'entrée de jeu. L'appât du gain l'a arrêtée, mais maintenant qu'elle a l'argent, et peut-être un cran d'arrêt dans son sac pour le protéger, elle peut demander ce qu'elle veut.

« Qu'est-ce que ça peut te faire ?

— Si t'es un flic, c'est de l'incitation policière à commettre un délit. »

Super. Une putain d'étudiante en droit. « Je ne suis pas flic. »

Elle n'a pas l'air déçue ni soulagée par cet aveu. « Est-ce que tu vas baiser avec moi ou pas ?

— Pas encore sûr.

— Parce que je devrais te demander plus pour toutes ces questions.

— Très bien. 2 000 pour les réponses. Si je veux baiser, je paierai le tarif normal. »

Ça a l'air de lui convenir.

« Donc, est-ce que ton mac l'a vu ?

— J'ai pas de mac.

— Tu parles sérieusement ?

— Ouais. J'en avais un, mais il était plutôt violent.

— Je croyais que les filles sans mac se faisaient emmerder par celles qui en ont un.

— Ce mec était pire que les filles.

— Donc personne ne sait que tu es partie avec lui ?

— Juste lui, moi et Dieu. »

Dieu. Mmh. Je trouve intéressant qu'elle Le mentionne. Comme s'Il prenait le temps de veiller sur un rebut comme elle. Comme si qui que ce soit se souciait d'elle. Mais elle porte le crucifix autour de son cou parce qu'elle est une bonne chrétienne-qui-aime-Dieu. Ça n'a aucun sens. La bonne nouvelle, c'est qu'elle vient juste de me dire que seuls Dieu et moi savons qu'elle est ici.

« Donc tu n'as jamais su son nom ?

— Écoute, chéri, personne ne me donne son nom, et ceux qui le font, ils mentent. Et en plus, les noms et les visages, je les oublie. Je me souviens que du sexe.

— Est-ce qu'il y a quelque chose que tu peux me dire sur lui ? Quel genre de voiture il avait ? Où est-ce qu'il t'a déposée ensuite ? N'importe quoi qui pourrait m'aider.

— T'aider à quoi ? Pourquoi tu cherches ce mec ?

— Je crois que pour 2 000 dollars, je devrais être le seul à poser des questions.

— Comme tu veux.

— Alors, tu te souviens de sa voiture ?

— Vaguement. Une belle caisse. Dernier modèle.

— C'est vachement détaillé.

— Fais pas le malin.

— Tu dirais que c'était une voiture de sport ?

— Non. Une grosse bagnole. Je me rappelle que je pensais qu'il allait vouloir que je le suce sur la banquette arrière.

— Tu l'as fait ?

— Non.

— Et sur les sièges avant ?

— Non plus.

— Quelle couleur, la voiture ?

— Me rappelle pas. Mais elle était pas à lui.

— Ah bon ?

— Ouais. Je me rappelle qu'il arrêtait pas de merder avec les boutons de la climatisation. La nuit était chaude et il avait mis le putain de chauffage. Il arrivait pas à l'arrêter. »

La climatisation. C'est pourtant pas bien difficile à comprendre, non ?

« On a fait la moitié du chemin jusqu'au motel avant qu'il arrive à piger comment ça marchait. »

Donc, soit il avait volé la voiture, soit il l'avait louée. La chambre de motel payée sous un faux nom, comme la voiture s'il l'avait louée. D'un côté comme de l'autre, je n'ai aucune confirmation que c'était bien Calhoun.

« Au lieu de me ramener en ville, il m'a proposé de me déposer chez moi. C'était bizarre. La baise a été violente et carrément tordue, mais, après, il a été vraiment gentil avec moi. »

J'imagine, oui. « Tu l'as laissé te ramener chez toi ?

— Merde, pas question ! Je voulais pas qu'un détraqué comme ça sache où j'habite. Je lui ai demandé de me déposer devant un groupe d'immeubles et j'ai attendu qu'il parte pour rentrer chez moi.

— Il t'a fait vraiment mal ? »

Elle hausse les épaules. « J'ai déjà eu mal avant.

— À quel point ?

— Je pouvais plus marcher, il a fallu que je prenne un taxi pour rentrer. J'ai à peine pu marcher pendant trois jours. »

Je sais ce que c'est. « Bon Dieu, c'est pas comme s'il m'avait violée, si c'est là que tu veux en venir ! »

Prostitution et viol. Deux choses qui vont de pair pour les gens étroits d'esprit. Certaines personnes pensent même que ces filles le méritent. Certaines personnes pensent un tas d'idioties. Certains pensent même que violer une prostituée n'est pas un viol du tout. Que la seule différence, c'est si vous casquez vos 50 dollars.

« Tu en as fait l'expérience, hein ? »

Elle ne répond pas. À la place, elle me regarde et sa main va pêcher un paquet de cigarettes dans son sac avec une telle fluidité qu'à un moment ses doigts sont vides, et une fraction de seconde après ils s'accrochent au paquet.

« Ça te dérange ? »

Je fais signe que non. Je pense à l'odeur que ça va laisser. « Vas-y. »

Je remarque que ses mains tremblent légèrement. « Il m'a dit que si n'importe quel flic voulait savoir quelque chose sur lui, il fallait que je ferme ma gueule. Il a dit qu'il me tuerait si je l'ouvrais. »

Je ne comprends pas pourquoi il ne l'a pas tuée carrément. C'est le meilleur moyen pour que quelqu'un se taise. Peut-être n'avait-il pas encore atteint cette étape de sa vie.

« Alors, pourquoi tu me parles ? je demande.

— J'ai des factures à payer. »

Bien sûr, ça et le fait que l'argent gagnera toujours sur la peur, la loyauté ou toute autre connerie qui fraye son chemin dans la vie d'une prostituée. Elle sort une cigarette de son paquet, mord le filtre et sort un briquet. Elle reste silencieuse, à sucer sa cigarette. Elle laisse sortir trois ronds de fumée de ses lèvres sèches.

« T'as un cendrier quelque part ?

— À tes pieds. »

Elle fait tomber la cendre sur le tapis rouge. La femme de ménage la trouvera.

« J'arrête pas de me dire qu'il faudrait que j'arrête, un de ces quatre, lâche-t-elle en regardant sa cigarette, mais je parie qu'elle pense à la prostitution.

— C'est mortel, je dis.

— Ces temps-ci, tout est mortel. »

Elle a tellement raison. « Alors tu penses que c'était un flic ? » je demande.

Elle hausse les épaules. « Il se conduisait comme un flic.

— Comment ça ?

— Tu sais. Genre réservé. Toujours en train de mater partout pour voir si quelqu'un regardait. Gestes raides. Il savait ce qu'il faisait. Genre décidé.

— Et de ça, tu peux déduire que c'était un flic ?

— Question d'instinct. Quand il s'est pointé, au début, je ne voulais pas aller avec lui. Je pensais que j'allais me faire arrêter. Parfois tu sais exactement quand c'est un flic qui t'observe ou qui te parle.

— Tu lui as demandé s'il était flic ?

— Est-ce que c'était vraiment important ? Il aurait menti. Ce n'est que quand il m'a demandé ce qu'il voulait que j'ai compris qu'il était sérieux, que c'était pas une arrestation.

— Il t'a payée avant ou après ?

— Avant. Il m'a tendu les 2 000 avant que je monte dans la voiture. Aucun flic infiltré n'aurait jamais fait ça. »

Elle a raison. La police n'a pas ce genre de somme. « Qu'est-ce qu'il t'a dit d'autre ?

— Rien, au début. On est allés directement à l'Everblue. Je commençais à flipper un peu. Il m'avait dit ce qu'il voulait, mais, pendant qu'on roulait, je commençais à me demander s'il n'en voulait pas davantage. On allait dans un motel, on serait loin de tout le monde que je connaissais, loin de toute aide.

— Mais tu y as été quand même ?

— Évidemment. Je me disais qu'un motel, c'était plus sécurisant qu'en pleine cambrousse, et je pensais que ça valait mieux que de lui dire que j'avais changé d'avis. Certains mecs n'aiment pas du tout ça.

— Où est-ce que tu vas, normalement, si c'est pas dans un motel ?

— Pas loin de là où tu m'as ramassée. En général, je leur fais leur affaire dans une ruelle pas loin. »

D'après ce qu'elle a dit quelques minutes avant sur les préférences de Calhoun, une ruelle était loin de suffire. Avec le genre de boucan qu'ils avaient dû faire, je suis même surpris que la chambre de motel ait convenu. Mais, encore une fois, personne ne va aller se plaindre du bruit, vu que les gens dans les vingt chambres voisines font la même chose. Il y a même une chance que Calhoun ait retenu les deux chambres voisines, simplement pour limiter le nombre de gens l'entendant prendre le pied de sa vie.

Je sors la photo de ma poche de veste. « Tu es certaine que c'est le même mec que sur cette photo ? je lui demande sans la lui montrer.

— Absolument.

— À quoi il ressemble ? » je demande. Elle ne voit que le verso de la photo. Je teste sa mémoire, même si elle l'a vue une demi-heure auparavant.

« À ça, elle dit, en hochant la tête vers la photo.

— Décris-le.

— Hein ?

— Décris-le. Dis-moi à quoi il ressemble.

282

— Eh bien, il portait une chemise blanche. Une veste de sport marron clair. Un pantalon noir.

— Pas ce qu'il portait, salope…

— Hé !

— Dis-moi à quoi il ressemblait.

— Me traite pas de salope.

— Réponds juste à ma putain de question.

— Va te faire foutre ! »

D'où ça vient tout ça ? Pourquoi cette hostilité, tout à coup ?

J'ouvre la mallette. Je sors un couteau.

« Hé, qu'est-ce que tu fais ?

— Écoute-moi très attentivement, salope, parce que j'ai pas de temps à perdre. Si tu ne me dis pas ce que je veux savoir, je vais commencer à te marquer. À la fin de la soirée, plus personne ne te filera plus jamais un rond pour baiser. Le seul moyen qui te restera pour te faire un client, ce sera de porter un sac en papier sur la tête. »

J'étudie son visage, attendant une réaction. Je m'attends à de la surprise, d'accord ? Ou même qu'elle soit pétrifiée. Effrayée, peut-être. Mais elle se met à bâiller. Quand elle a fini, elle remet sa cigarette dans sa bouche et avale une pleine gorgée de fumée cancérigène, comme si elle s'en foutait pas mal. Becky a visiblement déjà été menacée auparavant.

« Tu crois que tu me fais peur ? »

Oui, je crois vraiment que je lui fais peur. Je le lui dis.

« Tu aimes ça ? elle demande.

— Hein ?

— Faire peur aux gens ?

— C'est mon boulot.

— Ah bon ! »

Je pointe la lame du couteau vers elle. Pour la première fois, je me demande si je vais l'utiliser. Il y a
quelque chose chez elle que je commence à aimer.
Non, je ne m'attendris pas et je ne vais certainement
pas lui proposer de baiser, mais je me demande s'il est
réellement nécessaire de la découper.

Je ne sais plus bien comment continuer, ce qui est
probablement ce qu'elle veut.

« Alors, qu'est-ce que tu vas faire de ces informations ? elle demande.

— Qu'est-ce que ça peut te faire ?

— Je pensais qu'un homme dans ta position aurait
été un peu plus amical. »

Un homme dans ma position. Quelle position ? Je
suis celui qui tient le couteau. Elle n'ira nulle part sans
ma permission. Ce qu'elle ne comprend pas, c'est que
ma menace n'est pas creuse, contrairement à celles des
autres losers qu'elle a baisés.

J'envisage de m'excuser, mais je ne veux pas. Je lui
avoue :

« Je pense qu'il a tué quelqu'un.

— Mon Dieu, tu es sûr ?

— Quasi sûr.

— Tu crois qu'il a tué Lisa Houston ?

— Qui ?

— Lisa Houston.

— Tu veux dire la professionnelle, il y a une semaine
ou deux ?

— Ouais.

— Je pense, oui.

— Tu es en train de me dire que c'est un flic qui l'a
tuée ? »

Bien sûr. Pourquoi pas. Elle ne peut rien faire de cette information. « Ça y ressemble beaucoup.

— Incroyable.

— Tu la connaissais ?

— On se connaît toutes, chéri.

— Tu l'aimais bien ?

— J'pouvais pas la sentir. Ça veut pas dire que je souhaitais sa mort, mais puisqu'elle est morte, je suis assez heureuse, en fait.

— Plus heureuse que Lisa, en tout cas.

— Mmh. Je crois que tu as raison. »

J'ai raison. Je suis dans la position idéale pour faire une comparaison irréfutable. « Alors, qu'est-ce que tu peux me dire sur lui ? »

Elle me fait une description détaillée. Elle le cloue sur la croix. Je lui montre la photo pour la deuxième fois. Elle confirme que c'est lui. En à peine une heure, j'ai réduit ma liste à un seul suspect. L'inspecteur Robert Calhoun. Père d'un gamin mort. Mari d'une femme déçue. Partenaire de ses désirs morbides.

On parle encore un peu. Je remets le couteau dans la mallette et je referme le rabat. Elle ne semble pas soulagée de le voir disparaître. C'est comme si elle s'en foutait complètement. Elle reste assise là à sucer sa cigarette en parlant. Et en pensant à son argent. Je visualise mes 2 000 dollars dans son sac. Je ne veux plus qu'elle les ait. Je regarde ma montre.

« Il se fait tard, chéri ? »

Je la regarde. « Ouais. »

J'ai encore plein de choses à faire ce soir, y compris aller chercher le chat.

« Alors, on fait quoi maintenant ? »

Je hausse les épaules. Si je ne récupère pas mon fric, autant en prendre pour mon argent.

« Il y a quelque chose que tu aimerais faire ? » elle demande.

Je hoche la tête. J'ai des aspirations. Ma vie est pleine de choses que j'aimerais faire.

« Ouais ? Quoi ? elle demande.

— Eh bien, je suppose qu'on pourrait se servir de la chambre. » Mais je n'ai pas envie de me servir d'elle ni de la chambre d'ailleurs. Le clown-pendule aux grands yeux mobiles continue à la regarder, puis à me regarder, puis à la regarder à nouveau. Tout ce dont j'ai envie, c'est rentrer chez moi me pieuter. Je bâille. Je me frotte les yeux du bout des doigts. « On va peut-être remettre ça à une autre fois.

— Tu es sûr ? elle demande.

— Sûr. »

Je me lève et ramasse ma mallette.

« Très bien, chéri. Si tu veux refaire ça une autre fois, hésite pas à m'appeler. »

J'éteins les lumières et je verrouille la porte d'entrée derrière moi. La bruine a cessé et le vent est froid. Probablement le plus froid qu'on ait eu depuis le début de l'année. Les gens sont tous chez eux, roulés dans leurs draps et leurs couvertures. Dans leurs rêves, des gens comme moi les poursuivent. Des gouttes d'eau reflètent les réverbères, les clôtures et ma voiture de ce soir sur les feuilles.

On se dirige vers le centre. Je ne tiens absolument pas à parler, et elle semble ne pas en avoir envie non plus, alors j'allume la radio. Il y a une chanson débile qui passe, mais je m'en fous tellement que je ne change même pas de station.

« Où est-ce que tu veux que je te dépose ?

— N'importe où. »

Je le fais ou pas ? Je n'ai toujours pas décidé. La tuer me rendra mes 2 000 dollars ; la laisser vivre m'offre la possibilité qu'elle m'aide à nouveau si j'ai besoin d'autres informations. Ça n'a rien à voir avec le dilemme que j'avais dans la maison des deux gays, mais c'est quand même un dilemme. Qu'est-ce que Dieu voudrait que je fasse ? Il voudrait probablement que je plante cette pute, mais elle est trop sympa pour ça.

Je m'arrête dans une ruelle entre deux boutiques, les phares braqués sur des dizaines de cartons, des morceaux de polystyrène et des sacs-poubelle pleins. Il y a de petites flaques avec des arcs-en-ciel dedans causés par les fumées d'échappement. Je lui souris, je me penche et j'ouvre la portière comme un gentleman. Cette femme a réduit ma liste à un seul suspect, et, pour ça, je lui suis vraiment reconnaissant. Elle me rend mon sourire et me remercie pour cette agréable soirée.

« Pas de quoi », je dis, et trente secondes plus tard, une fois que son corps est tombé sur le béton froid avec un petit bruit sourd, je remets les 2 000 dollars dans ma poche de veste. J'essuie le couteau sur sa minijupe et je remonte en voiture.

Toujours gentleman jusqu'au bout.

32

L'argent dans ma poche me fait du bien. Il me donne l'impression de valoir quelque chose, d'être quelqu'un d'important. La seule chose que je trimbale qui ne me fait pas me sentir aussi bien, c'est la culpabilité d'avoir tué Becky. Je n'arrive pas à croire avec quelle rapidité ça m'est venu. C'est comme d'avoir tordu le cou de Peluche. La seule chose qui pourrait effacer ça, ce serait que, en rentrant à la maison, je tombe sur une prostituée qui aurait été renversée par une voiture.

En reculant pour quitter la ruelle, mes phares balaient son corps chiffonné, la douleur commence à s'estomper, et quand Becky n'est plus en vue, quand je tourne et me retrouve coincé à un feu rouge, je ne me sens plus mal du tout.

J'essaie de me figurer pourquoi Calhoun a fait ce qu'il a fait, et la réponse est très simple, en fait. Son problème, c'est que la baise avec Becky la prostituée n'a pas été à la hauteur de son fantasme. Il pensait qu'il pouvait étouffer son désir de sexe violent en le faisant avec Becky, mais comme il la payait, et qu'elle faisait seulement semblant d'avoir peur, ça enlevait tout réalisme. Becky n'avait pas peur de mourir, et Calhoun le savait. Cela ne lui était peut-être pas apparu pendant plusieurs jours ou peut-être plusieurs semaines, mais à la fin il s'est retrouvé à en vouloir beaucoup, beaucoup plus. Daniela Walker lui a fourni son fantasme. Dans le processus, il a été tout à fait capable de distinguer le bien du mal, il a soupesé les conséquences et décidé que le risque valait le coup.

Je ne m'embête pas à me demander pourquoi il a tué une femme innocente et laissé passer l'occasion de tuer la prostituée, surtout quand la femme innocente était une cible plus difficile. Tout ça fait partie du jeu, partie du fantasme. C'est un besoin soudain et impérieux de se sentir complètement supérieur, si puissant, si incroyablement dominateur. Suivre Daniela jusque chez elle, l'affronter, la briser, ça a dû être une putain de bouffée d'ego.

J'ai un peu de mal à manœuvrer la voiture, mais c'est parce que Candy version deux, la pute à 400 dollars, est dans le coffre où je l'ai installée il n'y a pas si longtemps. Je me gare devant le parc où Melissa a changé ma vie avec une paire de pinces et je vais ouvrir le coffre de la voiture.

Le chemisier de Candy est couvert de sang. Ses yeux gonflés sont ouverts et me regardent, regardent à travers moi, et je me demande sur quoi exactement elle essaie de se fixer. Sa peau est si pâle qu'on dirait qu'elle a été enfermée dans le coffre pendant six mois. Par contraste, ses lèvres sont d'un rouge vif, la couleur du sang. Je referme le coffre.

Il n'y a aucune lumière allumée dans les maisons alentour, et la moitié des réverbères sont en panne. J'arrive à voir les silhouettes sombres des arbres du parc, mais aucun détail. Pas de circulation. Pas de piétons. Pas le moindre signe de vie.

J'ouvre le coffre et m'occupe de la morte. Avec mes mains gantées, je retourne son corps. Sous elle, la tache de sang ressemble à du pétrole. Je regarde encore une fois alentour. Quand j'ai claqué le coffre sur Candy un peu plus tôt, elle était en vie. Je le claque une nouvelle fois sur elle, mais, cette fois, elle est morte.

Je ne l'ai pas tuée.

Je reviens sur le côté de la voiture, sachant qu'il n'y a qu'une personne qui a pu me faire ça : Melissa. Je ne sais pas exactement quand ni pourquoi. Pour la même raison qui l'a fait venir chez moi et m'aider pour ma blessure. Elle joue avec moi. Je suis son jouet. Elle est en train de monter un truc dont je n'ai pas la moindre idée.

Je suis remonté en voiture, et je vais refermer ma portière quand un mouvement sur ma droite m'arrête. Je tourne la tête et je vois un vieil homme qui sort de l'obscurité et s'avance vers moi.

« Mon Dieu, c'est toi, Joe ? » Il fait quelques pas pour s'approcher et je lui lance un regard naturel, de haut en bas, comme si j'étais sorti acheter quelques victimes. Il a l'air d'avoir dans les 65 ou 70 ans. Sur le devant, ses cheveux gris sont peignés en arrière, mais ils sont hérissés sur la nuque. Son visage est un collage de rides longues et profondes. Il porte des lunettes qui sont cassées au milieu et qui ont l'air de tenir grâce à des petits bouts de velcro. Elles sont couvertes d'une fine couche de poussière, et je n'arrive pas à voir la couleur de ses yeux grossis. Il tend une main vers moi, pas pointée, mais avec un geste qui me fait comprendre qu'il va poser sa main sur mon bras. Le truc triste, c'est que je vais le laisser faire. Il porte une chemise de flanelle et un pantalon de velours côtelé brun. Il me semble vaguement familier. Je ne dis rien. Je ne suis pas d'humeur à faire la conversation.

« Petit Joe ? C'est bien toi, hein ? »

Je fouille dans ma mémoire, et, au même moment, on dirait que son visage miroite et devient net, un nom surgit. « Monsieur Chadwick ?

— C'est ça, fiston. Mon Dieu, j'arrive à peine à le croire ! » Il secoue la tête. « Ça alors, le petit Joe. Le gamin d'Evelyn. »

Il me tend la main. Pendant un instant, je l'imagine posée dans ma mallette avec un petit morceau de son poignet. Je sors de la voiture pour lui serrer la main, en espérant qu'il ne va pas me prendre dans ses bras.

« Comment va ta mère, Joe ? »

Je hausse les épaules. M. Chadwick a toujours été un assez brave homme, je suppose, une fois que vous passez outre les taches de vieillesse et les rides, et il a l'air assez agréable pour le moment. À son âge, il doit pas mal contempler la mort. Je devrais lui demander.

« Elle va bien, M. Chadwick.

— Appelle-moi Walt.

— Bien sûr, Walt. Maman se contente d'être maman, si vous voyez ce que je veux dire.

— Elle fait toujours des puzzles ?

— Ouais. »

Debout devant ma voiture, je commence à frissonner. Un coup d'œil rapide vers les étoiles invisibles suggère qu'il pourrait se remettre à pleuvoir. Si c'est le cas, ça va bousiller mes plans.

« Elle en fait depuis aussi longtemps que je m'en souvienne.

— Ouais, elle adore vraiment ses puzzles.

— Je parie qu'elle est devenue imbattable.

— Mais, hum, Walt... Qu'est-ce qui vous amène dehors si tard ?

— Je promène mon chien », il dit, en me montrant la laisse.

Je regarde autour de nous. « Il est où ? Dans le parc ?

— Qui ça ?

— Votre chien, Walt. »

Il secoue la tête. « Non, non, Sparky est mort il y a deux ans. »

Je ne trouve rien à répondre. Je fais de mon mieux pour penser qu'il plaisante, mais je suis à peu près certain que non. Je commence à hocher lentement la tête, comme si je comprenais totalement. Il se met à faire pareil, lentement aussi, comme un reflet de moi. Il se passe quelques secondes avant qu'il ne se remette à parler.

« Et toi, Joe ?

— Je roule, c'est tout. Vous savez comment c'est.

— Pas vraiment. Je ne conduis plus. J'ai plus conduit depuis mon attaque. Les docteurs me disent que je ne conduirai plus jamais. Tu sais, Joe, faudrait que j'aille voir ta mère. Ça, c'est une sacrée bonne femme. Ils en font plus des comme ça. »

Il s'imagine qu'ils ne font plus de cinglées ? Si, si, Walt, ils en font. Je hausse légèrement les épaules et je ne dis plus rien.

« Qu'est-ce que tu fais, ces temps-ci, Joe ?

— Je vends des voitures.

— Vraiment ? Je m'achèterais bien une bagnole », il dit, ce qui me perturbe puisqu'il vient de dire qu'il ne pouvait plus conduire, et peut-être qu'il est perturbé, lui aussi. Je suis terriblement anxieux de savoir s'il a

292

aperçu le cadavre dans le coffre. « Où c'est que tu travailles ?

— Mmmh… » Je cherche un nom. « Everblue Cars. Vous en avez entendu parler ? »

Il acquiesce en remuant lentement la tête. « Très bonne boîte, Joe. Tu dois être fier.

— Merci, Walt.

— C'est une des tiennes, là ? » Il désigne la voiture d'un mouvement du menton.

« Ouais. » Walt est un témoin. Ce brave M. Chadwick. « Vous voulez faire un tour ?

— Elle est à vendre, hein ?

— Ouais. » Je tente un prix. « 8 000. »

Il siffle. Comme les gens font quand vous leur annoncez un prix. En général, ce sifflement précède de peu le coup de pied dans le pneu.

« La vache, c'est pas cher », il dit, et il essaye de flanquer un petit coup de pied dans le pneu le plus proche, mais il le rate.

On monte en voiture. Je mets ma ceinture, et Walt se bagarre avec la sienne. Il siffle à nouveau, le temps de contempler le tableau de bord, la clim et la radio intégrée.

« Tu sais, Joe, j'ai pas revu ta mère depuis que ton papa est mort. »

Je l'envie.

« Une vraie tragédie », il ajoute, d'un ton contrarié.

Je hoche la tête à nouveau. Je veux lui dire que j'ai pensé moi aussi que c'était une tragédie. Je veux lui dire combien ça m'a fait mal quand papa nous a quittés, à quel point je voulais désespérément qu'il soit encore là, mais je ne dis rien. J'arrive juste à sortir un « Ouais », en gardant le contrôle de ma voix.

« Je t'ai jamais dit comme j'étais désolé ? »

Je n'ai aucune idée de ce qu'il m'avait dit à l'époque. De ce qui que ce soit m'avait dit. « Si, bien sûr. Merci. »

Il ouvre la bouche, mais ne dit rien. Il a l'air de réfléchir. « Comment tu t'en sors, ces temps-ci ?

— J'ai surmonté tout ça », je réponds, évitant de mentionner combien la vie était devenue vide sans lui.

Maintenant, c'est son tour de hocher la tête. « C'est bien, Joe. Quand un homme supprime sa propre vie, ça peut dévaster sa famille pendant des années. Grâce à Dieu, tu t'en es sorti et t'es devenu un bien brave jeune homme. »

Je hoche toujours la tête. Quand papa s'est suicidé, la seule chose qui m'est immédiatement venue à l'esprit, c'était de le rejoindre. Il y avait des centaines de questions mais la plus importante, c'était : « Pourquoi ? » Maman le sait, j'en suis certain. Comme je suis absolument certain qu'elle ne me le dira jamais. Le second « pourquoi » est tout aussi important : pourquoi m'a-t-il laissé seul avec maman ?

« Elle a toujours la maison de South Brighton ? »

J'arrête de hocher la tête. Je pense à mon père et je déprime. Je sais que Melissa me surveille, mais pour le moment je m'en fous complètement.

« Ouais. » Je démarre la voiture. « On fait un tour ? je demande, impatient de changer de sujet.

— Bien sûr, Joe. »

On regarde la ville défiler. La vie s'est arrêtée dans cette partie du monde. Nous ne croisons que quelques voitures sur la route. Nous passons une station-service avec une voiture de police garée devant. Walt fait la conversation, sur la voiture, la météo, et me dit que son chien mort n'arrête pas de s'enfuir.

« Bon Dieu, qui aurait bien pu penser que je tomberais sur le fils d'Evelyn ? Tu sais, Joe, je connais ta mère depuis plus de quarante ans.

— Vraiment ?

— On est tous les deux solitaires, maintenant. Solitaires et vieux. La vie est bien triste, non ?

— Triste, oui. »

Je m'arrête au nord de la ville, prenant un long ruban de route juste avant l'autoroute, où des milliers d'arbres bloquent votre vision dans toutes les directions. Ici, nous sommes absolument seuls. Ici, je peux faire ce que je veux.

« Je vais peut-être passer un coup de fil à ta mère, demain, m'inviter à dîner chez elle. »

Gardant une main sur le volant, je me penche derrière le siège du passager pour ouvrir ma mallette.

« Tu veux que je t'attrape quelque chose, Joe ?

— Non, ça va.

— Ta mère et moi, on se connaissait bien avant qu'elle rencontre ton père. Tu savais ça, Joe ?

— Non, je ne savais pas, Walt.

— Ça ne t'ennuie pas si je l'appelle ? Ça me déplairait pas de la revoir. »

Et tout d'un coup, ça me frappe si fort que j'en laisse réellement tomber le couteau. Candy est dans le coffre de la voiture, mais Walt ne le sait pas. Comment pourrait-il ? Putain, il est beaucoup trop vieux pour piger quoi que ce soit, même s'il l'avait vue, et dans ce cas il blablaterait sur elle, me posant tout un tas de questions. Je referme ma mallette. Si je laisse Walt vivre, il va passer du temps avec ma mère, et ce sera autant d'heures qu'elle ne pourra pas me consacrer.

« Qu'est-ce qui te fait sourire, Joe ?

— Rien. Tu veux conduire pour le retour, Walt ?

— Non, fiston, je te laisse conduire. »

Je repars vers la ville. On passe les mêmes arbres. La même station-service avec la même voiture de police garée devant. Walt parle pendant tout le trajet, évoquant des sujets dont je suis encore trop jeune pour me soucier. Des trucs sur les régimes, les maladies et la solitude. Il me parle de ma mère, plonge dans un passé qui existait avant qu'elle rencontre mon père. Walt parle tellement que je comprends pourquoi il s'entendait si bien avec ma mère. Ils ont tous les deux la capacité de rendre le vide encore moins intéressant qu'il ne l'est déjà. Ses phrases coulent de l'une à l'autre et se mélangent avec les indications qu'il me donne pour atteindre sa maison. La maison est petite et bien entretenue. Il semble évident que le chien mort de Walt ne chie pas partout sur la pelouse.

« J'appellerai ta mère demain matin.

— Je pense que ça lui fera plaisir. Ça lui fera quelqu'un à qui parler. Je pense qu'il y a des sujets qu'elle partagera mieux avec des gens de son âge qu'avec moi, comme la retraite et le cancer. »

Je redémarre et prends vers le sud. J'allume la stéréo et je chante fort. Au bout de dix minutes, j'engage la voiture à l'écart de la route et je m'arrête sous un bosquet. Malgré la bruine du début de soirée, l'herbe craque sous mes pieds, desséchée par le soleil du mois dernier. J'examine encore une fois le corps, espérant en apprendre quelque chose ou plus probablement y trouver un message que Melissa m'aurait laissé. Je déplace

légèrement le corps. De profondes coupures me sourient. De la chair rouge sombre luit sous d'épais lambeaux de peau. J'ai comme une vague idée de ce qui a
causé ces blessures. J'empoigne Candy pour la sortir
du coffre, en faisant attention à ne pas me mettre du
sang partout, et je la dépose sur le sol, ce qui me permet
de voir l'arme du crime au fond du coffre.

Mon couteau.

Ou, pour être plus précis, une photo de mon couteau.

Cette découverte m'amène à deux conclusions : premièrement, Melissa est bien en train de me traquer, et,
deuxièmement, j'ai de sérieux ennuis. Le couteau porte
mes empreintes digitales, comme mon Glock.

Je sors un petit bidon d'essence en plastique et le
pose sur le sol.

À quel jeu est-ce que Melissa joue ? Si elle voulait
donner les armes à la police, elle l'aurait déjà fait depuis
longtemps. Cela signifie qu'elle veut autre chose. Et
je suis certain qu'elle ne va pas tarder à me le faire
savoir.

Je remets Candy dans le coffre. Ses mains sont toujours attachées, sa bouche bâillonnée. Ça, c'est moi qui
l'ai fait. Je me demande ce qu'elle a pensé quand, alors
qu'elle était au désespoir d'être secourue, une femme
est passée et a soudain ouvert le coffre. C'était la fin
des ennuis pour Candy. C'était la fin de tout.

Je la roule sur le côté pour essayer de la remettre correctement en place, mais une de ses jambes dépasse, et,
quand je claque le coffre, je lui brise la cheville. Elle
s'en fiche.

Je décide de laisser le coffre ouvert. Je secoue le
bidon, écoutant l'essence bruisser dedans. Le bidon

est aux trois quarts vide. J'utilise ce qu'il contient pour arroser les vêtements de Candy, puis je balance le bidon dedans avec elle. Je me penche dans la voiture pour récupérer ma mallette et je me sers d'un couteau pour découper le chemisier de Candy. Après avoir balancé le bouchon du réservoir dans l'herbe, j'enfonce le chemisier dedans, laissant une longue langue de tissu pendre à l'extérieur.

L'allume-cigare achève le travail.

Je suis presque revenu dans le centre quand je me souviens soudain du chat. Personne n'est là pour me voir quand je vole ma seconde voiture de la soirée.

Jennifer me sourit quand je passe la porte. Elle me regarde comme si on était des amis perdus de vue depuis trop longtemps. « Hé, salut, Joe, elle dit, d'une voix pleine de séduction.

— Salut. »

Elle attend quelques secondes, vérifiant que c'est tout ce que je vais dire. « Je vais vous le chercher.

— Merci. »

Je suis en train d'imaginer à quoi ressemblerait Melissa avec un collier étrangleur pour chien, quand Jennifer ramène le chat dans une petite cage.

« Je ne pensais pas que vous vouliez le prendre, dit Jennifer, après ce qui s'est passé la semaine dernière.

— La semaine dernière ?

— Quand j'ai téléphoné, vous m'avez dit que vous ne vouliez plus d'autre chat. Combien vous en avez ?

— La semaine dernière ? » je répète.

Son sourire disparaît et est remplacé par un autre, plus réservé.

« Je vous ai appelé la semaine dernière.

298

« — Oh, j'étais malade toute la semaine! Vraiment très, très malade. Pour être sincère, je ne me rappelle même pas que vous ayez appelé. J'étais au lit toute la semaine. Je ne sais pas ce que j'ai eu, mais, bon sang, j'étais quasiment délirant. Si vous avez appelé et que je me suis conduit comme un mufle, j'en suis vraiment désolé. » Même si c'est elle qui devrait se sentir désolée : je suis celui qui n'a plus qu'un testicule.

Sa prudence se change en sympathie. « Et ça va mieux, maintenant?

— De mieux en mieux. Ce qu'il y a de bizarre, c'est que je n'ai pas d'autre chat. »

Elle sourit, et je me demande pourquoi je dois être gentil comme ça avec les gens. Pourquoi est-ce que je ne l'emmène pas quelque part pour lui faire ce que j'ai fait à toutes les autres?

« Eh bien, vous en avez un maintenant. Comment vous allez l'appeler?

— Je n'y ai pas du tout réfléchi. Une suggestion?

— Je vous appellerai si j'ai une idée, elle propose.

— Qu'est-ce que je vous dois pour la cage? » je demande, me disant que ça ne ferait pas bien si je sortais un sac en plastique de ma poche pour fourrer le chat dedans. Je parie que la cage va ajouter un gros paquet à ce qui est déjà un mammifère très cher.

« Je peux avoir confiance? Vous me la ramènerez?

— Je suis du genre en qui on peut avoir confiance.

— Alors, c'est gratuit. » Elle sourit. « Vous voulez que je vous ramène chez vous ou vous avez une voiture? »

Ce serait agréable qu'elle me ramène, car cela me donnerait une chance de tester diverses choses qui n'ont pas été utilisées depuis ma demi-castration. Mais mon nom figure dans le dossier ici, et il ne faudrait pas longtemps à la police pour me trouver.

Je la remercie pour son offre, promets de rapporter la cage avant la fin de la semaine et lui demande de m'appeler un taxi.

La cage remue sous ma main. Le chauffeur de taxi fait quelques commentaires sur le chat, s'imaginant qu'il peut engager une conversation avec moi. Il se goure. Quand j'arrive à la maison, je mets le chat dans la salle de bains et je ferme la porte. Quand je me couche, je l'entends qui miaule. Demain, j'irai acheter de la nourriture pour chats et des bouchons d'oreilles pour moi. Et après, je lui ferai visiter l'appartement.

33

Le matin suivant, mon réveil interne ne me laisse pas tomber, même si j'émerge très fatigué. Les choses commencent à redevenir aussi normales qu'elles peuvent l'être pour un mec à qui il manque sa couille gauche. Je rêve encore, pourtant, ce qui est un sujet d'inquiétude. La nuit dernière, je parlais avec papa. Le rêve était décousu, mais je me rappelle des fragments dans lesquels il me demandait ce que j'étais en train de faire. Je pense qu'il le demandait parce que j'étais en train de le pousser à l'avant de la voiture dans laquelle il a été retrouvé. J'avais entouré ses poignets de mousse et de bourre pour que la corde ne laisse pas de marques. Il ne pouvait pas baisser les fenêtres ni ouvrir les portières. Il ne pouvait même pas régler la climatisation ni éteindre le moteur alors que le monoxyde de carbone affluait à l'intérieur. Il devenait bleu et il me demandait d'arrêter, encore et encore. Maman n'était pas là. Elle jouait au bridge dans la salle de bingo locale. En fait, c'était la toute dernière fois qu'elle y jouait. Il cessait de me demander d'arrêter, puis me disait qu'il m'aimait. Et après il mourait. Un instant, il était mon papa. L'instant d'après, il n'était plus rien.

Je n'arrive pas du tout à m'habituer à rêver, et je me suis éveillé de celui-là tremblant et malade. Bien évidemment, je n'ai pas tué mon père. Je l'aimais tendrement, et, comme ma mère, je n'ai jamais rien fait qui l'ait blessé. C'est Walt, en mentionnant le suicide de mon père, qui a dû créer ces images. Personne ne sait pourquoi papa a fait ce qu'il a fait. Pourquoi il s'est assis dans la voiture dans le garage, en pompant du monoxyde de carbone avec un tuyau branché sur le pot d'échappement et glissé en haut d'une fenêtre à l'avant. Il n'a même pas laissé un mot.

Je donne au chat des instructions précises pour qu'il ne griffe pas les meubles ou les murs. Il ne le fait pas. Il regarde autour de lui pendant quelques secondes, avant de décider que le meilleur moyen d'éviter d'être enfermé dans la salle de bains est de se planquer sous mon lit. Je nourris mes poissons, note mentalement d'acheter de la nourriture pour le chat, fais mes corvées habituelles, puis j'oblige le chat à regagner la salle de bains à l'aide d'un balai.

J'allume la radio et j'écoute les infos.

L'incendie de la voiture s'est étendu, comme je l'avais prévu, et n'a pas été remarqué pendant plusieurs heures. Des pompiers sont encore sur les lieux, même si le feu est sous contrôle depuis longtemps. Ils disent que, sans la légère pluie du soir, plusieurs hectares d'arbres et de plantations auraient été calcinés. Ils disent ça comme si tout le monde ne se foutait pas des arbres et des plantations, comme si le pays en manquait. Ils ne mentionnent pas la voiture ni les putes mortes. Le type qui lit le bulletin passe ensuite à une autre info, sur les moutons. Il nous dit que, désormais, nous comptons dix fois plus de moutons que d'habitants. Il ne fait aucune allusion à une révolte, n'explique pas pourquoi nous éprouvons la nécessité d'accroître leur nombre en les clonant.

La descente de l'escalier est plus facile qu'hier. Le trajet en bus aussi. Je n'apprends rien au travail, si ce n'est que les gens avec qui je bosse n'ont absolument aucune idée de ce qu'ils font.

« Je t'ai fait quelques sandwichs, dit Sally quand elle me rencontre devant mon bureau juste avant le déjeuner.

— Merci. »

Je mange ses sandwichs et je prends un autre cachet. On dirait qu'il descend de travers dans ma gorge, et je ne me sens pas beaucoup mieux. Je repense à mon rêve et je me demande pourquoi je rêve autant ces derniers temps. Je mets ça sur le compte du fait qu'en ce moment je n'arrive pas à réaliser toutes ces choses que les autres gens ne font que fantasmer. Quelques heures après le déjeuner, je promène mon seau et mon balai à franges quand soudain je la vois : Melissa, assise à un bureau. Elle se tourne vers moi et me fait un clin d'œil. J'avance vers elle, puis je me mets à reculer, si bien que je finis par rester immobile. Après tout ce qu'elle m'a fait, il y a quelque chose chez elle que je ne peux pas m'empêcher d'admirer.

Aujourd'hui, elle porte un ensemble gris clair très onéreux qui la fait ressembler à une avocate surpayée. Ses cheveux sont parfaitement tirés en arrière, et elle est très peu maquillée. Elle a l'air d'une femme que n'importe quel homme voudrait désespérément croire.

Elle m'envoie un sourire avant de retourner son attention vers l'inspecteur Calhoun. Est-ce qu'ils travaillent ensemble ?

« Bonne après-midi, Joe, comment ça va ici ? »

Je me retourne pour voir l'inspecteur Schroder debout à côté de moi, buvant un café que je ne suis pas allé lui chercher.

« Très bien, inspecteur Schroder.

— Tu la connais ?

— Hein ? »

Il désigne Melissa d'un geste du menton. « On aurait dit que tu la reconnaissais. »

Je fais non de la tête.

Il sourit. « Tu ne fais que la regarder, hein ? Je ne t'en blâme pas. »

Est-ce qu'elle sait que je suis l'homme d'entretien ? Ma combinaison de travail le dit bien, et mon seau et mon balai aussi. Est-ce qu'elle était au courant avant de me voir comme ça ? Mais je me pose les mauvaises questions. Ce que j'ai vraiment besoin de savoir, c'est pourquoi elle est ici. Jusqu'ici personne ne m'a braqué une arme dessus en m'ordonnant d'avouer.

Je rapporte le seau et le balai jusque dans mon bureau, ferme la porte derrière moi puis, en soupirant, je laisse tomber mon corps sur ma chaise, j'ouvre ma mallette et je regrette de ne pas avoir mon flingue. J'en ai besoin.

Mais Mlle l'Architecte le possède désormais, exactement comme elle me possède. À quel jeu est-ce qu'elle joue là ? Pourquoi me torturer, me soigner et me traquer ? Et elle est venue ici aujourd'hui pour s'assurer que je sache bien qui contrôle la situation. Je regarde les couteaux. Je ne peux pas me visualiser en train de me frayer un chemin hors d'ici à coups de couteau. Quelles autres options est-ce que j'ai ? Suis-je déjà surveillé ? Non. Si c'était pour que je sois arrêté, elle ne serait jamais venue dans mon appartement pour soigner ma blessure.

Quand je me dirige dans le couloir avec l'aspirateur, Melissa et Calhoun sont partis. Ils doivent être dans la plus petite des deux salles de réunion de l'étage. Elle est semblable à une salle d'interrogatoire, mais avec un plus beau décor, conçu pour obtenir des informations de gens sympathiques d'une manière confortable. Il y a du thé, du café, de la restauration légère, de la jolie musique. C'est un prélude dans la course au tueur. J'aimerais vraiment pouvoir y être pour écouter, et en même temps je meurs d'envie d'être à 1 000 kilomètres d'ici. Quand j'ouvre la porte de la salle de réunion principale, je vois une grappe d'inspecteurs debout, en train d'examiner le grand tableau. Je m'attends à ce qu'ils se retournent vers moi à l'unisson, comme si j'étais un desperado solitaire entrant dans le saloon local, mais seul Alex Henson s'approche de moi. Il a la quarantaine. La beauté rude d'un acteur de cinéma jouant un flic. Ses vêtements sont fripés, ses manches relevées, et on dirait le genre de type capable de faire une découverte capitale.

« C'est peut-être pas le bon moment, Joe.

— Ah bon ?

— La salle est plutôt propre. Elle n'aura probablement pas besoin d'être nettoyée pendant quelques jours.

— OK. »

Il me tapote l'épaule. Est-ce qu'il ne laisse pas sa main là une seconde de trop ? Est-ce qu'il me regarde différemment ? « Merci, Joe. »

Je me tourne vers la porte, luttant contre la tentation de courir. Je me rappelle que je suis celui qui mène ce show, mais si c'était vrai, je n'aurais pas cette horrible sensation de malaise au creux de l'estomac. La vérité, c'est que c'est Melissa qui appuie sur les boutons désormais. Jetant un dernier regard vers le tableau avant de regagner le couloir, je vois une photo de voiture incendiée. Bon Dieu ! Je n'apprends rien. Je suis en dehors du coup.

Et puis soudain m'apparaît une chance d'apprendre quand même quelque chose : l'inspecteur Wilson Q. Hutton se dandine vers moi, une barre de chocolat serrée dans sa grosse main luisante de sueur comme si c'était un tube d'insuline. Il est évident que le Q de son initiale ne veut pas dire « Quitter ». Il porte un pull à col roulé noir, alors qu'il fait une chaleur à crever ici. Le fait est que je ne l'ai jamais vu porter quoi que ce soit d'autre. Je n'arrive pas à savoir quel look il essaie d'avoir et je me dis qu'il n'en sait rien non plus. Peut-être que ça le fait se sentir important. Ou moins gros.

« Bonjour, Joe.

— Salut, inspecteur Hutton. M'avez l'air bien occupé. Il se passe quelque chose ? »

Il me sourit avec, dans ses yeux, la même pitié qu'il arbore toujours. « T'as pas entendu ?

— Entendu quoi ?

— On a une description du mec. »

J'ai l'impression que je viens de prendre un coup de poing dans le foie, mais je me force à jouer « Joe-le-Lent ». Ces gens ne sont-ils pas tout simplement en train de s'amuser avec moi ? Est-ce un plan très élaboré pour me piéger ?

« Comment ? je demande, essayant de maîtriser ma voix.

— Il y a eu une autre victime la nuit dernière, Joe, une autre prostituée. Cette fois, un témoin a vu l'assassin partir en voiture de la ruelle où il l'avait balancée. »

Bon Dieu, je me demande comment se sent Calhoun maintenant que la fille qu'il a payée il y a deux mois a été tuée ! Est-ce qu'il se sent pire que moi ? Il va faire le lien avec la prostituée morte, mais va-t-il y croire ?

« Vous avez arrêté le méchant, déjà ? »

Hutton secoue la tête. « Pas encore. La voiture qu'il utilisait avait été volée.

— Vous savez déjà ça ? Waouh ! vous êtes malins.

— La voiture a été utilisée pour se débarrasser d'un autre corps plus tard dans la nuit.

— Une autre prostituée ?

— Je ne peux pas en dire trop, Joe. » Il s'interrompt pour croquer un morceau de sa barre chocolatée, comme s'il avait besoin d'énergie pour formuler les mots qu'il ne peut pas me dire. Ses dents tachées de chocolat commencent à hacher la confiserie. De minuscules miettes tombent sur son col roulé. Je ne comprends pas très bien pourquoi il n'avale pas sa putain de barre chocolatée d'un seul coup.

« Des suspects ? »

Il fait non de la tête, en continuant à mâcher.

« On ferait mieux de retourner bosser, Joe.

— Sûr. »

Je retourne vers mon bureau. Mes mains tremblent légèrement. *Calme-toi. Calme-toi.*

Facile à dire, mais pas à faire. J'ai besoin de remettre de l'ordre dans cette putain de pagaille dans laquelle Melissa m'a plongé. Le seul problème, c'est que je n'arrive à rien, rien qu'à des raisons supplémentaires de lui faire mal. Finalement, je laisse la porte de mon bureau entrouverte pour mater le couloir. Il est vide. Est-ce que je ne pourrais pas tout simplement partir et la suivre ? Est-ce aussi simple que ça ?

J'attends trente minutes, regardant discrètement le couloir toutes les deux minutes environ, attendant Melissa, attendant l'escorte de police qui va m'emmener. Cela ne se produit pas, et je commence à me raccrocher à l'espoir qu'il ne va rien se passer. Je m'empare de l'aspirateur et je sors pour que tout le monde me voie. J'arpente le couloir, aspirant de la poussière et des miettes de nourriture sur la moquette, attendant mon heure. De temps à autre, un ou deux inspecteurs sortent de la salle de réunion et se dirigent soit vers leur box, soit vers l'extérieur, mais ils ne me jettent pas un coup d'œil. Parfois, ils vont juste prendre un café. Ils me sourient en me faisant un petit signe de tête, sans réellement me voir.

La journée se traîne. Je ne cesse de regarder ma montre, l'accusant presque de mentir. Je me sens assez mal, et, chaque fois que je nettoie des toilettes, je reste assis dans une des cabines pendant quelques minutes, avec mon visage enfoui dans mes mains et mon destin reposant entre celles des gens qui étaient assis là avant moi. Je ne cesse d'essayer d'apercevoir Melissa, mais je ne la trouve pas. Je ne vois pas Calhoun non plus. Ni Schroder.

Tous les habitués sont partis, ou bien non, et peut-être est-ce qu'ils m'attendent au coin de la rue. Sauf Sally. Elle est toujours là. Elle tourne en rond, me demandant comment ça va, comment va ma mère, me demandant si je ne veux pas qu'elle me ramène chez moi en voiture.

Je ne sais pas comment, mais la demie de 16 heures finit par arriver. Le soulagement est presque inexistant, parce que je ne sais pas jusqu'où je vais bien pouvoir aller avant que quelqu'un m'interpelle en me disant d'arrêter de marcher, de me coller au sol, putain, en me mettant les bras dans le dos. Je m'engage dans le hall, avec ma mallette, mes mains tremblent encore, et j'arrive juste à temps pour voir que Melissa aussi s'en va, justement, escortée par l'inspecteur Calhoun, et je me demande si elle a attendu tout ce temps pour que j'aie fini. Ça fait presque trois heures qu'elle est là, à parler à des inspecteurs. Mais bon sang, qu'est-ce qu'elle leur a raconté?

Je me replie immédiatement dans mon bureau et je la regarde par la porte entrouverte. Elle reste plantée là, et à cet instant l'inspecteur Henson sort de l'ascenseur. Dans sa main, au fond d'un sac en plastique transparent, il y a un couteau. Pas n'importe quel couteau, mon couteau. L'un de mes préférés. Personne ne pourrait se méprendre sur l'air triomphant de son visage. Melissa et Calhoun se dirigent vers Henson et l'ascenseur. Ils s'arrêtent pour discuter. J'adorerais savoir ce qu'ils disent, et si les choses se passent comme prévu, ça ne va pas tarder. Puis Calhoun entre dans l'ascenseur avec elle et les portes se referment. Je fonce vers l'escalier que je dévale jusqu'au rez-de-chaussée, ignorant l'élancement dans mon entrejambe. Et ça vaut le coup, parce que je suis assez rapide pour apercevoir Melissa qui quitte le building. Elle est seule, maintenant. J'avance vers la porte. Personne ne me colle une main sur l'épaule.

Je tourne à droite. Melissa se dirige vers l'Avon, et donc je prends la même direction, je traverse la même avenue, j'évite les mêmes gens. Quand elle atteint les pelouses qui bordent la rivière, elle tourne à droite et continue à avancer, parallèlement à l'eau sombre. Je fais de même, mais en restant cinquante bons mètres derrière elle. Il faut que je fasse attention, parce que si elle se met à courir, je ne suis pas en condition de la pourchasser.

Quelques instants plus tard, elle s'installe tout à coup sur un banc, tout au bout du banc, et elle me regarde, directement. Je m'arrête, j'examine le sol comme s'il y avait quelque chose d'intéressant par terre. Je sens qu'elle me regarde toujours. Quand je relève les yeux, elle sourit.

L'été va être très long, mais c'est pas grave, parce qu'elle adore l'été. Elle ne connaît rien de plus agréable que d'être dehors sous une douce brise de nord-ouest, rien de meilleur qu'être entourée de gens qui se sentent tous parfaitement heureux de vivre. L'été crée ça. Puis l'hiver arrive et emporte tout, laissant une couche de dépression crasseuse s'étendre sur la ville et imprégner tout le monde à coups de pluie, de vent froid et de brouillard.

Sally est troublée. Par Joe. Par ses mensonges.

Elle comprend pourquoi il a menti à propos de la maladie de sa mère. C'était un mensonge qu'elle était heureuse d'appuyer parce qu'il le protégeait. Joe ne voulait pas être connu comme l'homme qui avait eu un testicule écrabouillé par une pince. Si quelque chose de ce genre était arrivé à Martin, eh bien, elle aurait voulu que quelqu'un comme elle s'occupe de lui. Tout ce qu'elle peut faire maintenant, c'est espérer que la pénicilline qu'elle a donnée à Joe aidera à le soigner et à combattre une éventuelle infection. Ça devrait marcher. Sinon, il devra aller à l'hôpital. Il n'aura pas le choix.

Elle était venue le jour où il avait été attaqué et chacun des trois jours suivants : en une de ces occasions, elle l'avait trouvé évanoui sur le sol. Elle voulait revenir le lendemain, mais son père avait fait une mauvaise chute, et elle avait été contrainte de choisir ses priorités. La famille devait passer en premier. Elle avait continué à se rendre au travail – elle n'avait pas d'arrêt maladie – mais elle avait dû rentrer directement à la maison pour aider son père. Il s'était démis la hanche et cassé une clavicule, mais il récupérait vite.

Elle voulait revenir voir Joe le lundi – il avait encore des agrafes qu'il fallait ôter – mais il s'était pointé au travail. Ils n'avaient pas parlé directement de l'agression. Elle voulait arriver à le convaincre peu à peu de demander l'aide de la police, mais pas en en parlant au travail.

Elle n'aime pas le fait qu'il lui ait menti en disant qu'il n'avait vu les photos de scènes de crime que dans la salle de réunion. Il sait que c'est du vol, mais il est visiblement réticent à s'ouvrir à elle sur ce sujet. L'homme au grand sourire a l'air si innocent qu'elle n'arrive pas à l'imaginer mentant délibérément, mais l'homme qui lui a souri entre les portes de l'ascenseur deux semaines auparavant, eh bien, c'était un Joe différent, non ? C'était un Joe qui avait l'air capable de…

De quoi ? De n'importe quoi ?

Non. Pas de n'importe quoi. Mais il avait l'air capable de mentir. Il avait l'air onctueux, il avait l'air calculateur, comme s'il savait exactement ce qui se passait. Elle se rappelle que c'était un sourire bizarre, et que Joe n'est pas comme ça du tout.

Mais pourquoi ces mensonges ?

312

Chaque fois qu'elle fait tourner les possibilités dans sa tête, il y en a une qui remonte tout le temps à la surface : Joe est contraint de faire quelque chose qu'il ne veut pas faire. Par conséquent, quelqu'un doit l'aider, et c'est à elle de s'engager. C'est son devoir de chrétienne d'empêcher qu'on lui fasse du mal.

Joe a été nerveux et anxieux presque toute la journée, surtout cet après-midi, et elle en soupçonne la raison : la personne qui le contraint à ramener des informations chez lui en a réclamé davantage. Bien sûr, elle n'arrive toujours pas à comprendre pourquoi les dossiers sont encore dans l'appartement de Joe et pas en possession de l'homme qui l'a agressé, mais elle se dit que cela doit être une affaire de timing. Peut-être que Joe a oublié d'emporter les dossiers avec lui lors d'un rendez-vous, et que ça en a rendu le type furieux ? Peut-être que ces dossiers ne sont plus chez Joe, mais chez l'homme qui le menace ? Le seul moyen d'en avoir le cœur net, c'est de surveiller Joe. De la même manière que Joe semble garder un œil sur la femme qui est venue parler aux inspecteurs.

Comme tout le monde, Sally a entendu les rumeurs qui couraient dans le commissariat. Cette femme a vu quelque chose qui pourrait amener à résoudre l'affaire. Alors, peut-être que Joe sera sauvé ?

Surveiller Joe qui surveillait la femme était une épreuve pour les nerfs. Sa fascination était si évidente qu'à un moment Sally était certaine qu'il devait la connaître. Mais, bien sûr, il ne faisait qu'essayer d'apprendre quelque chose pour pouvoir le raconter à son tourmenteur, pour éviter une nouvelle agression.

Debout dehors, regardant Joe d'un endroit où il ne peut pas l'apercevoir, elle ne comprend pas pourquoi il veut aborder cette femme, mais elle va continuer à observer jusqu'à ce qu'elle puisse enfin aider Joe à sortir du pétrin dans lequel il s'est fourré, quel qu'il soit.

35

L'Avon est pleine de canards, de boîtes de bière et de
sachets de chips vides. L'urine de la nuit de vendredi
a dérivé vers là où cette saleté de pisse dérive. Des
touffes d'herbe flottent parmi les ordures. Quelqu'un
– le mec avec le pire boulot de merde du monde – est
passé et a ramassé toutes les capotes usagées. Étrangement, la vue est encore agréable. L'eau sombre reflète
le soleil et joue avec les ombres, même si je ne suis
pas un amoureux de la nature. Vous pourriez recouvrir
toute la rivière avec du béton, et je m'en foutrais.

Quand je m'approche d'elle, Melissa cesse de me
regarder, comme si je n'étais pas assez important pour
qu'elle continue à me reluquer. Au bout de quelques
secondes, elle relève les yeux. J'ai soudain conscience
de l'intense douleur qui émane toujours de mon entrejambe. Comme si le testicule restant frissonnait au souvenir de cette perte et avait peur maintenant d'être en
présence de la femme qui a enlevé son frère. Je m'arrête
à un mètre. Elle reste assise. Mon cœur bat très fort,
en rythme avec la douleur lancinante de ma couille. Je
ne comprends absolument pas pourquoi j'ai soudain si
peur.

« Assieds-toi, Joe. » Elle s'accroche à son sourire.

Je fais non de la tête. « À côté de toi ? Tu plaisantes.

— Tu es toujours fâché après moi? Allons, Joe, il est temps de passer à autre chose. »

Passer à autre chose? J'ai entendu ça, après la mort de mon père. On entend ça tout le temps. Calhoun l'a probablement entendu après le suicide de son fils. Est-ce qu'on vit dans une société si consommatrice qu'on n'a même pas le droit de s'accrocher à notre haine ou à nos remords? J'ai envie de me jeter sur elle pour lui prouver que je passerai à autre chose une fois que j'aurai réglé quelques petits trucs. Mais je ne peux pas. Trop de gens alentour. Trop de risques. Même si je pouvais lui briser le cou et m'enfuir, je n'ai toujours aucune idée d'où peut être mon Glock. Je devine qu'il est aux mains de quelqu'un qui l'enverra à la police si jamais quelque chose arrive à Melissa.

« Quel incroyable boulot tu as, Joe! »

Je hausse les épaules. Je vois où elle veut en venir, mais je l'oblige à continuer.

« L'homme de ménage du commissariat central. Ça doit te donner accès à pas mal d'infos privilégiées – pièces à conviction, rapports, photos. Ça doit être sympa de voir vers où les investigations se dirigent. Dis-moi, tu n'as jamais voulu être flic? Tu as essayé et tu as échoué? Ou tu n'as pas essayé parce que tu savais qu'ils finiraient par découvrir quel esprit malade tu abrites en toi?

— Et toi, Melissa? Tu as essayé?

— Est-ce qu'il t'arrive de contaminer des preuves? »

Si c'est tout ce qu'elle a à dire, alors je ne suis pas réellement en danger.

« Tu es jalouse.

— De toi?

— De moi qui travaille au milieu de tous ces flics, de toutes ces informations. »

Elle porte sa main gauche à ses lèvres et commence à les frotter avec son index, lentement, exactement comme elle l'a fait l'autre soir. Elle mouille son doigt et continue à frotter. Puis elle l'enlève très vite, l'essuie sur sa poitrine en passant et pose la main sur ses genoux.

« Nous ne sommes pas si différents, toi et moi, Joe.

— J'en doute.

— Tu as remarqué l'odeur là-dedans ?

— Quelle odeur ?

— Tu travailles là tous les jours, tu y es peut-être habitué. Mais il y a une odeur là-dedans. Ça sent la sueur et le sang mélangés, c'est l'odeur du pouvoir. Du pouvoir et du contrôle.

— C'est la climatisation.

— C'était sympa aujourd'hui, Joe. J'ai pu voir quelque chose que tu vois tous les jours. C'est vraiment un boulot indigne de toi.

— Je le fais par amour du travail.

— Ça paie bien ?

— Est-ce nécessaire que ça paie bien ?

— Tu sais ce qui me pose problème ?

— Plusieurs choses ? »

Son sourire s'élargit. « Comment peux-tu t'offrir un flingue si cher, de beaux vêtements, une belle montre alors que tu as un trou à rats en guise d'appartement ? »

Je hais le fait qu'elle soit entrée chez moi. Je hais le fait que ce soit cette femme qui ait soigné ma saleté de blessure. Putain, plutôt mourir que de la remercier pour ça.

« J'ai un bon comptable.

— Faire le ménage, ça paie bien, hein ?

— Ça paie les factures.

— Heureusement que tu as d'autres rentrées.

— Où veux-tu en venir ?

— Je pense que tu dois avoir de l'argent planqué quelque part.

— J'ai quelques centaines de dollars. Pourquoi ?

— Fous-toi de ma gueule, Joe ! Combien tu as ?

— Je viens de te le dire.

— Non, tu ne m'as rien dit. Il est temps que tu sois honnête avec ta partenaire, Joe.

— Quoi ? je demande, et soudain je comprends à quel jeu on joue.

— Tu as entendu.

— Manifestement non. »

Sa tête part en arrière et elle éclate de rire. Ça me fout en boule. Personne n'a ri de moi comme ça depuis ces années à l'école où les rires accompagnaient les mots « noix molles » partout où j'allais. D'autres gens nous regardent. Je ne peux qu'attendre qu'elle ait fini. Elle s'arrête finalement. « Nous sommes partenaires, Joe, que ça te plaise ou pas. Surtout après ce que je viens de faire pour toi.

— Et tu as fait quoi exactement ?

— Donné à la police un signalement de ce à quoi tu ressembles. »

Je serre les poings.

« Du calme, mon grand. Je leur ai donné la description de quelqu'un d'autre.

— Pourquoi ? » Mais je connais la réponse : c'est parce qu'elle veut du fric.

« Pourquoi pas ?

— Arrête d'être aussi évasive, putain, je dis.

318

— Tu n'aimes pas ça ? Qu'est-ce que tu aimes, Joe ?

— Tu veux vraiment que je te dise ce que j'aimerais faire ?

— Je peux l'imaginer. Tu sais, c'était génial d'entrer là-dedans et de parler aux inspecteurs, de voir par moi-même à quel point ils sont malins ou plutôt, dans ce cas précis, à quel point ils ne le sont pas. Ils sont plus faciles à berner que j'aurais jamais pu imaginer. Je les ai toujours considérés comme des êtres à part, mais ce ne sont que des gens, Joe. Des vrais gens, comme toi et moi. Je pense que c'est pour ça que tu réussis si bien. C'était décevant, en fait, en un sens.

— Je ne suis pas certain qu'il existe quelqu'un d'autre comme toi ou moi », je dis.

Elle hoche lentement la tête. « Je crois que tu as raison.

— Alors pourquoi tu l'as fait ? Pourquoi aller au commissariat ?

— Pour le fric.

— On revient à ça, hein ? Tu devrais vraiment ouvrir tes oreilles. Laisse-moi te l'expliquer à nouveau, un peu plus lentement. Je. N'ai. Pas. De. Fric.

— Allons, allons, Joe, ne sois pas si modeste. Je suis certaine que si tu n'as pas de fric, un homme avec tes capacités devrait être capable d'en *obtenir*. 100 000 feraient l'affaire.

— Tu as vu où je vis ? Comment est-ce que tu suggères que je réunisse une telle somme ?

— Tu m'as l'air plein de questions, Joe, alors que tu devrais être plein de réponses. Oui et non. C'est tout ce que je veux entendre de toi.

— Écoute, je ne peux tout simplement pas rassembler cette somme.

— Tu pourrais toujours te livrer à la police. Ça couvrirait la moitié. »

Melissa fait allusion à la récompense de 50 000 dollars offerte par le gouvernement à quiconque fournira l'information qui me fera prendre. Je n'arrive pas à croire que ce soit aussi minable, si on considère que lorsque j'ai tué mon premier mec, il y a des années, on avait offert la même somme pour des infos menant à son assassin. Cela tend à prouver que certaines personnes valent plus que d'autres. C'est impossible que la récompense offerte pour ma capture reste à un montant aussi bas. Si Melissa voulait ce genre de fric, elle m'aurait déjà dénoncé. Soit ce n'est pas vraiment pour l'argent, soit elle attend que la récompense monte avant de me balancer. Elle va se contenter de me tourmenter, tout en se faisant un peu de fric à côté. Je ne suis qu'un investissement pour elle. C'est comme si elle achetait des actions.

« Je vais te tuer. Tu sais ça, n'est-ce pas ?

— Tu sais, Joe, ça va vraiment me plaire de travailler avec toi. Tu es vraiment un marrant. » Elle se lève, lisse son ensemble haut de gamme, balance ses cheveux en arrière. Elle est si belle, c'est à vous briser le cœur. J'aimerais qu'elle soit morte. Elle me tend une boîte.

« Qu'est-ce que c'est ?

— Un téléphone portable. Garde-le sur toi, parce que je t'appellerai dans deux jours.

— Quand ?

— 17 heures. Vendredi. »

Je regarde la boîte. Le téléphone est tout neuf. Je me demande si elle l'a acheté avec le liquide qu'elle a volé à la prostituée morte.

« Tu sais, Joe, je pense que c'est le début d'une magnifique amitié. C'est pas comme ça qu'ils disent ? »

Ce n'est pas ce que, moi, je dis. Donc je lui dis d'aller se faire voir en enfer.

« Évidemment, inutile de préciser que si jamais quoi que ce soit devait m'arriver, la preuve que j'ai encore de ta culpabilité irait directement à la police, avec une déclaration détaillée. »

Bien sûr. Ce n'est pas la seule chose évidente. Clairement, à un moment, je vais tuer cette femme. Il faut juste que je finisse mes devoirs d'abord. Et je suis bon pour ça. La vie, c'est rien d'autre que de savoir faire ses devoirs. Et j'ai jusqu'à vendredi 17 heures pour les faire. Elle commence à m'expliquer les règles de son jeu. Il faut que je recharge le téléphone en rentrant chez moi pour qu'elle puisse me joindre. Elle me rappelle qu'elle a toujours mon flingue, qui porte mes empreintes. Il pourrait servir d'arme lors d'un prochain crime. Elle m'explique qu'elle a effacé mes empreintes du couteau avant d'annoncer à la police où ils pourraient le trouver, mais cela n'adoucit en rien ce cauchemar.

Une fois qu'elle est partie, je reste là à contempler la rivière, faisant tambouriner mes doigts sur le dessus de ma mallette tout en observant les oiseaux. Je tape un rythme que je n'ai jamais entendu auparavant. On dirait que ma vie suit ce rythme. Quelques canards me regardent. Peut-être qu'ils veulent du fric aussi.

100 000 dollars est une somme que j'ai du mal à même concevoir, et je sais déjà que je ne serai jamais capable de la réunir. Est-ce que Melissa le sait aussi ?

Même si, par je ne sais quel miracle, je parvenais à obtenir cet argent, rien ne l'empêchera de m'en redemander davantage dans un an ou dans un mois, ou même le lendemain.

Le chauffeur du bus est un type d'une quarantaine d'années qui a l'air de s'ennuyer et qui porte un appareil auditif. Il me crie « bonjour » quand je monte et « passez une bonne soirée » quand je descends. Quand j'arrive à la maison, la lumière de mon répondeur clignote. J'appuie sur « play », pour n'entendre que la voix de ma mère, insistant pour que je vienne dîner ce soir. Quand elle insiste, il vaut mieux que j'y aille. Elle me dit aussi que Walt Chadwick l'a appelée et lui a demandé de sortir manger avec lui. Elle a accepté, et elle me raconte toute leur conversation téléphonique par le détail jusqu'à ce que la machine s'interrompe en fin de bande, épuisée.

Quand j'ouvre la porte de la salle de bains, le chat fonce pour sortir, et je me sens coupable, parce que je l'avais totalement oublié. Je prends une douche, je me frictionne et je m'habille correctement, espérant que maman ne trouvera rien à redire sur mon apparence. Je remets le chat dans la salle de bains quand j'ai fini, lui promettant que je lui trouverai de la nourriture plus tard ce soir.

Je vole une voiture et je me gare à un bloc de la maison de maman. Le bruit de la plage ramène un sourire sur mon visage. Je m'imagine marchant jusque là-bas pour aller nager. Je ne l'imagine pas assez fort pour être mouillé.

Je suis à mi-chemin de la porte quand maman l'ouvre et sort. Elle a l'air mieux que je ne l'ai vue depuis des années. Avant que je puisse dire quoi que ce soit, elle

me serre dans ses bras. Je la serre aussi pour l'empêcher de me pincer au-dessus de l'oreille – tout en proté-
geant discrètement mon entrejambe.

« Je suis si heureuse de te voir, Joe.

— Moi aussi, je suis heureux de te voir, maman. »
Elle s'écarte de moi, mais maintient ses mains sur
mes épaules. « Walt m'emmène déjeuner demain. Tu
sais, je n'ai pas vu Walt depuis l'enterrement, et ça fait
déjà six ans que ton père est parti.

— Huit ans, maman.

— Dis donc, le temps passe vraiment vite », elle
fait, avant de me précéder à l'intérieur.

Il passe vite quand on s'amuse. Mais, je ne vois pas
bien comment il a pu passer vite pour maman. « Alors,
vous allez où ? je demande.

— Il ne me l'a pas dit. Il a dit que c'était une surprise. Il vient me chercher vers 11 heures.

— C'est bien.

— Je vais y aller comme ça. » Elle pivote sur elle-
même pour me montrer sa robe, un truc horrible avec
des manches longues qui a l'air d'être fait avec un sac à
patates recyclé, puis trempé dans du sang. « Qu'est-ce
que t'en penses ?

— Je ne me souviens pas de t'avoir vue aussi jolie
ou aussi heureuse, maman.

— Tu veux dire que je n'ai jamais l'air heureuse ?

— Mais non, pas du tout. »
Elle fronce les sourcils. « Tu veux dire que je n'ai
jamais l'air bien, alors ?

— Je ne dis pas ça non plus.

— Mais alors qu'est-ce que tu viens de dire, Joe ? »
Elle se ferme. « Que je ne mérite pas d'être heureuse ?

— Je voulais juste dire que tu es très jolie comme ça. Je suis sûr que Walt sera enchanté. »

J'ai dû mettre dans le mille, parce qu'elle esquisse un sourire. « Tu le penses ?

— Il serait dingue de ne pas le penser.

— Ça ne te pose pas de problème ?

— Un problème ? Quel problème ?

— Ton père est parti depuis six ans déjà…

— Huit.

— Et je ne fais qu'aller déjeuner avec Walt. Je ne me marie pas avec lui. Je ne te demande pas de l'appeler papa.

— Je sais. »

Elle se penche en avant et, au lieu de me frapper, elle me serre à nouveau dans ses bras. « Nous devons te remercier pour ça, Joe, elle murmure. Sans toi, il ne m'aurait jamais appelée. »

Elle sert à dîner. Au lieu du pain de viande, elle a cuisiné l'un des poulets qu'elle a acheté en promo la semaine dernière. Il est bien trop énorme pour deux personnes, mais elle en gardera la moitié au frigo. Heureusement, elle l'a cuit à la perfection. Voilà une chose que ma mère arrive à faire correctement. Il est juteux et très parfumé, et du gras de poulet commence à goutter de mes doigts.

« Je t'appellerai demain soir, Joe, et je te raconterai notre déjeuner en détail.

— Mmh, mmh.

— Peut-être que, ce week-end, on pourrait sortir dîner tous les trois. Ça te dirait ?

— Bien sûr. Ça serait sympa », je dis, incapable d'imaginer pire chose. Je m'empare d'une serviette en papier que maman m'a donnée. Elle dit toujours que je mange comme un sagouin.

Elle prend les assiettes vides et commence à nettoyer. J'emballe un peu de poulet dans une serviette et je la mets dans ma mallette pour le chat. Mes mains sont couvertes de gras.

« Je vais me laver les mains, OK, maman ?

— Voilà un bon garçon. »

Je me rends à la salle de bains, tout en finissant un morceau de poulet en chemin. Passer devant les toilettes ramène des images de ma mère assise là-dedans, avec sa chemise de nuit relevée autour de la taille, ses lunettes perchées au bout de son nez, mettant en place quelques pièces supplémentaires de son puzzle. Je m'accroupis et je courbe la tête, fixant mes yeux sur la moquette. La nausée s'estompe. Quand j'allume la lumière de la salle de bains, ma main glisse sur le bouton. Je tire le rideau de douche. Maman a un de ces combinés baignoire/douche, mais elle se sert toujours de la douche. J'essaie d'ouvrir le robinet, mais mes mains glissent dessus, et donc je m'accroupis et commence à étaler le gras de poulet sur le bas du rideau de douche. Je passe une minute à l'étaler, couvrant une zone de bonne taille. Le gras disparaît assez facilement de mes doigts et de mes paumes. La tache est transparente et donc maman ne verra rien. La seule façon qu'elle aurait de le voir serait selon un angle et un éclairage très précis. Je finis le morceau de poulet. Il est froid maintenant. Je saisis le robinet, et, cette fois, il tourne assez facilement. Je me lave les mains, puis je reviens à la cuisine.

« Walt était si gentil au téléphone, Joe. »

Walt. Je commence à regretter de l'avoir laissé partir. « Il avait l'air gentil, oui, maman. »

Je m'assois à table pendant qu'elle finit la vaisselle. Je lui propose d'essuyer les assiettes, mais elle refuse. Je la regarde, me demandant comment elle peut être la femme qui m'a donné vie. Comment peut-elle imaginer que je suis gay? Qu'ai-je fait à cette femme pour qu'elle puisse penser ça? Je suis son fils, et elle ne veut même pas m'accorder le bénéfice du doute.

Je ne suis pas gay, maman. Je ne suis pas gay.

Elle déblatère sur Walt pendant une heure environ avant de me laisser repartir. Une fois sur le seuil, entouré par la nuit, le bruit de la mer au loin et l'air lourd sur ma peau humide, je regarde les étoiles qui, toutes, surveillent ma mère. Un jour, son esprit flottera là-haut, regagnant les cieux et retrouvant Dieu. Elle sera partie et elle reparlera avec papa.

Je recommence à sourire. Dieu et papa vont vivre des moments difficiles.

Je la serre dans mes bras avant de partir. Elle me manquera.

Je gare la voiture volée à une rue de mon immeuble. Vendredi approche et…

Bon Dieu!

Je lâche ma mallette et je cours à l'aquarium. Certains des couteaux glissent de leurs attaches et ça fait comme des cymbales dans la mallette. Je mets les deux mains sur le bocal de verre. Dedans l'eau est trouble. Quelques dizaines d'écailles flottent à la surface. Je mets la main dans l'eau et tâtonne en les cherchant des yeux. Tout d'un coup, je les aperçois. L'un est devant mon lit. L'autre près de la cuisine. Chacun couvert de griffures. Le message de Melissa est évident.

Je m'approche de Cornichon quand le chat jaillit soudain de sous le lit, saisit le poisson mort dans ses griffes, le balance à travers la pièce, lui court après, le prend dans sa bouche, puis repart à toute vitesse vers le lit. Le poisson tombe de sa bouche, mais le chat continue à courir soit parce qu'il sait qu'il a été repéré et qu'il s'apprête à plonger dans un monde d'emmerdements, soit parce qu'il pense qu'il a toujours le poisson dans la gueule. L'un comme l'autre, il court comme s'il n'avait jamais eu une patte cassée, et je me rends compte que ce n'est pas du tout Melissa qui a fait ça.

« Putain de chat ! » je gueule, en m'approchant de Cornichon et je m'agenouille près de lui. Il a l'air mort. Je le ramasse – il est froid, mais les poissons sont froids, en général, non ? Je le rapporte vers l'aquarium et je le remets dedans, espérant que j'ai été assez rapide. Je ramasse Jéhovah, je la porte et je la mets dans l'eau aussi. Cornichon flotte déjà sur le côté. Quelques secondes plus tard, Jéhovah le rejoint.

Je fais tourner l'eau avec la main, les forçant à nager, puis j'appuie sur leurs petites poitrines, et, même si cela semble ne servir à rien, je persiste pendant dix minutes avant d'abandonner finalement. Je me retourne pour faire face au lit. Ce putain de chat super cher a tué mes deux meilleurs amis. Fou de rage, j'agrippe le bord du lit et je le soulève pour le poser de côté. Tout un tas de trucs tombent sur le sol. Le matelas glisse et les draps avec. Mon bas-ventre me fait mal, mais pas autant que mon cœur. Le chat me fixe, choqué, la tête tournée et les yeux écarquillés. Quand je me penche pour l'attraper, il recule. Il a les oreilles baissées en arrière et il a l'air prêt à me tuer. J'avance et j'essaie de lui écraser le dos sous mon pied, mais il le voit et s'arrête juste devant moi, me forçant à m'avancer pour corriger le tir, et, quand je le fais, mon entrejambe explose de douleur.

Mon pied frappe le sol juste là où était le chat, et la douleur qui remonte jusque dans mon testicule fantôme me fait tomber à genoux.

Le chat s'arrête au milieu de la pièce et s'assoit. Il me regarde silencieusement. Ses oreilles ne sont plus rabattues en arrière. Je prends un instant dans ma main le testicule qui me reste pour soulager la douleur. OK. Il est temps de changer de tactique.

« Ici, minet. Viens, mon pote. Je veux juste te caresser. » Je commence à faire claquer doucement mes doigts parce qu'il semble que les chats aiment ce genre de choses. Je continue à les faire claquer doucement, et mon esprit se passe un film dans lequel j'ai le rôle principal et je tords le cou de ce chat stupide. Le chat doit regarder le même film, parce qu'il ne vient pas vers moi. Je m'approche de ma mallette. Le chat et moi considérons tous deux le couteau que j'en sors, et nous savons tous deux ce qu'on peut faire avec. Il sait que je m'apprête à tester l'adage des neuf vies, et que j'ai envie de connaître les différentes manières dont je peux dépecer ce sale petit bâtard. J'aperçois le reflet de mes yeux dans la lame. Pendant quelques secondes, je les regarde, et tout ce qui me vient à l'esprit, c'est que j'ai vraiment les yeux de mon père. Penser à papa me rend subitement encore plus triste d'avoir perdu des êtres que j'aimais, et ma colère envers le chat qui m'a rendu triste augmente un peu plus.

« Gentil minet. Allons, allons. » Je continue à faire claquer mes doigts. Le chat miaule.

Et je lance le couteau. Je suis rapide. Le couteau est rapide. Le chat est encore plus rapide. Le couteau se plante dans le plancher, exactement là où il était assis une fraction de seconde plus tôt. Puis il me tourne le dos et marche lentement vers le lit. Je suis sur le point de ramasser le couteau quand le téléphone sonne. Je ne veux pas répondre. Tout ce que je veux, c'est tuer ce putain de chat. Mon testicule me fait horriblement mal. Le téléphone continue à sonner, sonner…

Je ramasse le couteau et je le lance vers le chat, et le chat bondit une seconde plus tard, sans aucun couteau planté dans son ventre. Il me regarde.

« Je vais te tuer, sale petit enfoiré. »

Le chat crache.

Le téléphone continue à sonner. Ça me fait mal à la tête. Sonne, sonne, putain de sonnerie. Pourquoi est-ce que le répondeur ne se déclenche pas ?

Je ramasse un autre couteau, puis je me relève avec beaucoup de précaution. La douleur dans mon bas-ventre diminue. Je marche doucement vers le téléphone. Il a fini de sonner et le répondeur est en train d'enregistrer un message. Le volume est baissé et je ne peux pas l'entendre. J'interromps le message.

« Allô ? » je dis, espérant que mes poissons rouges sont la seule chose que je vais perdre aujourd'hui, mais mon instinct me dit que quelque chose est arrivé à maman. Cette prémonition est revenue, s'emparant de mes pensées. Pourquoi la vie doit-elle être si cruelle pour ceux que j'aime ? Et pourquoi ceux que j'aime doivent-ils me trahir ? Je ramène ce chat, je lui offre une maison, et voilà comment il me remercie.

« Joe ? Bonjour, c'est Jennifer. »

Jennifer ? Comment connaît-elle ma mère ? « Qu'est-ce que je peux faire pour toi, Jennifer ? » Je m'entends lui poser la question.

« Tu ne vas pas le croire, mais je viens juste de retrouver le propriétaire du chat ! »

Elle a l'air excitée. Je regarde vers mon lit. Le chat est toujours assis là-bas. Je le vise avec le couteau.

« Vraiment ? » Cela veut dire que ma mère est encore en vie et en bonne santé. Merci, mon Dieu !

« Vraiment ! C'est incroyable, non ?

— Le chat n'est plus là », je dis en me demandant à quelle force il faut que je lance le couteau pour le clouer au sol.

— Comment ça, plus là ?

— Je l'ai donné à un de mes voisins.

— Tu ne peux pas le lui redemander ?

— Eh bien, en fait, le truc, c'est qu'il s'est enfui. » Je parle toujours, mais j'écoute à peine ses questions comme mes réponses. Mon cerveau est passé en automatique. Je ne peux pas quitter ce maudit chat des yeux, mais la seule chose à laquelle je pense, c'est à mon père. Papa qui se suicide. Papa qu'on retrouve, enfermé dans sa voiture.

« Tu plaisantes », dit Jennifer, et pour la première fois elle ne semble plus aussi impatiente de me voir nu. Mon regard passe de l'aquarium au chat.

« En fait, c'est pire, je dis.

— Pire ? Comment ça, pire ?

— Eh bien, il ne s'est pas contenté de s'enfuir. Il a pour ainsi dire traversé en pleine circulation. »

Jamais, putain, jamais elle ne récupérera ce chat. Il représente trop de choses. Melissa m'a trahi. Papa m'a trahi. Je ne me ferai pas battre par un animal avec un cerveau dix fois plus petit que le mien.

« Est-ce que c'est vrai, Joe ? Ou est-ce que tu essaies de garder le chat ?

— Si tu ne me crois pas, t'as qu'à venir creuser pour déterrer ce maudit chat du jardin !

— Pas la peine de…

— Je hais le pain de viande ! » je hurle, et elle me raccroche au nez sans dire un mot de plus. Je pense que je ne verrai plus très souvent Jennifer.

Plutôt que de lancer le couteau, je décide de recommencer à faire semblant d'être gentil avec le chat, espérant pouvoir m'approcher de lui. Je regarde mon aquarium. L'eau trouble est calme comme la mort. Voilà ce que ça me rapporte d'essayer d'être un brave type, quelqu'un qui se soucie des autres.

« Allez, viens, minou. Viens voir Joe. »

Je me mets lentement à genoux. Je ne suis qu'à quelques mètres du monstre maintenant, et il n'a aucune idée de ce qui va se passer. Je continue à avancer. Le couteau va faire très joli, enfoncé dans la tête du chat.

« Allez. Allez. Gentil minou. » J'y suis presque. Je commence à avancer le couteau. Je vais lui donner une leçon qu'il n'oubliera jamais. Il se remet sur ses pattes.

« Allons, tout va bien. »

Et l'enfoiré se met à courir. Je baisse le couteau très vite et très fort, mais je le rate quand il passe à côté de moi. Il se dirige vers la cuisine…

Mais il aperçoit soudain la porte d'entrée ouverte.

Je lance le couteau vers le chat qui glisse sur le plancher, change de direction, bondit près de ma mallette et fonce vers la liberté. Cette fois, la lame vole juste au-dessus de la tête du chat et se plante dans la porte. Il s'arrête sur le seuil, me regarde, émet un miaulement qui me donne envie de passer les douze prochaines heures à l'écrabouiller à coups de pied, et il n'est plus là.

Je me relève, cours vers la porte pour regarder dans le couloir. Si j'en avais la capacité, je lui courrais après, mais mon bas-ventre me lance et saigne même, peut-être. Je referme la porte, me laisse tomber dans le canapé et je contemple l'aquarium. Cornichon et Jéhovah flottent toujours à la surface. Je ne sais plus qui est qui. Et en les regardant, mes yeux se mouillent. Je me laisse aller à pleurer. Il n'y a pas de honte à pleurer.

Je trouverai ce chat. Je le trouverai et je le tuerai. Je le jure.

Je me lève et j'entre dans la petite cuisine. La nuit est jeune encore, et, même si je souffre de ces échecs, il faut que je me force à avancer. Mes yeux sont troublés de larmes, et piquent d'avoir été frottés. Je frissonne, même s'il doit faire 30 degrés ici. Je raccroche le téléphone, je remets le lit d'aplomb et je le refais.

Tout ce que je peux faire, c'est continuer. Cornichon et Jéhovah n'auraient pas voulu autre chose.

Je m'enfonce dans l'allée des souvenirs. Des pensées liées à l'achat de mes poissons envahissent ma cervelle. Je les avais achetés parce que je n'en pouvais plus de vivre seul. Au début, ils ne servaient qu'à donner à mon appartement un semblant de vie, mais en quelques mois s'était créé un lien entre nous qui, je le savais, ne pourrait être brisé que par la mort. Mais pas aujourd'hui. Pas si tôt.

Je verse l'eau trouble de l'aquarium dans l'évier. Papa ne cesse de me revenir à l'esprit, et j'aimerais bien qu'il me laisse tranquille. Je dépose mes poissons dans un sac en plastique transparent, puis je le noue fermement avant de descendre les escaliers. Dans le jardin devant l'immeuble, et le mot « jardin » est vraiment généreux, j'écarte un peu les mauvaises herbes et je creuse un trou avec mes mains. Je place le sac en plastique dans le trou, puis je remets la terre par-dessus. J'aurais très bien pu jeter Cornichon et Jéhovah dans les toilettes, mais je ne voulais pas insulter leur mémoire en laissant leurs corps flotter pour l'éternité au milieu de paquets de merde. Je tasse bien la terre avant de dire quelques mots sur la tombe où reposent mes amis. Mes yeux s'emplissent de larmes. Sur leur tombe, je jure de les venger.

Je cherche le chat et, même si je ne le trouve pas, je peux sentir ses yeux posés sur moi. Après avoir ôté la terre de mes ongles, je réussis à me coucher tôt, ce qui est la seule bonne chose qui me soit arrivée de toute la soirée.

Je rêve de mort, mais je ne sais pas bien de la mort de qui.

36

Sally aimerait bien habiter dans une rue comme ça. Tous les soirs, elle laisserait sa fenêtre ouverte pour écouter l'océan s'écraser sur le rivage. Chaque matin d'été, elle pourrait aller nager avant d'aller au travail. Elle est certaine que les gens du coin doivent être plus décontractés, plus détendus. Martin aurait adoré vivre ici, pense-t-elle. Il aimait beaucoup la plage.

Hier après-midi, elle est restée au coin du commissariat, hors de vue, à regarder Joe qui parlait à cette femme. Elle a lutté contre l'idée de s'approcher de Joe pour lui demander carrément ce qui se passait. Elle regrette aussi d'avoir laissé passer sa chance d'examiner la mallette de Joe. Si l'occasion se représente, elle le fera.

Ensuite, elle a roulé jusqu'au cimetière et, debout devant la tombe de son frère, elle s'est concentrée moins sur son chagrin que sur Joe. Elle voulait savoir, non elle avait *besoin* de savoir ce qui se passe. Elle a décidé qu'elle ne pouvait plus attendre. Elle s'est excusée auprès de Martin, lui a promis qu'elle reviendrait le jour suivant et elle a roulé jusqu'à l'appartement de Joe. Elle allait l'affronter. Elle le devait, c'était sa seule chance de l'aider. De toute manière, il fallait enlever ses agrafes, et il fallait qu'elle lui rende le double de ses clés qu'elle avait fait faire.

Mais elle s'est arrêtée avant d'arriver chez lui.

À quelques rues de son immeuble, elle l'a vu au volant d'une voiture. Et elle est certaine, absolument certaine, que c'était lui.

Elle roule doucement dans la rue, examinant chaque boîte aux lettres, regardant les numéros augmenter. Un simple coup de peinture et la plupart des maisons pourraient redevenir de charmants bungalows de caractère.

Quand la porte qu'elle a choisie s'ouvre, peu de temps après qu'elle a frappé, elle sait tout de suite qu'elle est au bon endroit. La ressemblance est évidente.

« Désolée, mais je n'ai besoin de rien, dit la femme, et elle commence à refermer la porte.

— Je ne vends rien, dit vite Sally, mais la porte ne ralentit pas. Je m'appelle Sally et je travaille avec Joe, et j'espérais que…

— Eh bien, pourquoi vous ne me l'avez pas dit tout de suite ? dit la mère de Joe, en rouvrant grand la porte. Je n'ai jamais rencontré aucun des amis de Joe. Je suis Evelyn, sa mère. Entrez, s'il vous plaît, entrez. Vous voulez boire quelque chose ? Un Coca, peut-être ?

— Oui, ce serait parfait.

— Sally, Sally. C'est un joli nom.

— Eh bien… merci. »

La mère de Joe la précède dans un couloir jusqu'à la cuisine. Le décor date d'une bonne trentaine d'années, se dit Sally, et elle soupçonne que la mère de Joe a toujours vécu là. Elle s'assoit devant une table de formica, et Evelyn ouvre le frigo puis vient la rejoindre un instant plus tard.

« Alors, à quelle heure est-ce que Joe vient ? demande Evelyn.

— Joe vient ici ?

— C'est pour ça que vous êtes là, non ? Vous avez rendez-vous avec Joe ? C'est un peu tard pour dîner, mais je suppose que je peux vous mitonner quelque chose. Je vais peut-être l'appeler pour voir s'il est en route.

— En fait, Joe ne sait pas que je suis ici.

— Je ne vous suis pas bien, ma chère.

— Je suis venue parce que je voulais vous parler de Joe. »

Sa mère fronce les sourcils. « De Joe ? Mais pourquoi donc ? »

Depuis le moment où Sally avait regardé dans le dossier personnel de Joe, plus tôt dans la journée, pour trouver l'adresse de ses parents, elle connaissait les questions que sa mère allait poser.

« Je, eh bien, il y a plusieurs choses dont je voulais parler avec vous. J'ai quelques… inquiétudes. »

Evelyn hoche la tête, lentement, comme si elle était subitement attristée par les possibles inquiétudes de Sally. « Je vois ce que vous voulez dire, ma chère.

— Vraiment ?

— J'ai mes propres inquiétudes. Dites-moi, est-ce que vous aimez bien mon fils ?

— Bien sûr. C'est pour ça que je suis ici.

— J'avais toujours pensé que plus de femmes l'apprécieraient, mais il ne semble pas vraiment s'intéresser à elles. Il est… spécial, vous savez.

— Je sais. Il me rappelle mon frère.

— Oh, votre frère est aussi comme ça ?

336

— Il... l'est, oui, dit-elle, ne disant pas *était* parce que *était* a une finalité en soi à laquelle elle ne veut pas penser dans l'immédiat.

— Et vous aimez Joe ?

— J'aime beaucoup Joe.

— C'est bien, ma chérie. J'aime entendre ça. Ça veut dire que Joe a encore une chance.

— Mais ces inquiétudes, eh bien, je ne sais pas trop par où commencer.

— Nous avons déjà commencé, ma chérie.

— Depuis combien de temps est-ce que Joe est capable de conduire ?

— Pardon, ma chérie ?

— Depuis combien de temps est-ce que Joe conduit ?

— Je ne vois pas le rapport avec le fait que vous l'aimiez bien.

— Eh bien, il n'y en a pas, enfin pas exactement. Mais je l'ai vu au volant hier soir et...

— Il venait me voir. C'est un si bon garçon.

— Je sais. C'est évident que Joe a très bon cœur. C'est un garçon vraiment adorable. Mais j'ignorais qu'il savait conduire.

— Vous ignoriez qu'il savait conduire ? Je croyais que vous aviez dit que vous travailliez avec lui.

— Si, si, je travaille avec lui.

— Alors vous avez bien dû le voir conduire toutes ces voitures. »

Les voitures de police ? Est-ce que Joe lui raconte qu'il les conduit ? Ce serait bien un truc de gosse dans son genre. Elle ne veut pas gâcher les illusions d'Evelyn. C'est déjà assez dur d'être là, à envahir sa vie privée. Et maintenant, elle est submergée de culpabilité et effrayée de la réaction probable de Joe. En essayant de l'aider, elle va certainement finir par le blesser, et il finira par la haïr.

« Oui, oui. Je me demandais seulement depuis combien de temps il était capable de le faire, c'est tout.

— Parlez-moi un peu de vous, Sally. J'ai cru comprendre que vous n'étiez pas mariée.

— Non, non, pas mariée.

— Vous avez une famille ? D'autres frères et sœurs ? Et qu'est-ce que vous faites avec Joe ? Vous êtes sa réceptionniste ? Vous nettoyez les voitures ? Vous êtes agent d'entretien ?

— Je vis avec mes parents, dit-elle, désireuse de passer rapidement ce sujet pour pouvoir en revenir à Joe. Je ne nettoie pas les voitures et je ne pense pas que Joe le fasse non plus.

— Non, bien évidemment. Pourquoi le ferait-il ? »

Sally hausse les épaules en guise de réponse. Pourquoi un technicien de surface aurait-il une réceptionniste ?

« Qu'est-ce que vous faites, alors ? demande Evelyn. Au travail, je veux dire.

— Eh bien, je travaille à l'entretien. Je maintiens les choses en bon état, en quelque sorte.

— Oh, mais c'est très intéressant, Sally ! On ne voit pas beaucoup de femmes mécaniciennes. Vous voudriez vendre des voitures, un jour ?

— Vendre des voitures ?

— Oui. Vous voulez en vendre ? »

Peut-être que Joe rêve de vendre des voitures. « Je crois que je n'y ai jamais réfléchi. » Elle prend son verre et en avale une grande gorgée. Parler à la mère de Joe s'avère aussi difficile que certaines des conversations qu'elle a eues avec Joe. « En fait, je suis venue ici pour parler de quelque chose qui pourrait arriver.

— Entre vous et Joe ? Oh, ce serait merveilleux ! »

Sally se recule sur sa chaise, luttant pour ne pas soupirer. Soudain, elle n'a plus la force d'argumenter. Joe a créé un monde à l'intention de sa mère, et, pas de doute, ça a dû lui demander beaucoup d'efforts. Elle risque de détruire tout ça, rien qu'avec quelques mots mal choisis. Non, il vaut mieux qu'elle arrête ça tout de suite. Il n'y a pas de réponse à sa question sur Joe et la conduite automobile. Pas de réponse sur qui l'a attaqué. Elle boit de nouveau une pleine gorgée, essayant d'en finir rapidement, impatiente de sortir de là.

« Je savais que Joe trouverait chaussure à son pied.

— Ça, Joe, c'est quelqu'un », dit Sally, pas bien certaine de savoir quoi dire d'autre. Elle boit une autre grande gorgée. Plus qu'une gorgée pour en finir.

« Après la mort de son père, eh bien, je me suis demandé s'il allait s'en remettre, vous voyez ce que je veux dire ? Je pensais que ça pourrait le démolir un peu. Le rendre un peu bizarre. »

Sally acquiesce. Elle ne savait pas que le père de Joe était mort.

« Joe est devenu très calme. Comme retiré en lui. Pas longtemps après, il a déménagé. Vous savez que je n'ai jamais été chez lui ? Je m'inquiète pour Joe. Je suppose que c'est le devoir d'une mère.

— Je m'inquiète aussi pour lui. » Sally finit son verre. « Eh bien, je pense qu'il est temps d'y aller.

— Mais vous venez juste d'arriver.

— Je sais. La prochaine fois, je resterai plus longtemps. Je voulais juste passer dire bonjour.

« — Vous êtes vraiment une gentille jeune fille. »
Evelyn la raccompagne jusqu'à la porte, qu'elle ouvre.
La nuit s'est rafraîchie pendant le quart d'heure qu'elle
a passé là. « Est-ce que Joe vous a parlé de Walt ?

— Walt ? »

Sally est dans l'encadrement de la porte. Serrant ses
bras autour d'elle, elle écoute Evelyn raconter l'histoire de Walt. Quand c'est fini, elle remercie la mère
de Joe et regagne sa voiture. Elle serre le volant, mais
ne démarre pas.

D'après Evelyn, Joe est vendeur de voitures. Joe
était en train d'essayer une voiture quand il est tombé
sur son vieil ami Walt.

Elle serre son petit crucifix. Joe a créé un monde imaginaire pour que sa mère soit heureuse. Qu'a-t-il créé
d'autre ? Joe est bien plus complexe qu'il n'y paraît et,
en un sens, cela l'effraie.

37

Le lendemain, mon horloge interne me réveille dans ce qui, d'après le vieux bonhomme donnant la météo à la radio, est une nouvelle glorieuse matinée à Christchurch. Regarder par la fenêtre offre un spectacle bien différent – le ciel gris et les gros nuages noirs de tempête à l'horizon me font penser que le vieux mec de la météo doit être dingue ou bourré. Avant de partir au travail, je contemple la table basse. Dessus, il y a une boîte de nourriture pour poissons rouges, et pas de chat mort. Je quitte mon appartement et tends à M. Stanley mon ticket de bus, et, aujourd'hui, il le poinçonne. Je me demande si c'est un présage. J'ai envie de lui parler de mes poissons, sans savoir pourquoi. Je ne sais même pas si ça lui serait égal ou pas.

Quand il me dépose en face de mon travail, on échange un signe de la main. Je descends du bus, sous la pluie. À l'heure du déjeuner, le soleil réapparaîtra. Je le garantis.

Le temps à Christchurch. Cinq saisons en une seule putain de journée.

Sally me rattrape près de l'ascenseur. Nous avons une conversation inepte jusqu'à mon étage, mais Sally semble plutôt préoccupée et soudain elle n'est plus là.

Je ne peux pas avoir accès à la salle de réunion, donc je finis par faire ce pour quoi je suis payé. Je garde un œil sur l'inspecteur Calhoun quand il est dans les parages. J'essaie de me figurer comment il se sent, mais je ne le connais pas assez bien pour voir s'il traverse une crise personnelle. Je guette aussi l'éventuelle présence de Melissa, mais elle ne se montre pas. J'aspire, je nettoie, je frotte et je fais tout le boulot ordinaire qui me permet de gagner ma croûte. Personne ne me traite différemment. Personne ne me lance le genre de regard qu'ils réserveraient à un tueur en série.

Le commissariat n'a pas le même bourdonnement qu'hier, quand tout le monde pensait que l'affaire allait enfin se résoudre. Même la salle de réunion est vide. J'y entre et je jette un œil. Le portrait-robot que Melissa leur a donné est punaisé sur le mur. Cheveux noirs touffus, pommettes inexistantes, barbe de plusieurs jours. Un nez plat, de grands yeux, un front haut. L'expression froide et calculatrice du type a l'air méchante, comme s'il était né pour être un criminel.

Cette image ne représente en rien ce à quoi je ressemble vraiment. Mes cheveux sont plus fins, coiffés en arrière et raisonnablement courts. Ils sont foncés, ce qui est la seule chose similaire, mais j'ai des pommettes hautes et pas de graisse, et mes yeux sont moins arrondis. Et la barbe de plusieurs jours ? Pas question. Je n'ai besoin de me raser qu'une fois par mois, au pire. Je souris à cette image. Même si elle est supposée être le miroir de mon identité, elle ne me rend pas mon sourire.

Sur la table, avec les dossiers, il y a le couteau. Dans un sac en plastique transparent, posé dans une boîte en carton, il a déjà été examiné pour les empreintes digitales, le sang et l'ADN. Si mes empreintes avaient été trouvées dessus, je le saurais déjà. Tous les employés du building doivent donner leurs empreintes. C'est la règle. Melissa ne mentait pas. La règle n'exige pas que nous donnions des échantillons d'ADN.

Je serre le manche, fort, je le sens à travers le plastique. Ce couteau m'a été volé dans des circonstances que je ne pourrai jamais oublier, jamais. Ce couteau était là, la nuit où j'ai souffert ma plus grande indignité, ma plus grande douleur, et éprouvé ma plus grande haine. Je le repose vite. Il n'est plus à moi désormais.

Je prends le temps de lire les rapports. La prostituée que j'ai abandonnée dans la ruelle a été identifiée. Charlene Murphy. 22 ans. Je la pensais plus proche de 30. La prostitution fait vieillir vite. Elle était, néanmoins, mère d'un enfant. Ça, je l'avais bien deviné. Son petit ami n'est pas suspecté, parce qu'il était en prison à l'heure du crime, mais on ne dit pas sous quel chef d'inculpation. Sa photo est sur le mur, à côté de celles des autres femmes.

La seconde femme qui est morte, Candy numéro 2, n'a pas encore été identifiée.

Je n'ai pas besoin d'emmener d'infos, mais je me retrouve en train de ramasser ce que je peux quand même, plus comme souvenirs qu'autre chose. Je prends aussi la bande du petit magnétophone planqué dans la plante en pot. Je suis de retour dans mon bureau quand Sally frappe à la porte et entre.

Après les amabilités habituelles, Sally arrête de parler, comme si elle avait utilisé tous les mots qu'elle a mémorisés pour la journée. Elle reste plantée là comme si quelqu'un avait ouvert son système central et appuyé

343

sur le gros bouton « éteint ». Une bonne demi-minute passe, et elle se met à regarder autour d'elle.

« C'est vraiment une belle journée », elle dit, mais le bouton a été mis sur « automatique » maintenant, donc elle ne sait pas exactement ce qu'elle dit. Elle regarde par la fenêtre. Regarde le plafond. Le sol sous le comptoir. Finalement, ses yeux s'arrêtent sur ma mallette. « J'ai oublié de te préparer à déjeuner aujourd'hui. Je suis désolée, Joe.

— T'en fais pas pour ça. »

Elle continue à fixer ma mallette et je me dis qu'elle se figure que je l'aimerais davantage si elle s'achetait la même. Elle doit essayer de deviner si je serais impressionné ou effondré si elle en achetait une encore mieux. La vérité, c'est qu'elle ne pense probablement à rien du tout. Elle fronce légèrement les sourcils, ce qui suggère que quelque chose se passe à l'intérieur de son crâne, mais la manière dont son visage se fronce laisse à penser que la seule chose qui se produit là-dedans, c'est une énorme confusion. C'est comme si elle voulait me poser une question vraiment très importante, mais qu'elle n'avait même pas idée de la question.

« Eh bien, merci d'être passée. J'ai beaucoup de travail et il faut que je m'y mette… »

Cela semble faire comme un déclic. Le bouton en elle ne passe pas sur « allumé », parce qu'elle n'a pas cette option. En dehors de « éteint » et « automatique », elle n'a que « fonctionnant à peine », et c'est sur ce mode-là qu'elle est maintenant.

« On se verra plus tard, Joe.

— Oh ! OK, super », je dis, essayant de chantonner les trois mots.

Elle sort de mon bureau, mais ne ferme pas la porte. Il faut que je me lève pour le faire moi-même.

J'écoute la bande de la salle de réunion. Beaucoup de théories différentes, aucune bonne. Les flics flippent parce qu'ils pensent que j'accélère le rythme. Ils pensent que, bientôt, il ne se passera que quelques jours entre chaque victime. Putain, peut-être qu'ils ont raison. Il est trop tôt pour le dire.

Le motel Everblue est un de ces bouges que vous voyez dans les films où des trucs affreux arrivent à des gens malchanceux qui se trouvaient là par hasard, la même nuit qu'un échappé de l'asile psychiatrique. Il n'est pas loin de la ville, mais assez pour que le terrain soit bon marché. Le motel occupe un bâtiment de plain-pied en forme de L, avec une peinture vieillie et des volets écaillés, faisant face à une pelouse brunie et des arbustes à moitié morts. Les fissures dans la chaussée sont pleines d'une eau couleur de rouille. Je compte une dizaine de véhicules dans le parking, allant de la moins chère des moins chères à la plus médiocre des berlines pour la classe moyenne. Peut-être que mercredi est un jour de promo pour les putes. Quelques caddies de supermarché rouillés sont couchés sur le flanc, entourés d'herbe et de mégots. L'enseigne de néon émet un fort bourdonnement.

Je me gare devant la réception et je replonge dans la chaleur. Il s'est mis à faire de plus en plus torride toute la journée. Toutes les dix secondes environ, je sens une goutte de sueur couler sous une de mes aisselles. De longs rubans de plastique épais, pareils à ceux que vous trouveriez en voyageant vingt ans en arrière et en entrant dans une crémerie, protègent la porte d'entrée.

Je les écarte et j'entre. La pièce sent le latex et la fumée de cigarette. Les murs et le plafond sont tachés. La moquette est constellée de brûlures de mégots. Le mec derrière le comptoir doit avoir la quarantaine. Il est chauve et obèse, et il me fixe droit dans les yeux comme s'il se méfiait de moi. Comme s'il pensait que j'allais arracher les rubans multicolores de sa porte et partir avec. Il porte un tee-shirt qui dit *Le racisme, c'est la nouvelle noirceur.*

Je brandis une carte de policier qui n'est même pas à moi – parfois, tout ce dont vous avez besoin, c'est d'une carte de visite de flic avec un nom et pas de photo, et ça vous ouvre toutes les portes. Il hausse les épaules et la regarde à peine. Quand je demande à examiner son registre, il fait pivoter le livre et me dit de faire comme chez moi. Ses ongles, longs et sales, feuillettent les pages jusqu'à la date que j'ai indiquée. Puis il s'en sert pour gratter son crâne rasé. Des petits morceaux de peau se collent sous ses ongles et il commence à les enlever. Ils tombent sur le registre, et il les balaie de la main.

Nous avons une conversation miniature pendant que j'examine le registre. Il a déjà eu affaire à la police, à ce qu'il dit, et il a même loué un jour une chambre à un meurtrier. Bien évidemment, il ne savait pas à l'époque que ce type était un meurtrier. On ne s'en est rendu compte que lorsque le mec a été pris.

Fascinant. Je le lui dis.

Je cherche dans les dates, je guette la chambre que Calhoun a utilisée. Bien sûr, elle ne sera pas à son nom, mais je cherche quand même. Mon doigt descend sur plein de gens appelés John Smith, et d'autres avec des noms comme Ernest Hemingway ou Albert Einstein.

Je retourne le registre pour le remettre face à M. Grais-seux. Je fais claquer la photo de l'inspecteur Calhoun dessus. « Vous reconnaissez cet homme ?

— Je devrais ?

— Ouais, vous devriez. »

Il regarde attentivement.

« Ouais, je me souviens de lui. Il est venu ici il y a quelques mois.

— Avec tous les gens qui viennent ici, vous vous rappelez ce type-là. Comment ça se fait ?

— Sûr que je me rappelle le bordel infernal qu'il a laissé et le boucan qu'il a fait en foutant son bordel.

— Vous êtes certain que c'est bien lui qui a fait ça. »

Il hausse à nouveau les épaules. « C'est important ? »

Je pense que non. Je ne m'embête même pas à le remercier. Je hoche la tête et je pars.

Mon arrêt suivant est en contraste total avec l'Everblue. L'hôtel Five Seasons est plus près du centre-ville, entouré de plusieurs autres hôtels, la plupart vieux d'une dizaine d'années. Le terrain n'est pas bon marché par ici. Il en a seulement l'air. Je gare ma voiture volée à trois rues de là, et je prends ma mallette avec moi. On est en début de soirée, mais le soleil brille encore très fort et chauffe à mort. Je n'arrête pas de transpirer.

L'hôtel est affreux. Je ne sais pas bien comment le décrire autrement que comme un rêve d'artiste changé en cauchemar. Des architectes se servant du braille pour tirer leurs plans. Des peintres utilisant des matériaux des années 1970. On dirait une de ces lampes de hippies avec des bulles colorées dedans. Il fait quinze étages, pas immense, mais c'est bien suffisant quand la couleur principale est le vert citron. Des projecteurs placés à sa base l'éclairent toute la nuit. Il aurait plus sa place à Disneyland comme train fantôme. Le plus étonnant, c'est que c'est un cinq étoiles.

Ce qui est également étonnant, c'est que les officiers de police extérieurs à la ville soient logés ici. C'est de l'argent des contribuables bien utilisé.

Je me fais déjà une bonne idée de ce à quoi doit ressembler l'intérieur, mais je m'aperçois vite que je me trompe complètement. Les murs sont lambrissés, donnant au hall d'entrée une étrange atmosphère ancienne. Un lustre pend du plafond avec un million de reflets. La moquette, d'un rouge profond, est assez épaisse pour qu'on puisse dormir confortablement dessus. Là où la moquette s'arrête, du linoléum à carreaux noirs et blancs comme un échiquier prend le relais. Le hall est assez vaste pour qu'on puisse y poursuivre quelqu'un pendant une bonne minute. L'air est frais et légèrement parfumé. Ça pourrait être du jasmin ou du lilas, ou l'un de ces autres parfums d'encens que les hommes du monde entier ne savent absolument pas distinguer les uns des autres.

Je m'avance vers la réception. C'est vachement plus beau que le comptoir de l'Everblue. Une jeune femme me sourit – très attirante, belle poitrine, corps svelte, joli visage, cheveux blonds tirés en arrière, maquillée à la perfection. Son uniforme est vert foncé. Son chemisier est blanc, et il ne m'en faudrait pas beaucoup pour lui balancer un éclat de rouge. Je me demande ce qu'elle dirait si je lui demandais de l'enlever.

Je prends une chambre, que je paie en liquide tout en lui tendant une carte de crédit et une carte de retrait volées en guise de papiers d'identité. Puis, je signe mon nom dans le registre exactement comme il est sur les cartes. Comme je paie d'avance, elle n'a pas besoin de passer les cartes dans la machine. L'hôtel ne découvrira jamais si elles ont été déclarées volées.

Chambre 712. Je prends ma clé, qui est en fait une carte magnétique, ce qui pourrait poser un problème. Je la remercie, me demandant si je la reverrai jamais. Elle me remercie, et nul doute qu'elle ait exactement la même pensée.

Un groom, avec à peine assez de personnalité pour s'en sortir dans la vie, m'accompagne jusqu'au septième étage. Je n'ai pas de bagages, mais il vient quand même. Il a l'air déprimé, et je me dis que ce doit être parce qu'il a 100 ans passés et qu'il est toujours groom. Mes jambes me portent jusqu'à la douzième chambre. Il me prend la clé, la met dans la serrure, et le mécanisme s'ouvre avec le même bruit que les fermetures d'un attaché-case. Il ouvre la porte et reste planté là comme s'il était dans son putain de droit de recevoir un pourboire. Comme s'il venait de gagner 10 dollars juste pour faire ce petit trajet sans offrir la moindre conversation. Je lui en donne 5, et il ne me remercie pas. Je ferme la porte et je me dirige vers les fenêtres. Mes yeux plongent vers la ville qui s'étale sous moi, là où le soleil se couche derrière des nuages menaçants de pluie.

Je décide de me relaxer un peu. J'enlève mes chaussures, et mes pieds respirent dans la climatisation. J'ai du mal à croire, ou peut-être que je refuse de croire qu'en dehors de cet hôtel j'ai une vie faite de chaos, de confusion et de très peu d'autre chose.

La chambre est divine, le genre d'endroit qui me donne envie de devenir riche, rien que pour pouvoir vivre ici. Vous pourriez rester à l'Everblue une semaine entière et payer moins que pour une seule nuit ici. Les baies vitrées rendent la vue sur Christchurch plus belle que je ne l'ai jamais vue. Le lit est si confortable que j'ai peur de ne plus jamais me relever si je m'allonge dessus. J'examine le minibar ; les prix ont certainement déjà tué des gens qui ont un cœur plus fragile que moi. La cuisine est pleine d'ustensiles onéreux dont j'ignore la fonction. La télé a un très grand écran et une télécommande qui a bien cent boutons.

Je prends le risque et m'allonge sur le lit. Je finis par passer quarante minutes à regarder le plafond, autorisant mon esprit à retrouver des endroits où il ne s'est pas rendu depuis des semaines, revisitant d'anciens fantasmes et en imaginant des nouveaux, avant de prendre finalement le téléphone pour appeler chez moi et vérifier mon répondeur. Un instant plus tard, j'écoute un homme de la clinique vétérinaire qui me rappelle que j'ai une cage à chat qui ne m'appartient pas. Pas besoin de me demander pourquoi Jennifer n'a pas appelé. Je rapporterai la cage quand tout ceci sera fini.

Le deuxième correspondant s'identifie lui-même comme le Dr Costello. Il laisse un numéro où je peux le joindre. Il dit que c'est urgent. Il dit que maman est à l'hôpital. Il ne donne pas plus de détails. Mes mains tremblent tout d'un coup, et je dois batailler pour arriver à raccrocher le téléphone. Est-ce qu'il est arrivé quelque chose à ma mère ? Bien évidemment. Elle ne serait pas à l'hôpital, sinon. Mon Dieu, s'il Vous plaît... Faites qu'il ne lui soit rien arrivé de grave.

Je compose le numéro (je l'ai noté d'une main tremblante sur un petit bloc fourni par le Five Seasons, en écoutant mon message), et le téléphone sonne. Je tombe finalement sur une femme dans un restaurant chinois, et, alors que j'essaie de savoir comment va ma mère, on me débite les spécialités du jour, jusqu'à ce que je me rende compte que j'ai fait un faux numéro. J'aplatis le téléphone sur son socle et je prends une profonde respiration, mais cela ne calme en rien mes nerfs. Mes mains tremblent violemment, et je dois utiliser les deux pour composer le bon numéro. Je ferme les yeux, essayant d'imaginer un monde sans maman, et, à cette idée, des larmes commencent à couler de mes yeux.

38

Une vie sans maman. Je refuse d'y penser. Pour moi, elle est la personne la plus importante au monde, et penser que quelque chose pourrait lui arriver… eh bien… eh bien, ça fait mal. Plus que d'avoir eu mon testicule réduit en purée. Imaginer qu'elle ait disparu…

Je me refuse tout simplement à l'imaginer.

Je ne peux simplement pas l'imaginer.

Une femme de l'hôpital de Christchurch répond en me disant que je viens d'appeler l'hôpital de Christchurch. J'apprécie sa perspicacité. Je demande Costello, et, une longue minute plus tard, il est en ligne, apportant avec lui sa voix profonde et soucieuse.

« Ah ! oui, Joe, écoutez, c'est au sujet de votre mère.

— Je vous en prie, ne me dites pas qu'elle est malade.

— Eh bien, en fait, elle se porte comme un charme. Vous pouvez lui parler vous-même. Elle est ici.

— Mais vous êtes dans un hôpital, je dis, comme si je l'accusais de quelque chose.

— Oui, mais votre mère va bien.

— Alors pourquoi est-ce qu'elle ne m'a pas appelé ?

— Eh bien, elle va bien maintenant, et, puisqu'elle ne rentre pas chez elle ce soir, c'était la seule manière de vous joindre. Elle m'a dit que le seul moyen que vous répondiez, c'était que, moi, j'appelle. C'est une femme très insistante, votre mère, il dit, sans une trace d'humour.

— Qu'est-ce qui lui est arrivé?

— Je vous laisse lui parler. »

La ligne reste silencieuse, le temps que le téléphone change de main. Quelques murmures incompréhensibles, puis :

« Joe?

— Maman?

— C'est ta mère.

— Qu'est-ce qui ne va pas? Pourquoi tu es à l'hôpital?

— Je me suis ébréché une dent. »

Je suis assis là, la main crispée sur le téléphone, incapable de comprendre ce qu'elle essaie de me dire. « Une dent? Tu t'es ébréché une dent et tu es à l'hôpital? » Je secoue la tête, essayant de donner un sens à ses mots. Si elle s'est ébréché une dent, ne devrait-elle pas être… « Chez le dentiste. Pourquoi tu n'es pas chez le dentiste?

— J'ai été chez le dentiste, Joe. »

Elle ne dit plus rien ensuite. Ma mère, une femme qui adore parler et qui continuera à le faire après sa mort, ne m'offre aucune explication. Il y a quelques semaines, elle était heureuse de me raconter qu'elle chiait de l'eau.

Donc il faut que je lui demande. « Pourquoi tu es à l'hôpital?

— C'est Walt.

— Il est malade?

— Il s'est cassé la hanche.

— Cassé la hanche? Comment?

— Il a glissé dans la douche.

— Quoi?

— Il prenait une douche et il est tombé. Hanche cassée. Il a fallu que j'appelle une ambulance. C'était effrayant, Joe, mais excitant aussi, parce que je n'étais jamais montée dans une ambulance. Les sirènes étaient très fortes. Bien sûr, Walt n'arrêtait pas de pleurer. J'avais mal pour lui, mais il était si fort. Le chauffeur de l'ambulance avait une moustache. »

Hum hum. Hum hum. « Tu étais chez lui quand il prenait sa douche?

— Ne sois pas idiot, Joe. J'étais à la maison.

— Pourquoi est-ce qu'il t'a appelée?

— Il n'a pas eu besoin de m'appeler. J'étais déjà à la maison. C'est moi qui ai appelé l'ambulance.

— Ouais, mais pourquoi ce n'est pas Walt qui l'a appelée?

— Parce qu'il était dans la douche.

— Alors comment il a fait pour t'appeler?

— J'étais déjà là, Joe. Où veux-tu en venir?

— Je ne sais pas trop, je réponds, heureux de laisser filer.

— On se préparait à sortir, alors on a décidé… » Elle s'arrête, mais j'ai déjà entendu son erreur. « *Il* a décidé de prendre une douche.

— Il était chez toi? Tu as pris une douche avec *lui*?

— Ne sois pas grossier, Joe. Bien sûr que non. »

Des images commencent à défiler dans ma tête. Je plisse les yeux, très fort. Je me les arracherais bien, si ça pouvait aider. Les images ne disparaissent pas. Je transpire comme un cochon. J'appuie mes doigts sur mes paupières et des milliers de couleurs jaillissent

– comme dans le grand lustre du rez-de-chaussée –, et les couleurs flottent dans mon esprit et j'essaie de les suivre des yeux. Je suis heureux de croire qu'ils n'ont pas pris une douche ensemble. Si elle le dit, alors je suis heureux de le croire. Heureux d'oublier qu'elle a dit *on* à la place de *il*. Heureux d'oublier toute cette conversation. Il suffit qu'elle me dise que…

« Et alors, maman, comment est-ce que tu t'es ébréché une dent?

— C'est arrivé quand Walt est tombé.

— Quoi?

— C'est arrivé quand…

— J'ai entendu, maman, mais je croyais que tu avais dit que vous n'aviez pas pris une douche ensemble.

— Eh bien, Joe, nous sommes des adultes. Ce n'est pas parce que nous prenions une douche ensemble que cela signifie que quoi que ce soit de nature sexuelle était en train de se produire. Ce n'est pas parce que, de nos jours, les jeunes ne peuvent pas s'empêcher de se tripoter que nous agissions, nous, de manière aussi immorale. Nous sommes des retraités, Joe. Nous ne pouvons pas nous permettre de gaspiller de l'eau chaude toute la journée. Alors on a pris une douche ensemble. Et maintenant, ne va pas en faire toute une affaire, s'il te plaît!

— Alors comment tu t'es ébréché une dent? Il t'a fait tomber? »

J'ouvre les yeux, parce que, quand ils sont ouverts, je vois ce merveilleux mur de chambre d'hôtel et pas ma mère prenant une douche avec un vieux croulant. Je ne veux pas la harceler. Elle m'a déjà donné assez de détails, et pourtant la question a quitté ma bouche avant que je puisse la retenir. Les yeux ouverts, je vois deux chaises, des tableaux, et la porte de la chambre d'hôtel. Peut-être devrais-je me précipiter dehors ?

« Non, non, il m'a donné un coup de pied dans la bouche. Son pied a glissé sous lui, et son talon m'a tapé dans la bouche. »

Ne demande pas, Joe. Ne demande surtout pas...
« Mais comment son pied a pu monter si haut ?

— Oh, je n'étais pas debout ! J'étais à genoux. J'étais... hum... eh bien, c'est arrivé, c'est tout, Joe, OK ? Son pied m'a tapé dans la bouche. »

C'est arrivé, c'est tout. Qu'est-ce qui est arrivé ? Mon Dieu ! non, ne me montrez pas...

Mes yeux se ferment et mon esprit s'ouvre. Ma chemise est entièrement trempée de sueur. Je commence à avoir si peur qu'elle explique exactement ce qu'elle était en train de faire, qu'au moment où elle se remet à parler je pose le téléphone et je cours à la salle de bains, atteignant les toilettes juste à temps.

Un hoquet, une convulsion de mon estomac, le goût de la bile... Du vomi jaillit de moi avec un bruit rugissant et éclabousse l'eau, pendant que des gouttes d'eau et de gerbe rebondissent vers mon visage et roulent sur mon menton. Je continue à tousser jusqu'à ne plus rien avoir à tousser, mais je continue quand même, regardant se former une sorte de soupe jaunâtre au fond des toilettes. Mon corps frissonne, et tout ce que j'arrive à visualiser, c'est ma mère dans la douche. Ma gorge devient vite à vif, et mon estomac rétrécit en une petite boule de douleur. Je sens le goût du sang quand il coule de mes lèvres et goutte dans le sirop en dessous. Il y a quelque chose qui flotte là-dedans et qui ressemble à l'un de mes poissons morts.

Mon cerveau tourbillonne et je me sens pris de vertige. Je tends la main, je presse le bouton de la chasse d'eau, et tout ce qui ne pouvait sûrement pas sortir de moi, mais qui l'a fait quand même, est emporté.

La chasse n'a pas achevé de tourbillonner que je m'agenouille à nouveau devant la cuvette, essayant de vomir encore une fois. Mais ce ne sont que des spasmes. Des gouttes de sang tombent dans l'eau et s'étalent en forme de pétales de rose. Je tire à nouveau la chasse, mais elle ne s'est pas encore remplie, et les pétales ne disparaissent pas. Ils ne font que tourner autour de la cuvette. Des filets de bave pendent de ma lèvre inférieure. Ils collent au bord de la cuvette et ils s'étirent quand je me redresse. Certains se brisent. Le haut de ces filets dégringole sur le linoléum noir. Penser aux milliers de gens qui se sont assis ici et qui ont pissé ou chié ici est mieux que de penser à maman et sa dent ébréchée.

Quand j'étais dans la maison du pédé, j'avais essayé de réfléchir à autre chose pour éloigner mon esprit de ce qui se passait, et, en le faisant, j'avais pensé à papa et à ce qu'il aurait dit. Penché sur les toilettes, je commence à me souvenir de quelque chose dont j'ai été témoin. Quelque chose que papa faisait. Je n'étais pas censé être à la maison. Je ne me rappelle pas pourquoi, mais je me rappelle être rentré plus tôt que prévu et avoir trouvé…

Oh, mon Dieu !

Je recommence à m'étouffer, mais je n'ai plus rien à vomir, sauf du sang. Je garde les yeux fermés pour ne pas voir l'eau rougie en dessous, mais derrière mes yeux le souvenir se projette. Des images de maman et de Walt dans la douche s'effacent et reviennent, lentement remplacées par des images de papa dans la douche. Seulement, il est dedans avec quelqu'un d'autre. Qui ? Et pourquoi diable suis-je entré dans la salle de bains quand j'ai entendu cette satanée douche couler, d'abord ?

Ce quelqu'un d'autre était un autre homme. Un quelqu'un que je ne connaissais pas.

Mon Dieu ! J'ouvre les yeux. Mes poumons me font mal et mon estomac me brûle. J'ai l'impression qu'on m'a retourné la gorge comme un gant. Je fais de mon mieux pour tenter de chasser ces images. Papa essayant de me calmer pendant que le mec nu se rhabille et s'en va, et maman n'est pas là pour entendre tout ça parce qu'elle joue au bridge dans la salle de bingo locale. C'était la dernière fois qu'elle y a joué.

Je repense au policier avec son petit ami, tapant contre le mur de la chambre, et cela aide à estomper le souvenir, ce faux souvenir, parce que tout ça n'est jamais arrivé, certainement.

Bien sûr ! C'est un rêve dont je me souviens. Papa n'était pas gay. Bien sûr qu'il ne l'était pas. Et je ne l'ai jamais tué. Je l'aimais. Papa était aussi hétéro qu'on peut l'être, et pourquoi il a décidé de mettre fin à sa propre vie, ça je ne le saurai jamais. Et peut-être que je ne veux pas le savoir.

Je me lève, les jambes comme du coton. Je me lave le visage et me rince la bouche, mais je n'arrive pas à me débarrasser du goût. Je prends un des petits savons offerts par l'hôtel et j'en croque un petit bout. Une mousse blanche mélangée de sang sort de ma bouche.

Ça a un goût de poulet.

En fait, c'est le vomi qui a le goût de poulet, et, en mâchant plus de savon, ma bouche commence à se révulser et ma gorge à me brûler. Le testicule qui me reste se met à battre, mais il me démange surtout. Je rince le savon de ma bouche et je titube pour revenir au téléphone. C'est incroyable, mais maman est toujours en train de parler.

— OK, maman, je suis content que tu ailles bien, je l'interromps, et, oui, je viendrai rendre visite à Walt à l'hôpital, mais mon taxi vient d'arriver. J'ai un rendez-vous avec un client. Faut que j'y aille. Je t'aime. »

Je regarde ma montre comme si maman pouvait me voir, j'envoie un baiser au téléphone, et j'ai ramené le combiné à mi-chemin du socle quand l'un de ses mots m'empêche de raccrocher.

« Qu'est-ce que tu dis ? je demande en pressant fortement le téléphone sur mon oreille.

— On a eu une très agréable conversation. Elle t'aime vraiment, Joe.

— Qui ?

— Ta petite amie. Je ne me souviens jamais bien des noms. Il y avait un *s* dans son prénom quelque part. Peut-être bien qu'il commençait par un *s*.

— Tu veux dire Melissa ?

— Melissa ? Oui, c'était ça. Je me souviens que je lui ai dit qu'elle avait un très beau prénom.

— Elle est venue ? je demande, décidant de ne pas lui faire remarquer que Melissa a deux *s*.

— C'est ce que je te disais, Joe. Faut vraiment que tu te fasses nettoyer les oreilles.

— Elle est venue hier soir ?

— Joe. Est-ce que tu écoutes quelquefois ce que je te dis ?

— J'écoute, mais, maman, c'est important. Qu'est-ce qu'elle a dit ?

— Seulement qu'elle s'inquiétait pour toi. Et qu'elle pensait que tu étais vraiment un chic type. Je l'ai bien aimée, Joe. J'ai trouvé qu'elle était adorable. »

Ouais, eh bien, elle ne penserait pas que Melissa est si adorable que ça, si elle savait de quoi elle est capable. Pourquoi aller voir ma mère ? Juste pour prouver son pouvoir ?

« Je ne savais pas que tu avais une si adorable jeune femme comme collègue de travail, Joe.

— J'ai de la chance, je suppose.

— Quand est-ce que je la verrai un peu plus ?

— Je ne sais pas. Écoute, maman, faut que j'y aille.

— Tu savais que son frère était gay ?

— Quoi ?

— Elle me l'a dit.

— Quoi ?

— Qu'il était gay. »

Je ne comprends rien à ce qu'elle raconte. On dirait qu'elle est branchée sur une autre conversation quelque part, peut-être une mauvaise liaison téléphonique.

« Sérieusement, maman, faut vraiment que je parte. Je te rappelle bientôt. »

Je n'attends pas de réponse. Cette fois, je raccroche.

Je marche jusqu'à la fenêtre et je regarde la ville. J'ai envie de sauter et de m'écraser sur le pavé en bas. Mon esprit bouillonne d'images de ma mère avec Walt, mais ce ne sont plus que des ombres maintenant. La nuit tombe, le soleil désormais bien caché derrière les gros nuages noirs. Il ne se passe jamais grand-chose un mercredi soir. Des camions poubelles roulent dans les rues, ramassant les ordures jetées par les boutiques et les bureaux. J'essuie les larmes qui coulent sur mon visage, sans même savoir pourquoi je pleure.

Finalement, je me concentre sur la raison de ma présence ici. J'allume les lumières de la chambre, puis j'essaie de me familiariser avec ce cadre, faisant ce que je peux pour oublier ma mère. C'est une distraction, mais ça marche. Je retourne dans la salle de bains, je tire la chasse et je vaporise un peu de désodorisant dans les lieux. Mais la distraction commence rapidement à m'emmerder. Elle me fait penser à ce que j'ai à la maison ou plus exactement à ce que je n'ai pas. C'est comme être marié et s'acheter un jour un calendrier plein de pin-up. Penser à mon petit appartement sans minibar et sans un grand lit douillet me file à nouveau envie de pleurer.

Je m'approche du coin cuisine – ou kitchenette, comme les gays et les snobs l'appelleraient. Je fouille dans les tiroirs, cherchant un couteau qui ait l'air assez méchant pour faire un boulot plutôt méchant. J'en trouve un, je reviens vers le lit avec et je l'examine à la lumière de la lampe de chevet. La lame n'est pas longue ; il est plus grand qu'un couteau à fruits, mais plus petit que la taille standard fournie aux réalisateurs de films d'horreur. Je balance ma main de haut en bas, pour sentir le poids du couteau et son équilibre, testant sa spécificité et ses limites. Je ne serais pas prêt à payer pour ce couteau, et c'est la première chose que je vois dans cet hôtel qui n'ait pas l'air horriblement chère. Il nécessitera soit un grand nombre de coups portés, soit une très fine précision.

Je peux faire les deux.

J'ouvre ma mallette et j'en sors un chiffon pour enlever mes empreintes du couteau. Ce n'est pas essentiel, mais mieux vaut être prudent qu'en taule. Je passe deux paires de gants de latex, essuie encore une fois le couteau, puis le glisse dans un sac en plastique pris dans ma mallette.

Je sors également la liste de numéros. Je cherche celui de l'inspecteur Calhoun, et je le compose avec le portable que Melissa m'a acheté. Comme c'est un mobile prépayé, si le numéro s'inscrit sur l'écran de celui de Calhoun, il ne peut pas remonter jusqu'à moi. À cause des derniers développements de l'affaire, beaucoup d'inspecteurs font des heures sups, et, à ce que je sais, Calhoun en fait partie. Au bout de six sonneries, je commence à douter qu'il soit là. S'il n'est pas à son bureau, son téléphone est renvoyé automatiquement sur son portable. Ces mecs ne s'en séparent jamais.

Enfin, il répond. « Inspecteur Calhoun », il dit, et je peux le voir debout quelque part dans une rue avec le téléphone pressé contre une oreille et son doigt enfoncé dans l'autre.

« Bonsoir, inspecteur.

— Bonsoir monsieur, que puis-je faire pour vous aider ?

— Non, c'est que puis-je faire, moi, pour vous aider.

— Qui est à l'appareil ?

— Ce n'est pas vraiment important. Ce qui est important, c'est ce que je sais.

— Je n'ai pas de temps à perdre en petits jeux…

— Ce n'est pas un jeu. Je sais quelque chose.

— Et qu'est-ce que c'est ? »

Je souris, et pourtant je suis nerveux aussi. Je n'arrive pas à me rappeler la dernière fois où j'ai eu une raison de sourire. Mais je me souviens parfaitement de la dernière fois où j'étais nerveux. « Je sais que vous êtes un assassin. »

Silence. Puis, plus tard qu'il n'aurait dû répondre, il dit : « Vous êtes bourré, ou quoi ?

— Non, je ne suis pas bourré.

— Alors de quoi est-ce que vous parlez ?

— Savez-vous qui je suis, inspecteur ?

— Comment diable pourrais-je le savoir ?

— Je suis la personne que vous recherchez.

— Écoutez, si c'est une blague, ça ne me fait pas rire. »

À l'autre bout de la ligne, je hoche la tête, comme le font les gens même si personne ne peut les voir. Au moins, je ne salue pas des deux mains. « Vous savez que je ne plaisante pas.

— Comment avez-vous eu ce numéro ?

— Nous nous éloignons du sujet, inspecteur. Maintenant venons-en au fait », je dis en me grattant le testicule. La démangeaison devient de plus en plus forte.

« De quoi parlez-vous ? »

Je m'approche de la fenêtre. Contemple la ville. « La morale de ce soir, c'est que je sais que vous avez un dysfonctionnement sexuel, que vous essayez d'y remédier en ayant recours à des prostituées et que ce dysfonctionnement vous a mené au meurtre. »

Plutôt que de nier en bloc, de m'insulter, ou de me menacer, il ne dit rien. Nous restons comme ça pendant une bonne demi-minute. Je sais qu'il est toujours là : le bruit de la ligne bourdonne fortement.

« C'est des conneries tout ça, finit-il par dire.

— Ce n'est pas ce que pensait Charlene Murphy quand vous l'avez emmenée à l'Everblue. Et je suis sûr que Daniela Walker dirait les choses différemment aussi. Enfin, si vous ne l'aviez pas tuée. »

Il reste silencieux quelques secondes de plus, le temps d'intégrer le fait que je sais exactement ce qu'il a fait.

« Qu'est-ce que vous voulez ? il finit par réussir à dire.

— De l'argent.

— Combien ?

— 10 000.

— Quand ?

— Ce soir.

— Où ?

— Le City Mall.

— Je ne peux pas risquer d'être vu en train de payer quelqu'un. Il faut un endroit plus discret.

— Comme quoi ? »

Je peux imaginer exactement ce qu'il pense. Ses réponses rapides en sont la preuve. Il se retrouve soudain pris dans le jeu auquel il me disait qu'il se refusait à jouer. Comme aux échecs, il essaie de me piéger, mais, toujours comme aux échecs, je le vois venir. J'ai six coups d'avance sur ce mec. Personne n'aurait 10 000 dollars sur lui, prêt à me les filer dans trente minutes. Mais il voit là une occasion idéale de m'éliminer en tant que risque. Parce que je lui ai balancé ça plutôt vite, il n'a pas eu assez longtemps pour y réfléchir correctement. Il pense qu'il se débrouille pas mal. Qu'il est malin. Qu'il est plus intelligent que moi. Mais j'ai réfléchi à tout ça toute la journée.

« Vous savez où est le Styx Bridge ? il demande.

— Du côté de Redwood ? » je dis. Je suis passé dessus l'autre soir pour atteindre l'autoroute quand j'ai emmené Walt faire un tour.

« Retrouvez-moi dessous à 10 heures. Et pas de blague. »

Je ne suis pas un acteur comique.

« Pas de blague.

— Comment est-ce que je peux être sûr que 10 000 achèteront votre silence ? »

Bonne question. Je suis surpris qu'il la pose, si on considère qu'il ne peut pas risquer de me laisser soupçonner qu'il se prépare à me tuer. Une fois encore, j'ai réfléchi à tout ça toute la journée.

— Pour 10 000, je vous donnerai les photos et les négatifs de vous à l'Everblue. Je vous donnerai les photos et les négatifs de vous quittant la maison de Daniela Walker la nuit où elle est morte. De toute manière, si je voulais plus de fric, j'en demanderais plus. Je veux juste de quoi me tirer de la ville avant que les flics ne finissent par me repérer.

— À 10 heures, donc. » Il raccroche sans attendre ma réponse. Il a réalisé que j'étais plus malin qu'il ne le pensait au début, que je suis assez fort pour avoir des photos de lui sur les lieux du crime, et il va se demander comment c'est même possible. Ça va lui prendre un certain temps, mais, en fin de compte, il va conclure que je mens. Je regarde ma montre. J'ai plus de trois quarts d'heure pour ne pas me montrer au rendez-vous. Plein de temps pour ne pas faire plein de choses.

Plein de temps pour ne pas tuer.

Je tends la main pour gratter mon testicule à travers la ouate, me rendant compte que ce n'est pas le testicule restant qui me cause cet inconfort, mais celui qui manque. La démangeaison provient de là où la peau a été raccommodée. Je me lève pour aller chercher dans la salle de bains quelque chose que je pourrais mettre dessus, et je trouve une petite bouteille de désinfectant dans la boîte à pharmacie. J'enlève le pansement de ouate – ça tire sur les poils et je dois retenir un cri – et je vais appliquer le désinfectant quand je repère un flacon de talc, probablement oublié par un client précédent. Quand j'ai fini, on dirait que mon testicule a été passé à la poudre pour empreintes digitales. Je remets le pansement en place et je grimpe dans le lit, espérant que j'arriverai à me détendre assez pour m'assoupir ne serait-ce qu'un instant. Il s'avère que le lit est si confortable que je me demande comment je pourrais bien le voler.

39

Le soleil est levé, le cimetière quasiment désert. De longs brins d'herbe, ceux proches des pierres tombales que la tondeuse a ratés, penchent sous la brise tiède. Plutôt que d'aller à l'église, elle sent que le cimetière est l'endroit le plus proche de Dieu.

Hier soir, plutôt que de trouver des réponses à ses questions, Sally n'a fait que s'enfoncer plus profond dans les méandres de la confusion. Non, en fait, elle a pénétré plus profond dans le monde fictif de Joe. Jusqu'à quel point ment-il? Est-ce qu'il s'est blessé lui-même?

Elle repense au sang dans l'escalier de son immeuble. Si Joe s'est blessé volontairement, il l'a obligatoirement fait dehors. Ça n'a pas vraiment de sens.

C'est presque aussi improbable que l'idée de Joe sachant conduire.

Elle sait qu'elle doit l'affronter. Elle allait le faire aujourd'hui au boulot. Mais elle a eu peur. Elle ne voulait pas perdre Joe. Même si c'est probablement déjà fait. Peut-être que sa mère ne lui a pas parlé de sa visite, mais elle ne va pas tarder à le faire.

Elle passe le dos de sa main sur son visage, étalant les larmes sur ses joues. Elle ne veut pas laisser tomber Joe.

De la même manière que tu as laissé tomber ton frère ?

Les larmes coulent plus librement. Personne ne la blâme pour ce qui est arrivé à Martin, du moins c'est ce qu'ils disent, mais elle sait qu'ils le pensent. Elle le sait vraiment. Ses parents doivent la blâmer. Quant à Martin et à Dieu, eh bien, elle le découvrira un jour. Elle sort un mouchoir en papier de sa poche et s'essuie le visage. Quelques minutes plus tard, elle est dans sa voiture, roulant vers l'appartement de Joe.

Elle baisse sa vitre et le vent qui entre aide à sécher son visage. Il commence à se rafraîchir. D'épais nuages annonçant la pluie s'apprêtent à cacher le soleil. Parfois, en revenant d'aller voir son frère mort, elle ne peut pas arrêter ses larmes.

Elle se gare au même endroit que la première fois qu'elle est venue ici. Elle prend sa trousse de première urgence sur le siège arrière. Elle va aider Joe en lui enlevant les agrafes avant de l'aider en l'affrontant.

Personne ne se montre quand elle grimpe l'escalier. Les petites taches de sang maculent encore les marches. Certaines ont été étalées jusqu'à prendre la taille d'un cadran de montre. Elle frappe, mais personne ne répond. Un chat apparaît au bout du couloir et s'avance vers elle. Il boite un peu. Elle s'accroupit près de lui et commence à le caresser.

« Hé ! salut, toi, t'es vraiment mignon. »

Le chat miaule comme s'il répondait, puis se met à ronronner. Elle frappe à nouveau à la porte, toujours accroupie près du chat. Joe ne répond pas. Est-ce qu'il s'est évanoui à nouveau ? Ou a été attaqué ? Elle frappe plus fort. Il est plus vraisemblablement absent. Mais s'il est là ? Et s'il est allongé sur son lit, en sang, avec l'autre testicule arraché ?

Elle fouille dans sa trousse d'urgence pour prendre le double de la clé de Joe qu'elle a rangé là depuis qu'elle l'a fait copier. Elle se redresse et la glisse dans la serrure.

« Joe ? »

Joe ne répond pas, parce qu'il n'est pas chez lui. Elle ferme la porte derrière elle. Le chat s'assoit sur la table près de l'aquarium. L'aquarium est vide. Joe a-t-il oublié de les nourrir ? A-t-il acheté un chat pour les remplacer ? Ses vêtements sont étalés un peu partout comme avant, mais, cette fois, il n'y a pas de taches de sang dessus. Le tas de gants de latex qu'elle avait remarqué est devenu plus petit. Il y a des assiettes dans l'évier, de la nourriture abandonnée sur la table. Le lit n'est pas fait, et il se peut qu'il soit resté comme ça depuis la dernière fois qu'elle est venue ; est-ce que Martin aurait vécu comme ça ?

Sally déambule dans l'appartement. Ce n'est pas bien d'être ici, mais ce qui arrive à Joe, quoi que ce soit, n'est pas bien non plus.

Ce qui arrive à Joe ?

Elle examine les dossiers qu'il a ramenés du commissariat – il y en a de nouveaux. Les photos sont affreuses, et elle ne parvient à les regarder que quelques secondes. Elle les remet en place. Pourquoi est-ce que Joe a ça chez lui ?

Une question plus importante pourrait être : que dirait-il s'il rentrait et la trouvait en train de fouiller son appartement ? Oui, il vaut mieux qu'elle s'en aille. Elle se baisse pour ramasser le chat, mais il file se cacher sous le lit.

« Allons, minou, viens ici, tu ne peux pas rester là-dessous. »

Mais le chat pense qu'il peut. Quand elle se met à quatre pattes pour regarder sous le lit, le chat est en plein milieu. Juste à côté de lui, il y a un bout de papier. Curieuse, Sally tend la main et l'attrape.

C'est un ticket de parking. La date et l'heure imprimées dessus datent de plusieurs mois. Ça n'a aucun sens d'avoir gardé ce ticket, puisqu'on doit le rendre en sortant de l'immeuble pour que le type dans la cabine sache combien il doit vous faire payer. Elle se penche à nouveau pour remettre le ticket sous le lit.

Elle fait claquer ses doigts pour attirer le chat qui, un instant plus tard, ronronne dans ses bras. Elle le dépose dans le couloir, puis se dirige vers l'escalier.

40

J'essaie de me mettre dans la tête de Calhoun. Il voit une chance non seulement d'appréhender le Boucher de Christchurch, mais aussi d'éliminer la seule personne à être au courant de sa vie secrète. Je suis également certain qu'il envisage le fait de ne pas pouvoir s'attribuer cette victoire. Il veut être un héros, mais s'il me prend vivant, il sait que je vais parler. Donc il faut qu'il m'attrape d'une manière qui lui donnera une excuse pour me tuer. Ce sera difficile à faire. Difficile à expliquer.

Son option la plus évidente est de me tuer et de dissimuler mon cadavre. Il y perdra sa gloire, et le dossier qui a été lancé, il y a des mois, avec ma première victime restera ouvert. Rien ne viendra s'y ajouter, mais l'affaire ne sera jamais résolue. Il n'y aura de gloire pour personne. Le Boucher de Christchurch disparaîtra. Pendant que tout le monde continuera à enquêter sur l'affaire, il pourra aussi bien aller jouer au golf quelque part.

Je mets ma veste, ajuste mes gants et quitte ma chambre. Je mets les mains dans les poches, mais c'est inutile car je ne croise personne. Je monte jusqu'au dernier étage et me dirige vers la chambre de Calhoun. Le numéro était dans son dossier. Le problème, c'est que le seul moyen d'entrer est avec une carte magnétique. Je me dirige vers l'ascenseur. Juste au moment où les portes se referment, une femme de ménage sort d'une chambre voisine, presque comme si le destin l'avait décidé. J'écrase le bouton qui rouvre les portes et je regagne le couloir. La femme de chambre me sourit quand on se croise. Elle a une cinquantaine d'années, l'air épuisé d'une mère de peut-être six enfants qui doit nettoyer derrière des centaines d'adultes quarante heures par semaine. Ses cheveux noirs sont teints, et elle est si maigre que si je la soulevais pour la balancer contre le mur, elle se briserait en mille morceaux. Je souris en faisant un petit mouvement de tête, puis je me retourne pour la voir s'arrêter quelques portes plus loin.

J'attends qu'elle entre, puis, regardant alentour pour être certain qu'on est seuls, j'entre derrière elle, sachant que je trouverai bien quelque chose à dire pour la convaincre de me donner la carte magnétique dont j'ai besoin.

Je passe un bras par-dessus son épaule avant qu'elle ait même compris que je suis entré, et je serre sa gorge, utilisant mon autre main pour tenir sa nuque. Je raidis légèrement les deux bras pour ralentir sa respiration. Elle, bien sûr, elle commence à lutter, mais elle s'arrête vite quand je lui suggère que ce n'est pas vraiment dans son intérêt. Elle arrête de se débattre, et je me demande si elle en est déjà passée par là. C'est peut-être pour ça qu'elle a six enfants.

Je ne veux pas lui faire de mal. Rien de sexuel, en tout cas, parce qu'elle est assez vieille pour être ma mère. Elle est là, se contentant de faire son boulot, un job mal payé et dégradant comme le mien, et soudain il pourrait lui coûter la vie. Eh bien, je vais lui donner une chance de s'y accrocher. Pour l'instant.

Je lui dis de se taire, sinon elle va mourir. Puis je lui dis de continuer à regarder devant elle, que si elle se retourne, si elle essaie de me voir, elle mourra. À ma voix, elle sait que je ne bluffe pas.

Je lui demande ses clés. Elle baisse une main vers sa ceinture, les décroche et me les tend. Elle sait que ça ne vaut pas la peine de mourir pour elles. Elle doit penser que je veux voler toutes les serviettes et tous les savons gratuits de toutes les chambres que je veux. Le bras toujours autour de sa gorge, je mets les clés dans ma poche, la pousse en avant jusqu'au lit. Quand j'enjambe son dos, elle ne se plaint pas, ne crie pas. Elle apprend vite. Faut dire que je menace aussi de tuer son mari et ses mômes. Je me sers d'un drap pour ligoter ses bras et ses jambes, d'un autre pour couvrir ses yeux.

Je lui dis de rester tranquille pendant vingt minutes, parce que je vais revenir. Peut-être plus tôt que ça. Si elle est partie, je la retrouverai et je la tuerai. Si elle est encore là, je la libérerai. Je ne veux pas créer une scène de crime. Je ne peux pas me permettre d'attirer l'attention par ici. Satisfait de voir qu'elle ne se relève pas pour filer à toute vitesse, je regagne le couloir, pousse son chariot dans la chambre pour que personne ne le voie, puis je referme la porte.

Je mets la clé dans la serrure de la chambre de l'inspecteur Robert Calhoun. Il doit être en train de m'attendre, devenant plutôt impatient vu l'heure qu'il est. Je me dis qu'il doit me donner encore dix minutes pour arriver. Même s'il part maintenant, il aura encore à regagner le centre-ville. J'ai tout mon temps pour fouiller sa chambre.

Je pousse la porte derrière moi, m'enfermant dans une obscurité totale, puis je sors de ma poche la petite lampe torche que j'ai apportée. Sa cuisine est plus grande que la mienne, et Calhoun a beaucoup plus d'ustensiles, vaisselle et couverts. Je constate qu'il s'est fait un sandwich avant de partir au travail.

Pour que la police obtienne des tarifs avantageux, il faut que les flics fassent leur propre ménage, ce qui inclut la vaisselle. Calhoun est un homme d'une cinquantaine d'années loin de sa femme, ce qui veut dire que pour l'instant les assiettes sont empilées dans l'évier et n'ont pas été lavées depuis à peu près une semaine. Il va sûrement s'alimenter dans des fast-foods pendant quelques jours encore avant d'attaquer la pile.

Je sors mon couteau et le pose sur le comptoir près de son collègue, m'assurant qu'ils sont parfaitement identiques. Satisfait, je les emballe dans deux sacs plastique séparés, en faisant attention de ne pas abîmer les empreintes de Calhoun. Je glisse les sacs dans mes poches, le mien dans la gauche, celui de Calhoun dans la droite.

Parfait.

Je fouille dans ses tiroirs, ses valises. Même s'il est ici depuis plus d'un mois, il a à peine déballé ses affaires. Je trouve une pile de magazines pornographiques, une paire de menottes (standard – mais pas comme celles de la police) et un bâillon en cuir avec une balle en caoutchouc au centre pour le, ou la faire taire. J'envisage de l'emporter, mais ce n'est probablement pas très avisé. De toute manière, je suis satisfait de ma propre technique. Il y a d'autres sex-toys, dont beaucoup que je n'ai jamais vus. Cet homme est un vrai pervers, et je commence à l'admirer.

La porte se referme automatiquement derrière moi quand je pars.

On dirait que la femme de chambre a essayé de se défaire de ses liens, mais qu'elle a échoué. À peu près ce à quoi je m'attendais. J'entre dans la cuisine et trouve un troisième couteau identique, que je mets dans un autre sac en plastique.

De retour dans la chambre, je dis à la femme de la fermer et de ne surtout pas se retourner. Puis je dénoue les draps, passe la main par-dessus son épaule et lui tends 1 000 dollars. Cela achètera définitivement son silence, et je me dis qu'il m'en reste encore 1 000 après avoir évité de payer Becky l'autre nuit. De plus, c'est bien de ne pas créer une nouvelle scène de crime. Je sens ses yeux qui examinent l'argent, son esprit déjà en train de le dépenser. Je sens qu'elle réfléchit à ce qu'elle doit faire pour en obtenir plus.

Je lui dis de rester où elle est pendant cinq minutes de plus. Si elle comprend, elle n'a qu'à hocher la tête. Ce qu'elle fait vigoureusement, tout en fixant toujours l'argent. Je jette les clés sur le lit (décision très dure parce que j'aurais vraiment pu me marrer à aller de chambre en chambre), je lui tourne le dos et je m'en vais, refermant la porte derrière moi. Le couteau dans ma poche paraît plus lourd que celui que je viens de prendre ici. Les empreintes de Calhoun lui donnent plus de poids, sans doute.

Parfois, c'est embarrassant d'être si compétent. De retour dans ma chambre, je remets mon couteau dans ma cuisine, puis je nettoie celui que j'ai pris dans la chambre où j'ai abandonné la femme de ménage, avant de le mettre dans un sac plastique.

Il y a encore beaucoup à faire. La vie serait plus facile si je pouvais retourner à la voiture que j'ai garée avec le cadavre de la femme morte dedans. Bien sûr, je pourrais jeter l'arme du crime dans le coffre et ensuite appeler la police, mais je ne l'ai pas vraiment poignardée, et en la poignardant maintenant, eh bien, n'importe quel médecin légiste assez instruit pour distinguer un bras d'une jambe se rendrait compte que les blessures sont *post mortem*. Surtout après tout ce temps. Non, j'ai besoin de quelqu'un de nouveau. Quelqu'un de frais.

Je vais sortir ce soir faire mon shopping. Il n'y aura pas de petites recherches personnelles, parce que je ne peux pas baser la spontanéité sur les petites recherches personnelles.

Cette soirée devrait être amusante.

Cette soirée devrait ramener un sourire sur mon visage.

Après tout, je n'ai pas fait de shopping depuis des lustres.

41

Le crime le plus important dans l'agglomération de Christchurch – en dehors de la mode et de l'architecture vieille Angleterre, des sniffs de colle, du trop-plein de verdure, de la conduite dangereuse, du stationnement illicite, du manque de parkings, des piétons errants, des magasins trop chers, du brouillard d'hiver, du brouillard d'été, des mômes en skateboard sur les trottoirs, des mômes en vélo sur les trottoirs, des vieux types hurlant des passages de la Bible à tous les passants, des policiers stupides, des lois stupides, du trop-plein d'ivrognes, du manque de boutiques, des chiens qui aboient, de la musique trop forte, des flaques d'urine devant les magasins le matin, des flaques de vomi dans les caniveaux et du décor grisâtre entre autres choses –, c'est le cambriolage. Il y a un cambriolage toutes les cinq minutes. La plupart d'entre eux sont l'œuvre d'adolescents qui, en grandissant, passeront à l'attaque à main armée et finiront par abattre quelqu'un pour se payer leur dose quotidienne de drogue. Et au même niveau, on trouve le vol de voiture. Les voitures sont volées aussi souvent que les maisons sont cambriolées. Par conséquent, vous pourriez penser que beaucoup de gens ont une alarme dans leurs voitures. Mais non. Les gens préfèrent dépenser leur fric en installations stéréo de luxe, qui finissent chez des prêteurs sur gages minables. Tout cela pour dire que piquer une nouvelle voiture n'est pas difficile. Pas quand vous savez comment vous y prendre. Pas quand vous êtes aussi bon que je le suis.

Je roule à la lisière du centre dans ma nouvelle voiture, une Ford quelque chose, cherchant de la marchandise, quelqu'un qui va m'attirer ou peut-être une maison qui a l'air raisonnablement mal protégée, quand cela me vient. Une idée. Comme je le sais d'expérience, les idées spontanées sont parfois les meilleures. Il faut que je me remémore que parfois elles ne le sont pas.

Ma mallette est posée sur le siège du passager, chargée de couteaux, de ciseaux et d'une pince. La mallette est la boîte à outils du tueur en série moderne.

Je me dirige vers un de ces cinémas multiplex qui semblent pousser un peu partout en ville, à raison d'un par an en moyenne. Je gare ma voiture au milieu des autres. Et là, j'attends, me grattant négligemment l'entrejambe. Le flot de gens est interrompu par les séances qui commencent ou se terminent, par les lents, les bavards et les handicapés qui mettent le plus de temps à regagner leurs voitures. Finalement, je repère la victime parfaite. La trentaine, je dirais. Longs cheveux blonds, pommettes saillantes, fauteuil roulant étincelant. Je me dis qu'une femme comme ça n'a rien à perdre, et que la tuer ne sera pas vraiment un crime – bon Dieu ! elle ne sentira même pas la moitié des choses que j'ai l'intention de lui faire.

Je regarde ce cadavre qui respire encore s'installer courageusement dans sa voiture, se servant de ses bras pour transférer son poids du fauteuil roulant au siège du conducteur. Puis, avec une habileté que seuls les estropiés peuvent acquérir, elle balance sa chaise sur le toit de sa voiture et ferme les attaches. Stupéfiant. Ce sera la dernière fois qu'elle fait ça.

Je la suis jusque chez elle. La Ford est un modèle récent et se conduit agréablement. Je mets la clim et j'écoute la radio. Un trajet tout à fait relaxant. Je m'arrête devant une maison un peu plus loin que la sienne, et je lui donne vingt minutes pour entrer chez elle et se préparer. Je pense qu'elle vit seule. D'abord, c'est une handicapée, et personne ne voudrait l'aimer *a priori* ; ensuite, si elle avait un partenaire, il serait venu avec elle au cinéma. Jusqu'à maintenant, je n'ai jamais trouvé aucune utilité aux handicapés, aux attardés ou aux estropiés.

La maison est de plain-pied – on ne s'attendrait pas à moins pour quelqu'un dans sa condition. Le jardin est assez mal entretenu. La rampe pour fauteuil roulant qui mène à la porte d'entrée est garnie d'un paillasson marqué « Bienvenue ». Je l'emprunte juste après 11 heures. Je règle son compte à la serrure. Pour quelqu'un qui vit dans un fauteuil roulant, sa sécurité laisse à désirer. La vie est comme ça. Ceux qui sont les plus enclins à se faire agresser – les vieux, les faibles, les jolies – ont en général seulement une chaîne à leur porte et un verrouillage de sécurité. C'est peu. Vraiment peu, pour quelqu'un comme moi.

La première escale est la cuisine, où tout est à hauteur de taille. J'ouvre son frigo et examine son contenu. Non pas parce que j'ai faim ou soif, mais parce que je l'ai fait dans beaucoup de maisons des autres victimes. Le frigo n'offre rien d'intéressant à prendre. Il s'avère qu'elle est végétarienne. Je ne pige pas comment on peut être végétarien.

Je choisis une brique de lait, bois directement dedans et la pose au milieu de la table. Je m'essuie avec ma manche pour me débarrasser de ma moustache de lait, puis je m'engage dans le large couloir sans moquette menant à sa chambre.

Il va falloir que ce soit une attaque façon guerre éclair. Pas le temps de folâtrer. Je ne veux pas prendre le risque qu'elle crie. Donc, je vais devoir entrer directement et m'y mettre immédiatement.

Je suis dans sa chambre et je l'ai maîtrisée avant même qu'elle se rende compte de ce qui se passe. J'arrête de la frapper quand une soudaine douleur apparaît dans ma main. J'ai l'impression que je me suis cassé le petit doigt. Je prie pour que ce ne soit pas le cas, me disant que, puisque Dieu ne m'a pas aidé avec mon testicule, Il me doit une chance. J'espère simplement qu'Il est de bonne humeur.

Je n'aurai pas à me soucier de lui attacher les jambes. Inutile. Juste les mains. Je me sers du fil du téléphone près du lit. Elle n'en aura plus besoin. Une fois que je l'ai ligotée, je commence à me masser le petit doigt. La douleur s'estompe et je soupire de soulagement. Dieu m'aime, après tout.

Le pansement sur mon testicule va m'empêcher de faire ce que je ferais normalement, mais au moins je peux nous rendre à tous les deux un service qui nous fera gagner du temps. En faisant attention à ne pas trop ensanglanter mes mains, j'utilise le couteau que j'ai nettoyé hier soir, et, quand j'ai terminé, je l'emballe et je sors celui qui porte les empreintes de Calhoun. Le risque de brouiller les empreintes est minime maintenant que la victime est morte. Mais je fais tout de même très attention quand je glisse la lame dans l'une des plaies déjà ouvertes.

Quand j'ai fini, je fouille dans ses placards et ses tiroirs, où j'emprunte quelques objets dont elle n'aura plus besoin. Je m'apprête à partir quand j'entends un bourdonnement provenant de son séjour. C'est un aquarium. Je reste debout, silencieux, devant deux douzaines de poissons rouges qui nagent dans la lumière bleutée. Je repense immédiatement à Cornichon et Jéhovah. La tentation d'emporter deux poissons est forte, mais je sais que je ne pourrai jamais les remplacer. Non. Le vide de ma vie doit demeurer – au moins jusqu'à ce que j'aie la chance de faire mon deuil. La joie d'avoir deux nouveaux poissons n'aurait qu'un goût de cendre.

En fait, je me sens assez mal d'avoir tué miss Estropiée. Elle aimait les poissons, et j'aime les poissons. Nous vivions tous deux seuls avec eux. Ils étaient nos amis. Nous étions leurs dieux. Avant, elle n'était qu'une personne que je ne connaissais pas, mais maintenant elle est quelqu'un à qui je me sens apparenté. Dans une autre vie, peut-être que nous aurions été bons amis. Ou même plus. Je laisse la porte de devant ouverte, me disant que son corps sera retrouvé plus vite comme ça par un voisin inquiet ou un cambrioleur tardif. Le mieux que je puisse faire maintenant pour elle, c'est espérer qu'elle ait un bel enterrement. Avant de regagner ma voiture, je vérifie que je n'ai pas de sang sur moi. Quelques taches sombres m'ont éclaboussé, mais elles sont presque impossibles à discerner sur ma combinaison de travail noire.

Je rentre directement à l'hôtel. Je regarde attentivement pour m'assurer qu'aucun policier ne traîne dans les parages, puis je monte dans ma chambre. Une fois en sécurité à l'intérieur, je nettoie la véritable arme du crime, puis je la remets dans le sac en plastique. Dans l'idéal, j'aurais aimé la remettre là où je l'ai trouvée, mais ce monde n'a rien d'idéal. Je la balancerai quelque part.

J'enlève le pansement de mon testicule, sachant que je vais bientôt devoir le remplacer. Je m'assois sur le bord du lit d'abord, puis j'examine mes parties génitales dans la glace. Je m'attends à voir un truc noir et infecté qui me mènera probablement à l'hôpital ou à la morgue. Ce que je vois, en fait, c'est de la peau plissée couverte de sang séché et de talc, et, en l'humectant avec le coin d'une serviette mouillée, je constate que Melissa a fait du bon boulot. La zone est enflammée à force de me gratter, et, en l'examinant de plus près, je vois pourquoi cela me démangeait tant. Les agrafes ont dépassé la date limite d'enlèvement.

Je ne tiens pas à ce que Melissa me rende une nouvelle visite pour m'aider, donc je passe dans la salle de bains et je prends les ciseaux et la pince à épiler que j'avais vus hier soir quand je me suis servi du talc. Avec une serviette sous moi sur le lit, j'utilise très, très lentement la pince à épiler pour tirer le nylon, puis je le coupe avec les ciseaux. Tout mon entrejambe, tout mon ventre et le haut de mes cuisses me font immédiatement mal, mais la douleur est tolérable. Chaque fil de nylon vibre à travers mon corps quand je le tire à travers puis hors de ma peau. Je me demande si je n'y arriverais pas mieux si j'étais ivre, mais je décide que non – pas au prix auquel je devrais le payer. Ma bourse vide commence à saigner, mais très légèrement.

Je la nettoie et je prends une longue douche. La pomme est directionnelle et je peux aussi contrôler la pression. C'est merveilleux. Mon bas-ventre se sent mieux, et je me demande pourquoi je ne suis pas devenu chirurgien plutôt que homme de ménage. Au bout d'une demi-heure, je sors de la douche et me sèche. Tout le sang est parti – celui de l'estropiée et le mien. L'élancement a disparu et, mieux encore, les démangeaisons aussi.

Je m'effondre entre les draps frais et je ferme les yeux.

42

Le jour suivant, c'est le travail comme d'habitude. Le vieux mec des prévisions météo gagne sa paye en disant des choses justes. Je pense qu'il doit regarder le soleil par la fenêtre plutôt que de lire le bulletin qu'il a devant lui. Je prends les escaliers plutôt que l'ascenseur pour éviter de tomber sur Calhoun. Dans le hall, un groupe de touristes se fait expliquer un itinéraire par le portier dans un anglais qu'ils ont du mal à comprendre. Quelques chauffeurs transportent des valises de ou vers leurs taxis. Des gens signent le registre, d'autres quittent l'hôtel. Pas de Calhoun.

Je passe à la réception pour rendre ma clé. Je regarde si souvent autour de moi que l'employé de l'hôtel doit penser que je suis paranoïaque. Il n'y a pas de dépenses supplémentaires, et donc ma carte de crédit volée n'a pas à être utilisée. L'employé me demande si mon séjour a été agréable, et je lui dis que oui. Il me demande d'où je viens et je me rends compte que je ne peux pas dire Christchurch parce que j'aurais l'air d'un imbécile. Qui passe quelques nuits dans un cinq étoiles de sa propre ville ? Je lui dis que je suis de l'île du Nord. Il me demande d'où exactement, et je comprends soudain pourquoi il me pose ces questions – il me drague. Je lui réponds Auckland, et il me dit qu'il est aussi d'Auckland. Il me dit que le monde est petit. Je lui réplique qu'il n'est pas assez petit, et il faut qu'il réfléchisse trois secondes avant de réaliser que dans mon petit monde il n'existerait même pas. En fait, je peux carrément voir ses pensées se former pendant que son sourire disparaît lentement.

Je marche jusqu'à mon travail. C'est une très belle journée, et je me sens bien, à propos de pas mal de choses différentes, parmi lesquelles le fait que mon testicule ne me démange plus ce matin. Sally est à mon étage quand j'y arrive pour bosser. Elle a l'air préoccupée. « Tu as fait quelque chose d'intéressant, hier soir ? »

Ça recommence. « Pas vraiment. Je suis juste resté à la maison à regarder la télé.

— C'est sympa », elle dit, et elle s'en va.

Je commence ma journée en nettoyant les toilettes du premier étage. On a retrouvé le corps de la femme estropiée. C'est une tragédie, apparemment. C'est inhumain, aussi, disent des gens. D'après les journaux, il semble que nous vivions dans un pays honteux. Tout le monde n'arrête pas de dire : « Où cela va-t-il finir ? » mais personne ne pose la question à moi. Dans mon bureau, je me sers d'un marqueur noir indélébile pour assombrir les taches de sang sur ma combinaison de travail et les faire ressembler à des taches d'encre.

Pendant que les inspecteurs stressés cherchent l'assassin, je m'assois dans mon bureau et je passe un appel avec le téléphone portable. Je suis assis sur ma chaise, le dos collé à la porte au cas où Sally passerait et essaierait d'entrer.

L'inspecteur Calhoun répond. Je m'excuse de ne pas avoir été au rendez-vous d'hier soir. Il me dit exactement ce qu'il pense de moi. Nous échangeons quelques autres amabilités avant de tomber d'accord pour nous rencontrer à nouveau, cette fois à 6 heures ce soir, dans la maison des Walker. Il accepte avec réticence. Sans me remercier, il raccroche.

Après le déjeuner, j'écoute attentivement pour découvrir si les inspecteurs ont installé une souricière dans la maison des Walker. Personne n'y fait la moindre référence. Calhoun a gardé l'information pour lui. Cela signifie qu'il poursuit son idée de me tuer. Chaque demi-heure à peu près, je croise Sally, mais elle n'a pas l'air d'humeur à bavarder. Elle me regarde du bout d'un couloir par exemple et me fixe avec ce regard qui suggère qu'elle est paumée, mais pas une seule fois elle ne s'approche de moi pour entamer le genre de conversation inepte qui me donne envie de hurler. Je dois admettre que le déjeuner qu'elle me préparait habituellement me manque, et je note mentalement qu'il faudra que je lui dise que j'ai faim pour que ça lui donne envie de me refaire des sandwichs.

16 h 30 arrivent, et je peux enfin profiter de ma journée. De retour dans mon bureau, je repasse un autre appel avec le portable, cette fois directement dans le commissariat. Je demande à parler à quelqu'un des homicides. Quand je dis que j'ai peut-être des informations, on me transfère directement à l'inspecteur chef Schroder.

Je saute la partie où je suis supposé lui donner mon nom, lui disant que je connais la procédure, et que, même si je suis disposé à aider, je ne suis pas prêt à témoigner au tribunal, pour des raisons que je ne veux pas citer, mais qui mettent en danger ma sécurité personnelle. Il ne partage pas mes craintes, mais n'insiste pas, probablement parce que 95 % des appels qu'il reçoit proviennent de cinglés. En tout cas, il a l'air très impatient d'apprendre ce que je sais. Je lui dis qu'il ne s'agit pas de ce que je sais, mais de ce que j'ai découvert. Je lui indique comment trouver la poubelle, à trois rues du lieu du crime de la nuit dernière. Quand il me demande comment je l'ai trouvée, je lui raconte que j'ai vu un homme le jeter dedans, et que, quand j'ai entendu parler du meurtre aujourd'hui, j'ai décidé de les appeler.

Une brève description de l'homme ?

Bien sûr. Pourquoi pas ? Je donne une brève description de Calhoun avant de raccrocher au nez de ses questions supplémentaires. Cela n'a rien à voir avec l'image de « moi » punaisée dans la salle de réunion.

Je quitte mon bureau et je vois l'inspecteur chef Schröder assis derrière le sien. Il me regarde, mais ses yeux sont dans le flou. Puis, avant que j'atteigne la porte, il bondit sur ses pieds, attrape ses clés et fonce jusqu'à l'inspecteur Calhoun. Ils discutent de quelque chose, puis se dirigent rapidement vers la sortie.

Quand je rentre à la maison, trois pas me suffisent pour sentir qu'il y a quelque chose de différent, mais je n'arrive pas à savoir quoi. C'est comme si quelqu'un était venu ici et avait tout déplacé de quelques degrés. Je m'immobilise, je fais un tour complet sur moi-même, mais, au bout d'un moment, je ne trouve aucune raison tangible de m'inquiéter, chaque chose est à sa place. C'est juste une impression. Peut-être que Melissa est revenue. Peut-être que non.

J'enfile une paire de gants en latex et je passe les mains sous le matelas à la recherche du ticket de parking que j'ai gardé en souvenir des mois auparavant. Mais je n'arrive pas à le trouver. J'enfonce mes bras sous le lit jusqu'aux épaules, je tâtonne de tous les côtés, je cherche, cherche... mais il a disparu.

Melissa ?

Pourquoi aurait-elle été fouiller ici ?

Mais je sais déjà pourquoi. Les gens cachent des trucs sous leur matelas, tout le temps. C'était stupide de ma part de planquer le ticket là.

J'enlève les draps du lit, je les balance par terre, puis je fais glisser le matelas et le dresse contre le mur, cherchant toujours, avec toujours ce besoin de m'assurer qu'il n'est pas là. Je m'allonge par terre pour regarder sous le sommier et...

Il est là !

Je suis en train de refaire le lit quand je réalise comment il a pu arriver là. J'avais relevé le lit quand j'essayais de tuer ce putain de chat. Voilà. Je range le ticket dans ma mallette et j'enlève mes gants.

Après avoir marché quelques pâtés de maisons, j'utilise l'habituel moyen de transport illégal pour me rendre jusqu'à la maison où je dois rencontrer Calhoun. Chacun de nous a l'intention de tuer l'autre, même si, en apparence, aucun de nous ne le sait. Quand j'arrive là-bas, il est 17 h 40. Je suis certain d'avoir battu Calhoun, parce que Schroder lui a demandé d'aider à rechercher l'arme du crime. Je me dis que j'ai tout mon temps.

Je me gare à quelques rues de là et je finis à pied. La soirée est aussi chaude que la matinée, et une douce brise me détend. Quand j'atteins la maison, je suis pris d'une peur soudaine que les résidents aient réemménagé et que leur vie de famille ait repris son cours. Je prends quelques profondes respirations. Non, si quelqu'un vivait à nouveau ici, je serais très probablement au courant.

J'utilise mes talents pour déverrouiller la porte d'entrée et je la referme du bout du pied. Je m'immobilise dans le hall d'entrée et je guette des signes de vie. Personne ici. La chambre à coucher paraît l'endroit idéal, en raison des événements récents, et donc je m'y rends en premier. J'ouvre ma mallette et, regrettant de ne pas avoir une arme à feu qui pourrait mettre rapidement un terme à tout ce drame, je sors un marteau. Dans ces circonstances, c'est le mieux que je puisse faire. Mais si je tape trop fort, je pourrais lui éclater le crâne, donc je décide de retourner à la cuisine pour trouver quelque chose de mieux. Je reviens ensuite dans la chambre, désormais fier propriétaire d'une grosse poêle à frire. Qui n'attache pas.

Je m'assois sur le lit et je regarde les aiguilles de ma montre avancer en tictaquant, en attendant l'arrivée de l'inspecteur Calhoun.

43

Elle est malade de ne pas savoir. Malade de toutes ces questions. Malade d'être malade.

À 16 h 15, Sally quitte le travail. Elle n'a pas besoin de justifier son départ anticipé. Les autres savent que son père est malade et qu'elle veut passer du temps auprès de lui.

À 16 h 20, quand elle atteint l'immeuble de parking, Henry n'est pas là. Elle ne sait pas si elle doit être déçue ou flattée qu'il ne se montre peut-être qu'à 16 h 30 juste pour elle. Elle ne sait pas si elle doit se sentir exploitée ou désirée.

Elle passe devant le commissariat, fait un demi-tour et trouve une place juste de l'autre côté de la rue. 16 h 30 arrivent, mais pas de Joe. Elle ne l'a jamais vu s'en aller autrement qu'à 16 h 30 précises. Est-ce qu'il serait déjà parti ?

Elle attend encore cinq minutes. Toujours pas de Joe.

Mais qu'est-ce que tu fais exactement ? Tu as l'intention de le suivre ? Tu essaies toujours de l'aider ?

Exactement. Elle veut voir s'il a rendez-vous avec quelqu'un. Peut-être la femme avec qui il parlait en début de semaine, le témoin du commissariat. Cinq minutes plus tard, elle démarre et se faufile dans la circulation. De toute manière, elle ne se sentait pas à l'aise à attendre comme ça.

Elle est arrêtée à un feu rouge quand elle aperçoit Joe dans le rétroviseur. Le feu passe au vert. Elle ne sait pas quoi faire. Une voiture derrière elle commence à klaxonner. Joe a disparu. Il est probablement déjà dans le bus.

Elle prend la direction du cimetière, mais, quelques minutes plus tard, elle s'aperçoit qu'elle roule vers chez Joe. Elle se gare dans la rue de son immeuble et décide d'attendre vingt minutes, mais pas plus. Il arrive au bout de dix.

Elle est assise dans sa voiture, incapable de décider entre monter affronter Joe ou attendre pour voir si quelqu'un d'autre vient lui rendre visite. C'est une décision très difficile, mais qu'elle n'a pas à prendre finalement, car, au bout de quelques minutes à peine, Joe réapparaît. Il part, à pied, s'éloignant d'elle. Elle commence à le suivre. Quand elle tourne au carrefour, il est déjà en train de prendre une autre rue à gauche. Elle ralentit un peu. Elle n'a jamais suivi quelqu'un de sa vie et elle se rend soudain compte qu'elle n'est pas très bonne à ce jeu-là. Elle rapproche lentement sa voiture du coin de la rue et s'apprête à tourner quand Joe réapparaît sur sa gauche, traversant le carrefour en voiture.

Une voiture différente de celle qu'elle l'a vu conduire la dernière fois.

Elle se maintient à la même allure que lui, essayant de garder une voiture entre eux, jusqu'à ce qu'il ralentisse dans un quartier nettement plus huppé et s'arrête le long du trottoir. Sally le dépasse, le surveillant dans son rétroviseur. Il descend de voiture et s'éloigne jusqu'au coin du pâté de maisons, sa mallette se balançant légèrement au rythme de sa marche.

Elle le suit jusqu'à une maison de deux étages. Il emprunte l'allée avant de disparaître sous la véranda de la porte d'entrée. Quelque chose lui semble familier dans cette maison, mais elle n'arrive pas à savoir quoi. Et si c'était quelque chose d'aussi innocent que d'aller voir un ami, pourquoi Joe se serait-il garé un peu plus loin ? Pourquoi pas dans l'allée menant au garage ?

Elle pianote nerveusement sur son volant. Elle aimerait avoir assez confiance en elle-même pour aller frapper à la porte et demander à Joe ce qui se passe, mais s'il est en danger, elle pourrait lui causer encore plus d'ennuis.

Dix minutes passent. Vingt. Au bout d'un moment, Sally se rend compte qu'elle est en train de murmurer une prière. Elle veut que Joe réapparaisse et reprenne le cours de sa vie ; elle veut que tout rentre dans l'ordre. Peut-être que ça va très mal pour lui, et tout ce qu'elle fait, c'est rester assise là à attendre, en laissant toutes ces mauvaises choses arriver à Joe, exactement comme elle a laissé toutes ces mauvaises choses arriver à Martin cinq ans auparavant.

« Stupide, stupide, stupide », murmure-t-elle, en se frappant le front de la paume de la main.

Et puis, quelques minutes plus tard, une voiture vient se garer dans l'allée de la maison, et un homme en descend. Elle est juste un peu trop loin pour le reconnaître mais, comme pour la maison, quelque chose lui paraît familier chez cet homme. Il se dirige à grands pas vers la maison et il entre.

44

Calhoun commence à se retourner au moment où je sors de derrière la porte de la chambre, et il lève son bras pour se protéger de la poêle qui vole vers lui. Il parvient à coller son coude dans la trajectoire ; la poêle cogne dessus et est déviée vers sa poitrine. Il titube en arrière, je titube en avant et lui rentre dedans. Nous tombons tous les deux, et il essaie de s'emparer de son arme dans sa veste. Mon cerveau va si vite que j'ai le temps de comprendre que je suis en train de foirer, le temps de me demander pourquoi il n'avait pas son flingue à la main pour commencer, le temps de spéculer qu'il voulait que je lui fasse d'abord confiance pour pouvoir apprendre ce que je sais. Je me remets d'aplomb pendant qu'il commence à se relever, et je peux lire la surprise sur son visage parce qu'il comprend qui je suis, mais ce savoir n'enlève en rien son envie désespérée de me tuer.

Je balance ma tête en avant, cognant son front et me faisant aussi mal qu'à lui, mais au moins il n'a pas réussi à prendre son pistolet. Des lumières explosent derrière mes yeux, une centaine, non, mille, toutes en même temps et dans les mêmes teintes de blanc, mais ensuite le rouge commence à filtrer à travers. Je recule, et on dirait que la pièce se met à tourner. Je sais que Calhoun doit ressentir la même chose, exactement comme je sais que je ne peux pas lui laisser une seconde chance. Je tiens toujours la poêle à la main et je décide très vite de m'en servir.

Quand je le regarde, il y a deux inspecteurs Calhoun, deux portes de chambre, deux tout. Je secoue la tête et la pièce continue à tanguer, mais les images commencent à n'en former qu'une. Je me ressaisis, lève mes bras lourds et balance la poêle contre le côté de sa tête. Elle frappe sa pommette et sa mâchoire, brisant peut-être la première et déboîtant sans doute la seconde. Il retombe sur le sol et ne bouge plus. Épuisé, je laisse tomber la poêle.

Je le roule sur le ventre et lui attache les mains dans le dos, puis je ligote ses jambes. Quand j'essaie de lui ouvrir la bouche, je découvre que je lui ai effectivement déboîté la mâchoire. Comme j'ai besoin de causer avec lui plus tard, j'agrippe sa mâchoire et j'essaie de la remettre en place. Rien ne se passe. Je la tape avec le marteau, doucement d'abord, puis plus fort, et au bout de quelques coups elle se raccroche à sa place avec un claquement. J'ouvre sa bouche pour placer l'œuf dedans, puis je change d'avis. Je ne veux pas risquer que l'œuf glisse au fond de sa gorge pendant qu'il est inconscient et le tue. À la place, je me sers de deux slips du mari pour le bâillonner.

Quand Calhoun finit par se réveiller, je l'ai assis dans une chaise que j'ai remontée de la salle à manger. J'ai utilisé de la corde pour le ligoter dessus, et, parce que la chaise a des pieds en métal, même s'il parvient à la renverser, elle ne se cassera pas. En plus de la corde, j'ai collé du chatterton sur ses jambes, autour des pieds de la chaise et aussi autour de ses bras. À moins d'être Houdini, il ne peut aller nulle part.

Je m'accroupis devant lui. Il me fixe, comme si le visage qu'il a vu avant d'être K.-O. ne pouvait pas être celui qu'il voit maintenant. Comment est-il possible que Joe, Joe l'homme de ménage, Joe le putain d'attardé, soit en train de lui faire ça ? Est-il possible que l'homme qu'ils cherchent partout ait travaillé chez eux pendant tout ce temps ?

Je hoche la tête, confirmant que oui, ce n'est pas seulement possible, mais plus que probable.

Il grogne soit pour confirmer sa surprise, soit pour me demander pourquoi, ou alors pour tester le bâillon dans sa bouche. Quelle qu'en soit la raison, il n'arrive pas à faire beaucoup de bruit. La douleur de sa mâchoire doit le tuer. Du sang dégouline de sa lèvre inférieure. J'ai envie de lui dire que tout ça n'est rien comparé à un testicule arraché, mais je ne tiens pas à ce que quiconque apprenne ça.

« Tu l'as tuée, hein ?

— Mmh, mmh. » Il secoue la tête. « Vai ué ersonne.

— Si, tu l'as tuée. »

Cette fois, en secouant la tête, il répète la même chose. Presque. « On, on, ai ien fai, ale âtard. »

Je crois qu'il vient de me traiter de sale bâtard. Peut-être en suis-je un. Peut-être que c'est mon problème. Je teste sa théorie en me redressant et en lui flanquant mon poing dans l'estomac.

Voyez-vous ça ? Il avait raison. Seulement, je suis un bâtard qui a besoin d'obtenir quelque chose.

« Je vais t'enlever ton bâillon, je dis, en me penchant à nouveau en avant. Tu connais la marche à suivre.

Non ? Alors devine… Au moindre son, je dis, en levant le couteau vers sa bouche, tu auras une fin déplaisante. Hoche la tête si tu comprends. »

Je continue à jouer au bâtard, parce que j'appuie la pointe du couteau directement sous son menton, si bien que, lorsqu'il hoche la tête, il se pique. Et plus il relève la tête, plus je relève le couteau. À la fin, il hoche la tête avec ses yeux. Je me sers du couteau pour découper son bâillon qui tombe et lui pend autour du cou comme un collier.

« Ça va mieux ? »

Il hoche la tête. En fait, c'est presque tout son corps qui fait le hochet.

« Tu peux parler, tu sais, c'est pour ça que j'ai retiré le bâillon.

— Écoute, Joe, tu sais qui je suis ?

— Bien sûr que je le sais.

— Maintenant, est-ce que tu comprends que c'est mal de faire ça ? C'est mal d'attacher les gens. Surtout des policiers.

— Je ne suis pas un crétin.

— Non, non, bien sûr que tu ne l'es pas. Je comprends que la vie est difficile pour… eh bien, disons, pour les gens différents, comme toi. Je comprends… »

Je lève la main.

« Écoute, Bob, je t'arrête tout de suite. Ce n'est pas parce que je ne suis qu'un agent d'entretien que je suis un putain de crétin, OK ? Il faut que tu commences à réaliser que je ne suis pas le même idiot que celui que tu as vu tous les jours depuis que tu es arrivé en ville. »

Il rentre légèrement la tête en absorbant cette information et il commence à comprendre lentement que je ne suis pas Joe-le-Lent, mais Joe-en-colère. Je suis Joe-le-Superintelligent.

« Écoute, Joe, je ne voulais pas t'offenser. C'est juste que c'était, eh bien, un super boulot de comédien. Tu ne peux pas m'en vouloir d'avoir marché à fond.

— Non, je ne peux pas te blâmer pour ça, mais tu peux arrêter la lèche, Bob.

— Tu n'as pas encore franchi la ligne rouge. Si tu me laisses partir, je peux faire comme si rien de tout ça n'était jamais arrivé. Néanmoins, si tu fais une connerie, si tu me fais du mal, je ne pourrai plus rien faire pour t'aider. Tu comprends ça, hein ? Une fois mort, je ne sers plus à rien, OK ? Tu es visiblement un type intelligent, je suis certain que tu comprends. Et je suis sûr que tu sais qu'un flic mort et inutile, ça veut dire beaucoup d'ennuis pour toi, Joe, et aucun de nous deux ne veut d'ennuis, pas vrai ? Aucun de nous ne veut un flic mort. Nous savons ça tous les deux. C'est juste trop d'emmerdements. Alors, si tu me détachais, hein ? Détache-moi, et on pourra discuter de n'importe laquelle de tes inquiétudes. On pourra parler de ce que tu veux.

— Tu ne veux pas savoir de quoi nous allons parler ?

— Bien sûr que si, Joe, mais il faut d'abord que tu me détaches, OK ? Détache-moi et rends-moi mon pistolet, et on ira en bas ou bien où tu voudras parce que c'est toi qui décides, je te promets, c'est toi qui mènes le jeu, alors on ira où tu voudras et on pourra discuter de tout ce qui te passe par la tête, et peu importe combien de temps ça dure.

— Tu n'essaies pas de deviner qui je suis ? Autre que Joe le balayeur ?

— Tu es juste l'homme de ménage. Joe l'homme de ménage. Personne d'autre. Je me fiche de savoir si tu es quelqu'un d'autre, et si tu l'es, eh bien, ça ne me regarde pas. Tu pourrais être n'importe qui, je m'en fiche. Pour moi, tu n'es que l'agent de nettoyage. Tu n'es que Joe. Joe qui n'a pas commis d'autre crime que de nous faire croire à tous que tu étais attardé. Qu'est-ce que t'en dis, Joe ? Alors, tu me détaches ? »

Il transpire tellement que je commence à m'inquiéter : il pourrait arriver à glisser entre les nœuds, et la bande adhésive pourrait se détacher de lui en longs rubans argentés.

« Tu sais qui je suis ? »

Il secoue la tête. « Non.

— Allons, tu le sais. Je suis le Boucher.

— Je ne sais pas qui tu es, et, quand tu m'auras laissé partir, je n'y penserai même plus. OK, Joe ? »

Bien évidemment, il me baratine. Le baratin qu'on apprend à ces mecs quand ils deviennent flics. Il essaie de négocier avec moi, mais il n'a rien à offrir. Il le sait, mais qu'est-ce qu'il peut faire d'autre ? Il n'arrête pas d'employer mon prénom, essayant de créer un lien entre nous, voulant que je le considère comme une vraie personne.

« Faisons quelques suppositions. D'abord, supposons que je dise la vérité. Ensuite, supposons que je ne sois pas prêt à te laisser partir. Troisièmement, supposons que tu ne coopères pas comme je le voudrais. Tu sais ce qui va se passer dans ce cas ? »

Il acquiesce. Les flics ne sont pas censés faire des suppositions. Ils sont censés utiliser des faits, pas des peut-être. Néanmoins, Calhoun a été sur plusieurs des scènes de crime. Il peut facilement imaginer ce qui va lui arriver sans avoir besoin de preuves supplémentaires. Tout ce qu'il a à faire, c'est d'interchanger, dans sa tête, son propre corps avec celui d'une des femmes.

« Ouais, je le sais.

— Bon. Alors, commençons par mettre les règles de base sur la table. Premièrement, tu es absolument seul. Aucun secours ne va venir, et tu n'as aucun moyen de t'échapper. Mais attention, il ne faut pas que ça te déprime. Tu t'es probablement déjà figuré que si je te voulais mort, tu serais déjà mort, n'est-ce pas ? »

Il hoche la tête. Il a probablement compris ça au moment où il a repris ces esprits.

« Parce que si tu acceptes ce que je veux de toi, ce qui est fort plausible, non seulement tu sortiras d'ici en vie, mais tu recevras une rente pour survivre. »

À ces mots, il commence à remuer lentement la tête – au mot « rente », pas au mot « vie ». Tout à coup, non seulement il va survivre, mais en plus il va s'enrichir. Ça lui paraît un assez bon deal. Dans sa tête, il se paie déjà de nouvelles putes, alors qu'il ne sait même pas encore combien il va gagner.

« Deuxième chose, c'est moi qui pose les questions, et tu y réponds sincèrement. Tout manquement mettra en danger les deux aspects de la règle numéro 1. Des questions ? »

Il ouvre la bouche, mais rien ne sort. Oui, il comprend. Parfaitement.

« Je suppose que tu veux savoir combien de fric je te propose et ce que tu devras faire pour l'avoir ?

— S'il te plaît.

— 20 000 dollars, et très simples à gagner. Tu n'auras pas besoin de tuer qui que ce soit pour ça, parce que je m'en chargerai. »

Il acquiesce. Il pense que 20 000 dollars ce n'est pas beaucoup de fric pour être ligoté, mais c'est mieux que d'être ligoté et abattu. 20 000 dollars, c'est beaucoup pour ne rien faire. C'est la partie du plan qu'il aime bien. La partie du plan que je savais qu'il aimerait.

45

« Je ne veux pas que qui que ce soit meure »,
commence Bob, comme s'il le pensait vraiment, et
comme si je ne me foutais pas complètement de ce
qu'il raconte. La mort des gens n'entre pas en ligne de
compte pour lui ni pour moi. Ce qui est pertinent, c'est
Daniela Walker.

Je m'appuie sur un coude. Si je fumais, c'est à ce
moment que j'allumerais tranquillement une cigarette
de luxe. Si j'étais un grand esprit du mal, c'est à cet
instant que je caresserais mon chat persan blanc. Mais
je ne suis qu'un agent d'entretien, sans poissons à nourrir. Un Joe très moyen, banal. Si j'avais mon balai à
franges, j'en serrerais peut-être le manche. Si j'avais
mon seau, je pourrais en faire un tambour. Tout ce que
je peux faire, c'est tourner et retourner le couteau dans
ma main, tout en le regardant observer la lame.

« Allons, Bob, tu as déjà tué. Je ne vois pas comment
tu peux te sentir mal à l'idée de la mort de quelqu'un
d'autre.

— Je n'ai tué personne. »

Je secoue mon index dressé devant lui. « Non, non,
non. J'ai dit pas de mensonge. Tu te souviens de ce que
j'ai dit qu'il arriverait si tu mentais ? »

Il acquiesce. Il se rappelle.

« Bien. Je connais plusieurs moyens de le faire, je dis en me penchant sur ma mallette et en fouillant dedans. Je peux commencer par utiliser ça… », je sors un sécateur bien affûté, « … sur tes doigts. Pour chaque réponse que je ne veux pas entendre, je t'enlèverai un doigt. »

En fait, je ne le ferai pas. Je ne vais pas lui enlever le moindre doigt, mais, tant qu'il croit que j'en suis capable, c'est tout ce qui compte. C'est là que ses suppositions vont l'égarer. Je regarde ses yeux qui examinent le sécateur. Ce n'est pas difficile d'imaginer comment il peut entourer n'importe lequel de ses doigts, comment les lames vont s'enfoncer dans sa chair et le peu d'effort qu'il me faudra pour trancher l'os. Son imagination a déjà étalé tous ses doigts coupés sur le sol derrière sa chaise.

Je suis capable de ça. Melissa en serait capable aussi. Et lui également.

Tous trois, nous avons tué.

« Tu l'as bien tuée, n'est-ce pas ? »

Il hoche la tête.

« Peux-tu me dire pourquoi ? »

Il hausse les épaules. « Je n'en suis pas encore bien sûr. »

Pas une réponse très détaillée, mais je crois que c'est la vérité.

« Tu veux que je t'aide à comprendre pourquoi ? »

Il fait ce qu'il y a de plus sensé : il acquiesce d'un mouvement de tête.

« C'est parce que tu le peux, je commence. Cette capacité est en toi. Tu as toujours voulu ressentir ce pouvoir. Qu'est-ce que ça me ferait de tuer quelqu'un ? Imagine le pouvoir ! Tu l'as imaginé, mais bien sûr ce n'était qu'un fantasme. Tu ne pouvais pas admettre que c'était quelque chose que tu aurais aimé essayer pour de vrai. Dans ta tête, tu pensais aux conséquences, à comment échapper au châtiment, à comment te faire rester dans le camp des innocents. Plein de manières de le faire, mais pourquoi les explorer ? Après tout, tu ne faisais qu'y penser, tu ne l'envisageais pas sérieusement. Et puis un jour, le fantasme n'a plus été suffisant. Pas le fantasme de tuer, celui du sexe. Du sexe violent. Alors tu engages une pute, mais ce n'est pas pareil, parce qu'elle n'est pas une vraie victime. Tu veux la tuer, parce que, dans l'idéal, c'est à ça que mène le sexe violent, mais tu sais que ça n'a aucun intérêt d'en tuer une, parce qu'elles sont déjà mortes. Ce sont des zombies, accrocs à la malchance et à la médiocrité. Tu as besoin de tuer une personne de classe supérieure, et voilà qu'arrive Daniela Walker. Une victime d'abus domestique qui refuse de porter plainte contre son mari. »

Il ne dit rien. Je pense aux indications dans le dossier pathologique selon lesquelles Daniela portait des traces de coups antérieurs. Si elle avait quitté son mari, elle serait encore en vie. Et quelqu'un d'autre ne le serait plus. Calhoun aurait certainement trouvé quelqu'un d'autre.

« Elle le menace, elle se rend même à la police, mais, au final, sa peur de lui et son amour l'empêchent d'agir. Cette femme est une mauviette. Tu n'arrives pas à comprendre comment elle a même pu se marier avec un mec comme ça, et encore moins avoir des enfants avec lui. Mais tu oublies qu'il était charmant quand elle l'a rencontré, exactement comme tu étais charmant quand tu as rencontré ta femme. »

Je le regarde. Mon discours n'a eu aucun impact. Si tout est vrai, et je crois que la majeure partie l'est, il n'en laissera rien paraître. Ça m'ennuie, mais pas assez pour bondir et lui trancher la gorge. Je m'assois et j'attends.

« Tu es nouveau en ville, je continue, donc cette opportunité rend le passage à l'acte irrésistible. Tu connais son adresse et tu étudies son emploi du temps, ses déplacements. Son mari est au travail, ses enfants sont en colo, que pourrais-tu souhaiter de mieux ? Avant de l'attaquer, tu décides d'orienter les soupçons sur le mari, parce que qui ferait un meilleur candidat que lui, pour être son assassin ? Et puis tu réponds à cette question. Une autre personne remplit parfaitement ce rôle, et, cette personne, c'est moi. Et donc, qu'est-ce que tu fais ? Tu me colles ce meurtre sur le dos, meurtre que je n'ai pas commis, et, pour être honnête, Bob, j'ai pas du tout apprécié. Mais t'as de la chance, parce que je vais te donner la possibilité de modifier mes sentiments envers toi. Tu peux soit quitter cette maison plus riche qu'en entrant, en termes d'argent comme de caractère, ou tu peux en sortir dans un sac à fermeture Éclair qui t'emmènera directement en enfer. Bien sûr, il est inutile de préciser que là-bas, en bas, le châtiment sera éternel, et l'éternité, Bob, c'est très, très long. »

Je commence à me demander de quoi je parle. L'enfer ? Mais qui se soucie de Satan, bordel ? Cette espèce de fils de pute rouge et tordu n'est qu'une invention de l'imaginaire chrétien, conçue simplement comme moyen de dissuasion pour les assassins, voleurs, violeurs, menteurs, hypocrites et plagiaires – mais ça a fait un sacré bon boulot.

« Que tu pourrisses en enfer ou pas, ce n'est pas mon problème. Ce qui m'inquiète, c'est ce que tu as fait à cette pauvre Daniela Walker. D'après ce que j'ai appris, et en étant venu ici… », j'écarte mes bras pour englober la pièce, « … j'en suis arrivé à quelques conclusions perspicaces et expertes.

— Tant mieux pour toi. »

Je souris. « Tu es entré dans la maison en fin d'après-midi, par effraction, et tu es monté à l'étage pendant qu'elle prenait sa douche, et tu l'as attendue dans sa chambre. Dans cette chambre. »

C'est un scénario familier pour moi.

« Elle n'avait aucune chance. Après tout, tu avais l'avantage de la surprise, en plus d'être plus grand et plus fort. Sa peur, son imagination l'ont fait réagir, mais pas assez vite pour t'échapper. Tu t'es battu avec elle, tu as réussi à la coincer sur le lit et elle est parvenue à atteindre la table de chevet pour s'emparer de la seule arme qu'elle pouvait trouver. » Je désigne la table de chevet pour augmenter mes effets.

« Elle s'est battue avec toi et a réussi à te frapper avec le stylo qu'elle utilisait pour faire ses mots croisés. La blessure n'était pas profonde, mais ça a suffi pour te coller la rage. Tu as balancé le stylo, puis tu es revenu à tes petites affaires. Or, ce stylo, c'est ton erreur, Bob, mais tu le sais, non ? Plus tard, après l'avoir tuée, plus rien ne comptait. La douleur avait disparu, comme avaient disparu toutes tes inquiétudes de te faire prendre. Le stylo était la chose la plus éloignée de tes pensées. Jusqu'à ce que tu reviennes. Là, c'est devenu la chose la plus importante, et ce n'est qu'une question de chance que tu aies réussi à l'échanger sans te faire remarquer. Du moins aux yeux de tout le monde, sauf moi.

— Qu'est-ce que tu veux ? »

Je secoue la tête. « Bob, Bob, Bob. Je croyais que nous avions un accord. Tu sais que tu n'as pas le droit de poser de questions.

— Dis-moi juste ce que tu veux.

— C'est une autre question.

— Non. C'est une demande.

— Et c'est un mensonge. » Je brandis le sécateur. « Tu le cherches, hein ? »

Il secoue la tête.

« Non, je te jure.

— Et Daniela ? Est-ce qu'elle l'avait cherché ? »

Le visage de Bob luit de sueur, et il a les yeux baissés vers ses cuisses. Nous transpirons tous les deux. La soirée est chaude, et les fenêtres de la chambre sont toujours fermées. Elles le sont depuis trois mois maintenant, donc l'air est renfermé et a une odeur de viande avariée. Je m'approche d'une fenêtre. Je l'entrouvre. J'aspire l'air du dehors. L'odeur, l'air épais, la pression sur ma peau, je m'étais habitué à cette sensation, mais c'est un grand soulagement d'en être débarrassé maintenant. C'est la même atmosphère que celle de mon appartement pendant la semaine que j'ai passée avec une couille en sang et un seau plein de pisse.

Je m'assois, ôte ma veste et agrippe ma chemise trempée. Des envies d'aller à la plage frappent comme un marteau sur le devant de ma cervelle. Je peux sentir l'appel du sable et de la mer, même si je suis à dix kilomètres de la goutte d'eau la plus proche, du plus proche grain de sable. Si j'avais un maillot de bain et un bas-ventre normal à mettre dedans, j'irais là-bas dès que tout ça serait terminé.

« Réponds à ma putain de question, Bob. »

Il sursaute et relève la tête. Il prend un air désolé, mais il est désolé de s'être fait attraper, pas désolé d'avoir tué Daniela Walker.

« Je n'avais pas l'intention de la tuer. »

L'air semble devenir de plus en plus épais de minute en minute. Je ne rajoute rien. Je me contente de rester assis, silencieux, et de réaffirmer mon emprise sur cet homme. La pièce se rafraîchit légèrement. Quelque part, Melissa est en train de rêver à son argent. Et la police est de plus en plus proche, si ce n'est pas déjà fait, de découvrir à qui appartiennent les empreintes sur l'arme du crime trouvée dans la poubelle.

Bob est désormais un homme condamné. Il est réellement dans le couloir de la mort. Simplement, personne ne le lui a dit. Sa famille, surtout sa femme, va devoir vivre avec la puanteur de la honte. Comment pourra-t-elle justifier qu'elle ignorait quel monstre son mari était en réalité ? Ou comment pourra-t-elle expliquer qu'elle le savait, mais qu'elle n'a jamais rien fait à ce sujet ?

Je me demande si Bob a un alibi pour les autres meurtres. Il était à Auckland à l'époque des premiers. Néanmoins, à cause de la gravité de cette horrible série de meurtres, la police va glisser sur toutes les petites incohérences, et, quand plus aucun nouveau cadavre n'apparaîtra, ils seront très satisfaits d'étiqueter Calhoun comme le Boucher de Christchurch. J'ai assez appris en nettoyant leurs couloirs pour savoir qu'ils sont si avides de tenir un suspect qu'ils fermeront leurs clapets, qu'ils ne piperont pas un mot quand l'ADN ne correspondra pas vraiment, et si quelques nouveaux corps apparaissent de temps en temps, disons une fois par an, ils se défendront en criant au copieur. Ça les rendra heureux, eux, les médias et le pays tout entier. Ça me rendra même heureux, moi.

« OK, Bob, explique comment la tuer était un accident. »

Il relève les yeux. Regarde droit dans les miens. « Je l'ai suivie jusque chez elle, pour lui parler, OK ? Juste parler. Je voulais inculper son mari d'agression, parce que le mec est un vrai trouduc, OK ? Merde, tu l'as probablement vu. Un enfoiré arrogant, avec un balai dans le cul. Si plein de lui-même, si sûr qu'il est au-dessus des lois, que c'est son droit de foutre des dérouillées à sa femme. Donc, je l'ai suivie pour lui dire qu'elle faisait une erreur, et, une fois arrivé ici, je découvre qu'elle est seule à la maison.

— C'était pas ton job, Bob. Tu devais seulement travailler sur mon affaire.

— Je sais. Je sais ça, mais bon, c'est arrivé comme ça.

— Est-ce que tu savais qu'elle serait seule à la maison ?

— Pas vraiment.

— Pour moi, ça sonne comme un oui, Bob.

— Je m'en doutais.

— Et c'est pour ça que tu l'as suivie, hein ? Parce que tu ne pouvais lui parler que si elle était seule. »

Il essaie de hausser les épaules, mais il n'arrive qu'à faire un petit mouvement.

« Je crois, oui.

— Tu crois, oui. OK, alors qu'est-ce qui s'est passé ?

— Je suis resté assis dehors un moment, à me demander quoi faire.

— Te demander si tu allais la tuer ou pas ?

— Rien de tout ça.

— Quoi alors ?

— Je ne sais pas. Je suis resté assis là, à regarder la maison, en pensant au meilleur moyen de la convaincre de ce qu'il fallait qu'elle fasse. Finalement, quand je suis allé jusqu'à la porte et que j'ai frappé, il n'y a pas eu de réponse. J'allais partir mais, pour je ne sais quelle raison, je ne l'ai pas fait.

— Parce que tu as vu une opportunité.

— Parce que j'étais inquiet. Et si elle ne répondait pas parce que son mari était rentré et était en train de la massacrer parce que le dîner n'était pas sur la table ou parce qu'elle n'avait pas ciré ses pompes, ou n'importe quelle autre excuse dont ce tas de merde avait besoin ? Bref, j'ai vérifié la porte et elle était verrouillée, mais j'avais un jeu de clés sur moi, conçu pour ouvrir presque toutes les serrures, alors je m'en suis servi. »

Je connais bien ces clés. Je sais aussi que la maltraitance conjugale ne concerne pas un homme qui est trop amoureux de sa femme, mais un homme qui adore son pouvoir sur elle.

« J'ai vérifié dans la cuisine, dans le séjour. Je la cherchais.

— Tu l'as appelée ?

— Non.

— C'est parce que tu voulais pas qu'elle sache que tu étais entré ? »

Il fait non de la tête. « C'est pas ça du tout. Je ne voulais pas que son mari sache que j'étais là, au cas où il serait en train de la frapper.

— C'est un peu faiblard, Bob.

— Non, pas du tout. C'est une grande baraque. Je ne pouvais pas vraiment savoir ce qui se passait ni où.

— Et alors, ensuite ?

— Elle était en haut, assise sur le lit. En sanglots.

— C'est pour ça qu'elle n'avait pas répondu quand tu as frappé, je suppose ?

— C'est ce que j'ai pensé. Quand elle m'a vu, elle a commencé à flipper. J'ai vite expliqué qui j'étais, mais elle m'a reconnu.

— Elle a dû être soulagée que tu sois un flic et pas un maniaque sexuel meurtrier », je dis.

S'il perçoit l'ironie, il ne le montre pas.

« Elle s'est rassise, et on a commencé à parler de son mari, mais surtout d'elle. Tu vois, la solution, c'était elle, pas lui. Lui, il resterait toujours un mec qui cogne sa femme. Il n'y avait pas moyen de l'arrêter. Ce que les gens ne comprennent pas, c'est que ces mecs-là ne peuvent jamais se réformer. Je veux dire, putain, comment est-ce qu'on pourrait les réhabiliter ? Tout ce qu'il a jamais connu, c'est la violence. J'ai essayé de lui parler, calmement et raisonnablement, et ça s'est bien passé, au début. »

Il s'arrête et me regarde. Ses yeux ont l'air humides. Je me demande si pleurer est au-delà des capacités de ce cinglé. Je le pousse à continuer, d'un simple repositionnement du sécateur. Je suis impatient d'entendre ses pensées.

« Et très vite, elle ne parvenait plus à comprendre ma façon de penser, ma façon de voir les choses.

— Dans le sens qui t'arrangeait, tu veux dire ?

— Ouais. Tu sais comment c'est, Joe, de savoir que tu as absolument raison sur un truc, je veux dire, sans aucun doute, mais tu n'arrives pas à convaincre la personne qui est en face de toi ? Ce n'est pas qu'elles ne comprennent pas ou qu'elles ne veulent pas. Elles sont tellement habituées à faire les choses de travers que rien ne pourra jamais se passer autrement.

— Arrives-en au fait, Bob.

— On a fini par ne pas tomber d'accord, assez vite je dois dire, et on s'est engueulés. À la fin, elle a commencé à crier que je m'en aille. Je lui ai demandé de se calmer, mais elle ne s'est pas calmée. Et alors elle a voulu appeler la police, et il a fallu que je l'en empêche. Elle m'a giflé, alors j'ai répliqué. Tout ce dont je me souviens ensuite, c'est qu'elle était morte et que j'étais debout devant son corps nu. »

Il cesse de parler. Nous écoutons tous deux le silence de la chambre. Paisible, mais encore étouffant. Je crois à peu près à son histoire, mais il a oublié quelque chose.

« Très touchant ton récit, Bob, je dis en faisant semblant d'essuyer des larmes avec un mouchoir imaginaire. Il semble que tu aies choisi un classique de la stratégie défensive. C'est ça qu'ils vous enseignent à l'école de police, ou est-ce que tu l'as appris sur le tas ? Tu vois, Bob, ce que tu as fait là est extrêmement commun. Tu as rejeté toute la responsabilité sur la victime. C'est elle qui n'était pas d'accord, elle qui n'était pas raisonnable et elle qui t'a frappé la première. Si elle s'était abstenue de faire une de ces trois choses, elle serait encore en vie aujourd'hui. J'ai raison ? »

Pas de réponse.

« Est-ce que j'ai raison, Bob ? »

Un nouveau minuscule haussement d'épaules. « Je ne sais pas.

— Allons, Bob, tu sais très bien. C'est une fois de plus tout le scénario de la violence conjugale. Elle méritait d'être punie, pas vrai ? Parce qu'elle a franchi la ligne. Si elle avait fait ce qu'on lui demandait, si elle

411

s'était contentée d'obéir, alors elle vivrait une vie heureuse et bien remplie. Mais elle ne l'a pas fait, alors tu l'as tuée – même si tu ne t'en souviens pas. Ça, c'est le second lieu commun, Bob. Combien d'assassins as-tu envoyé au trou, qui disaient qu'ils ne se rappelaient rien ? Combien t'ont raconté que si cette femelle n'avait pas agi de manière démente, alors rien de tout ça ne serait arrivé ? Maintenant, dis-moi ce qui s'est vraiment passé.

— C'est ça qui s'est passé.

— Ouais, pour la plus grande part, probablement, mais je mettrais ma main à couper que… » Je m'arrête, pour créer un effet dramatique, puis je change d'avis. « Non, je mettrais *ta* main à couper que tu te souviens bien de l'avoir tuée et que tu étais pleinement conscient de chaque seconde de ce meurtre.

— Je n'arrive pas à me rappeler. »

On dirait un gamin pleurnichard. « Il n'existe pas de mots comme "je n'arrive pas", Bob. » Pour appuyer mes dires, je prends le sécateur.

Il ne dit rien jusqu'à ce que je me lève.

« OK, OK ! » Il aurait levé les mains en geste de défense s'il avait pu, les agitant en l'air comme un maniaque. « Je me rappelle.

— Ah bon ? Et tu te rappelles quoi ? » Je n'ai pas besoin de savoir ça pour que mon plan fonctionne. C'est juste que ça m'intéresse, en tant que collègue, participant à ce jeu de vie et de mort.

« On s'est engueulés, comme j'ai dit, et elle a pris le téléphone et menacé d'appeler la police. Alors je l'ai frappée, et, une fois que j'avais commencé, je savais qu'il n'y aurait pas moyen de la faire taire.

412

— Allons, Bob, c'est une victime de violence conjugale. Elle est habituée à fermer sa gueule quand un homme la frappe.

— Pas cette fois. Elle m'a dit que j'allais perdre mon boulot à cause de ce que j'avais commis, et elle avait raison, alors je l'ai frappée à nouveau, plus fort cette fois. Et puis je l'ai balancée sur le lit et... » Il s'arrête soit pour réfléchir à ce qu'il va dire, soit pour l'inventer. « Eh bien, j'avais besoin que ça ressemble à une de tes victimes, Joe.

— Et tu savais très bien comment faire. Tu avais baisé avec cette prostituée que j'ai tuée l'autre nuit. Tu lui as fait ce que ta femme ne t'aurait jamais laissé faire, même en rêve. Et tu t'es servi de ton expérience avec Becky la pute pour l'appliquer à la petite miss Violence conjugale.

— Il fallait que ça ait l'air réel.

— C'est tout, Bob ? Ou bien est-ce que tu voulais aussi t'amuser un peu ? Allons, tu peux me le dire. Je ne suis pas là pour te juger. Je veux juste t'entendre dire que tu n'es pas meilleur que moi. »

Il me fixe droit dans les yeux. Son visage, tordu par la rage, me crache la réponse. « Bien sûr que j'ai aimé ça, je veux dire, qu'est-ce que ça n'avait pas d'agréable ? C'était le pouvoir absolu.

— Le pouvoir absolu. Est-ce que ce n'est pas là la réponse, Bob ? Est-ce que ce n'est pas ce que nous cherchons tous ?

— Qu'est-ce que tu veux de moi ?

— C'est une question, Bob.

— Je m'en contrefous, Joe. Dis-moi juste ce que tu veux ou va te faire foutre. Tu me fais perdre mon temps, espèce de petit trou du cul ! »

Je ne suis pas choqué par cette explosion soudaine. Pendant l'heure passée, j'ai touché plusieurs nerfs.

« Tes obligations sont simples. Tout ce que tu dois faire, c'est écouter.

— Aussi simple que ça, hein?

— Exactement.

— C'est quoi ces conneries? Qu'est-ce que je dois écouter?

— Une confession.

— La tienne?

— Bizarrement, non. Mais ton boulot est d'être ma sécurité, mon assurance si tu préfères. Dès que tu as vu mon visage, tu as su que soit j'allais te tuer, soit j'allais passer un deal avec toi. Eh bien, voilà le deal, Bob. Je te donnerai 20 000 dollars en cash, demain soir, pour écouter une confession. C'est tout ce que tu auras à faire. Simplement t'asseoir, écouter et te souvenir. Tu crois que tu en seras capable?

— Et ensuite? Tu me laisses partir, c'est ça?

— C'est ça.

— Et qu'est-ce que tu gagnes là-dedans?

— Ma liberté. La tienne aussi.

— Et si je refuse?

— Je te tue. Immédiatement.

— Je veux la moitié de l'argent tout de suite.

— Tu n'es pas vraiment en situation d'exiger quoi que ce soit, Bob. » Je me lève et marche vers lui.

« Qu'est-ce que tu fous? »

Je penche la chaise en arrière et je commence à la tirer sur la moquette à travers la pièce. Elle est salement lourde, et mon testicule commence à me lancer.

« Joe! Bon Dieu, qu'est-ce que tu fabriques?

— La ferme, Bob. » Je continue à traîner la chaise, et elle fait des marques profondes dans la moquette, mais finalement j'arrive à mettre Calhoun dans la salle de bains. « J'ai bien peur que tu sois obligé de passer la nuit ici.

— Pourquoi ?

— C'est plus sûr comme ça.

— Pour qui ?

— Pour moi. »

Je ramène un peu de chatterton. « Rien d'autre avant que je ne te scelle pour la nuit ?

— T'es un vrai psychopathe, Joe, tu sais ça ?

— Je sais pas mal de choses, inspecteur. »

Je lui colle la bande adhésive sur la bouche. Puis, je retourne dans la chambre et je prends le ticket de parking dans ma mallette. Je m'accroupis derrière Bob, saisis la peau du dos de sa main, je la tords jusqu'à ce qu'il desserre le poing et j'appuie le bout de ses doigts sur le ticket.

« Tu n'iras nulle part, Bob. Oh ! et t'as des toilettes, là, si jamais t'en as besoin. » Je lui souris, puis je retourne dans la chambre en fermant la porte derrière moi. Je place le ticket dans un sachet à indices que je mets dans ma mallette.

Le soir est en train d'expirer, et j'ai l'impression que moi aussi. J'ai la sensation d'avoir une insolation doublée d'une déshydratation. Je verrouille la maison avant de partir. Les réverbères jettent une pâle lueur dans la nuit noire. L'air est chaud. Je sens des odeurs d'herbe coupée dans la brise. Je prends la voiture de Calhoun pour rentrer en ville et je m'empare du ticket dans la machine à l'entrée de l'immeuble de parking. Je prends la rampe pour monter. Le nombre de voitures par étage diminue au fur et à mesure que je grimpe, jusqu'à ce que j'atteigne le dernier, où il n'y en a qu'une. Je ne braque pas assez, raclant le coin du pare-chocs avant tout le long du flanc de l'autre voiture, laissant une rayure profonde et une ligne de petites bosses. Je constate que les pneus de l'autre voiture sont à moitié dégonflés depuis l'autre fois. Je descends. L'odeur provenant du coffre de l'autre voiture est à peine discernable.

Comme je n'ai rien d'autre à faire, je prends la direction de la maison et de la fin d'une autre longue soirée.

Une autre phase achevée.

46

Elle ne sait pas qu'elle roule dans cette direction jusqu'à ce qu'elle prenne la longue allée sinueuse bordée d'arbres magnifiques. Elle gare la voiture à l'ombre et s'avance sur le gazon luxuriant. Il lui reste une heure de lumière, et elle va la passer ici.

Sally marche jusqu'à la tombe de son frère et elle s'agenouille sur le côté, pas au-dessus. Elle fait toujours attention à ça. Elle a un ouragan de scénarios qui tourbillonne dans sa tête, mais elle n'arrive à en comprendre aucun, et ceux qu'elle parvient presque à attraper au vol n'arrêtent pas de lui échapper en tournoyant.

Joe et le deuxième homme sont restés à l'intérieur pendant au moins une heure. Elle a été soulagée quand Joe est sorti. Il avait l'air d'aller bien et elle a été tentée de le suivre, mais elle était beaucoup plus curieuse de l'identité de l'autre homme. Elle a attendu une demi-heure de plus, mais il ne s'est pas montré. Selon toute évidence, il habite là.

Elle commence à frotter ses mains dans l'herbe dans tous les sens, laissant la douce texture chatouiller ses paumes. Elle a écrit l'adresse avant de partir. Elle ne sait pas bien ce qu'elle va faire de cette information. Probablement la laisser griffonnée sur le bloc posé sur le siège passager pendant les prochaines semaines avant d'en faire une boulette qu'elle jettera.

Joe qui conduit des voitures différentes. Joe avec des dossiers chez lui. Joe avec un testicule en moins. Joe qui rencontre des gens en secret.

Eh bien, OK, Joe est allé chez quelqu'un, comme elle-même a été chez d'autres gens. Il a pu prendre un café, jouer aux cartes peut-être, tuer le temps, dîner. Qu'est-ce qu'il y a de si suspect à ça ?

Rien. Sauf que Joe s'est garé à deux rues de là et est reparti dans une voiture différente. Plus la maison – elle ne sait pas d'où, mais elle a l'impression de connaître cette maison.

« Alors qu'est-ce que je fais, Martin ? »

Si son frère pouvait sortir de sa tombe et lui donner un avis, ce ne serait pas : « Ne fais rien. » C'était ce rien qu'elle avait fait qui avait tué Martin cinq ans auparavant. C'était son manque de responsabilité, sa paresse, son inconscience. Elle n'avait rien fait à l'époque, alors qu'elle aurait dû faire quelque chose. Elle aurait dû faire n'importe quoi pour empêcher Martin d'être renversé à 65 kilomètres à l'heure dans une zone limitée à 50. Ce n'était pas la faute de l'école. Ce n'était même pas la faute du chauffeur du bus. C'était sa faute. Elle connaît des gens qui blâmeraient Dieu, et elle soupçonne ses parents de partager le blâme entre elle et Dieu.

C'est pour ça que sa mère se rétracte quand Sally passe un bras autour de ses épaules. C'est pour ça que ses parents n'ont pas essayé de la convaincre de rester à l'école d'infirmières et lui ont permis d'abandonner sa carrière pour les aider à payer les factures.

C'était difficile de ne pas haïr Dieu. C'était Sa faute, c'est Lui qui avait fait de Martin un handicapé mental.

C'était facile de Lui faire porter le blâme aussi. C'était Sa faute si Martin avait couru droit dans la circulation. Sa faute d'avoir oublié combien il pouvait s'exciter quand elle arrivait à sortir de ses cours plus tôt pour venir le chercher à l'école. Elle avait téléphoné à la maison pour dire qu'elle pourrait passer prendre Martin. Sa mère lui avait dit de ne pas s'en faire, mais Sally s'en faisait et elle y avait été quand même. Elle adorait l'expression du visage de Martin quand il sortait de l'école et qu'il la voyait dehors en train de l'attendre.

Les règles étaient pourtant simples. On l'avait expliqué à Martin des milliers de fois. Il ne devait jamais traverser la rue. Et elle connaissait les règles aussi. Elle ne devait jamais se garer en face quand elle l'attendait : soit elle se garait du bon côté, soit elle descendait, traversait et l'attendait du bon côté. Ses parents le lui rappelaient encore et encore, mais le problème quand les gens vous rabâchent tant les choses, c'est que vous commencez à les ignorer. Les mots entrent mais n'atterrissent nulle part. L'autre problème, c'est qu'elle était en retard. De deux minutes seulement. Combien de fois s'est-elle remémoré le chemin qu'elle avait pris pour aller à son école ce jour-là ? Un feu rouge ici, qui aurait pu être vert. Une voiture traînant une remorque devant elle à 40 à l'heure au lieu de 50. Un passage piétons avec des gens qui prenaient leur temps pour le traverser. Tout cela s'était ajouté, et, à la fin, cela se montait à deux minutes. Cela s'était ajouté comme tous les âges du cimetière s'ajoutent, puis se divisent pour obtenir une moyenne de 62. Juste une simple arithmétique se combinant pour interrompre une vie.

Elle s'était garée devant l'école deux minutes plus tard que d'habitude. Elle avait ouvert la portière de sa voiture deux minutes plus tard qu'elle n'aurait dû le faire. Et Martin l'avait aperçue depuis l'autre côté de la rue. Tout se réduisait à de l'arithmétique, à de la physique de base et à la dynamique humaine. Martin surexcité. Martin traversant la rue en courant pour la rejoindre alors qu'elle sortait de sa voiture. Martin se retrouvant sur la trajectoire d'un objet se déplaçant beaucoup plus vite que lui, pesant beaucoup plus lourd que lui. Elle avait couru jusqu'à lui et s'était agenouillée à ses côtés. Il était encore en vie, mais cela avait changé deux jours plus tard. Elle avait abandonné son frère quand il avait le plus besoin d'elle.

Elle n'abandonnera pas Joe. Il a besoin d'elle. Il a besoin de quelqu'un qui veille sur lui, qui le protège de cette folie dans laquelle il s'est fourré, quelle qu'elle soit.

47

Le trajet à pied jusque chez moi me fait traverser un air moite qui sent comme de la sueur. Mes vêtements me collent à la peau, mon caleçon n'arrête pas de se prendre entre mes fesses. Quand j'arrive à la maison, j'enterre l'arme du crime et les gants dans le jardin.

Je grimpe les escaliers, sortant les clés de ma poche pour...

Putain de merde !

Sur le sol du couloir, juste devant la porte de mon appartement, il y a Cornichon. Ou Jéhovah. C'est satanément difficile à dire, merde. Je pivote sur place, cherchant l'enfoiré de salopard qui a fait ça, mais il n'y a personne. Je m'accroupis et je touche mon poisson mort du doigt. On dirait du caoutchouc mou.

Je ramasse un sachet à indices dans la cuisine. Je suis à nouveau penché sur mon poisson quand j'entends le miaulement. Je lève le nez et, au bout du couloir, il y a cet enfoiré de chat. Sur le plancher devant lui, il y a l'autre poisson rouge. Lentement, le chat approche sa patte, pousse le poisson quelques centimètres vers moi, puis ramène sa patte en arrière. Il relève la tête et me miaule après. Je sors un couteau de ma mallette, qui est restée posée près de la porte.

Gardant les yeux braqués sur moi, le chat avance et pousse le poisson un peu plus vers moi. Et il s'assoit. Mais putain, qu'est-ce qu'il essaie de faire ? Je sors le plus grand couteau que je peux trouver.

« Viens, minet, viens ici. »

Il commence à avancer vers moi, couvre la moitié de la distance, s'arrête, se retourne vers le poisson, stoppe, puis me fait face. Il miaule. Je resserre mon poing sur le manche du couteau. Le chat retourne lentement vers le poisson, il le ramasse doucement entre ses dents et le rapporte vers moi. Il s'arrête à un mètre, dépose le poisson sur le sol, puis recule de quelques pas. Il miaule encore une fois. Je me mets à quatre pattes pour avancer lentement vers lui. Je garde la lame dans ma main, devant.

Et puis je comprends ce qu'il manigance. Il essaie de me rendre mes poissons. Il miaule à nouveau, mais, cette fois, c'est plus comme un gémissement plaintif.

« C'est bien, mon minet », je dis de ma voix amicale, heureux de réussir à lui faire croire que je n'ai plus aucune envie de le dépecer.

« Allez viens, mon pote. Je ne vais pas te tuer, petit. Je ne vais même pas te tordre le cou. »

Il miaule et approche encore de quelques pas. Je continue à avancer vers lui. De plus en plus près. Presque à portée de main. Plus près encore…

On se retrouve côte à côte, et il pousse sa tête en avant, baissée pour se frotter à mon poing.

Et puis ce bâtard se met à ronronner.

Et moi ? Je fais quoi ?

Je commence à caresser ce putain de chat. Je le chatouille sous le menton comme si c'était le plus génial petit chat du monde.

Je regarde le sol où mes deux poissons rouges sont étalés. Il va falloir que je les enterre à nouveau. Je serre le manche du couteau dans mon poing et je me sers de sa pointe pour gratter le chat entre les deux oreilles. Il tourne la tête de côté pour se mettre dans une meilleure position pour le grattage.

Tout ce que j'ai à faire, c'est baisser la lame et ce petit chat que j'ai sauvé va…

Sauvé. Voilà le mot-clé. J'ai sauvé cette petite chose, j'ai dépensé de l'argent pour lui, je l'ai ramené dans mon chez-moi et il m'a récompensé en tuant mes poissons rouges, et, après tout ça, je le sauve de nouveau. Je le sauve en ne le tuant pas. J'écarte le couteau.

Sous les yeux attentifs du chat, je mets les deux poissons rouges dans un sachet à indices. Je les enterrerai plus tard.

De retour à l'intérieur, je m'assois sur le canapé. Le chat saute sur mes genoux et je continue à le caresser. Au bout d'un moment, il s'endort.

Avant d'aller au lit, je regarde la table basse et je me demande si je vais acheter d'autres poissons rouges. Peut-être, quand tout ceci sera fini. Sans eux, j'ai l'impression qu'une part de ma vie me manque. Je me sens vide. Quoique moins vide que je me sentais hier.

Quand je me réveille, le lendemain matin, je suis en nage, et le chat est couché à mes pieds sur le lit. J'ai fait un autre rêve. Je me rappelle Melissa dedans. Nous étions ensemble quelque part, une plage ou une île, je crois, et je me rendais compte que je m'étais complètement mépris sur notre violente relation. Plutôt que la tuer, j'étais allongé à côté d'elle, et on profitait du sable tous les deux, du bruit de la mer et du soleil. C'était comme si on passait un bon moment.

Un cauchemar.

L'odeur de la mer sort du rêve et m'accompagne dans la pièce pendant quelques minutes. Je m'en débarrasse en filant sous la douche. Je me nettoie de la soirée, du visqueux et de la lie du rêve. Quand je sors, le chat est assis sur le lino de la cuisine, en train de se nettoyer. Je trouve quelque chose dans le frigo qui ressemble à de la viande, et le chat a l'air assez heureux d'y croire aussi.

Avant de partir au boulot, et après m'être grillé un toast, je vérifie ma mallette et examine mon assortiment d'outils. Le plus important de tout, je m'assure que le Glock que j'ai piqué à Calhoun est chargé. Il est plein. Quinze balles prêtes à jaillir si le bout de mon index appuie sur le mécanisme de la gâchette. La première cartouche prête à être introduite dans la chambre, prête à être frappée par le chien, la poudre dedans prête à être allumée. Le gaz, la pression, l'explosion.

Le pouvoir.

Il faut moins d'un quart de seconde pour que l'index du tireur obéisse à l'ordre de son cerveau. La moitié d'un centième de seconde plus tard, le chien percute. Pour que tout le cycle s'accomplisse, depuis l'impulsion nerveuse jusqu'à la percussion de la cartouche, il faut un tiers de seconde. La balle voyage à 300 mètres par seconde.

La cible peut mourir en moins d'une seconde.

Je remets le flingue dans la mallette. Je fais sortir le chat de mon appartement. Je vais au boulot.

Le commissariat est pire qu'un asile de fous.

J'avance dans un tourbillon d'inspecteurs et d'agents. Le bourdonnement de rumeurs est bien plus intense que n'importe lequel des jours précédents. Les hommes ont tous roulé les manches de leurs chemises, dénoué leur cravate. Des conversations jaillissent de chaque coin, de chaque box, de chaque bureau. L'excitation plane dans l'air comme un ballon à moitié dégonflé. Je ne peux pas entendre les conversations entières en passant entre les groupes de gens pour atteindre mon bureau, mais j'en saisis quelques bribes.

« Ça fait longtemps que tu le connais ?

— J'ai entendu dire que son fils s'était suicidé.

— Est-ce que quelqu'un a vérifié son hôtel ?

— Où est-ce qu'il peut bien être ?

— Combien tu crois qu'il en a tué ?

— Et tu le connaissais !

— Et tu as dîné avec lui !

— Et tu bossais avec lui ! »

Ils cherchent Calhoun. Ils le traquent. Je ferme la porte de mon bureau et, quelques instants plus tard, Schroder frappe et entre.

« Bonjour, Joe.

— Bonjour, inspecteur Schroder.

— Tu as entendu ? »

Je secoue la tête. « Entendu quoi, inspecteur Schroder ?

— Quand est-ce que tu as vu l'inspecteur détective Calhoun pour la dernière fois ? »

Je hausse les épaules. « Hier en travaillant. Vous ne l'avez pas vu, inspecteur Schroder ? C'est le type avec les cheveux gris.

— Est-ce qu'il t'a dit quelque chose hier ? Un truc qui te paraîtrait important ? »

Je repense à notre conversation, à sa description du meurtre de Daniela Walker. « Pas que je sache.

— Tu es sûr ?

425

— Mmh… » Je donne à mon processus de pensée dix secondes, ce qui est un temps assez long quand quelqu'un vous regarde fixement. Je ménage mon petit effet dramatique, et puis, finalement, je répète ma première réponse. « Non, inspecteur Schroder.

— Fais-moi savoir si tu te souviens de quoi que ce soit. »

Sans attendre de réponse, il tourne les talons et file comme s'il avait besoin de se trouver partout en même temps. Il ne m'a pas dit pourquoi ils cherchent Calhoun.

Je commence ma journée par le nettoyage des toilettes. Quand j'ai fini, plus de la moitié des gens du troisième étage sont partis. Ceux qui restent ne me prêtent aucune attention. Est-ce que certains d'entre eux sont en route vers la maison où je l'ai laissé ? Apparemment non. Pourquoi iraient-ils là-bas ? Parce qu'il a laissé deux victimes dedans ?

Avec un tas d'agents en uniforme qui cherchent, avec plein d'inspecteurs qui réfléchissent à des endroits où les envoyer, il est possible qu'ils finissent par tomber dessus. Et si ça arrive, qu'est-ce que Calhoun leur révélera sur moi ? Est-ce qu'il peut prendre le risque de leur parler de moi ? Je ne peux qu'être optimiste. Aucune somme de devoirs à la maison ne peut plus m'aider maintenant. Je suis légèrement soulagé que la police pense qu'il se planque, qu'il compte probablement quitter le pays, sans se remémorer ses meurtres en rôdant autour des anciennes scènes de crime.

Je traîne l'aspirateur dans la salle de réunion. C'est la pagaille là-dedans. Dossiers, photos, rapports. Des mégots de cigarettes écrasés dans des cendriers pleins, des emballages de sandwichs roulés en boule sur les tables, des cartons de bouffe à emporter qui débordent des poubelles. Il y a des dossiers répandus sur le sol, et dans tout ce bordel, posées au centre de l'immense table, il y a deux armes de crime. La première m'appartient, c'est celle que Melissa a utilisée. La seconde provient de la chambre d'hôtel de Calhoun. Les deux sont couvertes d'une fine épaisseur de poudre blanche.

J'examine le portrait-robot que Melissa a composé pour eux quelques matins plus tôt. La photo de Calhoun est épinglée juste à côté. C'est un grand pas à franchir que de trouver une quelconque similarité entre les deux, mais ça n'a pas d'importance, parce que maintenant ils ont des empreintes digitales, et que c'est aussi précieux que des aveux à cette étape du jeu. Son absence aujourd'hui ne fait que le rendre plus coupable encore. Il savait que l'arme du crime avait été trouvée, il savait qu'il fallait qu'il se tire vite fait de Dodge City.

Je m'assois devant la table, je ramasse chacun des sacs plastique et examine les couteaux. Je ne les sors pas, je les admire plutôt, à travers les sacs. En fait, « admirer » n'est pas le bon mot. Ce que je fais, c'est me souvenir. Le mien est mythique. Celui de Calhoun n'a qu'une histoire. Une histoire courte peut-être mais ô combien importante.

Après avoir nettoyé la pièce et emporté mon enregistreur (et pas seulement la cassette), je retourne dans mon bureau pour déjeuner. Le reste de la journée est frénétique pour tout le monde sauf moi. Pour moi, il n'est que stressant. Je regarde chaque personne comme si elle m'observait, prête à m'arrêter parce qu'ils ont trouvé Calhoun ligoté et scotché à une chaise dans la maison de Daniela Walker.

À 16 h 30, m'assurant que personne ne me voit, je cache le ticket de parking avec les empreintes de Calhoun toutes fraîches derrière son bureau. Je ne peux pas me contenter de le fourrer dans un de ses tiroirs – le bureau doit déjà avoir été fouillé. De cette manière, il aurait pu être négligé, et, quand ils fouilleront à nouveau son box, ils le trouveront. Sinon, je le trouverai moi-même en passant l'aspirateur et je le donnerai à Schroder. Je le laisse glisser du sachet à indices sans y toucher.

J'ai déjà marché vingt-cinq minutes vers la maison des Walker dans ce qui s'annonce un délicieux vendredi soir, quand mon téléphone mobile sonne. Il joue une petite musique qui me hérisse. Je le sors de ma poche et je l'ouvre.

« Bonsoir, Melissa.

— Salut, Joe. Tu passes une bonne fin de journée ?

— Jusqu'ici, oui.

— Oh, allons, Joe, c'est pas très gentil de dire ça ! J'ai beaucoup pensé à toi, tu sais. Je pensais te ramener dans le parc pour te montrer l'autre moitié de notre partie de plaisir.

— Qu'est-ce que tu veux ?

— Mon argent. Tu l'as ?

— Pas entièrement.

— Ah bon ? Eh bien, ce n'est pas du tout suffisant, n'est-ce pas, Joe ? J'avais dit 100 000. Tout ce qui est en dessous de ça est une perte de temps.

— J'en ai 80 000, et je peux avoir les 20 qui restent la semaine prochaine. » Je mens, sachant que ça sonne très réaliste. Elle reste un moment silencieuse. Je m'en fous, c'est elle qui paie l'abonnement.

« 80, ça ira pour le week-end, Joe, mais, comme tu m'as fait défaut, ça va te coûter 40 000 de plus la semaine prochaine.

— Je peux pas obtenir 40.

— C'est ce que tu disais des 100 000, et regarde comme tu t'es bien débrouillé.

— OK.

— Où est-ce que tu veux qu'on se retrouve ?

— Tu me laisses le choix ?

— Bien sûr que non. Je voulais juste te donner un faux espoir. C'est tout.

— Je ne vais pas te laisser le choix. Si tu veux ton fric, ce sera à mes conditions.

— Si tu ne veux pas aller en taule, Joe, ce sera à mes conditions.

— Va te faire enculer.

— Va te faire enculer aussi, Joe. »

Regardez-moi ça. On dirait un couple marié.

« Écoute, tu as mon flingue. Tu ne devrais pas trop t'inquiéter de l'endroit où on se retrouve.

— Je ne te fais pas confiance, Joe.

— C'est dans une maison où j'ai tué quelqu'un.

— Elle est encore là-bas ? » Sa voix a monté d'une octave.

Je secoue la tête, même si je suis au téléphone. « Une ancienne victime. Mais l'endroit sent encore la mort. Je peux même te faire une visite guidée.

— C'est l'endroit où tu as emmené la pute l'autre nuit ?

— Exactement », je dis, sachant qu'elle m'a suivi là-bas et qu'elle a tué la fille dans le coffre de la voiture pendant que j'étais dans la maison.

Elle a l'air de bien aimer cette idée. « Je te retrouve là-bas à 6 heures, Joe. Ne me fais pas attendre. »

Elle raccroche. Bon sang, ça me laisse pas beaucoup de temps ! Je prends un bus. Je ne veux pas voler une voiture. C'est vraiment pas le moment de me faire piquer pour ça. Je le sens. L'air est chaud mais moins lourd que d'habitude. Du moins pas encore. Le temps de Christchurch. Chaleur schizophrénique et tout.

J'atteins la maison et j'entame ma dernière soirée en tant que Boucher de Christchurch.

48

Je décide de passer devant la maison et de continuer à marcher. Il est 6 heures moins le quart. Je vais jusqu'au coin de la rue, puis je reviens. Je ne repère aucun véhicule suspect. Aucun signe d'une souricière. Pas de Melissa. C'est la banlieue au plus haut de la normalité.

Prendre le petit sentier qui mène à la porte d'entrée, c'est comme rentrer à la maison. Je suis venu ici tant de fois ces dernières semaines que c'est devenu une routine. Le mari de la morte va probablement me réclamer un loyer. Au moins, ce sera la dernière fois que je viens ici. Je regarde tout sans la moindre nostalgie. Pas de larmes à verser.

La maison est encore chaude. On dirait qu'elle va rester comme ça jusqu'à la fin de l'été, jusqu'à ce que l'automne arrive. Si la police était venue ici aujourd'hui, c'est maintenant qu'ils feraient une entrée fracassante pour m'appréhender. Ils ne le feront pas. Ils ne sont pas là. J'en suis certain. Pourtant…

Je ferme les yeux. Je compte une longue minute durant laquelle j'écoute tous les bruits de la maison et de la rue. Une tondeuse à gazon, une femme qui crie à son fils de se dépêcher, une voiture qui passe. À l'intérieur, tout ce que je parviens à entendre, c'est ma propre respiration. Si les flics sont là, je leur dirai que je pensais que ça faisait partie de mon boulot de nettoyer cet endroit. Que je pensais que c'était une extension des locaux de la police puisque des dizaines d'inspecteurs y sont venus plusieurs fois. Je prononcerai mal « extension » et je m'arrêterai quelques secondes comme si je cherchais un mot de remplacement.

J'ouvre les yeux. Rien. Je suis toujours tout seul.

Je me dirige vers l'étage, sans procéder à mon arrêt habituel devant le frigo. Assoiffé comme je suis, j'ai besoin de me mettre tout de suite au travail. Une fois dans la chambre, je passe immédiatement dans la salle de bains et je souris à l'homme attaché sur la chaise. À un moment dans la nuit ou peut-être aujourd'hui, il s'est pissé dessus.

Je croise son regard et j'y vois la haine que j'avais remarquée hier soir. Ses yeux sont rouges et gonflés comme s'il les avait frottés, mais je sais qu'il ne l'a pas fait. On dirait qu'il n'a pas dormi depuis que je l'ai quitté hier. Sa chemise pend hors de sa ceinture, et son col est taché de sang. Ses bras sont rougis d'avoir essayé de briser le chatterton et la corde. Même ses cheveux courts sont ébouriffés. Des croûtes de sang ont séché à la surface de la bande adhésive. Le côté droit de sa mâchoire a viré au gris sombre. Une grosse bosse a poussé sur son front. Il sait certainement à quoi il ressemble, puisqu'il peut en avoir un excellent reflet dans le miroir en face de lui.

« Non, non, reste assis », je lui dis, en levant la main.

Il ne rit pas, et d'ailleurs il n'essaie même pas d'entamer la conversation.

« OK, inspecteur, voilà le deal. 20 000 dollars achètent tes oreilles et ta cervelle, ça marche ? Bon, n'oublie pas que j'ai ton flingue et que j'ai aussi une bande enregistrée de notre conversation d'hier soir. » Je lui montre le magnétophone qui résidait dans une plante verte depuis des mois. « Tu essaies quoi que ce soit, ou quoi que ce soit m'arrive, et cette bande va chez tes collègues. Hoche la tête si tu comprends. »

Il comprend.

« Voilà le truc, dis-je en regardant ma montre. Dans environ cinq minutes, nous allons avoir une visiteuse. Elle va monter ici et elle va me faire chanter. Néanmoins, comme toi, c'est aussi une meurtrière. J'imagine que tu la reconnaîtras. Ton boulot consiste à rester tranquille ici dans ta salle de bains. Une fois qu'elle aura avoué, j'ouvrirai la porte, elle te verra, et elle sera autant incriminée que toi et moi. Nous sommes donc face à une triple impasse. D'accord ? »

Il grogne.

« Je prends ça comme un oui. »

Un autre grognement. Il secoue la tête, mais peu importe. Je referme la porte puis j'attends au bord du lit avec ma mallette, et sans mes 80 000 dollars.

Dix minutes plus tard, j'entends la porte d'entrée s'ouvrir en bas. Je reste où je suis. Elle me trouvera sans trop de difficulté.

Nous y voilà. Voilà où mon plan m'a mené.

J'entends Melissa marcher dans la cuisine. La porte du frigo s'ouvre. Puis le bruit caractéristique d'une bouteille de bière qu'on ouvre. Sommes-nous semblables à ce point ? J'espère que non.

Une minute plus tard, elle monte l'escalier.

« Fait salement chaud ici, Joe. »

Je hausse les épaules. « Pas de climatisation.

— Je suis surprise qu'il reste même du courant. C'est l'argent? elle demande en désignant la mallette d'un mouvement du menton.

— Mmh, mmh. »

Je ne cesse de la fixer. Elle est encore plus belle que la nuit où nous nous sommes rencontrés. Plus belle que le jour où elle m'a menacé de chantage. Sa minijupe noire dévoile de longues jambes bronzées. Son chemisier est en soie noire brillante. Elle porte une veste violet sombre qui est assortie à ses chaussures violettes. Elle se fait un look de femme de pouvoir et elle y réussit parfaitement. Elle jette un œil à sa montre de luxe. Une fois encore, je me demande ce qu'elle fait dans la vie et d'où elle tire son argent. Peut-être qu'elle est vraiment architecte.

« T'as un rendez-vous? »

Elle rit. « Tu arrives toujours à me faire sourire, Joe.

— J'essaie.

— En fait, je calculais combien de temps ça va prendre pour que tu arrêtes ton baratin et que tu me donnes mon argent. »

Je m'adosse sur le lit. « J'ai encore quelques inquiétudes.

— Ah bon? Pauvre petit Joe, raconte tout à Melissa.

— Une fois que je t'aurai donné l'argent, qu'est-ce qui t'empêchera d'aller quand même voir les flics?

— Je suis une personne adorable, Joe, je ne mens jamais. »

Ouais. Putain d'adorable. « Tu m'as menti.

— Tu vaux la peine qu'on te mente.

— Tu n'as pas répondu à ma question.

— Allons, Joe, ce que tu achètes ici, c'est la confiance. Que serait ce monde si nous ne pouvions pas avoir confiance en autrui ? Une fois que j'aurai l'argent, tout ce que j'ai sur toi, Joe, ira dans un endroit sûr pour que si jamais il m'arrive quelque chose… » – elle agite la main en l'air – « … Oh ! je ne sais pas, peut-être un truc du genre me faire trancher la gorge, alors ce que j'ai sur toi ira direct aux flics. Et seulement dans ce cas.

— Et comment est-ce que je sais que tu ne reviendras pas m'en redemander plus ? »

Elle hausse les épaules. « Je crois que tu ne peux pas le savoir. » Elle boit un peu de sa bière en laissant ses mots planer dans la pièce. Elle pense qu'elle reviendra redemander du fric un de ces jours.

« Alors, qu'est-ce que ça fait d'être ici ? je demande. En présence de la mort ?

— Il n'y a rien de mort ici.

— Il y en avait.

— Où les as-tu tuées ? »

Je me lève et m'avance jusqu'au coin opposé, et donc je suis maintenant debout devant la cloison où s'ouvre la porte de la salle de bains, mais de l'autre côté. « J'ai tué les deux sur ce lit, je dis, en prenant la mort de Daniela Walker à mon compte.

— Ce lit ? »

Il est défait, draps et couvertures froissés. On peut encore voir des taches de sang séché. « C'est celui-là, oui. »

Elle s'en approche. Je remarque le Glock dans sa main. Mon Glock. Même en examinant le lit, elle garde le pistolet braqué sur moi. Fermement.

« Et qu'est-ce que tu as ressenti ? elle demande.

435

— Tu devrais le savoir. »

Elle se tourne vers moi en souriant. « C'est vrai, Joe. Tu sais, parfois je sens que nous avons quelque chose de spécial en commun.

— Le chantage ?

— Non.

— Que nous sommes deux tueurs ? »

Elle secoue la tête.

« Non, pas ça non plus.

— Quoi, alors ?

— Je crois que c'est notre amour de la vie.

— Poétique.

— Si tu insistes. »

Je n'ai insisté sur rien.

« Et alors, qu'est-ce que ça t'a fait à toi, Melissa ?

— Qu'est-ce qui m'a fait quoi ?

— Tuer.

— Je l'avais déjà fait.

— Tu plaisantes !

— Seulement deux fois. Rien d'aussi marrant que l'autre nuit, cependant. »

Il me faut bien acquiescer. « C'était assez drôle, non ?

— Tu vois. Nous partageons ça. Nous ne sommes pas si différents, Joe. » Elle commence à passer sa main libre sur le lit, comme si elle essayait de sentir la mort qui a eu lieu ici, de l'absorber par les pores de sa peau.

« Je pense que nous sommes encore plus semblables que tu ne l'imagines. »

La main toujours posée sur le lit, elle se tourne pour me faire face. Le flingue est toujours pointé dans ma direction.

« Et comment ça ?

— Parce que, moi aussi, je pense que tu vaux bien un mensonge. »

Elle se redresse, jette un coup d'œil vers la mallette.

Je la désigne aussi d'un mouvement de tête. « Vas-y, ouvre-la. »

Gardant l'arme pointée vers moi, elle se penche et fait jouer les fermetures, la gauche, puis la droite. En me surveillant, elle soulève le rabat, puis se tourne pour regarder dedans.

« Mais qu'est-ce que tu fous, Joe ? Où est mon fric ?

— Tu n'auras pas un rond, Melissa. »

Elle a l'air sincèrement surprise. Il semble qu'il ne lui soit jamais venu à l'idée que j'oserais ne pas la payer. « Si c'est comme ça que tu veux la jouer, je vais immédiatement voir les flics.

— Ah bon ? Et comment tu vas expliquer ton implication ?

— Je n'aurai pas besoin de le faire.

— Réfléchis un peu, salope. » Je désigne la porte de la salle de bains d'un mouvement de tête.

« Tu as installé une caméra vidéo, Joe ? Allons, ne sois pas si puéril. Je vais tout simplement emporter la bande avec moi, maintenant. Et puis je vais te tirer dans les couilles. Oh, je voulais dire : dans *la* couille ! »

Je ne mords pas à l'hameçon. « Pourquoi tu ne vérifies pas ? »

Elle s'approche de la porte de la salle de bains, gardant le flingue pointé devant elle. Quand elle l'atteint, elle l'ouvre lentement. Elle jette un coup d'œil dedans et éclate de rire. Peut-être qu'elle pense que je lui ai offert le cadeau ultime.

« Un flic ? Tu vas tuer un flic ? elle demande.

— Je ne vais pas le tuer. Il est bien trop précieux pour ça. »

Derrière elle, je peux voir les yeux de Calhoun, écarquillés de surprise de découvrir Melissa avec un flingue. Ses yeux glissent de droite à gauche pour décider qui de nous deux est le plus dangereux. C'est la femme qui lui a donné une description du tueur. C'est la femme qui me braque avec un Glock, mais je suis l'homme qui l'a assommé et ligoté. Il se dit : Bordel, mais qu'est-ce qui se passe ici ? Et quand est-ce que j'aurai mon fric ?

Je vois aussi très bien les pensées qui agitent Melissa. Elle adore collectionner les objets policiers et elle se demande si elle peut ajouter ce mec à sa collection. Elle le mesure pour voir si elle a assez de place pour le mettre chez elle. Peut-être empaillé dans un coin du living ou près du frigo.

— Je ne comprends pas à quoi tu joues, Joe.

— Il est mon témoin de ce que tu es réellement.

— Ah ? Et qu'est-ce que tu as sur lui ?

— Bien assez. »

Ses yeux font le tour de la pièce. Il est évident qu'elle déteste perdre. Elle secoue lentement la tête. Je l'entends grincer des dents. Elle a l'air en colère.

« Tu oublies une chose, Joe.

— Ah oui, quoi ?

— Je n'ai pas besoin de lui. »

Avant que je puisse réagir, elle s'empare d'un couteau dans ma mallette et se précipite dans la salle de bains. Elle se poste derrière Calhoun, dont les yeux s'exorbitent de terreur car il sait aussi bien que moi ce qui va arriver. La chaise tressaute sous lui quand il essaie de s'écarter, mais ça ne sert à rien. Elle pose le couteau sur sa gorge et elle me regarde. Mes yeux vont de ceux du détective, qui vient de se statufier, à ceux de la femme derrière lui. Les siens reflètent son amusement, une impression de joie. Pas pour ce qu'elle s'apprête à faire au flic, mais pour ce qu'elle s'apprête à faire de mon témoin. J'ai à peine fait un pas, mais maintenant je n'ose plus m'approcher davantage.

« Réfléchis, Melissa », je dis, d'une voix troublée. Je mets les mains devant moi, paumes relevées. « Réfléchis à ce que tu es en train de faire. »

Calhoun supplie avec ses yeux, et, quand Melissa enlève le couteau de sa gorge, sa supplique se change en soulagement – puis, à sa plus grande horreur, il voit le couteau repasser devant ses yeux, en route vers sa poitrine. Ses yeux étincellent d'effroi, puis toutes les étincelles disparaissent en un instant quand le couteau plonge dans son corps.

Dans le même temps, un bruit sort de lui, moitié grognement, moitié gargouillis, et il lutte plus violemment encore contre la corde, comme si la lame d'acier qui a percé sa poitrine n'était pas un couteau, mais un câble électrique à haute tension dont il tirerait sa puissance. Mais même ainsi, ce n'est pas assez pour lui donner la force de briser ses liens. La chaise s'agite dans tous les sens, tandis que le poids de son corps valse à travers la pièce. Du sang gicle de sa poitrine. Il s'étale autour de la lame du couteau et bourgeonne vite sur toute sa chemise. Melissa laisse le couteau planté, puis s'écarte pour regarder. Du sang a éclaboussé le miroir et même le plafond. Calhoun essaie de tousser pour en cracher davantage, mais, à cause de l'adhésif sur sa bouche, c'est impossible. Il commence à s'étouffer, son visage vire au rouge, et je ne sais pas bien s'il est en train de mourir étouffé ou saigné. Le dessus du bâillon en adhésif devient écarlate. Son visage passe de rouge à violet, le même violet qu'avait le ciel quand je le voyais dans le parc avec mon testicule changé en pulpe. La chaise valse plus vite sur le sol de linoléum, ses pieds faisant comme des claquettes sur un rythme de mort. Ses yeux sont aussi écarquillés qu'il le peut, et en eux je vois toutes sortes de peurs et de savoirs. Peur de mourir. Savoir que ses quelques dernières secondes en ce monde sont en train de s'écouler juste maintenant.

Il me regarde et je pense qu'il veut que je l'aide, mais je ne peux pas en être certain. Je reste immobile, incapable de faire quoi que ce soit pour le sauver. Sa gorge commence à enfler et sa bouche est pleine de sang. C'est comme une course pour savoir ce qui va le tuer – le coup de couteau ou le sang qui l'étouffe –, et quand il cesse de remuer, que sa tête tombe en avant et que sa respiration inégale se fait bizarrement silencieuse, je n'ai plus d'opinion sur la question.

Je reste là, la bouche ouverte et la langue quasiment pendante, de la sueur dégoulinant de mon front. « Espèce de salope stupide, je réussis à murmurer, comment tu as pu faire un truc pareil ? »

Elle se penche sur lui et arrache le bâillon de bande adhésive. Du sang jaillit d'entre les lèvres de Calhoun et éclabousse sa chemise. « Je suis surprise que tu aies pu penser que je ne le ferais pas. Je t'avais dit pas d'entourloupes, Joe.

— Non, tu ne l'avais pas dit.

— Eh bien, tu aurais dû le supposer. Je veux mon argent.

— Je ne l'ai pas.

— Va le chercher. »

Je regarde à nouveau le corps. « Peut-être qu'il est encore vivant », je murmure. Je vais m'avancer pour vérifier quand elle m'arrête d'un geste.

« Peut-être, elle dit, et elle saisit le couteau et le retire.

— Non, ne fais pas... » je dis, en laissant mourir ma voix.

Elle se penche tout prêt pour écouter un battement. Qu'elle en entende un ou pas, je n'arrive pas à le savoir. Ce qu'elle fait, c'est glisser le couteau en travers de sa gorge. Et elle recule. Plonge un doigt dans la plaie et porte ce même doigt à sa bouche. Elle suce le sang.

« S'il n'était pas déjà mort, putain, il l'est maintenant. Et à moins que tu ne veuilles avoir la police au cul lundi, je te suggère de me filer mon argent.

— Donne-moi quatre heures. »

Melissa baisse les yeux et voit quelques petites éclaboussures de sang sur sa veste. Elle l'enlève. Les bouts de ses seins pointent comme si elle avait des pièces de 5 centimes collées dans son soutien-gorge. Elle passe à nouveau le couteau sur la gorge du mort, produisant un bruit de succion qui me rappelle quand je marche avec des chaussures trempées. Puis, elle passe derrière lui pour trancher cordes et chatterton. Après avoir laissé tomber le couteau sur le sol, elle soulève l'un des bras de Calhoun pour amener sa main sur son sein droit. Elle gémit doucement.

Quand elle se tourne vers moi, elle sourit.

« Tu veux essayer ?

— Tu promets de ne pas me gifler ?

— Non, espèce d'idiot. Tu veux voir ce qu'il ressent ?

— Il ressent qu'il est mort.

— Si tu peux ramener le fric aussi vite que ça, Joe, notre deal tient toujours. Sinon, tu seras très bientôt celui qui ressent qu'il est mort.

— Où et quand ? »

Elle lâche le bras de Calhoun pour jeter un œil vers sa montre, calculant mentalement son programme. « 10 heures. Notre parc. Ne sois pas en retard. »

Notre parc ? Bien sûr que je ne serai pas en retard.

« J'y serai.

— Pas d'entourloupes, Joe.

— Pas d'entourloupes. »

Sur ce, elle se tourne pour partir et je me retrouve tout seul avec un cadavre inutile.

49

« Toujours prêt. » C'est le slogan des boy-scouts. Il s'applique à n'importe quoi dans la vie. C'est comme faire ses devoirs. Je ne répéterai jamais assez combien c'est important.

Je reste à la fenêtre pendant quelques minutes de plus, jusqu'à ce que je sois certain et satisfait que Melissa ne reviendra pas, puis je pointe la télécommande sur la penderie. En appuyant sur un bouton, j'arrête la caméra vidéo qui tourne là-dedans. La caméra vidéo de l'Estropiée.

Je rembobine la bande, puis je m'assois au bord du lit pour regarder le métrage de ce soir sur le petit écran de contrôle. Exactement ce que j'espérais.

Je n'avais pas déclenché l'enregistrement avant d'avoir atteint le coin de la chambre. L'objectif était sur grand angle pour capter la plus grande partie de la pièce, dont le lit. Je continue à regarder. Je peux voir Melissa caresser la literie puis, peu après, ouvrir la porte de la salle de bains et assassiner le policier. À cause de l'angle de prise de vues, je me suis débrouillé pour rester hors champ. Si j'étais dedans, il faudrait que je coupe la bande. On dirait bien que non.

Je sors l'arme de l'inspecteur de la ceinture de mon pantalon et je la pose sur le lit pour y avoir facilement accès, au cas où. Le flingue est prêt à tirer, il l'a été toute la soirée. C'était ma protection contre Melissa, au cas où quelque chose irait de travers.

Mais il s'avère que tout s'est passé à la perfection.

Melissa n'a pas coupé tous les liens du policier, donc je prends un couteau et j'achève le boulot. Il sent la pisse et la mort quand je tire son corps épais jusque dans la chambre, en prenant soin de ne pas me mettre la moindre goutte de sang sur moi. Je le balance sur le lit, et il rebondit une fois avant de demeurer immobile.

Des yeux, je cherche dans la chambre quelque chose que je pourrais utiliser pour emballer le corps. Le sang va imprégner jusqu'au matelas, donc je retourne dans la salle de bains et j'arrache le rideau de douche, éparpillant les anneaux de plastique aux quatre coins de la pièce. Je le roule autour de lui. Il en résulte finalement une espèce de cocon bizarre qui semble prêt à éclore pour délivrer une créature sortie des films de SF de série B des années 1950. Son sang s'étale dedans, peint sur le rideau de cette matrice. Je me sers de chatterton et des lacets de ses chaussures pour étanchéifier le rideau. De retour dans la salle de bains, je lave soigneusement le couteau dont Melissa s'est servie pour le tuer, je le sèche et le remets dans ma mallette.

Je traîne le cocon jusqu'au rez-de-chaussée en le tenant par les pieds, sa tête tapant sur chaque marche de l'escalier, puis nous traversons la maison pour aller jusqu'au garage adjacent. Le rideau de douche fuit là où mon travail d'isolation n'a pas été très efficace (les hommes ne savent pas emballer – c'est un fait, tout simplement) et tache la moquette. Je le balance sur le sol du garage, j'allume la lumière et contemple les lieux. Les outils dont j'ai besoin sont là. Je ramasse un bidon d'essence en plastique près de la tondeuse et je le secoue. Il a l'air presque plein. Peut-être 15 litres. Je le ramène dans la maison.

L'idée est simple. Le feu n'est pas un moyen infaillible de détruire tous les indices et toutes les preuves, mais c'est quand même foutrement mieux que de nettoyer toute la maison du sol au plafond. Et même si je le faisais, ils peuvent utiliser du Luminol pour retrouver les traces du sang nettoyé, et, de là, un lien vers Calhoun pourrait aisément être établi. Le feu est la meilleure des garanties que rien ne sera retrouvé.

Évidemment, brûler le cadavre ici n'est pas une si bonne idée. Il faut une chaleur extrême pour calciner des os, et, selon la rapidité avec laquelle les voisins appellent les pompiers, les chances que le corps soit complètement réduit en poussière sont à peu près aussi grandes que de voir mon testicule repousser. Le légiste examinera le cadavre, les dégâts de la gorge tranchée, la mâchoire abîmée. Il pourra même trouver des résidus de chatterton sur son visage et de la corde brûlée sur ses chevilles et ses poignets. Même s'il est réduit à un squelette calciné, le légiste constatera des traces du couteau, en dents de scie dans le sternum. Ils sauront que Calhoun a été victime d'un coup monté et assassiné.

J'ôte le bouchon du bidon d'essence et je commence à arroser le tapis et le lit. L'odeur de l'essence emplit vite mes narines. Au début, peut-être pendant quelques secondes, j'aime bien, mais ça me file vite la nausée, et j'ai envie de vomir. Quand la pièce est assez humidifiée pour brûler rapidement, je passe de pièce en pièce à l'étage, répandant une traînée d'essence derrière moi. En bas, je fais la même chose, après avoir arrosé l'escalier. J'en garde un peu pour le trajet.

J'ouvre le frigo pour prendre une bière. Mais il n'y en a plus, donc je me verse un verre d'eau à la place. Je ramasse ma mallette et je sors. Je respire quelques grandes goulées d'air pour nettoyer mes poumons, puis je crache les relents de pétrole qui me collent à la bouche.

Je pars à pied. La voiture que j'avais volée la veille est toujours là où je l'ai laissée, à quelques rues de là. Je la ramène et je la gare dans le garage. Je ferme la porte du garage, puis je colle le cadavre dans le coffre. Je ne voulais pas prendre le risque de rouler dans une voiture volée ce soir, mais maintenant je ne peux pas faire autrement. Traverser toute la ville en portant sur mon épaule un corps flasque roulé dans un rideau de douche paraîtrait suspect, même dans une ville comme celle-ci.

Je cherche des allumettes et n'en trouve pas. Une fois encore l'allume-cigare de la voiture s'avère très pratique.

Trente secondes plus tard, il rougeoie. Je le colle sur un morceau de chiffon trouvé dans le garage. Le chiffon s'enflamme et je le jette dans la maison. Le feu prend très vite sur le sol, grimpe sur les murs et file à toute vitesse dans l'escalier. Né de nulle part, maintenant il se répand partout. Vivant et affamé. Je n'ai pas besoin de le surveiller. Le reste n'est plus qu'un jeu d'enfant.

J'ouvre la porte du garage et je m'engage dans la rue. Je regarde la maison dans le rétroviseur, mais je ne vois aucun signe de feu. Je ne traîne pas dans le coin.

En roulant vers le centre, j'allume la stéréo et je tombe sur la chanson qui passait dans la chambre d'Angela le jour où je l'ai tuée. Ça doit être un signe, et je le prends comme un bon présage. Je ne peux pas m'empêcher de fredonner avec la musique tout en me dirigeant vers le nord. Je suis tout joyeux, la soirée est chaude et les choses se passent bien… La vie est belle.

Ce soir, je cherche l'endroit idéal pour me débarrasser d'un corps. Je ne peux pas me permettre que celui-ci soit retrouvé. Je traverse la plaine qui entoure Canterbury, cherchant un de ces chemins de terre déments qui, en gros, vous emmènent nulle part. Au bout d'une heure, j'en trouve un. Une barrière en fil de fer interdit l'accès au public. Je règle son compte au cadenas.

Quand j'estime avoir roulé assez loin, j'arrête la voiture, j'ouvre le coffre et traîne le cocon entre les arbres. Je passe une demi-heure à creuser une fosse qui m'arrive aux genoux avec une pelle empruntée dans le garage. Je porte toujours mes gants. Mes doigts sont à nouveau trempés sous le latex. Quand le trou est assez profond, je pousse le cadavre du pied et il roule dans sa tombe avec un bruit sourd.

C'est la foire aux options. Si je laisse la fosse ouverte, le corps va pourrir très vite au soleil, et les petits animaux qui vivent par là vont bien vite ronger tous les indices. Néanmoins, c'est risqué. Si un péquenaud du coin venait à passer par là, il fera la découverte la plus excitante de sa vie.

Je descends dans la fosse et, avec un couteau, j'ouvre le cocon. À l'aide du sécateur, des pinces et du marteau, je commence à lui ôter les dents et l'extrémité des doigts. Un boulot macabre, mais je siffle en travaillant et les dégâts ne sont pas aussi monstrueux que je l'imaginais. J'essaie de garder les choses loin de moi pour éviter de me tacher de sang, mais j'échoue. Au bout d'un moment, je prends le rythme et le temps passe vite.

Je mets les dents et les doigts dans un sac plastique, avec son portefeuille et ses papiers. Puis j'arrose le corps avec le reste d'essence et je me ressers de l'allume-cigare pour mettre le feu à un autre chiffon que je balance sur le cadavre. Ça sent comme un barbecue. Au bout de quinze minutes la majeure partie de son corps est partie en cendres. Sifflotant toujours, je rebouche le trou, je tasse bien la terre, puis la couvre de feuilles mortes et d'herbes desséchées. Je reviens à la voiture et je balance la pelle de Daniela Walker dans le coffre.

Je m'arrête à environ un kilomètre de chez moi, j'arrose la voiture d'essence et j'y mets le feu. Dans cette partie de la ville, personne ne s'inquiétera assez pour appeler les pompiers. Je finis le trajet à pied, portant la caméra vidéo et le sac plastique.

Il est 9 h 30. J'ai encore trente minutes.

Je fais deux copies de la bande-vidéo, même si je n'ai besoin que d'une seule. J'en range une dans mon appartement. La seconde, je la mets dans ma mallette, pour la planquer plus tard dans un endroit sûr. Je sors le fric du portefeuille de l'inspecteur et je le plie dans ma poche, puis je mets le portefeuille dans le sac en plastique. Les doigts, je les passerai au mixeur plus tard et les chiens du quartier vont se régaler. Les dents, je m'en occuperai avec un marteau.

À 9 h 50, je me dirige vers le parc. La nuit est encore chaude, et la lune est pleine. Une soirée parfaite pour la romance et la mort. Le flingue du flic mort est coincé dans la ceinture de mon pantalon, mais je n'ai pas l'intention de m'en servir. Glissé dans un étui fixé à l'arrière de mon pantalon, il y a aussi mon petit couteau avec la lame de 5 centimètres.

Quand j'arrive, le parc est totalement vide. Je marche sur l'herbe et atteins l'endroit où j'ai perdu mon testicule. Il fait frisquet ici, et je frissonne. Les arbres se dressent dans le clair de lune et pointent leurs doigts noirs vers moi. Je me tiens sur l'étendue d'herbe où ma vie a changé pour toujours. Je me demande si l'herbe est encore tachée de mon sang, mais il fait trop noir pour le voir.

À 10 heures, une silhouette solitaire s'avance vers moi.

50

Elle est au lit quand ils viennent la chercher. Au lit, et en train de penser à Joe. Se demandant où il était ce soir quand elle est allée chez lui et a frappé à la porte. Elle n'est pas entrée. Elle n'a pas roulé jusque chez sa mère au cas où il y serait. Elle n'a pas non plus roulé jusqu'à la maison où elle l'a vu la nuit dernière, même si elle imagine qu'elle aurait dû.

La dernière fois que la police est venue chez elle, c'était il y cinq ans. Ils sont venus deux jours après la mort de Martin. À l'époque, il n'y avait qu'une voiture de police. Cette fois, il y en a plusieurs garées juste devant. Les gyrophares clignotent, mais les sirènes sont muettes. Les coups à la porte ne le sont pas. Les lumières font des dessins rouges et bleus qui glissent de gauche à droite sur le papier peint de sa chambre, passant à travers les étroites fentes des rideaux.

Elle entend son père et sa mère demander ce qui se passe, puis son nom. Elle sort du lit et met un peignoir juste au moment où la porte s'ouvre. L'inspecteur Schroder est là, l'air stressé, fatigué et furax. Il la regarde comme si elle était coupable de quelque chose.

« Qu'est-ce qui se passe ?

— Il faut que tu viennes avec nous.

— Quoi ?

— Allez, Sally.

— Je peux m'habiller ? »

Il regimbe, visiblement prêt à dire non, mais il appelle une femme policier qui entre dans la chambre. « Dépêche-toi », dit-il, et il ferme la porte derrière lui.

L'agent ne lui parle pas pendant qu'elle enfile un jean et un tee-shirt. Elle reconnaît cette femme, mais elle ne sait pas son nom. Elle met une veste, des chaussettes et ses chaussures.

« Allons-y », dit la femme flic en ouvrant la porte.

Une demi-douzaine de policiers sont installés dans le couloir. Ils interrogent ses parents et ne répondent pas aux questions que ses parents leur posent. Elle essaie de leur dire que tout va bien, mais elle ne sait pas si c'est vrai. Ils ne lui passent pas les menottes, mais ils la mettent à l'arrière d'une voiture et l'emmènent à toute vitesse. Elle remarque que la moitié des voitures de police restent devant la maison. S'ils fouillent sa chambre, elle espère qu'ils rangeront après. Presque tous ses voisins sont sur leurs pelouses pour regarder la scène.

Le trajet jusqu'au commissariat est le plus rapide qu'elle ait jamais fait. L'urgence d'arriver là-bas est quelque peu sapée quand ils l'installent dans une salle d'interrogatoire, qu'ils la laissent toute seule, après avoir fermé la porte, et disparaissent pendant trente minutes. Elle fait les cent pas dans la pièce, s'assoit, puis refait les cent pas. Son cœur bat très vite, ses mains tremblent légèrement, et elle a peur, elle est terrorisée, mais pourquoi, elle n'en sait rien. Qu'est-ce qu'elle a fait ? Elle n'était jamais entrée dans cette pièce. Il fait froid, là-dedans, et elle est contente d'avoir pris sa veste. Les chaises sont très inconfortables. La table est marquée par le séjour et l'attente d'autres personnes. Ongles, clés, pièces de monnaie, tout ce qu'ils pouvaient trouver pour graver des messages dans le bois.

Elle ne connaît pas l'homme qui entre dans la pièce au bout d'exactement trente minutes. C'est juste un type à l'air ordinaire, avec des traits ordinaires, mais il lui fait peur. Il lui demande de lui présenter ses mains, et elle s'exécute. Il fait un prélèvement de sa peau et quand elle lui demande pourquoi, il ne le lui dit pas. Puis il s'en va.

Quand l'inspecteur Schroder entre dans la pièce, elle est en train de pleurer. Il s'assoit en face d'elle et pose un dossier sur la table, mais il ne l'ouvre pas.

« Désolé pour tout ce drame, Sally, mais c'est important », dit-il, et il lui sourit en faisant glisser un gobelet de café vers elle sur la table. C'est comme s'il était soudain devenu son meilleur ami. Elle a travaillé ici assez longtemps pour savoir que ce n'est qu'une tactique.

« Qu'est-ce qui se passe ?

— Est-ce que tu connais l'inspecteur Calhoun ?

— Pas bien, pourquoi ?

— Est-ce que tu as eu des relations quelconques avec lui ?

— Jamais.

— Jamais bu un verre avec lui ? Jamais tombée sur lui par hasard dans un restaurant ? Dans un centre commercial ? »

Elle regarde son café, mais n'y touche pas.

« Non.

— Jamais été dans sa voiture ?

— Quoi ?

— Sa voiture, Sally. Jamais montée en voiture avec lui ?

452

— Non.

— Tu l'as vu aujourd'hui ?

— Vous m'avez déjà demandé ça ce matin.

— Je te repose la question.

— Non. Je ne sais même pas quand je l'ai vu pour la dernière fois. Hier, peut-être.

— Tu aimes le feu, Sally ?

— Je ne comprends pas.

— Le feu. Il y a eu un incendie ce soir. C'est pour ça qu'on a fait un prélèvement sur tes mains. Nous cherchions des traces de combustibles.

— Mais vous n'en avez trouvé aucun, n'est-ce pas ! dit-elle, pas comme une question, mais comme une affirmation.

— Tu aurais pu porter des gants.

— Mais je n'ai mis le feu à rien.

— Il s'agit d'une maison.

— Je veux un avocat. »

Schroder se recule sur sa chaise et soupire. « Allons, Sally. Sois simplement honnête et tu n'en auras pas besoin. Depuis combien de temps est-ce qu'on se connaît ?

— Six mois.

— Tu as confiance en moi ?

— Pas en ce moment précis. »

Il grogne, puis se penche à nouveau en avant. « L'endroit qui a brûlé, c'était une scène de crime. C'est là que Daniela Walker a été tuée. C'est également là que Lisa Houston a été assassinée. »

Elle reconnaît les noms : toutes deux victimes du Boucher de Christchurch.

« Je n'ai pas incendié cette maison.

— Et tu n'es jamais montée dans la voiture de l'inspecteur Calhoun ?

— Non.

— OK. Alors tu n'as pas à t'inquiéter de quoi que ce soit.

— Alors pourquoi est-ce que je me sens si inquiète ? »

Il lui sourit, mais elle ne perçoit aucune chaleur dans son sourire. « Je vais te montrer trois choses », dit-il. Il ouvre le dossier, révélant un sachet à indices scellé posé sur une photo. Le sachet transparent contient un ticket de parking. Elle ne parvient pas à bien voir la photo en dessous.

« On l'a trouvé aujourd'hui derrière le bureau de l'inspecteur Calhoun. C'est très intéressant, ce que nous avons appris de ce ticket. Il y a ses empreintes dessus. Nous le savons parce que tous les gens qui travaillent ici ont leurs empreintes fichées. Tout le monde. Même ceux qui n'appartiennent pas aux forces de police. Les équipes de nettoyage par exemple. Même Joe. Même toi. »

Elle ne sait pas quoi dire, alors elle se tait. Elle serre son crucifix un peu plus fort. Elle s'accroche à lui depuis qu'elle est arrivée ici.

« Le second jeu d'empreintes sur ce ticket t'appartient.

— Qu'est-ce que ça veut dire ?

— En soi, pas grand-chose. Cela signifie que toi et l'inspecteur Calhoun avez chacun tenu ce ticket à un moment donné. Tu sais, nous sommes allés dans l'immeuble de parking correspondant à ce ticket. La date qu'il porte est vieille de cinq mois.

— Cinq mois ?

— Exactement. »

Cinq mois ? Une petite sonnerie commence à résonner au fond de sa tête. Quelque chose de familier, mais quoi ? Malheureusement, elle le sait déjà.

« Nous sommes allés dans l'immeuble de parking et on est montés à chaque étage. On n'était pas bien sûr de ce qu'on cherchait. C'était probablement une fausse piste. Seulement, au dernier niveau on a trouvé la voiture de l'inspecteur Calhoun. Le ticket ne correspondait pas pourtant, parce que sa voiture ne pouvait être là que depuis un jour, tout au plus. Quand il l'a garée là, il a cogné la voiture à côté. Laissé une grosse éraflure sur tout le flanc. On avait trouvé sa voiture, ce qui était bien, mais ça voulait aussi dire qu'on devait s'adresser au propriétaire de l'autre bagnole. Les compagnies d'assurances allaient devoir s'en occuper. Pas de doute, le propriétaire allait être furax. Tu n'as aucune idée de ce qui s'est alors passé ? »

Elle fait non de la tête, trop effrayée pour parler.

« On a relevé le numéro. Il s'est avéré que c'était une voiture volée, il y a cinq mois. La déclaration de vol datait du lendemain de la date marquée sur le ticket de parking. Ça veut dire que la voiture avait été volée la nuit, garée là, et que le lendemain son propriétaire voulait la prendre pour aller bosser, et il s'est aperçu qu'il ne pouvait pas. Alors on a ouvert la voiture. On a trouvé un corps dans le coffre. »

Elle déglutit et resserre le poing sur son crucifix. Ses pointes lui entrent dans la chair.

« Il était emballé dans du plastique et entouré de 40 kilos de litière pour chats.

— De litière pour chats ?

— Ça absorbe les odeurs.

— Je n'ai rien à voir avec ça.

— Il semble étrange que l'inspecteur Calhoun soit allé abandonner sa voiture juste à côté d'une voiture avec un cadavre caché dedans. Bizarre qu'on ait trouvé ce ticket de parking, alors qu'on avait déjà fouillé son bureau. Bizarre que tes empreintes digitales soient dessus. Tu ne sais vraiment pas pourquoi il aurait fait ça ? Tu n'as pas une idée sur la réapparition de ce ticket ?

— Non », dit-elle, mais ce n'est pas tout à fait vrai. Elle a une idée, qu'elle n'aime pas. Pas du tout.

Il écarte le sachet en plastique. La photo qui est dessous montre la voiture qu'elle a vue, garée dans l'allée de la maison, hier. La voiture avec laquelle Joe est parti.

« C'est sa voiture. Tu me dis toujours que tu ne l'as jamais vue ?

— Je... je ne sais pas. »

Il soulève la photo et la met de côté. En dessous, il y a un autre sachet à indices. Et dedans, il y a le petit bloc-notes sur lequel elle a écrit hier. L'adresse de la maison où Joe est allé.

« Pourquoi as-tu écrit cette adresse ? »

Elle hausse les épaules.

« Pour pouvoir te souvenir de l'incendier ?

— Quoi ?

— C'est l'adresse de la maison qui a brûlé ce soir. L'adresse où deux personnes ont été tuées en deux occasions différentes. On l'a trouvée dans ta voiture.

— Oh, mon Dieu ! » dit-elle, mais pas à l'inspecteur Schroder, à elle-même. Elle sait pourquoi cette maison lui semblait familière. Elle en a vu une photo dans les dossiers chez Joe quand elle les a examinés.

Le jour où elle a ramassé le ticket de parking sous son lit.

« Joe, murmure-t-elle.

— Quoi ? »

Elle éclate en sanglots. Tout commence à prendre sens. Les dossiers. La blessure. Joe conduisant la voiture de l'inspecteur.

« Je... je n'ai rien, elle étouffe un sanglot, rien... rien à voir avec tout ça. S'il vous plaît, vous devez... vous devez me croire.

— Alors, Sally, explique-moi. Explique-moi comment je me suis trompé dans ce raisonnement. Dis-moi où je dois chercher. »

Et elle le fait. Elle commence par lui raconter le fameux sourire que Joe lui avait fait et elle continue à partir de là.

51

J'ai fini mes devoirs. J'ai fini mon boulot. Maintenant on en arrive à l'argument de vente.

Melissa traverse la pelouse, marchant lentement vers moi, mon Glock à la main. Elle me fait assez confiance pour me retrouver la nuit dans un parc obscur, mais pas assez pour venir sans arme. Rien de surprenant là-dedans. Et elle n'est pas surprise non plus quand je sors le flingue de l'inspecteur Calhoun et que je le braque vers elle.

Je reste immobile, attendant patiemment. Elle s'arrête à un mètre de moi. Elle ne sourit pas. Peut-être qu'elle ne perçoit pas l'humour de la situation. Elle ne montre aucun signe de frayeur non plus.

« On dirait que tu ne peux pas te passer de moi, je dis en la toisant de la tête aux pieds.

— On dirait bien, c'est vrai. Tu as l'argent ? »

Je secoue le sac en plastique que je tiens à la main. « J'ai quelque chose de mieux que de l'argent. »

Elle lève son arme vers mon visage. « Ah bon ? »

Je lui tends le sac en plastique. Chacun de nous garde son arme braquée sur l'autre. Elle jette un bref regard dans le sac.

« Une caméra vidéo.

— Exactement.

— Pour quoi faire ?

— Tu voudras peut-être regarder la bande.

— Enculé !

— Pourquoi ? »

Elle me balance le sac. « Espèce de sale enculé ! »

J'éclate de rire. Vu sa violence, elle a tout pigé.

« J'ai des copies de cette bande, Melissa, et si quoi que ce soit devait m'arriver du genre, oh ! je ne sais pas, du genre n'importe quoi, alors une copie de cette bande se retrouvera aux mains de la police.

— Tu es sur cette bande, Joe.

— Pas du tout. Pas que ça ait de l'importance. Si tu me tues, je n'ai plus rien à craindre de la police. »

Elle me fixe silencieusement pendant quelques secondes, puis soupire. « On est quittes, alors. Justement comme si quelque chose m'arrivait, Joe – et pour reprendre ton expression, oh ! je ne sais pas, du genre n'importe quoi –, des copies de tout ce que je sais sur toi iraient aux mains des mêmes personnes.

— Ça me semble un excellent deal », je dis, et c'est le meilleur résultat que je puisse espérer. C'est ce que je visais. Bien sûr, j'ai encore une terrible envie de la passer à la déchiqueteuse, mais, en pensant à mon propre bien-être, ce n'est pas exactement le meilleur truc à faire.

Elle hoche la tête et remet mon flingue dans son sac à main. « Eh bien, je ne peux pas dire que ça ait été très amusant, Joe.

— Moi non plus. » Je range également mon arme derrière ma ceinture.

« Qu'est-ce que tu as fait du flic ? »

Je hausse les épaules. « Le truc habituel. »

Aucun de nous ne se détourne. La conversation est finie. Les règles ont été établies, et nous les comprenons tous les deux. Et pourtant nous sommes là, à un mètre l'un de l'autre, mais aucun de nous ne pourra remédier à cette énorme baisse de tension en tournant le dos à ce qui est arrivé. Nous avons traversé tant de choses, et repartir les mains vides serait un vrai crève-cœur. Ce serait comme se réveiller un matin de Noël pour s'apercevoir que tous ceux que vous connaissez vous ont offert les mêmes paires de chaussettes.

Le clair de lune tombe sur son visage et rend sa peau très pâle. Une fois de plus, je suis frappé par son incroyable beauté. Si je n'avais pas cette envie de prendre un couteau et de...

On avance l'un vers l'autre. On ouvre les bras et on s'embrasse. Elle enfonce sa langue dans ma bouche comme si le Saint-Graal était caché quelque part en moi, et j'essaie de loger la mienne dans sa bouche. Nos corps s'écrasent l'un contre l'autre. Mes mains se promènent sur son dos. Les siennes serrent le mien, et elle n'essaie pas de prendre mon arme.

Je pense que c'est comme la description originelle faite par Calhoun du meurtre de Daniela Walker. À un moment, il était en train de parler avec elle, l'instant suivant elle était morte. C'est en train d'arriver, et j'en ai à peine conscience parce que mon corps est en automatique. La grande différence, c'est que je ne sais vraiment pas pourquoi je fais ça. Dix secondes auparavant, je la regardais, et maintenant mes mains serrent et palpent son dos, et écrasent ses seins parfaits contre ma poitrine. Au bout de quelques secondes, nous nous séparons. On se regarde. Aucun de nous ne sait quoi dire, comme aucun de nous ne sait ce qui se passe, bon sang !

Je vois de la haine dans ses yeux, et je suis certain qu'il doit y avoir de la colère dans les miens... Et on s'embrasse encore, plus fort cette fois.

On se sépare à nouveau. Je n'arrive pas à dire si la haine et la colère s'effacent ou s'accroissent. Elle ouvre la bouche pour dire quelque chose, je fais pareil, mais ça se termine par une nouvelle embrassade. Nous nous agrippons l'un à l'autre dans une étreinte passionnée, nos lèvres s'écrasent, nos langues s'emmêlent. Rien d'autre ne compte plus, et je ne doute pas un instant qu'un peu partout dans le monde des gens sont eux aussi en train de trouver l'amour à cette minute précise. Je ne sais pas ce que je suis en train de trouver, moi, mais j'aime bien ça.

Comme pendant la semaine passée au lit avec mes couilles pansées, le temps semble aller et venir, comme si j'étais dans un endroit où la chronologie n'a pas vraiment d'importance, et où seuls comptent les événements. La lune est toujours là et nous marchons sous sa lumière, essayant de nous tenir l'un à l'autre tout en titubant... pour aller où ?

Elle me ramène chez elle, puis nous sommes dans sa chambre, et si je pouvais penser, je croirais qu'elle va me tuer. Avant d'être pleinement conscient de ce qui se passe, nous sommes tous les deux nus et elle est allongée sur moi, pressant mon testicule sous elle, et je n'ai pas idée de combien de temps a passé depuis que nous nous sommes embrassés la première fois. Je m'attends presque à sentir l'herbe humide sous mon dos, même si je vois parfaitement son plafond.

Est-ce que ceci est réellement en train d'arriver ? Je la regarde et elle a ce sourire sur le visage. Ce sourire semblable à la nuit où elle m'a broyé la noix gauche, mais là je ne vois de pinces nulle part.

Ouais, c'est vraiment en train d'arriver.

Le temps se trouble à nouveau tandis qu'on joue sous les draps pendant ce qui semble une éternité, puis nous sommes allongés côte à côte à contempler le plafond. Finalement, je m'endors et je ne bouge plus jusqu'à ce que le radio-réveil me secoue. C'est le week-end, et c'est bien parce que...

Le mec à la radio me dit qu'on est dimanche ! Je m'assois et je la regarde, et, honnêtement, je peux dire que je n'ai aucun désir de la tuer. Je la regarde dormir, mais je pense à l'effet que cela ferait de la déchirer, de plonger mes doigts et un couteau dans sa chair, et de la déconstruire aussi douloureusement que possible... et je pourrais aussi... et ce serait le pied – mais je ne lui ferai jamais aucun mal.

Je sais ce qu'est ce sentiment. En la regardant, sachant que je pourrais la tuer à n'importe quel moment, je sais également qu'un jour, aujourd'hui, demain ou plus tard, il va falloir que je remette de l'ordre dans ma vie. Je pose un couteau sur sa gorge et elle se réveille, me sourit et me dit bonjour.

« Alors, Melissa, comme ça tu tues des gens ? je lui dis après lui avoir rendu son bonjour.

— Apparemment.

— Et t'es bonne à ce truc ?

— Exceptionnelle.

— Tu veux que je te présente ma mère ? »

Elle éclate de rire, et nous refaisons l'amour. Après, je repense à cet instant où j'étais dans la maison de la femme estropiée, à regarder ses poissons. À ce moment-là, je n'en ai pas emporté car j'étais conscient qu'ils ne rempliraient pas le vide que je ressentais. Est-ce que je savais alors ce que je sais maintenant ? Que j'étais amoureux de Melissa ?

Tous ces meurtres, ces fantasmes, maintenant ils sont terminés, et ce que j'ai trouvé, c'est l'amour. On dirait bien que ma vie a suivi l'intrigue d'un roman sentimental typique. Je me sens comme un Roméo, et Melissa est ma belle Juliette.

Je me lève, m'habille, fais un peu la conversation, et soudain je suis dans la rue, marchant vers mon appartement, des voitures et des piétons bougeant tout autour de moi. De temps en temps, je me rends compte que je viens de traverser une rue ou que j'ai tourné un coin sans m'en apercevoir. La ville est plutôt jolie en ce dimanche matin.

Je sais qu'on ne m'attrapera jamais. Je suis bien trop malin pour ça. Contrairement à ce que tout le monde apprend, contrairement à ce que tout le monde croit, parfois le méchant s'en tire. C'est la vie, tout simplement. Vivre et apprendre.

Le *happy end* d'une vie heureuse. Voilà à quoi tout ça se résume. J'étais heureux en tant que Joe-le-Boucher-de-Christchurch, mais maintenant je suis encore plus heureux en tant que Joe-le-Roméo. Ce monde cinglé et chaotique s'est finalement résolu à me trouver l'amour véritable, à me trouver une compagne. Je vais quitter mon boulot et me dégoter quelque chose de nettement moins minable. Avec un chat et une future femme, mes possibilités d'avenir sont innombrables. J'ai perdu deux poissons, mais j'ai gagné quelque chose de bien mieux.

J'arrive devant mon immeuble quand une voiture freine en crissant juste à côté de moi. Je m'apprête à sortir mon flingue, quand je m'aperçois que c'est Sally au volant. C'est pour ça que les pneus ont hurlé – les gens comme elle sont de très mauvais conducteurs. Je n'arrive même pas à imaginer comment quelqu'un dans son état peut avoir le permis, mais je me dis que ça doit être comme pour les boulots qu'on leur attribue, selon cette tradition qui veut que tout le monde fasse comme s'ils étaient aussi normaux que n'importe qui. Elle ouvre sa portière et fait le tour de la voiture pour me rejoindre, laissant le moteur tourner. Elle est essoufflée comme si cette course de six mètres lui avait coupé la respiration. J'ai une boîte de bouffe pour chats à la main, que je ne me souviens même pas d'avoir achetée. Ma mallette est Dieu sait où. Le soleil brille, la brise est chaude, et pour une fois pas trop étouffante. Tout est parfait. Il y a deux secondes, j'étais seul, et voilà que Sally est là. Et elle pleure.

En soupirant, je pose une main sur son épaule et je lui demande de me dire ce qui ne va pas.

52

Je m'inquiète parce que mes voisins pourraient passer et me voir. Je m'inquiète qu'ils puissent penser que cette femme est ma petite amie. Je peux faire beaucoup mieux que Sally. À vrai dire, c'est déjà fait.

« Sally? Qu'est-ce qui ne va pas? Pourquoi tu es là?

— Parce que tu habites ici », elle dit, essayant de reprendre son souffle. Je me demande où elle a bien pu trouver mon adresse.

« OK. Qu'est-ce que tu veux? »

Elle regarde des deux côtés de la rue, mais quoi, je n'en sais rien. Il n'y a que deux voitures garées. L'une est vide. L'autre contient deux personnes à l'avant qui se font face et qui parlent avec animation. Je m'imagine que la passagère est une pute et le conducteur un type à court de pognon.

« Parler. Te demander quelque chose. »

J'avale une goulée d'air et la fais descendre. Sally va pleurer encore plus quand elle posera sa question et que je vais la rejeter. Une femme dans ma vie, c'est assez. Je me dis que, à la vitesse où elle s'est arrêtée, elle a dû se torturer un bon bout de temps avant de se décider à exprimer enfin ses sentiments pour moi.

« OK. Qu'est-ce que tu veux me demander?

— Je ne veux plus que tu me mentes, Joe, elle dit, d'une voix soudain plus forte.

— Quoi ?

— Plus de mensonges », et elle ajoute de la colère au volume sonore grandissant.

Je n'ai aucune idée d'où cela peut bien venir, et je ne sais pas trop quoi dire. Je ne comprends pas ce qu'elle entend par mes mensonges. Je ne savais même pas que les gens comme elle étaient conscients qu'on leur mente.

« OK, Sally, prends une bonne inspiration, je dis, et puis juste pour lui prouver que je suis bien comme elle, j'ajoute : L'oxygène vient des arbres. »

Elle respire à fond, et son visage semble se détendre, mais seulement un peu. Je me dis qu'elle se prépare à me poser la grande question, mais qu'elle n'anticipe probablement pas le gros rejet. Il va falloir que je lui dise que ce n'est pas que je refuse d'avoir de relations avec elle, mais que je ne veux avoir de relations avec personne. C'est dans des moments comme ça que je vois que l'affection des femmes pour moi peut être une vraie malédiction.

Il vaut mieux en finir vite. « OK, Sally, Joe ne peut pas écouter longtemps. Je sortais.

— Mais tu viens juste d'arriver ! elle hurle, la frustration revenue sur son visage en une seconde. Je t'ai vu ! J'attends depuis vendredi soir ! Il a fallu que je revienne, encore et encore. Je voulais attendre dans ton appartement, mais je n'ai pas pu. J'ai choisi différents coins pour t'attendre. Parfois, je me suis endormie. Parfois, je suis rentrée chez moi pour me reposer quelques heures. Parfois, j'ai fait le tour du quartier à ta recherche. Je pensais que je n'avais aucune chance.

Je n'aurais pas pu vendredi soir. Ni hier non plus. Mais ils ne croient pas que tu vas revenir. C'est pour ça qu'il n'y a presque plus personne. »

Son visage est rouge et gonflé. On dirait qu'elle a passé beaucoup de temps à m'attendre en pleurant.

« Ils ? Revenir ? Mais de quoi tu parles, Sally ? » je demande, mais, bien sûr, elle ne le sait probablement pas elle-même. Elle ne saura jamais. Son monde est plein de chatons, de chiots et de gens de bonne composition, adorant Dieu avec des sourires immenses. Elle n'a pas la capacité de vraiment comprendre quoi que ce soit. C'est sans doute une belle existence innocente à vivre, si vous n'en êtes pas conscient.

Elle s'essuie le visage de la paume de la main, étalant les larmes.

« Tu dois me le dire, Joe.

— Écoute, Sally, reprends une bonne respiration et dis-moi ce qui est si important.

— Je veux savoir, pour tes cicatrices. »

J'en perds presque l'équilibre. « Quoi ?

— Tes cicatrices. Elles n'ont pas l'air assez vieilles pour venir de ton enfance. »

Je me souviens, quand je suis rentré chez moi vendredi, de cette sensation que des choses semblaient avoir été déplacées d'un rien. J'ai la même sensation maintenant. Seulement, ce n'est pas mon appartement, c'est la rue entière. Je m'accroche à la boîte de bouffe pour chats. J'ôte ma main de l'épaule de Sally pour la mettre près de ma poche. Celle qui contient le flingue. Les gens dans la voiture nous regardent. La porte côté passager s'est entrouverte. Le conducteur parle dans un téléphone portable, organisant probablement un autre rendez-vous. La pute s'apprête à sortir.

« Je t'ai déjà parlé de Martin ? » elle demande, changeant de sujet. Elle ne se soucie apparemment plus du tout de mes cicatrices. Elle a même probablement oublié qu'elle m'avait posé cette question. Elle se repasse la main sur le visage pour essuyer ses larmes.

« C'est ton frère, non ?

— Avant, tu me faisais penser à lui. Mais plus maintenant.

— D'accord.

— Est-ce que tu es vraiment retardé, Joe ?

— Quoi ?

— C'est le ticket de parking. C'est pour ça que je suis ici. L'adresse dans ton dossier au boulot, c'est celle de ta mère. La police n'a aucune idée de l'endroit où tu vis. Mais je…

— La police ? » je demande, mon ventre se serrant subitement, parcouru de spasmes. « Quoi, la police ?

— La police ne pense pas que tu reviendras. Ils ont attendu, mais tu ne t'es pas montré. Je leur ai dit où tu vivais parce que j'y étais venue. Je t'ai aidé, Joe. Au boulot. Dans la vie. Je t'ai soigné quand tu avais été attaqué. C'est de ma faute si d'autres gens sont morts depuis.

— Tu ne m'as pas aidé, c'est Melissa, je réplique, mais, bien sûr, elle ne sait pas de quoi je parle. Écoute, Sally », je continue en essayant de rester calme, mais le problème, c'est que je ne suis pas calme. Ma voix tremble, j'ai l'impression que le monde entier se referme sur moi pour m'écraser. « Qu'est-ce que tu veux dire, pour la police ?

— Tu m'avais téléphoné. Je suis venue. Je t'ai aidé, Joe. »

Je regarde des deux côtés de la rue. Des voitures arrivent de partout. Des fourgons aussi. Les deux portières de la voiture garée sont ouvertes maintenant. Aucun des occupants n'est une pute. Tous deux marchent vers nous. Le mec range son portable dans sa poche et met la main dans sa veste pour prendre autre chose. Surprise par le bruit des voitures, Sally regarde partout. Elle a l'air étonnée de voir autant de véhicules dans une rue si pourrie. Son truc du ticket de parking et le fait que la police ignore ma véritable adresse ont déclenché plein de sonnettes d'alarme. Le monde s'effondre sur lui-même. Je défais ma poche de veste et je mets la main dedans. Je regarde les voitures et les fourgons qui approchent. Je regarde le couple qui marche vers nous.

« Je croyais que tu étais spécial, elle dit, d'un air déçu.

— Je... je suis spécial.

— Je n'arrive pas à croire que tu les as tuées. »

Je recule d'un pas. Sally-la-Lente a découvert un truc que la police n'avait jamais été capable de voir.

« De quoi tu parles ? je demande en regardant pardessus son épaule.

— C'est toi. Tu es le Boucher de Christchurch. »

Je resserre le poing sur la crosse du flingue. Je ne peux pas m'en servir ici, parce que ça fera trop de bruit. Mais je peux l'utiliser pour forcer Sally à monter dans mon appartement, où j'ai d'autres outils. Ou pour m'emmener faire un tour dans sa voiture. Peut-être dans un endroit touristique, un petit tour dans le bush, par exemple. N'importe quoi. Putain, j'ai juste besoin de me barrer de cette rue.

« Tu te trompes, et ce n'est pas bien d'aller raconter des choses comme ça partout. Viens, on va monter et…

— Je leur ai donné ton adresse. Il le fallait. Quel autre choix j'avais ? La maison où tu as été vendredi, pourquoi est-ce que tu l'as brûlée ? »

Elle jette un œil derrière elle, vers là où, moi, je regarde. Soudain, tous les véhicules en mouvement freinent en faisant hurler leurs pneus, exactement comme Sally tout à l'heure. Les deux personnes marchant vers nous commencent à courir. Les sonnettes d'alarme se font plus assourdissantes. Le monde pivote encore plus, les choses partent en vrille, hors de contrôle.

« Bon Dieu, mais de quoi tu parles ? » je demande, en regardant les portières des voitures et des fourgons s'ouvrir. Des gens vêtus de noir en sortent. Ils avancent vers moi. Un mur de gens portant des armures de plastique noir. Je reconnais la plupart d'entre eux.

« Je suis désolée, Joe.

— Qu'est-ce que tu as fait ? Mais qu'est-ce que tu as fait ?

— Écarte-toi de lui, Sally », crie quelqu'un. C'est la voix de l'inspecteur Schroder. Non, c'est impossible.

« Impossible. »

Sally secoue la tête. Elle se demande probablement comment elle a pu comprendre tout de travers à ce point pendant ces derniers mois. Je pense la même chose.

Je lâche la boîte pour chats, je sors le flingue de ma poche et je tire Sally vers moi, mes doigts glissant au-dessus de son crucifix et de sa chemise. Je pointe le flingue sur sa tempe. Elle gémit mais ne dit rien.

« Vous vous trompez de bonhomme », je dis avec ma voix de Joe-le-Lent.

J'appuie l'arme très fort contre le crâne de Sally. Quelqu'un me crie de la lâcher, tout de suite, mais ils sont trop loin pour m'arrêter. Sauf s'ils tirent. Et ils ne vont pas tirer, n'est-ce pas ? Je suis Joe. Tout le monde aime bien Joe. Et je me dis que certains d'entre eux aiment bien Sally aussi.

Je resserre ma prise. Je ne peux pas imaginer passer le reste de ma vie en prison. Impossible de faire face à tout ça. Parce que c'est ça qui va se passer. Ils vont voir que l'arme que je tiens appartenait à Calhoun. Ils vont fouiller mon appartement. Ils vont trouver mes couteaux. Ils vont trouver la bande-vidéo que j'ai faite de Melissa. Il n'y a aucun moyen pour que Joe-le-Lent se sorte de ce guêpier. Aucun moyen.

« Lâche ton arme », dit Schroder. Je ne l'ai jamais vu si furieux. Si… trahi.

« Vous, lâchez vos armes. Sinon je la descends.

— On ne les lâchera pas. Tu le sais, Joe, il dit en essayant d'avoir l'air calme, mais trahi par un léger tremblement dans la voix. Tu sais qu'on ne peut pas prendre le risque de te laisser partir. Alors lâche cette arme, et personne ne sera blessé. »

Schroder est vraiment un crétin s'il croit que je vais baisser mon arme. J'aimerais tellement que Melissa soit ici. Elle saurait quoi faire. Ou maman…

« Je suis Joe-le-Lent, je dis, mais personne ne répond. Je suis Joe ! » je crie.

Ils ne peuvent pas faire ça à Joe. Je suis l'un d'entre eux.

Mais ils le font. Ils ont le pouvoir, là, et c'est la dernière chose souhaitable pour moi. Pourquoi sont-ils si certains que je suis leur homme ? La réponse me frappe soudain. Ma peur qu'ils fouillent l'appartement est déjà devenue réalité. Sally a dit qu'ils sont venus ici vendredi soir. Ils ont déjà trouvé la bande. Trouvé les couteaux. Trouvé les dossiers et les bandes audio.

Il n'y a rien que je puisse faire maintenant. Pas moyen pour moi de reprendre le dessus, à moins que…

L'idée ne jaillit pas de nulle part, parce qu'elle a toujours été là, tapie au fond de moi, attendant son heure pour bondir et me botter le cul. Bon Dieu ! il est encore possible de reprendre le contrôle, mais de la pire façon imaginable, putain. En même temps, c'est ça ou passer le reste de ma vie en prison. C'est une décision qui mérite le temps de la réflexion, mais je n'ai plus le temps. Je n'ai plus rien. Rien qu'un flingue.

Les hommes ne sont plus qu'à quelques mètres de moi maintenant, toutes leurs armes braquées sur moi. Je décide de leur arracher leur pouvoir. Je décide de mettre Joe au centre des choses. Je décolle l'arme de la tête de Sally pour la pointer vers la mienne. Je la colle sous mon menton, le canon pointé vers le haut. Sally a un hoquet quand elle voit ce que je fais. Personne d'autre. Je pense à Melissa. Elle va me manquer. J'aurais pensé que retrouver le pouvoir me ferait me sentir plus fort pendant ces quelques secondes, mais il n'en est rien.

« Baisse le flingue ! hurle quelqu'un d'autre, mais je ne le fais pas.

— Je t'en prie, Joe. Je t'en prie, on peut t'aider », dit Sally, mais si elle avait la moindre jugeote, elle saurait que plus personne ne peut m'aider désormais.

Je suis Joe. Joe-le-Lent. Je suis le Boucher de Christchurch. Je suis celui qui donne les coups. Je suis celui qui a le contrôle, le pouvoir. Je suis celui qui décide qui vit et qui meurt.

Mes jambes sont comme du coton. Je me sens comme si j'allais vomir.

Eh bien, on en apprend tous les jours.

J'avale une grande goulée d'air, je ferme les yeux et j'écrase la gâchette.

La police confirme le lien de « Melissa » avec un nouveau meurtre

La police a confirmé que l'agent trouvé mort dans un parc du centre-ville il y a quatre jours est très probablement une victime de la Tueuse d'Uniformes de Christchurch.

« Suffisamment d'indices nous permettent de penser que ce nouveau meurtre, celui de l'agent William Sikes, est relié aux trois autres qui ont déjà été attribués à cette femme se faisant appeler Melissa », a déclaré l'inspecteur Carl Schroder, qui dirige l'enquête.

Dans les quatre cas, les victimes étaient des membres des forces de l'ordre. Deux d'entre elles appartenaient aux services de sécurité et leurs corps étaient nus quand des témoins les ont retrouvés ; leurs uniformes ont disparu des lieux du crime. Le corps de la première victime attribuée à Melissa, l'inspecteur détective Robert Calhoun, n'a jamais été localisé, mais une vidéo d'une femme en train de l'assassiner a été retrouvée dans l'appartement du technicien de surface Joe Middleton, dont le procès pour les meurtres du Boucher de Christchurch est prévu le mois prochain.

La date du procès dépend de l'état de santé de Middleton, suite aux blessures reçues lors de son arrestation. Des témoins ont déclaré au Christchurch Press qu'il tenait une arme braquée sur sa tête quand une femme non identifiée l'a bousculé, et qu'il s'est tiré dans le visage, provoquant de graves blessures mais sans mettre sa vie en danger.

La police a interrogé Middleton, mais obtenu peu d'informations en vue de la traque de Melissa, dont le nom est très probablement un pseudonyme. Cette femme les avait aidés dans leur enquête avant l'arrestation de Middleton pour les meurtres du Boucher de Christchurch. L'inspecteur Schroder n'a pas voulu donner davantage de précisions, déclarant juste qu'elle était un témoin-clé.

REMERCIEMENTS

C'est étrange comme l'écriture est une activité solitaire, et pourtant tant de gens y sont impliqués. J'ai de la chance d'avoir eu tant de si merveilleux amis pour me soutenir et m'encourager tout le long du chemin. Ils m'ont offert leurs réactions, fonctionnant un peu comme une chambre d'écho, et, surtout, ils m'ont permis de rester sain d'esprit. Ce qui est difficile, c'est de trouver un moyen de leur faire savoir – autrement qu'en les payant – combien j'ai apprécié, tout simplement.

Daniel Myers est celui qui apparaît le premier au générique. Dan est d'abord un ami, ensuite mon fan numéro 1 et pour finir mon principal critique. Ces cinq dernières années, sans ses commentaires, ses encouragements et son humour tordu, j'aurais abandonné depuis longtemps. Je suis également ment très reconnaissant à Rebecca Kary, dont les efforts ont transformé *Un employé modèle* en un texte qu'on pouvait envisager de publier.

Beaucoup ont lu le manuscrit à différentes étapes. Paul et Tina Waterhouse, qui me renvoyaient les pages avec des centaines d'erreurs corrigées. Daniel et Cheri Williams, qui l'ont lu avec enthousiasme puis ont quitté le pays. Je connais Paul et Daniel depuis l'âge de 5 ans et je n'aurais pas pu imaginer de meilleurs amis. Anna-Maria Covich, Aaron Fowler, Joseph Purkis, Philip Hughes, David Mee, Kim McCarthy, Nathan et Samantha Cook, ainsi que d'autres qui ont eu la douloureuse tâche de lire les toutes premières versions. Je suis spécialement reconnaissant à David Batterbury, qui parcourt mes manuscrits juste pour pouvoir me téléphoner tous les jours et questionner ce qu'il a lu et – pendant nos séances de X-Box du vendredi soir avec Paul et Tina – continuer à m'encourager à coup de bouffées d'enthousiasme toutes fraîches. Et bien évidemment Oddjy, qui me rend mes pages toutes froissées et couvertes de taches, qui doit subir mes lectures au téléphone et supporter mes colères chaque fois que je perds à nouveau un outil indispensable à mes travaux de rénovation dans la maison.

Et pour finir, j'aimerais remercier Harriet Allan et toute l'équipe de Random House pour leur soutien, et pour avoir permis que ce livre existe. Harriet a fait ce qu'aucun autre éditeur ne voulait faire : elle m'a offert ses commentaires sur le manuscrit et m'a donné une chance de le retravailler.

Paul Cleave,
octobre 2005

Du même auteur
aux éditions Sonatine ·

UN PÈRE IDÉAL, 2011.
NÉCROLOGIE, 2013.

Achevé d'imprimer en décembre 2012 en France par
CPI BRODARD ET TAUPIN
La Flèche (Sarthe)
N° d'impression : 71238
Dépôt légal 1re publication : août 2011
Édition 05 : décembre 2012
LIBRAIRIE GÉNÉRALE FRANÇAISE
31, rue de Fleurus – 75278 Paris Cedex 06

31/3419/4